BEAUTIFUL CREATURES
Dezoito Luas

OBRAS DAS AUTORAS PUBLICADAS PELA RECORD

Série Beautiful Creatures

Dezesseis luas
Dezessete luas
Dezoito luas
Dezenove luas

Sonho Perigoso

Série Dangerous Creatures

Sirena
Incubus

Série A legião (com Kami Garcia)

Inquebrável

Série Ícones (com Margaret Stohl)

Ícones
Ídolos

MARGARET STOHL
KAMI GARCIA

BEAUTIFUL CREATURES
Dezoito Luas

Tradução
Regiane Winarski

9ª edição

— Galera —
RIO DE JANEIRO
2025

CIP-BRASIL. CATALOGAÇÃO NA FONTE
SINDICATO NACIONAL DOS EDITORES DE LIVROS, RJ

G199d
9ª ed.

Garcia, Kami
   Dezoito luas / Kami Garcia & Margaret Stohl; tradução:
Regiane Winarski. – 9ª ed. - Rio de Janeiro: Galera Record,
2025.
   (Beautiful creatures; 3)

   Tradução de: Beautiful Chaos
   ISBN 978-85-01-09906-8

   1. Ficção americana. I. Stohl, Margaret. II. Winarski, Regiane. III. Título. IV. Série.

13-6834   CDD: 813
                                           CDU: 821.111(73)-3

Título original em inglês:
Beautiful Chaos

Copyright © 2011 by Kami Garcia, LLC, and Margaret Stohl, Inc.

Todos os direitos reservados.
Proibida a reprodução, no todo ou
em parte, através de quaisquer meios.
Os direitos morais do autor foram assegurados.

Composição de miolo: Abreu's System
Design de capa: Igor Campos

Texto revisado pelo novo Acordo Ortográfico da Língua Portuguesa.

Direitos exclusivos de publicação em língua portuguesa somente para o Brasil
adquiridos pela
EDITORA RECORD LTDA.
Rua Argentina 171 – Rio de Janeiro, RJ – 20921-380 – Tel.: 2585-2000,
que se reserva a propriedade literária desta tradução.

Impresso no Brasil

ISBN 978-85-01-09906-8

Seja um leitor preferencial Record.
Cadastre-se e receba informações sobre nossos lançamentos e nossas promoções.

Atendimento e venda direta ao leitor:
sac@record.com.br

Para nossas mães

*Susan Racca,
que cria bebês esquilos e
os alimenta com um conta-gotas,
&
Marilyn Ross Stohl,
que sabia dirigir um trator antes
de saber dirigir um carro.*

Elas são verdadeiros Pêssegos de Gatlin.

Tumulto e paz, escuridão e luz —
Eram fruto de uma mente, traços
Do mesmo rosto, flores em uma árvore;
Personagens do grande Apocalipse,
Tipos e símbolos da Eternidade,
Do princípio, e fim, e meio, e sem fim.

— WILLIAM WORDSWORTH, *O Prelúdio: Sexto Livro*

⊰ ANTES ⊱

Açúcar e sal

Em Gatlin, é engraçado como as coisas boas estão sempre atreladas às ruins. Às vezes, é difícil distinguir qual é qual. Mas, seja como for, você acaba comendo açúcar e sal, e leva chutes junto com beijos, como diria Amma.

Não sei se é assim em todos os lugares. Só conheço Gatlin, e eis o que sei: quando voltei ao meu assento habitual na igreja com as Irmãs, a única notícia circulando com o ofertório era que o Bluebird Café tinha parado de servir sopa de hambúrguer, a temporada de torta de pêssego estava acabando e *uns baderneiros* tinham roubado o balanço de pneu do antigo carvalho perto do General's Green. Metade da congregação ainda andava pelos corredores acarpetados usando o que minha mãe costumava chamar de sapatos da Cruz Vermelha. Com tantos joelhos roxos e inchados no ponto onde as meias 3/4 terminavam, parecia que um mar inteiro de pernas estava prendendo a respiração. Ao menos, eu estava.

Mas as Irmãs ainda seguravam com os dedos dobrados os livros de hinos abertos na página errada e apertavam lenços dentro de mãos fechadas como botões de rosas manchados. Nada as impedia de cantar a melodia, com voz alta e estridente, enquanto uma tentava cantar mais alto do que a outra. Menos tia Prue. Ela acidentalmente acertava um acorde de três notas em meio a trezentos, mas ninguém se importava. Algumas coisas não precisavam mudar, e talvez não devessem. Algumas coisas, como tia Prue, eram para ser desafinadas.

Era como se o verão anterior nunca tivesse acontecido, e estivéssemos em segurança entre essas paredes. Como se nada, além da luz do sol intensa e colorida que brilhava pelos vitrais das janelas, pudesse forçar a entrada lá. Nem Abraham Ravenwood, nem Hunting e sua gangue do Sangue. Nem a mãe de Lena, Sarafine, nem o próprio Diabo. Ninguém mais conseguiria passar pela impetuosa hospitalidade dos auxiliares que distribuíam os folhetos. E, mesmo que conseguissem, o pastor continuaria a pregar, e o coral continuaria a cantar, porque nada além do apocalipse poderia manter o povo de Gatlin longe da igreja ou da vida um do outro.

Mas, do lado de fora dessas paredes, o verão tinha mudado tudo, tanto no mundo Conjurador quanto no Mortal, mesmo que o povo de Gatlin não soubesse. Lena tinha se Invocado tanto para a Luz quanto para as Trevas e tinha partido a Décima Sétima Lua. Uma batalha entre Demônios e Conjuradores tinha terminado com mortes dos dois lados e provocado uma fissura do tamanho do Grand Canyon na Ordem das Coisas. O que Lena tinha feito era o equivalente conjurador a quebrar os Dez Mandamentos. Eu me perguntei o que o pessoal de Gatlin acharia disso, se soubesse. Eu esperava que jamais soubesse.

Esta cidade me fazia sentir claustrofóbico, e eu a odiava. Agora, ela parecia uma coisa esperada, uma coisa da qual eu sentiria falta um dia. E esse dia estava chegando. Ninguém sabia melhor do que eu.

Açúcar e sal, e chutes e beijos. A garota que eu amava tinha voltado para mim e dividido o mundo. Fora isso que realmente acontecera no verão.

Era o fim da sopa de hambúrguer e da torta de pêssego, e dos balanços de pneu. Mas também era o começo de uma coisa.

O começo do Fim dos Dias.

⇥ 7 DE SETEMBRO ⇤

Linkubus

Estava de pé no alto da branca torre de água, de costas para o sol. Minha sombra sem cabeça descia sobre o metal quente e pintado, e desaparecia na beirada, em direção ao céu. Podia ver Summerville à minha frente, estendendo-se até o lago, da autoestrada 9 até Gatlin. Aquele tinha sido nosso lugar feliz, meu e de Lena. Um deles, pelo menos. Mas eu não estava feliz. Parecia que ia vomitar.

Meus olhos estavam lacrimejando, mas eu não sabia o motivo. Talvez fosse a luz.

Vamos lá. Está na hora.

Apertei as mãos e as abri, olhando para as pequenas casas, os pequenos carros e as pequenas pessoas, esperando que acontecesse. O medo revirava meu estômago, pesado e errado. De repente, braços familiares se chocaram contra minha cintura, deixando-me sem ar e me arrastando pela escada de metal. Bati com o queixo na lateral do corrimão e tropecei. Joguei o corpo para a frente, tentando afastá-lo.

Quem é você?

Mas, quanto mais eu me mexia, maior era a força com que ele me batia. O soco seguinte atingiu meu estômago e me inclinei. Foi quando vi.

O All-Star preto. Estava tão velho e gasto que podia ser meu.

O que você quer?

Não esperei resposta. Fui para cima do pescoço dele, e ele, para o meu. Foi quando dei uma olhada em seu rosto e vi a verdade.

Ele era eu.

Enquanto olhávamos nos olhos um do outro e agarrávamos o pescoço um do outro, rolamos pela beirada da torre de água e caímos.

Durante toda a queda, eu só conseguia pensar em uma coisa.

Finalmente.

Minha cabeça bateu no chão com um estalo, e meu corpo sofreu o impacto um segundo depois com os lençóis enrolados no meu corpo. Tentei abrir os olhos, mas minha visão ainda estava embaçada pelo sono. Esperei que o pânico diminuísse.

Em meus antigos sonhos, eu tentava impedir que Lena caísse. Agora, era eu quem caía. O que isso significava? Por que eu acordava com a sensação de que já tinha caído?

— Ethan Lawson Wate! O que você está fazendo aí em cima em nome de Nosso Salvador? — Amma tinha um jeito especial de gritar que conseguia fazer você voltar correndo do inferno, como meu pai diria.

Abri os olhos, mas só consegui ver uma meia solitária, uma aranha percorrendo sem direção certa a poeira e alguns livros velhos com as lombadas destruídas. *Ardil 22. O Jogo do Exterminador. Vidas sem Rumo.* Alguns outros. A vista emocionante de debaixo da minha cama.

— Nada. Só fechando a janela.

Olhei para a janela, mas não a fechei. Sempre dormia com ela aberta. Tinha começado a deixá-la assim quando Macon morreu (pelo menos, quando pensamos que tinha morrido), e agora era um hábito reconfortante. A maior parte das pessoas se sente mais segura com as janelas fechadas, mas eu sabia que uma janela fechada não me protegeria das coisas de que tenho medo. Não impediria a entrada de um Conjurador das Trevas e nem de um Incubus de Sangue.

Eu não sabia bem se alguma coisa impediria algo assim.

Mas, se houvesse um jeito, Macon estava determinado a descobrir. Eu não o vira muito desde que voltamos da Grande Barreira. Ele sempre estava nos túneis ou trabalhando em algum Conjuro para Enfeitiçar Ravenwood. A casa de Lena tinha se tornado a Fortaleza da Solidão desde a Décima Sétima Lua, quando a Ordem das Coisas (o delicado equilíbrio que regulava o mundo Conjurador) foi rompida. Amma estava criando a própria Fortaleza da Solidão aqui na Propriedade Wate — ou Fortaleza da Superstição, como disse Link. Amma teria chamado isso de "tomar medidas preventivas". Ela tinha coberto todos os peitoris das janelas com sal e usado a escada bamba do meu pai para pendurar garrafas quebradas de cabeça para baixo em todos os galhos de nosso resedá. Em Wader's Creek, árvores cheias de garrafas eram tão comuns quanto ciprestes. Agora, sempre que eu via a mãe de Link no Pare & Roube, a Sra. Lincoln perguntava a mesma coisa: "Já pegou algum espírito do mal naquelas garrafas velhas?"

Queria poder pegar o seu. É o que gostaria de dizer. A Sra. Lincoln enfiada em uma garrafa marrom e poeirenta de Coca. Eu não tinha certeza se uma árvore cheia de garrafas conseguiria resolver isso.

Naquele momento, só queria pegar um ventinho. O calor me tomou quando me recostei na velha cama de madeira. Era denso e sufocante, um cobertor do qual não dava para se livrar. O implacável sol da Carolina do Sul costumava ficar mais fraco por volta de setembro, mas não este ano.

Esfreguei o galo na minha testa e cambaleei até o chuveiro. Abri a água fria. Deixei aberta por um minuto, mas ela continuou saindo morna.

Cinco vezes. Eu tinha caído da cama cinco manhãs seguidas e estava com medo de contar para Amma sobre os pesadelos. Quem sabia o que ela penduraria no nosso velho resedá? Depois de tudo que tinha acontecido no verão, Amma ficou em cima de mim como uma mãe falcão protegendo o ninho. Todas as vezes que eu saía da casa, quase conseguia senti-la na minha cola como meu Espectro particular, um fantasma do qual não podia escapar.

E eu não aguentava mais. Precisava acreditar que, às vezes, um pesadelo era apenas um pesadelo.

Senti cheiro de bacon fritando e aumentei o jato de água. Finalmente resfriara. Só quando estava me secando percebi que a janela tinha se fechado sozinha.

— Anda logo, Bela Adormecida. Estou pronto pra mergulhar nos livros.

Ouvi Link antes de vê-lo, mas quase não teria reconhecido sua voz. Estava mais grossa, e ele parecia mais um homem e menos um cara especializado em batucar na bateria e compor músicas ruins.

— É, você está pronto pra mergulhar em alguma coisa, mas tenho certeza de que não é nos livros. — Eu me sentei na cadeira ao lado dele em nossa mesa lascada da cozinha. Link tinha encorpado tanto que parecia que estava sentado em uma daquelas cadeirinhas de plástico da pré-escola. — Desde quando você é pontual pra escola?

Em frente ao fogão, Amma fungou, com uma das mãos no quadril e a outra mexendo os ovos com a Ameaça de Um Olho, a colher de madeira da justiça.

— Bom dia, Amma.

Pude perceber que ia ouvir poucas e boas pelo jeito como um quadril estava bem mais alto do que o outro. Meio que como uma pistola carregada.

— Pra mim, parece mais boa tarde. Já era hora de você nos dar o prazer de sua companhia.

Ela estava em frente a um fogão quente em um dia ainda mais quente, mas não suava nem uma gota. Seria preciso mais do que o clima para forçar Amma a se desviar um centímetro do jeito próprio de fazer as coisas. O olhar dela me lembrou disso na hora em que despejou ovos que pareciam equivaler a um galinheiro inteiro em meu prato azul e branco de porcelana-dragão. Quanto maior o café da manhã, maior seria o dia, na cabeça de Amma. Nesse ritmo, quando me formasse, seria um enorme biscoito boiando em uma banheira cheia de massa de panquecas. Uma dúzia de ovos mexidos no meu prato significava que não dava mais para negar. Era mesmo o primeiro dia de aula.

Não era de esperar que eu estivesse me coçando para voltar para Jackson High. Ano passado, com exceção de Link, meus ditos amigos tinham me tratado como lixo. Mas a verdade era que eu mal podia esperar para ter um motivo para sair de casa.

— Coma tudo, Ethan Wate.

Uma torrada voou para o meu prato, o bacon veio em seguida e no fim uma porção saudável de manteiga e canjica. Amma tinha colocado um jogo americano na mesa para Link, mas não havia prato. Nem mesmo copo. Ela sabia que Link não ia comer os ovos, nem nada preparado em nossa cozinha.

Mas nem Amma sabia nos dizer do que ele era capaz agora. Ninguém sabia, muito menos Link. Se John Breed era uma espécie de híbrido Conjurador-Incubus, Link era da geração seguinte. Pelo que Macon sabia, Link era o equivalente Incubus de um primo distante do sul que você encontrava de dois em dois anos, em casamentos ou enterros, e chamava pelo nome errado.

Link esticou os braços atrás da cabeça e relaxou. A cadeira de madeira estalou sob seu peso.

— Foi um verão longo, Wate. Estou pronto pra voltar pra rotina.

Engoli uma colherada de canjica e precisei resistir ao desejo de cuspir tudo. O gosto estava estranho, seco. Amma nunca tinha feito canjica ruim na vida. Talvez fosse o calor.

— Por que não pergunta a Ridley como ela se sente e depois me conta?

Ele fez uma careta, e percebi que o assunto já tinha surgido.

— É nosso penúltimo ano, e sou o único Linkubus da Jackson. Tenho todo o encanto e nenhum espanto. Toda a força e nenhuma…

— Nenhuma o quê? Você tem alguma rima pra força? Moça? Louça? — Eu teria gargalhado, mas estava tendo dificuldade para engolir a canjica.

— Você sabe o que quero dizer.

Eu sabia. Era um pouco mais do que irônico. A namorada com quem ele vivia terminando e voltando, Ridley, prima de Lena, tinha sido uma Sirena, capaz de forçar qualquer sujeito, em qualquer lugar, a fazer o que ela quisesse, quando quisesse. Até Sarafine tirar os poderes de Ridley e ela se tornar Mortal, dias antes de Link se tornar parcialmente Incubus. Pouco tempo depois daquela mordida, todos conseguimos ver a transformação começar bem diante dos nossos olhos.

O cabelo espetado e ridiculamente oleoso de Link se tornou um cabelo espetado e ridiculamente oleoso muito legal. Ele ficou cheio de músculos, com bíceps saltando como a boia de asas infláveis que a mãe o obrigava a usar muito tempo depois que ele já tinha aprendido a nadar. Parecia mais com um sujeito de uma banda de rock de verdade do que um que sonhava em fazer parte de uma.

— Não me meteria com Ridley. Ela pode não ser mais Sirena, mas ainda é encrenca pura. — Coloquei canjica e ovos sobre a torrada, com uma fatia de bacon no meio, e enrolei tudo.

Link olhou para mim como se quisesse vomitar. A comida não tinha o mesmo apelo agora que ele era parte Incubus.

— Cara, não estou me metendo com Ridley. Sou burro, mas nem tanto.

Eu estava começando a ter dúvidas. Dei de ombros e enfiei metade do sanduíche de café da manhã na boca. O gosto estava errado também. Acho que coloquei pouco bacon.

Antes de eu poder dizer qualquer coisa, a mão de alguém se fechou em meu ombro, e dei um salto. Por um segundo me senti no alto da torre de água do sonho, preparando-me para um ataque. Mas era apenas Amma, pronta para o sermão tradicional de primeiro dia de aula. Pelo menos, foi o que pensei. Devia ter reparado no cordão vermelho amarrado no pulso dela. Um amuleto novo sempre significava que as nuvens pretas estavam chegando.

— Não sei o que vocês estão pensando, sentados aqui como se fosse um dia qualquer. Não acabou — nem a Lua, nem esse calor, nem aquilo tudo com Abraham Ravenwood. Vocês dois estão agindo como se o que acabou, acabou, as luzes se acenderam e está na hora de ir embora do cinema. — Ela baixou a voz. — Bem, vocês estão tão errados como se tivessem entrado descalços na igreja. As coisas têm consequências, e não vimos nem metade delas.

Eu sabia sobre as consequências. Estavam em todos os lugares para onde eu olhava, por mais que tentasse não vê-las.

— Senhora? — Link devia saber que era melhor ficar de boca calada quando Amma estava escurecendo.

Ela apertou a camiseta de Link com mais força, provocando novas rachaduras na estampa já gasta do Black Sabbath.

— Fique perto do meu menino. Você tem encrenca no corpo agora, e lamento demais que isso tenha acontecido. Mas é o tipo de encrenca que pode impedir que vocês dois se metam em mais confusão. Está escutando, Wesley Jefferson Lincoln?

Link assentiu, assustado.

— Sim, senhora.

Olhei de esguelha para Amma. Ela não tinha diminuído o aperto no ombro de Link e não ia me soltar nos próximos segundos.

— Amma, não fique tensa. É só o primeiro dia de aula. Em comparação ao que passamos, não é nada. Não há Tormentos, nem Incubus, nem Demônios na Jackson High.

Link limpou a garganta.

— Bem, isso não é exatamente verdade. — Ele tentou sorrir, mas Amma apertou a camiseta dele com mais força, até ele se levantar da cadeira. — Ai!

— Você acha engraçado? — Link foi inteligente o bastante para ficar de boca calada desta vez. Amma se virou para mim: — Eu estava presente quando você perdeu seu primeiro dente ao morder uma maçã e quando perdeu as rodinhas do carro de rolimã na corrida dos escoteiros. Cortei caixas de sapato para fazer dioramas e decorei centenas de cupcakes de aniversário. Nunca falei uma palavra quando seu sistema de coleta de água evaporou, como falei que aconteceria.

— Não, senhora.

Era verdade. Amma era uma constante na minha vida, estava presente quando minha mãe morreu, há quase um ano e meio, e quando meu pai enlouqueceu por causa disso.

Ela soltou minha camiseta tão repentinamente quanto tinha segurado, ajeitou o avental e baixou a voz. Fosse qual fosse o motivo daquela tempestade particular, já havia passado. Talvez fosse o calor. Estava afetando todos nós.

Amma olhou pela janela, atrás de mim e de Link.

— Sempre estive presente, Ethan Wate. E sempre estarei enquanto você estiver. Enquanto precisar de mim. Nem um minuto a menos. Nem um minuto a mais.

O que isso queria dizer? Amma nunca tinha falado comigo daquele jeito, como se fosse existir um momento em que eu não fosse estar ali ou não precisasse dela.

— Eu sei, Amma.

— Olhe nos meus olhos e me diga que não está morrendo de medo, como eu. — A voz dela estava baixa, quase um sussurro.

— Voltamos inteiros. É o que importa. Podemos resolver todo o resto.

— Não é tão simples. — Amma ainda estava falando baixinho, como se estivéssemos no banco da frente na igreja. — Preste atenção. Alguma coisa, uma que seja, está igual desde que voltamos pra Gatlin?

Coçando a cabeça, Link falou:

— Senhora, se é com Ethan e Lena que está preocupada, prometo que, enquanto eu estiver por perto, com minha superforça e todo o resto, nada vai acontecer a eles. — Flexionou o braço com orgulho.

Amma riu com desdém.

— Wesley Lincoln. Você não sabe? Não pode impedir de acontecer o tipo de coisas das quais estou falando, tanto quanto não pode impedir que o céu caia.

Tomei um gole de achocolatado e quase cuspi tudo na mesa. Estava doce demais, e o açúcar cobriu minha garganta como xarope para tosse. Parecia os ovos, com gosto de algodão, e a canjica, com gosto de areia.

Tudo estava estranho hoje, tudo e todo mundo.

— O que tem de errado com o leite, Amma?

Ela balançou a cabeça.

— Não sei, Ethan Wate. O que tem de errado com sua boca?

Eu queria saber.

Quando saímos pela porta e entramos no Lata-Velha, eu me virei para dar uma última olhada na Propriedade Wate. Não sei por quê. Amma estava parada em frente à janela, entre as cortinas, me observando enquanto eu me afastava. E, se eu não soubesse das coisas, se não conhecesse Amma, poderia jurar que estava chorando.

⊰ 7 DE SETEMBRO ⊱

Garotas Mortais

Enquanto passávamos pela rua Dove, era difícil acreditar que nossa cidade tinha tido qualquer outra cor além de marrom. A grama parecia uma torrada queimada antes de você raspar as partes pretas. O Lata-Velha era a única coisa que não mudara. Pelo menos desta vez, Link estava dirigindo dentro do limite de velocidade, mesmo que fosse só porque queria ver o que tinha sobrado do jardim das casas dos vizinhos.

— Cara, olha as azaleias da Sra. Asher. O sol está tão quente que elas ficaram pretas.

Link estava certo quanto ao calor. De acordo com o *Almanaque do Fazendeiro*, e com as Irmãs, que eram o almanaque ambulante de Gatlin, o condado não passava por tamanha onda de calor desde 1942. Mas não tinha sido o sol que matara as azaleias da Sra. Asher.

— Não estão queimadas. Estão cobertas de gafanhotos pretos.

Link botou a cabeça para fora da janela para ver melhor.

— Não acredito.

Os gafanhotos tinham aparecido em grupos. Três semanas depois de Lena ter se Invocado e duas semanas depois da pior onda de calor em 70 anos. Não eram como os gafanhotos verdes comuns, como os que Amma encontrava na cozinha de vez em quando. Eram pretos, com uma linha amarela ameaçadora nas costas, e viajavam em grandes grupos. E se assemelhavam aos grilos, devorando cada centímetro de verde da cidade, o que incluía o General's Green. A estátua do general Jubal A. Early estava no meio de um círculo marrom de grama morta, com a espada em riste e coberto com um exército preto todo seu.

Link acelerou um pouco.

— Que nojento. Minha mãe acha que são uma das pragas do apocalipse. Está esperando que os sapos apareçam e que a água fique vermelha.

Pela primeira vez, eu não podia criticar a Sra. Lincoln. Em uma cidade construída sobre partes iguais de religião e superstição, era difícil ignorar uma infestação inédita de gafanhotos que tinham caído sobre Gatlin como uma nuvem negra. Todo dia era no estilo Fim dos Dias. E eu não ia bater na porta da Sra. Lincoln para confessar que era mais provável que fosse a consequência de minha namorada Conjuradora ter partido a Lua e desestabilizado a Ordem das Coisas. Estávamos tendo dificuldade em convencer a mãe de Link de que o novo físico dele não era resultado de esteroides. Ele já tinha ido duas vezes ao consultório do Dr. Asher naquele mês.

Quando entramos no estacionamento, Lena já estava lá, e mais uma coisa tinha mudado. Ela não estava dirigindo o Fastback do primo Larkin. Estava parada ao lado do rabecão de Macon, com uma camiseta vintage do U2 com a palavra WAR escrita no alto, uma saia cinza e o All-Star velho. Estava recém-pintado com caneta permanente preta na ponta. Era uma loucura o quanto um rabecão e um par de tênis podiam alegrar um cara.

Um milhão de pensamentos passaram pela minha cabeça. Que quando ela me olhou parecia que não havia mais ninguém no mundo. Que quando olhei para ela, reparei em cada detalhe, enquanto todo o resto desapareceu. Que eu só era eu mesmo quando estávamos juntos.

Era impossível colocar em palavras, e mesmo que eu conseguisse, não teria certeza se as palavras seriam as certas. Mas eu não precisava tentar, porque Lena e eu nunca precisávamos dizer as coisas que sentíamos. Nós podíamos apenas pensá-las, e o Kelt cuidava do resto.

Oi.

Por que você demorou tanto?

Saí do banco do passageiro, e as costas da minha camiseta já estavam cobertas de suor. Link parecia imune ao calor, outra vantagem de ser parte Incubus. Eu me aproximei de Lena e inspirei seus perfumes.

Limão e alecrim. O aroma que segui pelos corredores da Jackson antes de vê-la pela primeira vez. O que nunca tinha desaparecido, mesmo quando ela foi para as trevas, para longe de mim.

Eu me inclinei com cuidado para beijá-la, sem encostar em nenhuma outra parte do seu corpo. Atualmente quanto mais nos tocávamos, menos eu conseguia respirar. Os efeitos físicos de tocá-la tinham se intensificado, e, embora eu tentasse esconder, Lena sabia.

Senti o choque assim que nossos lábios se encontraram. A doçura do beijo era tão perfeita, e o choque contra a pele era tão poderoso, que minha cabeça sempre ficava girando. Mas agora havia outra coisa: a sensação de que ela estava inspirando minha respiração sempre que nossos lábios se tocavam, puxando uma corda invisível que eu não podia controlar. Lena arqueou o pescoço e se afastou, antes que eu conseguisse me mexer.

Depois.

Suspirei, e ela me jogou um beijo.

Mas L, já faz...

Nove horas inteiras?

É.

Sorri para ela, e ela balançou a cabeça.

Não quero que você passe o primeiro dia de aula na enfermaria.

Lena estava mais preocupada comigo do que eu mesmo. Se alguma coisa me acontecesse (o que era uma possibilidade real, pois estava ficando mais difícil beijá-la e mais difícil ainda ficar longe), eu não me importaria. Não podia suportar a ideia de não a tocar. As coisas estavam mudando. Aquela sensação, a dor que não era dor, ainda estava presente quando estávamos longe. Deveria haver um nome para isso, a dor perfeita que eu sentia em lugares vazios que ela costumava preencher.

Existe uma palavra para descrever isso? Dor no coração, talvez? Foi assim que criaram essa expressão? Só que eu sentia na barriga, na cabeça, no corpo inteiro. Eu via Lena quando estava olhando através das janelas ou fitando as paredes.

Tentei me concentrar em uma coisa que não doesse.

— Gostei do carro novo.

— Você quer dizer do velho? Ridley deu um chilique porque não queria andar de rabecão.

— Onde está Rid? — Link já estava procurando no estacionamento.

Lena apontou para o rabecão atrás dela.

— Está lá dentro, mudando de roupa.

— Ela não pode mudar em casa, como uma pessoa normal? — perguntei.

— Eu ouvi isso, Palitinho — gritou Ridley de dentro do carro. — Não sou... — Uma bola de tecido amassado voou pela janela do motorista e caiu no asfalto quente. — Uma *pessoa normal.* — Ela falou como se normal fosse uma doença. — E não vou usar essa porcaria produzida em massa e comprada no shopping. — Ridley estava se contorcendo e o assento de couro gemia enquanto vislumbres de cabelo louro e rosa apareciam e sumiam. Um par de sapatos prateados saiu voando pela janela. — Pareço uma apresentadora do Disney Channel.

Eu me inclinei e peguei a peça ofensiva. Era um vestido curto e estampado de uma cadeia de lojas do shopping de Summerville. Era uma variação do mesmo vestido que Savannah Snow, Emily Asher, Eden Westerly e Charlotte Chase (as rainhas da equipe de líderes de torcida) e, portanto, metade das garotas de Jackson High usava.

Lena revirou os olhos.

— Vovó decidiu que Ridley precisava se vestir de maneira mais apropriada, agora que vai frequentar uma escola Mortal. — Lena baixou a voz. — Como Mortal, sabe.

— Eu ouvi! — Um top branco saiu voando pela janela. — Só porque sou uma Mortal nojenta, não quer dizer que tenho de me vestir como uma. — Lena olhou por cima do ombro e se afastou do carro. Ridley saiu do rabecão e ajustou a nova roupa, uma camiseta rosa-shocking e um pedaço de tecido preto que ela usava como saia. A camiseta era toda recortada e presa com alfinete em alguns pontos, e ficava caída de um dos lados, deixando os ombros à mostra.

— Acho que você nunca vai se parecer com uma Mortal, gata. — Desconfortável, Link puxou a própria camiseta, que parecia ter encolhido quando a mãe dele a lavou.

— Agradeço a Deus pelos pequenos favores. E não me chame de gata. — Ridley pegou o vestido entre dois dedos. — Devíamos dar isso pra caridade. Talvez possam vender como fantasia de Halloween.

Lena olhou para a fivela do cinto presa ao redor da cintura de Ridley.

— Falando em caridade, o que é isso?

— O quê? Essa coisa velha? — Era uma fivela enorme presa a um cinto preto de couro surrado, com uma espécie de inseto preso em uma pedra, ou um pedaço de plástico, algo assim. Acho que era um escorpião. Era apavorante e estranho, e a cara de Ridley. — Só estou tentando me encaixar no ambiente. — Ridley sorriu e estourou uma bola de chiclete. — Você sabe. Todos os adolescentes legais estão usando. — Sem o pirulito característico, ela ficava tão mal-humorada quanto meu pai quando Amma dava café descafeinado para ele.

Lena não respondeu.

— Você vai ter de mudar de roupa antes de voltarmos pra casa, senão vovó vai perceber o que você está fazendo.

Ridley a ignorou e largou o vestido emaranhado no asfalto quente e depois pisou nele com as sandálias de salto altíssimo.

Lena suspirou e esticou a mão. O vestido voou em direção aos dedos dela, mas antes de alcançá-los, começou a pegar fogo. Lena puxou a mão, e o vestido caiu no chão com as beiradas já queimadas.

— Puta merda! — Link pisou no tecido até não haver nada além de uma confusão preta e fumegante. Lena ficou vermelha.

Ridley estava impassível.

— Muito bem, prima. Eu não teria feito melhor.

Lena observou o último filete de fumaça desaparecer.

— Eu não queria...

— Sei. — Ridley parecia entediada.

Os poderes de Lena estavam fora de controle desde que ela tinha se Invocado, o que era perigoso, considerando que ela era tanto da Luz quanto das Trevas. Seus poderes sempre foram imprevisíveis, mas agora podiam provocar qualquer coisa, desde temporais e ventos com intensidade de furacão a incêndios florestais.

Lena suspirou, frustrada.

— Compro outro antes do fim do dia, Rid.

Ridley revirou os olhos e remexeu na bolsa.

— Não me faça nenhum favor. — E colocou os óculos de sol.

— Boa ideia. — Link colocou os óculos pretos e arranhados que tinham sido modernos durante uns dez minutos, quando estávamos no sexto ano. — Vamos curtir, doce de coco.

Elas se viraram em direção à escada, e vi minha chance. Estiquei a mão, peguei o braço de Lena e a puxei para perto de mim. Ela afastou o cabelo castanho, que estava sempre um pouco comprido demais, dos meus olhos e me fitou através dos cílios pretos e grossos. Um olho perfeitamente dourado e outro verde-escuro me encararam. Os olhos dela nunca voltaram a ser como eram antes da noite em que Sarafine chamou a Décima Sétima Lua fora de hora. Ela me fitou com o olho dourado de Conjuradora das Trevas e o verde de Conjuradora da Luz — um lembrete constante do momento em que se deu conta de que possuía os dois tipos de poder. Mas eram também um lembrete de que a escolha dela tinha mudado as coisas tanto no mundo Conjurador quanto no Mortal. E entre nós.

Ethan, não...

Shh. Você se preocupa demais.

Passei os braços ao seu redor, e a sensação daquele corpo queimou pelas minhas veias. Eu podia sentir a intensidade dela enquanto lutava para manter minha respiração regular. Ela mordeu delicadamente meu lábio inferior quando nos beijamos, e fiquei tonto e desorientado em segundos. Para mim, não estávamos de pé no meio do estacionamento. Imagens piscaram na minha mente, e eu só podia estar tendo alucinações, porque agora estávamos nos beijando na água, no lago Moultrie, na minha mesa da aula de inglês, nas mesas do almoço, atrás da arquibancada, no jardim de Greenbrier.

De repente, uma sombra passou por cima de mim, e senti uma coisa que não era provocada pelo beijo. Eu tinha tido a mesma sensação antes, em cima da torre de água, no meu sonho. Uma tontura sufocante tomou conta de mim, e Lena e eu não estávamos mais no jardim. Estávamos cercados de terra, nos beijando em um túmulo aberto.

Eu ia desmaiar.

Quando meus joelhos se dobraram, uma voz cortou o ar e interrompeu nosso beijo, e Lena se afastou.

— Oi, pessoal. Como vocês estão? — falou Savannah Snow.

Caí na lateral do rabecão e deslizei até o chão. Logo senti alguma coisa me puxando, e meus pés mal tocavam o asfalto.

— O que Ethan tem? — disse Savannah.

Abri os olhos.

— Acho que é o calor. — Link sorriu e me colocou no chão.

Lena parecia chocada, mas Ridley parecia pior. Porque Link estava sorrindo como se alguém tivesse acabado de oferecer um contrato com uma gravadora. E esse alguém era Savannah Snow, chefe das líderes de torcida, causadora de queimaduras de terceiro grau de tão gostosa, e o Cálice Sagrado dentre todas as garotas inatingíveis de Stonewall Jackson High.

Savannah ficou ali, apertando os livros contra o peito com tanta força que os nós dos dedos estavam brancos. Estava usando um vestido quase idêntico ao que Ridley tinha jogado no chão segundos antes. Emily Asher estava atrás dela, usando sua própria versão da roupa de Savannah, com ar confuso. Savannah deu um passo para mais perto de Link, mantendo apenas os livros entre os dois.

— O que eu realmente quis dizer foi como você está.

Link passou a mão com nervosismo pelo cabelo e deu um passo para trás.

— Estou bem. E você?

Savannah balançou o rabo de cavalo louro e mordeu o lábio inferior de maneira sugestiva, com o gloss labial rosa grudento derretendo no sol.

— Nada de novo. Só queria saber se você vai ao Dar-ee Keen depois da aula. Quem sabe você pode me dar carona.

Emily pareceu tão surpresa quanto eu. Era mais fácil Savannah abrir mão do posto na equipe de líderes de torcida do que concordar em andar no carro enferrujado de Link. Como acompanhar Savannah era um dos requisitos de ser o braço direito dela, Emily se manifestou.

— Savannah, temos carona. Earl vai nos levar, lembra?

— Você vai com Earl. Acho que prefiro ir com Link. — Savannah ainda estava olhando para Link como se ele fosse um astro do rock.

Lena balançou a cabeça para mim.

Eu falei. É o efeito John Breed. Nada mau para alguém que é um quarto Incubus. Não podemos esperar que uma garota Mortal não sinta.

Isso era até pouco.

Só garotas Mortais, L?

Ela fingiu não entender o que eu quis dizer.

Nem todas as garotas Mortais. Olhe...

Ela estava certa. Link não parecia estar exercendo o mesmo efeito em Emily. Quanto mais Savannah lambia os lábios, mais enojada Emily parecia.

Ridley segurou o braço de Link e o puxou para longe de Savannah.

— Ele está ocupado hoje à tarde, querida. Você devia ouvir sua amiga. — Os olhos dela não eram mais amarelos, mas Ridley era tão intimidante quanto na época em que era Conjuradora das Trevas.

Savannah não pensava assim ou não ligava.

— Ah, desculpe. Vocês dois estão juntos? — Fez uma pausa por um segundo, parecendo pensativa. — Não. É isso, não estão.

Qualquer pessoa que tenha passado um tempo no Dar-ee Keen sabia que o relacionamento vai e volta de Ridley e Link estava rompido no momento. Savannah pegou o outro braço de Link. Um desafio.

— Acho que isso significa que Link pode decidir sozinho.

Link se soltou das duas e passou os braços por cima dos ombros de ambas.

— Senhoritas, senhoritas. Não precisam brigar. Tem o bastante aqui pra todo mundo. — Inflou o peito, embora já estivesse bem grande. Normalmente, eu riria com a ideia de duas garotas brigando por Link, só que não eram duas garotas quaisquer. Estávamos falando de Savannah Snow e Ridley Duchannes. Sobrenaturais ou não, eram as duas Sirenas mais poderosas que a humanidade já tivera a sorte (ou o azar) de encontrar, dependendo de como usavam seus poderes de persuasão.

— Savannah, venha. Assim vamos nos atrasar pra aula. — Emily parecia enojada. Eu me perguntei por que o magnetismo de Incubus de Link não funcionava com ela.

Savannah se aproximou mais dele.

— Você deveria encontrar um cara mais... — Ela olhou para Ridley e para a camiseta cheia de alfinetes. — Mais como você.

Ridley se soltou do braço de Link.

— E você deveria ver bem com quem fala assim, Barbie. — Savannah tinha sorte de Ridley não ter mais poderes.

Isso vai ficar feio, L.

Não se preocupe. Não vou deixar Rid ser expulsa no primeiro dia. Não vou dar essa satisfação ao diretor Harper.

— Ridley, vamos. — Lena andou até ela e parou ao lado da prima. — Ela não vale a pena. Acredite.

Savannah estava prestes a responder quando algo a distraiu. Ela torceu o nariz.

— Seus olhos... São de cores diferentes. Qual é o seu problema?

Emily chegou perto para ver melhor. Era uma questão de tempo até que alguém reparasse nos olhos de Lena. Era impossível não perceber. Mas eu tinha tido a esperança de que não seria no estacionamento que a fofoca começaria a se espalhar.

— Savannah, por que você não...

Lena me interrompeu antes que eu pudesse terminar.

— Eu te faria a mesma pergunta, mas todos sabemos a resposta.

Ridley cruzou os braços.

— Vou dar uma dica. Começa com V e rima com vaca.

Lena virou de costas para Savannah e Emily, e começou a andar em direção à escada quebrada da Jackson. Segurei a mão dela e senti a energia pulsando por meu braço. Imaginava que Lena ficaria abalada depois de encarar Savannah, mas estava calma. Alguma coisa tinha mudado, e era mais do que seus olhos. Acho que, depois de você encarar uma Conjuradora das Trevas que, por acaso, também é sua mãe, e um Incubus de Sangue de 150 anos tentando te matar, algumas líderes de torcida não são tão intimidantes.

Tudo bem?

Lena apertou minha mão.

Estou bem.

Eu podia ouvir os sapatos de Ridley estalando no concreto atrás de nós. Link correu até o meu lado.

— Cara, se isso é o que vem por aí, esse ano vai ser demais.

Tentei me convencer de que ele estava certo ao cruzarmos a grama marrom, com gafanhotos mortos estalando debaixo dos nossos pés.

⊰ 7 DE SETEMBRO ⊱

Na defensiva

Tem alguma coisa de especial em entrar na escola de mãos dadas com uma pessoa que você realmente ama. É estranho, mas não de um jeito ruim. Estranho e bom. Lembrei o que fazia os casais ficarem grudados um no outro como macarrão frio. Havia tantos jeitos de ficarem agarradinhos. Com os braços ao redor do pescoço um do outro, com as mãos cruzadas e enfiadas nos bolsos. Não conseguíamos nem andar um do lado do outro sem nossos ombros se chocarem, como se nossos corpos gravitassem sozinhos na direção um do outro. Acho que, quando uma descarga elétrica marcava esses pequenos contatos, você os notava mais do que um cara qualquer notaria.

Embora eu devesse já estar acostumado, ainda era estranho andar pelos corredores com todo mundo olhando para Lena. Ela sempre seria a garota mais bonita da escola, independentemente da cor dos olhos, e todo mundo sabia. Era aquela garota, a que tinha seu próprio tipo de poder, sobrenatural ou não. E havia um tipo de olhar que um cara não podia deixar de lançar para essa garota, independentemente do que ela tinha feito ou do quanto fosse esquisita.

Era o olhar que os garotos estavam lançando para ela agora.

Calma, Namorado.

Lena bateu com o ombro no meu.

Eu tinha esquecido como era essa caminhada. Depois do décimo sexto aniversário de Lena, a cada dia que passava, eu perdia mais um pouco dela. No fim do ano letivo, ela estava tão distante que eu mal conseguia encontrá-la nos corredores. Isso foi poucos meses atrás. Mas, agora que estávamos aqui de novo, lembrei.

Não gosto do jeito que estão olhando pra você.

Que jeito?

Parei de andar e a toquei na lateral do rosto, abaixo da marca de nascença, em forma de lua crescente, que tinha na bochecha. Um tremor nos atravessou, e me inclinei em busca dos seus lábios.

Assim.

Ela se afastou sorrindo e me puxou pelo corredor.

Entendi. Mas acho que você está muito enganado. Olha.

Emory Watkins e os outros caras do time de basquete estavam olhando além de nós quando passamos pelo armário dele. E assentiu para mim.

Odeio dar a notícia, Ethan, mas não estão olhando pra mim.

Ouvi a voz de Link:

— Oi, garotas. Vamos jogar basquete hoje à tarde ou não? — Ele bateu o punho no de Emory e seguiu andando. Mas eles também não estavam olhando para Link.

Ridley estava um passo atrás de todos nós, passando as longas unhas cor-de-rosa nas portas dos armários. Quando chegou até Emory, deixou que a porta se fechasse sob os dedos.

— Oi, *garotas*. — O modo como Ridley pronunciou as palavras fez com que ainda parecesse uma Sirena.

Emory gaguejou, e Ridley passou o dedo pelo peito dele ao seguir adiante. Com aquela saia, ela mostrava mais das pernas do que a lei deveria permitir. O time todo se virou para vê-la passar.

— Quem é a sua amiga? — Emory estava falando com Link, mas não tirou os olhos de Ridley.

Ele a tinha visto antes, no Pare & Roube quando a conheci e no baile de inverno, quando ela destruiu o ginásio, mas estava querendo ser apresentado pessoalmente.

— Quem quer saber? — Rid soprou uma bola de chiclete até que estourasse.

Link olhou para ela de lado e segurou sua mão.

— Ninguém.

O corredor se abriu à frente deles enquanto uma ex-Sirena e um Incubus parcial conquistavam a Jackson High. Eu me perguntei o que Amma teria a dizer sobre aquilo.

Menino Jesus na manjedoura. Que os céus nos ajudem.

— Você está brincando? Preciso deixar minhas coisas nesse *caixão* imundo de lata? — Ridley olhou para o armário da escola como se achasse que alguém ia sair pulando de dentro dele.

27

— Rid, você já frequentou uma escola antes e tinha um armário — disse Lena com paciência.

Ridley mexeu no cabelo louro e rosa.

— Devo ter bloqueado essas lembranças. Estresse pós-traumático.

Lena deu para Ridley o número da combinação.

— Você não precisa usar. Mas pode deixar os livros aí pra não ter de carregar o tempo todo.

— Livros? — Ridley parecia enojada. — Carregar?

Lena suspirou.

— Você vai receber hoje nas aulas. E, sim, você tem de carregar. Devia saber como é isso.

Ridley ajeitou a camiseta para deixar mais ombro à mostra.

— Eu era Sirena na última vez em que frequentei a escola. Não fui a aula nenhuma e não carreguei nada.

Link colocou a mão no ombro dela.

— Vamos. Temos o primeiro tempo juntos. Vou mostrar como se faz, no estilo Link.

— É? — Ridley parecia cética. — E por que isso vai ser melhor?

— Pra começar, não envolve nenhum livro... — Link pareceu mais do que feliz em levá-la até a aula. Queria ficar de olho nela.

— Ridley, espere! Você precisa disso. — Lena balançou um fichário no alto.

Ridley passou o braço pelo de Link e a ignorou.

— Relaxa, prima. Uso o do gostosão.

Fechei a porta do meu armário.

— Sua avó é otimista.

— Você acha?

Como todo mundo, observei Link e Rid desaparecerem pelo corredor.

— Dou no máximo três dias pra esse pequeno experimento.

— Três dias? Você que é o otimista. — Lena suspirou e começamos a subir a escada em direção à aula de inglês.

O ar-condicionado estava no máximo, e um zumbido patético ecoava nos corredores. Mas o sistema antigo não tinha a menor chance contra aquela onda de calor. Estava ainda mais quente no andar de cima do prédio do que no estacionamento.

Quando entramos na sala de inglês, parei por um minuto debaixo da lâmpada fluorescente, a que tinha queimado quando Lena e eu colidimos a caminho desta sala no primeiro dia em que a vi. Olhei para os quadrados de papelão no teto.

Se você olhar bem, ainda dá pra ver a marca de queimado ao redor da lâmpada nova.

Que romântico. A cena do nosso primeiro desastre. Lena seguiu meu olhar até o teto. *Acho que consigo ver.*

Meu olhar se demorou nos quadrados marcados de pontos perfurados. Quantas vezes eu tinha ficado sentado na sala de aula olhando para aqueles pontos, tentando ficar acordado ou os contando para passar o tempo? Contando os minutos que faltavam para acabar uma aula, contando as aulas que faltavam no dia… quantos dias na semana, quantas semanas no mês, até que eu saísse de Gatlin?

Lena passou pela Sra. English, que estava à mesa afundada na papelada do primeiro dia de aula, e sentou na antiga carteira no famoso Lado do Olho Bom.

Comecei a acompanhá-la, mas senti alguém atrás de mim. Era aquela sensação quando se está em uma fila e a pessoa atrás de você está perto demais. Eu me virei, mas não tinha ninguém.

Lena já estava escrevendo no caderno quando me sentei na carteira ao lado da dela. Eu me perguntei se era um de seus poemas. Estava prestes a tentar espiar quando do escutei. A voz era baixa e não era de Lena. Era um sussurro suave, vindo de cima do meu ombro.

Eu me virei. A carteira de trás estava vazia.

Você disse alguma coisa, L?

Lena ergueu os olhos do caderno, surpresa.

O quê?

Você se comunicou comigo por Kelt? Pensei ter ouvido alguma coisa.

Ela balançou a cabeça.

Não. Você está bem?

Fiz que sim com a cabeça e abri meu fichário. Ouvi a voz de novo. Desta vez, entendi as palavras. As palavras apareceram no papel, com minha letra.

ESTOU ESPERANDO.

Fechei o fichário com força e apertei as mãos para que não tremessem.

Lena olhou para mim.

Tem certeza de que está bem?

Estou.

Não olhei para a frente nem uma vez durante toda a aula. Não olhei para a frente enquanto ia mal no teste sobre *As bruxas de Salem*. Nem quando Lena participou, com expressão séria, de uma discussão da turma sobre os julgamentos das bruxas de Salem. Nem quando Emily Asher fez uma comparação nada inteligente entre o querido e falecido Macon Ravenwood e os habitantes possuídos da peça, e um encaixe do teto se soltou de repente e caiu na cabeça dela.

Só olhei para a frente quando o sinal tocou.

A Sra. English estava me fitando com uma expressão tão irritante e vazia que, por um segundo, achei que seus dois olhos podiam ser de vidro.

Tentei dizer a mim mesmo que era o primeiro dia de aula, o que podia deixar qualquer um maluco. Que ela provavelmente tinha tomado uma caneca de café ruim.

Mas aqui era Gatlin. Então havia uma boa chance de eu estar errado.

Depois de inglês, Lena e eu só tínhamos aula juntos depois do almoço. Eu tinha trigonometria e Lena, cálculo. Link (e agora, Ridley) fora empurrado para matemática do consumidor, onde os professores colocavam você quando finalmente admitiam que não ia passar de Álgebra II. Todo mundo chamava de matemática-hambúrguer porque você aprendia a calcular o troco. Todas as aulas de Link levavam a acreditar que os professores tinham concluído que ele ia trabalhar no posto de gasolina com Ed depois da formatura. Os horários dele pareciam um grande tempo vago. Eu tinha biologia; ele, introdução à geologia. Eu tinha história mundial; ele tinha CES (cultura dos estados sulistas ou "cantadas especiais em Savannah Snow", como ele chamava). Em comparação a Link, eu parecia um cientista espacial. Ele parecia não ligar. Ou, se ligava, havia garotas demais o perseguindo para que notasse.

Para ser sincero, não importava, porque eu só queria me perder na confusão familiar do primeiro dia de aula para esquecer a mensagem louca no meu fichário.

Acho que não há nada como um verão ruim cheio de experiências de quase morte para fazer o primeiro dia de aula parecer ótimo em comparação. Até eu chegar ao refeitório, onde era dia de sanduíche de carne moída. É claro. Nada tinha cara de primeiro dia de aula como sanduíche de carne moída.

Encontrei Lena e Ridley com facilidade. Estavam sentadas sozinhas a uma das mesas laranja, com um fluxo permanente de sujeitos circulando como abutres. Todo mundo já tinha ouvido falar de Ridley, e todos os caras queriam dar uma olhada.

— Onde está Link?

Ridley inclinou a cabeça em direção aos fundos do refeitório, onde Link andava de mesa em mesa como se fosse o melhor jogador de uma equipe no campeonato estadual ou coisa que o valha. Reparei na bandeja dela, cheia de pudim de chocolate, cubos vermelhos de gelatina e fatias de pão de ló de aparência ressecada.

— Está com fome, Rid?

— O que posso dizer, Namorado? Essa garota é uma formiguinha. — Ela pegou uma tigela de pudim e começou a comer.

— Não a provoque. Ela está tendo um dia péssimo — disse Lena.

— É mesmo? Isso é surpreendente. — Mordi meu primeiro sanduíche murcho. — O que aconteceu?

Lena olhou para uma das mesas.

— Aquilo aconteceu.

Link estava com um dos pés em cima do banco de plástico e se inclinava em direção à mesa, conversando com a equipe de líderes de torcida. A atenção dirigida para uma certa capitã em particular.

— Ah, não é nada. É apenas Link sendo Link. Não tem nada com que se preocupar, Rid.

— Como se eu estivesse preocupada — respondeu ela. — Não estou nem aí pro que ele faz. — Mas olhei para a bandeja dela e vi que quatro das tigelas de pudim já estavam vazias. — Não venho mais amanhã, de qualquer modo. Essa escola toda é idiota. As pessoas vão de sala em sala feito rebanhos ou bandos ou…

— Colégio? — Não consegui resistir.

— É disso que estou falando. — Ridley revirou os olhos, irritada de eu não conseguir acompanhar.

— Eu estava falando de eleitores. Um grupo de eleitores é chamado colégio. Se você frequentasse o colégio, saberia disso. — Eu me abaixei para escapar da colher dela.

— Não é essa a questão. — Lena me lançou um olhar de aviso.

— A questão é que você é uma espécie de artista solo — falei, tentando parecer solidário. Ridley voltou a atacar o pudim com um sério nível de dedicação ao açúcar que eu respeitava. Ela não tirou os olhos de Link.

— Na verdade, *tentar* fazer alguém gostar de você é completamente humilhante. É patético. É…

— Mortal?

— Exatamente. — Ela tremeu e partiu para a gelatina.

* * *

Alguns minutos depois, Link chegou em nossa mesa. Sentou-se perto de Ridley, e o lado da mesa onde eu e Lena estávamos se levantou ligeiramente do chão. Com 1,89 metro de altura, eu era um dos alunos mais altos da Jackson, mas agora estava apenas uns 3 centímetros mais alto do que Link.

— Ei, cara. Devagar.

Link aliviou um pouco o peso, e nosso lado da mesa caiu de novo sobre o linóleo. As pessoas estavam olhando.

— Desculpa. Vivo esquecendo. Estou me Transformando. O Sr. Ravenwood disse que seria uma época difícil, quando se é o novo garoto do pedaço.

Lena me chutou por debaixo da mesa, tentando não rir.

Ridley foi menos sutil.

— Acho que todo esse açúcar está me enjoando. Ah, espere, eu disse açúcar? Quis dizer bobeira. — Ela olhou para Link. — E quando digo bobeira estou falando de você.

Link sorriu. Essa era a Ridley de quem mais gostava.

— Seu tio disse que ninguém ia entender.

— É, aposto que é bem difícil ser o Hulk. — Eu estava brincando, mas não estava muito longe da verdade.

— Cara, não é brincadeira. Não posso ficar sentado mais do que cinco minutos sem as pessoas começarem a jogar comida em mim, como se achassem que eu fosse comer.

— Ah, você tinha a reputação de ser uma lata de lixo humana.

— Ainda poderia comer se quisesse. — Fez cara de nojo. — Mas a comida não tem gosto de nada. É como mastigar papelão. Estou na dieta Macon Ravenwood. Você sabe, uns sonhos de lanche aqui e outros ali.

— Sonhos de quem? — Se Link estivesse se alimentando dos meus sonhos, iria se ver comigo. Já eram confusos o bastante sem ele.

— De jeito nenhum. Sua cabeça é cheia de coisa doida demais pra mim. Mas você não ia acreditar nas coisas com que Savannah sonha. Vamos apenas dizer que ela não está pensando nas finais estaduais.

Ninguém queria ouvir os detalhes, principalmente Ridley, que estava esfaquean-do a gelatina. Tentei poupá-la.

— É uma imagem de que não preciso na minha vida, obrigado.

— Tudo bem. Mas nunca vão adivinhar o que vi. — Se dissesse Savannah de calcinha, seria um homem morto.

Lena estava pensando a mesma coisa.

— Link, não acho...

— Bonecas.

— O quê? — Não era a resposta que Lena estava esperando.

— Barbies, mas não as que as garotas tinham quando pequenas. As dela são todas arrumadas. Ela tem uma noiva, a Miss América, a Branca de Neve. E todas estão em uma grande estante de vidro.

— Sabia que ela me lembrava uma Barbie. — Ridley espetou outro cubo.

Link chegou perto dela.

— Ainda está me ignorando?

— Você não vale o tempo gasto pra te ignorar. — Ridley olhou para o cubo vermelho e molengo. — Acho que a Cozinha não faz isso. Como se chama mesmo?

— Gelatina surpresa. — Link sorriu.

— Qual é a surpresa? — Ridley examinou a gelatina vermelha mais de perto.

— O que colocam dentro. — Ele deu um peteleco no cubo, e ela se afastou.

— Que é...?

— Cascos, peles e ossos moídos. Surpresa.

Ridley olhou para ele, deu de ombros e colocou a colher na boca. Não ia recuar um centímetro. Não enquanto ele estivesse rondando o quarto de Savannah Snow à noite e flertando com ela durante o dia.

Link olhou para mim.

— Quer jogar um pouco depois da aula?

— Não. — Enfiei o resto do sanduíche na boca.

— Não consigo acreditar que está comendo isso. Você odeia.

— Eu sei. Mas está bem gostoso hoje. — Pela primeira vez na Jackson. Quando a comida de Amma estava ruim e a do refeitório estava boa, talvez fosse mesmo o Fim dos Dias.

Você sabe que pode jogar basquete, se quiser.

Lena estava me oferecendo uma coisa, a mesma coisa que Link. Uma chance de fazer as pazes com meus antigos amigos, de ser menos pária, se isso fosse possível. Mas era tarde demais. Os amigos deveriam ficar ao seu lado, e agora eu sabia quem eram meus amigos de verdade. E quem não era.

Não quero.

— Vamos lá. Está tudo bem. Todas as coisas estranhas com os caras já são passado. — Link acreditava no que estava dizendo. Mas o passado era difícil de esquecer quando incluía atormentar sua namorada o ano todo.

— É. As pessoas daqui não gostam do passado.

Até Link percebeu meu sarcasmo.

— Eu vou pra quadra. — Ele não olhou para mim. — Posso até conseguir voltar ao time. Quero dizer, na verdade eu nem saí.

Não como você. Essa foi a parte que ele não disse.

— Está muito quente aqui. — O suor pingava pelas minhas costas. Tantas pessoas enfiadas em um só lugar.

Você está bem?

Não. Sim. Só preciso de ar fresco.

Fiquei de pé, mas a porta parecia a 1 quilômetro de distância.

Essa escola tinha um jeito de fazer você se sentir pequeno. Tão pequeno quanto você era, talvez até menor. Acho que algumas coisas não mudam nunca.

Acontece que Ridley não estava interessada em estudar as culturas dos estados sulistas tanto quanto não estava interessada em Link estudando Savannah Snow, e, cinco minutos depois do começo da aula, o convenceu de que deveriam mudar para história mundial. Isso não teria me surpreendido se trocar de matéria não envolvesse levar sua grade de horários para a Sra. Hester, seguido de mentir e implorar e, se você estivesse realmente determinado, chorar. Então, quando Link e Ridley apareceram na aula de história mundial e ele me disse que seu horário tinha mudado milagrosamente, fiquei mais do que desconfiado.

— O que quer dizer com seu horário mudou?

Link jogou o caderno sobre a carteira ao meu lado e deu de ombros.

— Não sei. Em um minuto, Savannah se senta ao meu lado; em seguida, Ridley entra e se senta do outro lado, e, quando percebo, está escrito *história mundial* na minha grade de horários. Na de Rid também. Ela mostra para o professor, e somos expulsos da aula.

— Como conseguiu isso? — perguntei quando Ridley se sentou.

— Conseguiu o quê? — Ela olhou para mim com inocência, abrindo e fechando a fivela de escorpião do cinto.

Lena não ia deixar isso passar facilmente.

— Sabe o que ele quer dizer. Você pegou um livro do escritório do tio Macon?

— Está *me* acusando de ler?

Lena baixou a voz.

— Você estava tentando Conjurar? Não é seguro, Ridley.

— Quer dizer que não é seguro pra mim. Porque sou uma Mortal idiota.

— Conjurar é perigoso pra Mortais, a não ser que tenha tido anos de treinamento, como Marian. E você não teve. — Lena não estava tentando jogar nada na cara dela, mas, cada vez que dizia a palavra "Mortal", Ridley fazia uma careta. Era como jogar gasolina em um incêndio.

Talvez fosse muito difícil de ouvir aquilo de uma Conjuradora. Eu me meti.

— Lena está certa. Quem sabe o que poderia acontecer se alguma coisa desse errado?

Ridley não disse nada, e por um segundo pareceu que eu tinha apagado as chamas sozinho. Mas, quando ela se virou para me olhar, com os olhos azuis brilhando tanto quanto os amarelos tinham brilhado, percebi o quanto estava errado.

— Não me lembro de ninguém reclamar quando você e sua britanicazinha, a que queria ser como Marian, Conjuraram na Grande Barreira.

Lena enrubesceu e olhou para o outro lado.

Ridley estava certa. Liv e eu tínhamos Conjurado na Grande Barreira. Foi assim que libertamos Macon do Arco Voltaico, e, por causa disso, Liv jamais seria Guardiã. E era uma lembrança dolorosa de uma época em que Lena e eu estávamos tão distantes um do outro quanto duas pessoas podiam ficar.

Não falei nada. O que fiz foi cambalear nos pensamentos, debatendo-me e ardendo em silêncio, enquanto o Sr. Littleton tentava nos convencer do quanto a história mundial seria fascinante. Ele falhou. Tentei pensar em alguma coisa para dizer que me resgatasse do constrangimento dos dez segundos seguintes. Falhei.

Porque, embora Liv não estivesse na Jackson e passasse todos os dias nos túneis com Macon, ainda era o elefante na sala. A coisa sobre a qual Lena e eu não falávamos. Eu só tinha visto Liv uma vez depois da noite da Décima Sétima Lua e sentia saudade dela. Não que eu pudesse contar isso para alguém.

Sentia saudade do sotaque britânico maluco e do jeito como ela pronunciava Carolina errado. Sentia saudade do selenômetro, que parecia um enorme relógio de plástico de trinta anos atrás, e do modo como ela sempre estava escrevendo no caderninho vermelho. Sentia saudade do jeito como brincávamos e como ela debochava de mim. Eu sentia saudade da minha amiga.

A parte triste é que ela provavelmente entenderia.

Eu só não podia dizer a ela.

⚔ 7 DE SETEMBRO ⚕

Saindo da autoestrada 9

Depois da aula, Link ficou para jogar basquete com os outros meninos. Ridley não iria embora sem ele enquanto a equipe de líderes de torcida ainda estivesse no ginásio, apesar de não admitir.

Passei pela porta do ginásio e observei Link correr pela quadra sem suar uma gota. Vi quando fez cesta do garrafão, da cabeça do garrafão, da linha de três pontos, do centro da quadra. Vi os outros caras ali de pé, os queixos caídos. Vi o técnico se sentar na arquibancada com o apito ainda na boca. Apreciei cada minuto, quase tanto quanto Link.

— Sente saudade? — Lena estava me observando da porta.

Balancei a cabeça.

— De jeito nenhum. Não quero estar com esses caras. — Sorri. — E, pela primeira vez, ninguém está olhando pra nós.

Estiquei a mão, e ela a pegou. Seu toque era quente e macio.

— Vamos sair daqui — disse.

Boo Radley estava sentado no canto do estacionamento, perto da placa de PARE, ofegando como se não houvesse ar suficiente no mundo para refrescá-lo. Eu me perguntei se Macon ainda estava observando a nós e a todo mundo pelos olhos do cão Conjurador. Paramos ao lado dele e abrimos a porta. Boo nem hesitou.

Subimos a autoestrada 9, onde as casas de Gatlin desaparecem e se transformam em fileiras de campos. Nesta época do ano, costumavam ser uma mistura de verde e marrom, milho e tabaco. Mas este ano não havia nada além de preto e amarelo, até onde dava para enxergar: plantas mortas e gafanhotos escuros comendo tudo até a estrada. Dava para ouvi-los estalando embaixo dos pneus. Parecia errado.

Era a outra coisa sobre a qual não conversávamos. O apocalipse que tinha tomado conta de Gatlin no lugar do outono. A mãe de Link estava convencida de que a onda de calor e os insetos eram resultado da ira de Deus, mas eu sabia que estava errada. Na Grande Barreira, Abraham Ravenwood tinha prometido que a escolha de Lena afetaria tanto o mundo Conjurador quanto o Mortal. Ele não estava brincando.

Lena olhou pela janela, com os olhos presos aos campos destroçados. Não havia nada que eu pudesse dizer para fazer com que ela se sentisse melhor ou menos responsável. A única coisa que eu podia fazer era tentar distraí-la.

— Hoje foi meio doido, até mesmo pro primeiro dia de aula.

— Eu me sinto mal por Ridley. — Lena tirou o cabelo de cima do ombro e o torceu em um nó desgrenhado. — Ela não é ela mesma.

— O que quer dizer que não é uma Sirena má trabalhando secretamente para Sarafine. Devo sentir pena dela?

— Ela parece tão perdida.

— Minha previsão? Ela vai bagunçar a cabeça de Link de novo.

Lena mordeu o lábio.

— Ah, sim. Ridley ainda acha que é Sirena. Bagunçar as pessoas é parte da descrição da função.

— Aposto que ela vai acabar com todas as líderes de torcida antes de acabarem com ela.

— Ela será expulsa — disse Lena.

Saí da autoestrada 9 no cruzamento e entrei na estrada que conduzia a Ravenwood.

— Não sem antes incendiar toda a Jackson.

Os carvalhos ficaram maiores e formavam um arco acima da estrada que levava à casa de Lena, baixando a temperatura alguns poucos graus.

A brisa que entrou pela janela soprou os cachos escuros de Lena.

— Acho que Ridley não aguenta ficar em casa. Minha família toda está agindo de forma estranha. Tia Del não sabe se está indo ou vindo.

— Isso não é novidade.

— Ontem, pensou que Ryan fosse Reece.

— E Reece? — perguntei.

— Os poderes de Reece estão descontrolados. Ela tem reclamado. Às vezes, olha pra mim e tem um ataque, e não sei se é por alguma coisa que leu no meu rosto ou porque não conseguiu ler nada.

Reece já era bastante mal-humorada em circunstâncias normais.

— Pelo menos, você tem seu tio.

— Mais ou menos. Todos os dias, tio Macon desaparece nos túneis e não diz o que faz lá embaixo. Como se não quisesse que eu soubesse.

— Por que isso é estranho? Ele e Amma nunca querem que a gente saiba nada. — Tentei agir como se não estivesse preocupado mesmo quando os pneus esmagaram ainda mais gafanhotos.

— Já tem semanas que ele voltou e ainda não sei que tipo de Conjurador ele é. Só sei que é da Luz. Ele não fala sobre isso, com ninguém. — *Nem comigo*. Era isso que ela queria dizer.

— De repente, nem ele sabe.

— Deixa pra lá. — Olhou pela janela, e segurei a mão dela. Nós dois estávamos tão quentes que eu mal conseguia sentir o toque dela me queimando.

— Você pode conversar com sua avó?

— Vovó passa metade do tempo em Barbados, tentando entender as coisas. — Lena não disse o que realmente queria dizer. A família dela procurava descobrir um jeito de restaurar a Ordem, de banir o calor, os gafanhotos e tudo que esperávamos com ansiedade no mundo Mortal. — Ravenwood tem mais Feitiços do que uma prisão Conjuradora. Está tão claustrofóbica que me sinto presa à casa. Dá uma nova dimensão a estar de castigo. — Lena balançou a cabeça. — Fico torcendo pra que Ridley não sinta, agora que é Mortal.

Não falei nada, mas tinha certeza de que Ridley sentia, porque eu sentia. Conforme chegávamos mais perto da casa, conseguia sentir a magia, zumbindo como se fosse um fio desencapado, o peso de uma névoa densa que não tinha nada a ver com meteorologia.

A atmosfera de magia Conjuradora, das Trevas e da Luz.

Eu conseguia senti-la desde que voltamos da Grande Barreira. E, quando paramos em frente aos portões tortos que delimitavam Ravenwood, o ar ao nosso redor estalou, quase como se houvesse uma tempestade elétrica.

Os portões em si não eram a verdadeira barreira. Os jardins de Ravenwood, tão descuidados durante a ausência de Macon, eram o único lugar no condado inteiro que funcionava como refúgio do calor e dos insetos. Talvez fosse uma prova do poder da família de Lena. No entanto, quando passamos pelo portão, pude sentir a energia do lado de fora puxando para um lado enquanto Ravenwood puxava para o outro. Ravenwood estava resistindo firme. Dava para perceber pelo jeito como o marrom infinito do lado de fora cedia lugar ao verde lá dentro, pelo jeito como o jardim permanecia intacto, intocado. As flores de Macon estavam florescendo em cores intensas, as árvores foram podadas e arrumadas, os gramados amplos e verdes estavam cortados e limpos, e se estendiam da casa até o rio Santee. Até as alamedas estavam cobertas de cascalho novo. Mas o mundo exterior fazia força contra os portões e os Conjuros e Feitiços que mantinham Ravenwood em segurança. Como ondas batendo em pedras, sobre o mesmo recife, sem parar, erodindo alguns grãos de areia de cada vez.

Em algum momento, as ondas conseguem passar. Se a Ordem das Coisas realmente fora rompida, Ravenwood não poderia permanecer sendo o único posto avançado de um mundo perdido por muito tempo.

Parei o rabecão perto da casa, e antes que pudesse dizer uma palavra estávamos fora do carro, no ar úmido. Lena se jogou na grama fria, e eu me sentei ao lado dela. Eu estava esperando por esse momento o dia todo e senti pena de Amma e de meu pai, e do resto de Gatlin, presos na cidade abaixo do céu azul e quente. Não sabia quanto ainda aguentaria.

Eu sei.

Merda. Eu não quis dizer...

Eu sei. Você não está me culpando. Está tudo bem.

Ela chegou mais perto e esticou a mão em direção ao meu rosto. Eu me preparei. O coração não apenas disparava quando nos tocávamos. Agora, eu sentia a energia se esvaindo do meu corpo, como se estivesse sendo sugada para fora. Mas ela hesitou e baixou a mão.

— É minha culpa. Sei que você acha que não pode dizer, mas eu posso.

— L.

Ela se deitou de costas e olhou para o céu.

— Tarde da noite, deitada na cama, fecho os olhos e tento romper isso. Tento puxar as nuvens e afastar o calor. Você não sabe como é difícil. O quanto é difícil manter Ravenwood assim. — Ela pegou um pedaço de grama verde. — Tio Macon diz que não sabe o que vai acontecer depois. Vovó diz que é impossível saber, porque isso nunca aconteceu antes.

— Você acredita neles?

Quando se tratava de Lena, Macon era tão aberto quanto Amma era comigo. Se havia alguma coisa que ela podia ter feito diferente, ele seria a última pessoa a dizer a ela.

— Não sei. Mas isso é maior do que Gatlin. Seja lá o que foi que eu fiz, está afetando outros Conjuradores fora da minha família. Os poderes de todos estão falhando como os meus.

— Seus poderes nunca foram previsíveis.

Lena desviou o olhar.

— Combustão espontânea é um pouco mais do que imprevisível.

Sabia que ela estava certa. Gatlin estava se balançando perigosamente na beirada de um precipício invisível, e não tínhamos ideia do que havia embaixo. Mas eu não podia dizer isso a Lena, não quando era ela a responsável por tudo.

— Vamos descobrir o que está acontecendo.

— Não tenho tanta certeza.

Ela levantou uma das mãos em direção ao céu, e me lembrei da primeira vez em que a segui até o jardim de Greenbrier. Eu a tinha observado traçar nuvens com as pontas dos dedos, criando formas no céu. Na época, não sabia em que estava me metendo, mas não teria feito diferença.

Tudo tinha mudado, até o céu. Desta vez, não havia nenhuma nuvem para traçar. Não havia nada além do calor ameaçador e azul.

Lena levantou a outra mão e olhou para mim.

— Isso não vai parar. As coisas só vão piorar. Temos de estar prontos. — Ela puxou o céu com as mãos de forma distraída, torcendo o ar devagar, como caramelo entre os dedos. — Sarafine e Abraham não vão simplesmente ir embora.

Estou pronto.

Ela enrolou os dedos no ar.

— Ethan, quero que saiba que não tenho mais medo de nada.

Nem eu. Desde que estejamos juntos.

— Esse é o problema. Se alguma coisa acontecer, vai ser por minha causa. E eu precisaria consertar. Você entende o que estou dizendo? — Ela não tirou os olhos dos dedos.

Não. Não entendo.

— Não entende? Ou não quer entender?

Não consigo.

— Lembra quando Amma falava pra você não fazer um buraco no céu, senão o universo cairia por ele?

Sorri.

— C-O-N-C-O-M-I-T-A-N-T-E. Doze, horizontal. O mesmo que vá em frente, puxe o fio solto e veja o mundo todo se desfazer como um suéter, Ethan Wate.

Lena devia estar rindo, mas não estava.

— Puxei o fio solto quando usei *O Livro das Luas.*

— Por minha causa.

Eu pensava nisso o tempo todo. Ela não tinha sido a única a puxar o pedaço de fio que prendia todo o condado de Gatlin, acima e abaixo da superfície.

— Eu me Invoquei.

— Você teve de fazer isso. Devia sentir orgulho.

— Eu sinto — hesitou.

— Mas? — Eu a observei com atenção.

— Mas vou ter de pagar um preço, e estou pronta.

Fechei os olhos.

— Não fale assim.

— Estou sendo realista.

— Você está esperando que uma coisa ruim aconteça. — Não queria pensar naquilo.

Lena brincou com os pingentes no cordão.

— Não é uma questão de *se*, mas de *quando*.

Estou esperando. Era o que o caderno dizia.

Que caderno?

Eu não queria que ela soubesse, mas agora não podia parar. E não podia fingir que conseguiríamos voltar para o modo como as coisas eram antes.

O tamanho do erro caiu sobre mim como uma pedra. O verão. A morte de Macon. Lena agindo como uma estranha. Fugindo com John Breed para longe de mim. E o resto de tudo, a parte que aconteceu antes de eu conhecer Lena: minha mãe que não volta para casa, os sapatos dela ainda onde os deixara, sua toalha ainda úmida do ar da manhã. O lado da cama vazio, com o cheiro do seu cabelo ainda no travesseiro.

As cartas que ainda chegavam com o nome dela no destinatário.

O modo como tudo foi tão repentino. E a continuidade. A realidade solitária da verdade: a pessoa mais importante da sua vida de repente deixou de existir. O que, em um dia ruim, significava que talvez ela nunca tenha existido. E, em um dia bom, havia o outro medo. De que, mesmo estando cem por cento seguro de que ela já esteve a seu lado, talvez fosse o único que se importava ou lembrava.

Como um travesseiro pode ter o cheiro de uma pessoa que nem está mais no mesmo planeta que você? E o que você faz quando, um dia, o travesseiro passa a ter cheiro de um travesseiro velho qualquer, um travesseiro estranho? Como você pode se obrigar a guardar aqueles sapatos?

Mas eu tinha feito isso. Eu tinha visto o Espectro da minha mãe no cemitério Bonaventure. Pela primeira vez na vida, acreditei que alguma coisa realmente acontecia quando você morria. Minha mãe não estava sozinha debaixo da terra no Jardim da Paz Perpétua, como sempre tive medo que estivesse. Eu a estava libertando. Pelo menos, estava perto.

Ethan? O que está acontecendo?

Quem dera eu soubesse.

— Não vou deixar nada acontecer com você. Ninguém vai. — Pronunciei as palavras, embora soubesse que não era capaz de protegê-la. Falei porque senti que meu coração ia se partir em mil pedaços de novo.

— Eu sei — mentiu. Lena não disse mais nada, mas sabia o que eu estava sentindo.

Ela puxou o céu com as mãos, com o máximo de força que conseguiu, como se quisesse arrancá-lo do sol.

Ouvi um estalido alto.

Não sei de onde veio, e não sabia quanto tempo ia durar, mas o céu azul se abriu, e apesar de não haver uma nuvem à vista deixamos a chuva cair em nossos rostos.

Senti a grama molhada e os pingos de chuva nos meus olhos. Pareceram reais. Senti minhas roupas suadas ficando úmidas em vez de secas. Puxei-a para perto e segurei o rosto dela com as mãos. Em seguida, beijei-a até não ser o único sem fôlego e o chão embaixo de nós estar árido e o céu estar cruel e azul de novo.

O jantar era a torta de frango campeã de Amma. Minha porção era do tamanho do prato ou talvez de uma base de beisebol. Furei a massa com o garfo e deixei o vapor subir. Senti o cheiro do xerez de qualidade, o ingrediente secreto dela. Cada torta em nosso condado tinha um ingrediente secreto: creme azedo, molho de soja, pimenta malagueta, até mesmo queijo parmesão ralado na hora. Segredos e massas de torta andavam de mãos dadas por aqui. Basta exibir uma receita de torta doce ou salgada que o povo da cidade se mata tentando descobrir o que há dentro.

— Ah. O cheiro disso ainda me faz me sentir com 8 anos de idade.

Meu pai sorriu para Amma, que ignorou tanto o comentário quanto o suspeito bom humor dele. Agora que o semestre tinha recomeçado na universidade, e ele estava aqui sentado com a camisa de colarinho de professor, parecia normal. Quase dava para esquecer o ano que passou dormindo o dia todo, escondido no escritório durante a noite "escrevendo" um livro que não passava de centenas de páginas rabiscadas. Mal falando ou comendo até começar a lenta e difícil escalada de volta à sanidade. Ou talvez fosse o cheiro da torta me influenciando também. Enfiei o garfo com vontade.

— Teve um bom primeiro dia na escola, Ethan? — perguntou meu pai com a boca cheia.

Examinei o pedaço de comida no meu garfo.

— Foi bom o bastante.

Tudo estava muito bem picadinho dentro da massa. Não dava para diferenciar o frango picado dos legumes picados no pequeno caos do recheio pastoso. Droga. Quando Amma usava o cutelo, isso nunca era bom sinal. Essa torta era evidência de alguma tarde furiosa que eu não queria imaginar. Senti pena da tábua de cortar cheia de cicatrizes. Olhei para seu prato vazio e soube que ela não ia se sentar e bater papo hoje. Nem explicar por que não.

Engoli em seco.

— E a senhora, Amma?

Ela estava de pé em frente à bancada da cozinha, sacudindo uma salada com tanta força que achei que ia quebrar a tigela de vidro.

— Bom o bastante.

Meu pai levantou calmamente o copo de leite.

— Bem, meu dia foi inacreditável. Acordei com uma ideia incrível, do nada. Deve ter me ocorrido na noite de ontem. Durante o tempo que passei no escritório, escrevi uma proposta. Vou começar um novo livro.

— É? Que ótimo. — Peguei a tigela de salada e me concentrei em um pedaço de tomate de aparência oleosa.

— Sobre a Guerra Civil. Talvez até encontre um jeito de usar uma parte da pesquisa antiga de sua mãe. Preciso conversar com Marian.

— Qual é o nome do livro, pai?

— Foi essa parte que me ocorreu do nada. Acordei com as palavras na cabeça. *A Décima Oitava Lua*. O que você acha?

A tigela caiu da minha mão, bateu na mesa e se estilhaçou no chão. Folhas rasgadas, misturadas com pedaços irregulares de vidro, brilhavam ao redor dos meus tênis e do piso.

— Ethan Wate!

Antes que eu pudesse dizer qualquer coisa, Amma estava lá, catando a bagunça úmida, escorregadia, perigosa. Como sempre. Quando fiquei de quatro, consegui ouvi-la sibilando para mim baixinho.

— Nem mais uma palavra. — Seria o mesmo que ter enfiado um pedaço de massa velha e ressecada dentro da minha boca.

O que acha que significa, L?

Eu estava deitado na cama, paralisado, com o rosto escondido no travesseiro. Amma tinha se trancado no quarto depois do jantar, o que eu tinha certeza que queria dizer que ela também não sabia o que estava acontecendo com meu pai.

Não sei.

O Kelt de Lena chegou a mim tão claramente quanto se ela estivesse sentada a meu lado na cama, como sempre. E, como sempre, desejei que estivesse.

Como ele teria essa ideia? Dissemos alguma coisa sobre as músicas na frente dele? Fizemos alguma besteira?

Outra coisa. Foi a parte que não falei e na qual tentei não pensar. A resposta foi rápida.

Não, Ethan. Nunca dissemos nada.

Então, se ele está falando sobre a Décima Oitava Lua...

A verdade nos atingiu ao mesmo tempo.

É porque alguém quer que ele faça isso.

Fazia sentido. Conjuradores das Trevas já tinham matado minha mãe. Meu pai, depois de acabar de se recuperar, era um alvo fácil. E já tinha sido alvo antes, na noite da Décima Sexta Lua de Lena. Não havia outra explicação.

Minha mãe tinha morrido, mas encontrara um jeito de me guiar ao me mandar as músicas sinalizadoras, "Dezesseis Luas" e "Dezessete Luas", que ficaram na minha cabeça até eu começar a prestar atenção. Mas essa mensagem não estava vindo da minha mãe.

L? Você acha que é alguma espécie de aviso? De Abraham?

Talvez. Ou de minha maravilhosa mãe.

Sarafine. Lena quase nunca dizia o nome dela, se pudesse evitar. Eu não a culpava.

Tem de ser um deles, certo?

Lena não respondeu, e fiquei deitado na minha cama, no silêncio escuro, torcendo para ser um dos dois. Um dos demônios que conhecíamos, de algum lugar no conhecido mundo dos Conjuradores. Porque os demônios que não conhecíamos ainda eram apavorantes demais para eu pensar neles, e os mundos que não conhecíamos eram ainda piores.

Ainda está aí, Ethan?

Estou.

Lê alguma coisa pra mim?

Sorri sozinho e enfiei a mão debaixo da cama. Peguei o primeiro livro que encontrei. Robert Frost, um dos favoritos de Lena. Abri em uma página qualquer.

"Nós nos afastamos um do outro/Por trás de palavras leves que provocam e ridicularizam/Mas, ah, o coração agitado/Até que alguém realmente nos descubra..."

Não parei de ler. Senti o peso reconfortante da consciência de Lena encostada na minha, tão real como se a cabeça dela estivesse apoiada no meu ombro. Queria que ficasse ali o máximo de tempo que desse. Ela me fazia sentir menos só.

Cada verso parecia ter sido escrito sobre ela, ao menos, para mim.

Enquanto Lena adormecia, ouvi o barulho dos grilos até me dar conta de que não eram grilos. Eram os gafanhotos. A praga, ou qualquer outra palavra que a Sra. Lincoln quisesse usar para falar deles. Quanto mais ouvia, mais parecia um milhão de serras elétricas ao longe, destruindo minha cidade e tudo ao redor. Depois, os gafanhotos se transformaram em outra coisa, nos acordes baixos de um som que eu reconheceria em qualquer lugar.

Comecei a ouvir as músicas desde antes de conhecer Lena. "Dezesseis Luas" me levou a ela, a música que só eu conseguia ouvir. Não conseguia fugir delas, do mesmo modo que Lena não conseguia fugir do destino dela nem eu me esconder do meu. Eram avisos da minha mãe, a pessoa em quem eu mais confiava, em qualquer mundo.

> *Dezoito Luas, dezoito esferas,*
> *Do mundo além dos anos,*
> *Um Não Escolhido, morte ou nascimento,*
> *Um dia Partido aguarda a Terra...*

Tentei entender as palavras, como sempre fazia. "O mundo além dos anos" descartava o mundo Mortal. Mas o que vinha desse outro mundo: a Décima Oitava Lua ou "Um Não Escolhido"? E quem podia ser?

A única pessoa que esse verso excluía era Lena. Ela tinha feito a escolha dela. O que significava que havia outra escolha a ser feita por alguém que ainda precisava escolher.

Mas o último verso foi o que me deixou enjoado. "Um Dia Partido"? Isso praticamente cobria todos os dias atuais. Como as coisas poderiam ficar mais partidas do que estavam?

Desejei ter mais do que uma música e que minha mãe estivesse aqui para me dizer o que significava. Mais do que tudo, desejei saber consertar o que estava quebrado.

⊰ 12 DE SETEMBRO ⊱

Casas de vidro e pedras

Um bagre inteiro me olhava com olhos vidrados, a cauda dando um sacolejo final. De um lado do peixe havia um prato enorme com uma pilha de fatias de bacon cru cheio de gordura. Um prato com camarões crus, transparentes e cinzentos, estava do outro lado, próximo a uma tigela de canjica instantânea ainda desidratada. Um prato de ovos moles com as gemas escorrendo no molho branco denso era o melhor do pior. Era estranho, mesmo para Ravenwood, onde eu estava sentado em frente à Lena no formal salão de jantar. Metade da comida parecia pronta para se levantar e correr ou nadar para longe da mesa. E não havia nada que qualquer pessoa de Gatlin comesse no café da manhã. Principalmente eu.

Olhei para o prato vazio, ao lado de um copo alto de cristal no qual havia aparecido achocolatado. Perto dos ovos moles, o leite não era atraente.

Lena fez uma careta.

— Cozinha? É sério? De novo? — Ouvi um som metálico indignado vindo do cômodo ao lado. Lena tinha irritado o misterioso cozinheiro de Ravenwood, que eu nunca tinha visto. Lena deu de ombros e olhou para mim. — Eu falei. Tudo está fora de prumo aqui. Piora a cada dia.

— Vamos. Podemos comprar um pão doce no Pare & Roube. — Perdi o apetite mais ou menos na hora em que vi o bacon cru.

— A cozinha está fazendo o melhor que pode. A vida anda difícil, infelizmente. Ontem à noite, Delphine bateu na minha porta no meio da noite dizendo que os ingleses estavam chegando.

Uma voz familiar, o som de chinelos arrastando no chão, uma cadeira sendo puxada, e ali estava ele. Macon Ravenwood, segurando vários jornais enrolados, levantando uma xícara que de repente se enchera do que provavelmente era para ser chá, mas parecia um muco viscoso e verde. Boo veio atrás dele e se enrolou aos pés do dono.

Lena suspirou.

— Ryan está chorando. Ela não admite, mas está com medo de nunca ter completamente seus poderes. Tio Barclay não consegue mais Mudar. Tia Del diz que ele não consegue mais nem transformar uma testa franzida em um sorriso.

Macon ergueu a xícara e assentiu em minha direção.

— Isso tudo pode esperar até depois do café. "Como você avalia o sol da manhã", Sr. Wate?

— Como, senhor? — Parecia uma pergunta capciosa.

— Robbie Williams. Grande compositor, não acha? É uma pergunta bastante relevante atualmente. — Ele olhou para o chá antes de tomar um gole e colocou a xícara sobre o pires. — É meu modo de dizer bom-dia, acho.

— Bom dia, senhor.

Tentei não ficar olhando. Ele estava usando um roupão de cetim preto. Pelo menos, eu achava que era um roupão. Nunca tinha visto um roupão com um lenço saindo do bolso na altura do peito. Não parecia em nada com o velho roupão xadrez do meu pai.

Macon percebeu que eu estava olhando.

— Acredito que o termo que você está procurando é *smoking jacket*. Agora que tenho dias inteiros de luz do sol, descobri que há mais coisas na vida do que itens de armarinho.

— Hã?

— Tio M gosta de andar por aí de pijama. É isso que ele quer dizer. — Lena deu um beijo na bochecha dele. — Temos de ir para não perdermos os pães doces. Seja bonzinho e trago um pra você.

Ele suspirou.

— A fome é uma inconveniência tão absurda.

Lena pegou a mochila.

— Vou interpretar isso como um sim.

Macon a ignorou e abriu o primeiro dos jornais.

— Terremotos no Paraguai. — Abriu o seguinte, que parecia estar escrito em francês. — O Sena está secando. — Outro. — A calota polar está derretendo em um ritmo dez vezes maior do que o previsto. Isso, se pudermos acreditar na imprensa de Helsinki. — Um quarto jornal. — E toda a costa sudeste dos Estados Unidos parece sofrer de uma curiosa praga.

Lena fechou o jornal, o que revelou um prato com pão branco bem à frente dele.

— Coma. O mundo ainda vai estar à beira do desastre quando você terminar o café da manhã. Mesmo com seu *smoking jacket*.

A expressão de Macon ficou mais leve, com os olhos verdes do Incubus que virou Conjurador da Luz brilhando com um pouco mais de intensidade ao toque dela. Lena deu um sorriso, um que ela guardava só para ele. O sorriso que dizia que ela tinha reparado em tudo, em cada minuto da vida deles juntos. O que tinham, eles sabiam. Como Macon praticamente voltara para ela do mundo dos mortos, Lena não encarava nenhum de seus momentos juntos com desprezo. Nunca duvidei disso, apesar de sentir ciúme.

Era o que eu tinha tido com minha mãe e agora não tinha. Eu me perguntei se sorria diferente quando olhava para ela. E me perguntei se ela sabia que eu também reparava em tudo. Que eu sabia que ela havia lido todos os livros que eu lia para que pudéssemos conversar sobre eles durante o jantar na velha mesa de carvalho. Que eu sabia que ela passava horas na livraria Blue Bicycle em Charleston tentando encontrar o livro certo para mim.

— Vamos! — Lena fez sinal para mim, e afastei a lembrança e peguei minha mochila. Ela deu um abraço rápido no tio. — Ridley! — gritou, no pé da escada. Ouvimos um gemido abafado vindo de um dos quartos. — Agora!

— Senhor. — Dobrei meu guardanapo e fiquei de pé.

A expressão relaxada de Macon desapareceu.

— Tomem cuidado lá fora.

— Vou ficar de olho nela.

— Obrigado, Sr. Wate. Sei que vai. — Ele baixou a xícara. — Mas tenha cuidado. As coisas estão um pouco mais complicadas do que parecem.

A cidade estava desmoronando, e nós praticamente tínhamos quebrado o mundo todo. Eu não sabia como as coisas podiam ficar mais complicadas.

— Cuidado com o quê, senhor? — A mesa estava em silêncio entre nós, embora eu pudesse ouvir Lena e vovó discutindo com Ridley no corredor.

Macon olhou para a pilha de jornais e esticou o último, em uma língua que eu nunca tinha visto, mas que, de alguma forma, reconheci.

— Quem dera eu soubesse.

Depois do café da manhã em Ravenwood, se é que podíamos chamar assim, o dia só ficou mais estranho. Nós nos atrasamos para a aula porque, quando chegamos na casa de Link para buscá-lo, a mãe dele o pegou jogando o café da manhã no lixo e o obrigou a comer uma segunda rodada de tudo. Depois, quando passamos pelo Pare & Roube, Fatty, o dedicado inspetor da Jackson, sempre atrás de quem matava aula, não estava sentado no carro, comendo um pão doce e lendo jornal. E havia meia dúzia de pãezinhos na seção da padaria. Esse tinha de ser o primeiro sinal do apocalipse. Mas, ainda mais inacreditável, entramos no prédio da escola com vinte minutos de atraso, e a Srta. Hester não estava na mesa da entrada para nos colocar na detenção. O esmalte roxo que usava estava fechado em frente à cadeira sobre a mesa. Parecia que o mundo todo tinha girado cinco graus na direção errada.

— É nosso dia de sorte.

Link ergueu o punho, e bati com o meu no dele. Eu teria escolhido a palavra "bizarro".

Isso foi confirmado quando vi Ridley indo em direção ao banheiro. Poderia jurar que ela tinha virado uma garota comum, usando estranhas roupas comuns. E, por fim, quando me sentei no lugar de sempre ao lado de Lena, no que deveria ser o Lado do Olho Bom da Sra. English, me vi na zona Além da Imaginação das arrumações de carteiras em uma sala de aula.

Estava sentado onde sempre me sentava. Era a sala que tinha mudado ou a Sra. English, que passou o tempo todo fazendo perguntas a alunos no lado errado da sala.

— "São tempos difíceis, os atuais, tempos precisos. Não vivemos mais na tarde escura em que o mal se misturou com o bem e confundiu o mundo." — A Sra. English olhou para a frente. — Srta. Asher? Como você acha que Arthur Miller encararia os tempos escuros em que vivemos agora?

Emily ficou olhando para ela, chocada.

— Senhora? A senhora não deveria estar perguntando para... eles? — Emily olhou para Abby Porter, para Lena e para mim, as únicas pessoas que se sentavam no Lado do Olho Bom.

— Eu *deveria* estar perguntando para qualquer pessoa que espera passar na minha matéria, Srta. Asher. Agora responda a pergunta.

Talvez ela tenha colocado o olho de vidro do lado errado hoje de manhã.

Lena sorriu sem tirar os olhos do papel.

Talvez.

— Hum, acho que Arthur Miller teria surtado por não sermos mais tão loucos.

Olhei por cima do meu exemplar de *As bruxas de Salem*. E enquanto Emily gaguejava para condenar uma caça às bruxas não muito diferente da que ela praticamente tinha liderado, aquele olho de vidro olhava diretamente para mim.

Como se pudesse não só me ver, mas ver através de mim.

Quando as aulas acabaram, as coisas estavam começando a parecer mais normais. Emily Odeio-Ethan sibilou quando passamos, seguida de Eden e Charlotte, terceira e quarta na linha de comando, como nos velhos tempos. Ridley descobriu que Lena tinha lhe Conjurado um *Facies Celata*, Enfeitiçando as roupas de Sirena para parecerem roupas comuns. Agora, Ridley tinha voltado a ser quem era antes, com couro preto e listras rosa, e vingança, vendetas e tudo. Pior, assim que o sinal tocou, ela nos arrastou para o treino de basquete para vermos Link jogar.

Desta vez, não deu para ficarmos na porta do ginásio. Ridley não ficou feliz até estarmos sentados na frente e bem no centro. Foi doloroso. Link nem estava na quadra, e tive de ver meus antigos companheiros de time estragando jogadas que eu dominava. Mas Lena e Ridley estavam se provocando como irmãs, e havia mais coisa acontecendo nas arquibancadas do que na quadra. Pelo menos até eu ver Link se levantar do banco.

— Você Conjurou um *Facies* em mim? Como se eu fosse alguma espécie de *Mortal*? — Ridley estava praticamente gritando. — Como se eu não fosse notar? Então agora você acha que não sou apenas uma garota sem poderes, mas burra também?

— Não foi ideia minha. Vovó me mandou fazer depois que viu o que você estava usando, lá em casa. — Lena parecia sem graça.

O rosto de Ridley estava tão rosa quanto as mechas no cabelo.

— O mundo é livre. Pelo menos fora de Gat-lixo. Você não pode usar seus poderes pra vestir as pessoas do jeito que quiser. Principalmente não *daquele jeito*. — Ela estremeceu. — Não sou uma das Barbies de Savannah Snow.

— Rid. Você não precisa ser como elas. Mas não precisa se esforçar tanto pra ser *tão* diferente.

— Dá no mesmo — respondeu Ridley.

— Não dá.

— Olhe praquele grupo e me diz por que eu deveria me importar com o que essas *pessoas* pensam de mim.

Ridley tinha razão. Enquanto Link se movia para um lado e para o outro da quadra, os olhos de toda a equipe de líderes de torcida estavam grudados nele como se fossem uma pessoa só. O que, basicamente, elas eram mesmo. Nem voltei a olhar para a quadra depois de um tempo. Já sabia que Link provavelmente conseguiria fazer uma cesta da arquibancada, considerando a superforça.

Ethan, ele está pulando alto demais.

Cerca de 1 metro. Lena estava estressada, mas eu sabia que Link vinha fantasiando com aquele momento a vida toda.

É.

E correndo rápido demais.

É.

Você não vai dizer nada?

Não.

Nada iria fazê-lo parar. Estava correndo um boato de que Link tinha melhorado muito o jogo durante o verão e parecia que metade da escola tinha ido ao treino para ver com os próprios olhos. Eu não conseguia decidir se era mais uma prova do quanto a vida em Gatlin era chata ou do quanto nosso novo Linkubus era ruim em fingir ser Mortal.

Savannah estava fazendo as líderes de torcida se mexerem. Para ser justo, também era o treino delas. Mas, para ser justo com o resto de nós, não estávamos exatamente esperando ver as novas coreografias de Savannah. Pelo que parecia, Emily, Eden e Charlotte também não esperavam. Emily nem se levantou do banco.

Nas laterais, Savannah estava pulando quase tão alto quanto Link.

— Me deem um L!

— Você não pode estar falando sério. — Lena quase cuspiu o refrigerante.

Dava para ouvir Savannah do outro lado do ginásio.

— Me deem um I!

Eu balancei a cabeça.

— Ah, ela está falando sério. Não tem nada de irônico em Savannah Snow.

— Me deem um N!

— Nunca vamos ouvir o final disso. — Lena olhou para Ridley, que estava mastigando o chiclete como Ronnie Weeks mastigava gomas de nicotina quando parou de fumar.

Quanto mais Savannah pulava, maior era a força com que Ridley mastigava.

— Me deem um K!

— Chega disso. — Ridley tirou o chiclete da boca e o grudou debaixo do banco.

Antes que pudéssemos impedi-la, estava descendo pela arquibancada de alumínio em direção à quadra, com as sandálias altíssimas, cabelo com listras rosa, minissaia preta e tudo.

— Ah, não. — Lena começou a se levantar, mas eu a puxei para baixo.

— Você não pode impedir que aconteça, L.

— O que ela está fazendo? — Lena não conseguia olhar.

Ridley estava falando com Savannah e apertando o cinto com o inseto venenoso preso na fivela, como um gladiador se preparando para lutar. A princípio, me esforcei para ouvir, mas em poucos segundos elas estavam gritando.

— Qual é o seu problema? — berrou Savannah.

Ridley sorriu.

— Nenhum. Ah, espere... você.

Savannah largou os pompons no chão do ginásio.

— Você é uma piranha. Se quer atrair um cara qualquer pra sua armadilha de piranhagem, fique à vontade. Mas Link é um de nós.

— O negócio é o seguinte, Barbie. Já o atraí, e como ando tentando ser boazinha estou te dando um aviso. Se afaste antes de se machucar.

Savannah cruzou os braços.

— Me obrigue.

Parecia que elas precisavam de um juiz.

Lena cobriu os olhos.

— Estão brigando?

— Hum... estão mais é torcendo, acho. — Tirei a mão de Lena da frente dos olhos. — Você precisa ver isso.

Ridley estava com um polegar enfiado no cinto e a outra mão sacudia um pompom solitário como se fosse um gambá morto. A equipe estava ao lado dela, fazendo a pirâmide tradicional, com Savannah liderando.

Link parou de correr pela quadra. Todo mundo parou.

L, não sei se é a hora certa pra revidar.

Lena não tirava os olhos de Ridley.

Não estou fazendo nada. Mas alguém está.

Savannah estava sorrindo na base. Emily fez uma careta de desprezo ao subir para o topo. As outras garotas fizeram o mesmo quase mecanicamente.

Ridley sacudiu um pompom acima da cabeça.

Link segurou a bola. Esperando, como todos nós que conhecíamos Ridley, pela coisa terrível que ainda não tinha acontecido, mas que aconteceria a qualquer segundo.

L, você acha que Ridley...?

É impossível. Ela não é mais Conjuradora. Não tem poderes.

— Me deem um... — Ridley sacudiu o pompom sem animação — R.

Emily balançou no alto da pirâmide.

Ridley falou de novo.

— Hum, e um I?

Um tremor percorreu a equipe, como se estivessem fazendo a *ola* em formação de pirâmide.

— E agora, vamos com um D. — Ridley largou o pompom. Os olhos de Emily se arregalaram. Link segurou a bola com uma das mãos. — Que palavra isso forma, Perdedoras? — Ridley piscou.

Lena...

Comecei a me mexer antes de ver acontecer.

— Rid? — gritou Link, mas ela não olhou para ele.

Lena estava na metade da arquibancada, a caminho da quadra.

Ridley, não!

Eu estava bem atrás dela, mas não havia como detê-la.

Era tarde demais.

A pirâmide despencou em cima de Savannah.

Tudo aconteceu muito rápido depois disso, como se Gatlin quisesse acelerar a história toda para passar de novidade a passado e ultrapassado. Uma ambulância pegou Savannah e a levou para o hospital em Summerville. As pessoas estavam dizendo que era um milagre Emily não ter morrido depois de cair lá de cima. Metade da escola ficava repetindo as palavras *danos na coluna vertebral*, o que era apenas um boato, pois Emily parecia firme como sempre. Aparentemente, Savannah amorteceu sua queda, como se tivesse se martirizado altruisticamente para o bem maior da equipe. Ao menos, essa era a história.

Link foi ao hospital ver como ela estava. Acho que se sentia tão culpado quanto se tivesse dado uma surra em Savannah. Mas o diagnóstico oficial, de acordo com a ligação de Link da sala de espera, era "com escoriações leves", e, quando Savannah mandou a mãe ir em casa buscar sua maquiagem, todos os envolvidos se sentiram melhor. Deve ter ajudado, pelo jeito como Link contou, o fato de que toda a equipe de líderes de torcida estava lá perguntando quem ele achava que era amiga de Savannah há mais tempo.

Link ainda estava contando os detalhes.

— As garotas vão ficar bem. Elas meio que têm se revezado pra sentar no meu colo.

— É?

— Ah, todas estão chateadas. Então, estou fazendo minha parte pra consolar a equipe.

— E como está se saindo?

Eu tinha a sensação de que tanto Link quanto Savannah estavam apreciando a tarde, cada um do seu jeito. Ridley não estava em lugar algum, mas, quando percebesse aonde Link tinha ido, as coisas provavelmente ficariam piores. Talvez fosse bom ele se familiarizar com o hospital do condado.

Quando Link desligou, Lena e eu estávamos no quarto dela, e Ridley estava andando de um lado para o outro no térreo. O quarto de Lena era o mais distante que dava para ir da Jackson High, e estar lá fazia tudo que acontecia na cidade parecer a 1 milhão de quilômetros de distância. O quarto dela tinha mudado desde que ela voltou da Grande Barreira. Lena disse que foi porque ela precisava ver o mundo com os olhos dourado e verde. E Ravenwood tinha mudado para espelhar os sentimentos dela, do jeito que sempre mudava para ela e Macon.

O quarto agora estava todo transparente, como uma espécie de estranha casa na árvore feita de vidro. Do lado de fora, ainda parecia exatamente o mesmo, com a janela maltratada pelo tempo coberta de vinhas. Eu conseguia ver os remanescentes do antigo cômodo. Ainda havia janelas onde antes havia janelas, as portas ficavam onde antes eram as portas. Mas o teto era aberto, com painéis deslizantes de vidro empurrados para um lado para permitir a entrada do ar da noite. À tarde, o vento espalhava folhas na cama. O chão era um espelho que refletia o céu em mutação. Quando o sol desceu sobre nós, como sempre, a luz refletiu e se espalhou por tantas superfícies diferentes que era impossível dizer qual sol era o real. Todos ardiam igualmente com um brilho cegante.

Eu me deitei na cama, fechei os olhos e deixei que a brisa corresse pelo meu corpo. Sabia que não era real, era apenas mais uma versão da Brisa Conjuradora de Lena, mas não me importava. Meu corpo parecia estar respirando pela primeira vez hoje. Tirei a camisa úmida e a joguei no chão. Melhor.

Abri um olho. Lena estava escrevendo na parede de vidro mais perto da cama, e as palavras flutuavam no ar como frases faladas. Escritas com caneta permanente.

sem luz sem trevas sem você sem mim
conheça a luz conheça as trevas conheça você conheça a mim

Ver a caligrafia da qual eu me lembrava de antes da Décima Sexta Lua me fez sentir melhor.

assim é o modo difícil — o modo que (se)para — o dia que (re)parte o coração

Eu me deitei de lado.

— Ei, o que significa isso, "o dia que (re)parte o coração"? — Não gostei daquelas palavras.

Ela olhou para mim e sorriu.

— Não é hoje.

Eu a puxei para o meu lado na cama, a mão na sua nuca. Meus dedos se enrolaram no cabelo longo, e passei o polegar pela clavícula dela. Adorava a sensação da sua pele, mesmo me queimando. Apertei os lábios contra os dela e ouvi Lena prender a respiração. Eu estava ficando sem fôlego, mas não me importei.

Lena passou a mão pelas minhas costas, tocando minha pele com os dedos.

— Eu te amo — sussurrei no ouvido dela.

Ela segurou meu rosto nas mãos e se afastou para poder me olhar.

— Acho que nunca conseguiria amar nada como amo você.

— Sei que eu não conseguiria.

Lena apoiou a mão no meu peito. Eu sabia que ela conseguia sentir meus batimentos disparados. Ela se sentou e pegou minha camiseta no chão.

— É melhor você vestir isso, senão vou ficar de castigo pra sempre. Tio M não dorme mais o dia todo. Deve estar nos túneis com... — Ela se obrigou a parar, e foi assim que eu soube de quem ela estava falando. — Está no escritório e vai querer me ver a qualquer momento.

Eu me sentei com a camiseta nas mãos.

— De qualquer modo, não sei por que escrevo as coisas que escrevo. Elas meio que surgem na minha cabeça.

— Como meu pai e seu novo livro, *A Décima Oitava Lua*? — Eu não tinha conseguido parar de pensar nisso, e Amma estava me evitando. Talvez Macon tivesse a resposta.

— Como Savannah e a nova torcida caprichada pro Link. — Lena se apoiou em mim. — É uma confusão.

— Me dê um C. Me dê um O-N-F-U-S-A-O-til.

— Cala a boca — disse Lena, beijando minha bochecha. — Vista a camiseta.

Enfiei a camiseta pela cabeça até os ombros e parei no meio.

— Tem certeza?

Ela se inclinou para beijar minha barriga e puxou a camiseta para cobri-la. Senti a pontada de dor desaparecer tão rápido quanto surgiu, mas estiquei a mão em direção a ela mesmo assim.

Ela escapou dos meus braços.

— Deveríamos contar a tio Macon o que aconteceu hoje.

— Contar o quê? Que Ridley está querendo brigar? E que, embora não tenha poder nenhum, coisas ruins acontecem com líderes de torcida quando ela está por perto?

— Só pra garantir. Ela pode estar tramando alguma coisa. Talvez você devesse contar a ele sobre o livro novo de seu pai. — Lena esticou a mão, e eu a segurei, sentindo a energia sendo sugada de mim lentamente.

— Você diz isso porque o último foi tão bem? Nem sabemos se existe livro. — Não queria pensar no meu pai e no livro tanto quanto não queria pensar em Ridley e Savannah Snow.

Estávamos na metade do corredor quando reparei que tínhamos parado de falar. Quando mais perto chegávamos, mais eu sentia os passos de Lena ficando mais lentos. Ela não se importava de voltar aos túneis. Só não queria que eu fosse lá.

E isso não tinha nada a ver com os túneis e tudo a ver com a estudante de intercâmbio favorita de Macon.

⊰ 12 DE SETEMBRO ⊱

Adão e Eva

Lena parou em frente a uma porta envernizada preta. Um folheto feito à mão sobre os Holy Rollers (O QUE É O ROCK SEM O ROLL?) estava pendurado meio torto. Ela bateu na porta de Ridley.

— Rid?

— Por que estamos procurando Ridley?

— Não estamos. Tem um atalho pros túneis no quarto dela. A passagem secreta de tio Macon, lembra?

— Certo. Porque agora o quarto dele é... — Olhei para a porta, tentando imaginar como Ridley tinha massacrado o antigo quarto de Macon. Eu não entrava lá desde o dia em que Lena e eu terminamos.

Lena deu de ombros.

— Ele não queria ficar com o antigo quarto. E dorme no escritório dos túneis quase o tempo todo, de qualquer jeito.

— Foi uma boa escolha pro quarto de Ridley. Porque ela *não* é o tipo de garota que entraria escondida em uma passagem secreta no meio da noite — falei.

Lena parou com a mão na porta.

— Ethan. Ela é a pessoa menos mágica na casa. Tem mais a temer indo lá embaixo do que qualquer...

Antes que pudesse terminar a frase, ouvi um som inconfundível. O som do céu rasgando e de um Incubus desaparecendo.

Viajando.

— Ouviu isso?

Lena franziu a testa para mim.

— O quê?

— Parecia alguém rasgando o ar.

— Tio Macon não faz mais isso. E Ravenwood está completamente Enfeitiçada. Não tem como um Incubus, por mais poderoso que seja, entrar aqui. — Mas ela pareceu preocupada enquanto dizia essas palavras.

— Deve ter sido outra coisa. Talvez a Cozinha esteja fazendo experimentos de novo. — Pus a mão sobre a dela na porta, e meu fôlego sumiu. — Abra.

Lena empurrou, mas nada aconteceu. Ela empurrou de novo.

— Que estranho. A maçaneta está travada.

— Deixe eu tentar. — Joguei meu peso contra a porta. Ela nem se mexeu, o que foi meio humilhante, então tentei de novo, com ainda mais força. — Não está travada. Está... você sabe.

— O quê?

— A palavra latina pra usar magia pra trancar a porta.

— Você quer dizer Conjurada? Não é possível. Ridley não poderia usar um Conjuro *Obex* nem se o encontrasse em um livro. É muito difícil.

— Você está de brincadeira? Depois do que ela fez com as líderes de torcida?

Lena olhou para a porta, com o olho verde brilhando e o dourado escurecendo. Seus cachos pretos começaram a voar ao redor dos ombros, e antes que eu a ouvisse dizer o Conjuro, a porta se abriu com tanta força que voou das dobradiças e caiu dentro do quarto de Ridley. Pareceu o jeito Conjurador de dizer "dane-se".

Acendi as luzes dentro do quarto de Ridley.

Lena torceu o nariz quando peguei um pirulito rosa grudado em longos cabelos louros em um enorme babyliss. Havia uma bagunça de roupas, sapatos, esmaltes, maquiagem e doces por todo lado, nos lençóis, no meio do tapete retrô peludo cor-de-rosa.

— Coloque isso de volta onde estava. Ela vai ter um ataque se descobrir que entramos aqui. Anda muito neurótica com relação ao quarto ultimamente. — Lena ajeitou um vidro de esmalte aberto que estava derramando sobre a cômoda. — Mas não há sinais de Conjuro. Nenhum livro e nenhum amuleto.

Puxei o tapete, o que deixou à mostra as linhas tênues do contorno da porta Conjuradora escondida no chão.

— Nada além... — Lena pegou um saco quase vazio de Doritos. — Ridley odeia Doritos. Ela gosta de doces, não de salgados.

Olhei para a escuridão, para a escadaria que eu não acreditava completamente que estava lá.

— Estou olhando para uma escadaria invisível, e você está me dizendo que esse salgadinho é esquisito?

Lena pegou outro saco, desta vez, cheio.

— Isso mesmo. É.

Estiquei o pé devagar até sentir o degrau sólido no ar.

— Eu gostava de achocolatado. Agora, me dá enjoo. Isso significa que tenho poderes mágicos também?

Entrei na escuridão antes de ouvir a resposta.

Da base da escada que levava ao escritório particular de Macon, pudemos vê-lo parado em frente a uma mesa olhando para as páginas de um livro enorme. Lena deu um passo...

— Sete.

Era a voz de uma garota.

Paramos ao ouvir o som familiar. Coloquei a mão no braço de Lena.

Espere.

Ficamos parados nas sombras da passagem, antes da porta. Eles não tinham nos visto.

— Sete o quê, Srta. Durand? — perguntou Macon.

Liv apareceu na porta segurando uma pilha de livros. O cabelo estava caído sobre a camiseta favorita do Pink Floyd, e os olhos azuis captavam a luz. Na escuridão subterrânea, Liv parecia feita de luz do sol.

A ex-assistente de Marian, minha antiga amiga. Mas isso não estava exatamente certo, e todos nós sabíamos. Ela tinha sido mais do que amiga. Quando Lena não estava, era diferente. Mas Lena agora estava, e isso nos deixava como? Liv sempre seria minha amiga, mesmo não podendo ser. Ela tinha me ajudado a reencontrar o caminho até Lena e até a Grande Barreira, local tanto de poder da Luz quanto das Trevas. Ela tinha aberto mão do futuro como Guardiã por mim e por Lena. Nós dois sabíamos que sempre teríamos um débito com Liv por isso.

Havia mais do que um jeito de se ficar ligado a uma pessoa. Eu tinha aprendido isso, e da maneira mais difícil.

Liv soltou os livros em cima da mesa em frente a Macon. As encadernações antigas soltaram poeira.

— Só há cinco casos de linhagens de Conjuradores misturadas e poderosas o bastante para resultar nessa combinação. Tenho examinado todas as árvores genealógicas Conjuradoras que consigo encontrar nos dois lados do Atlântico, inclusive a sua.

ÁRVORE GENEALÓGICA DA FAMÍLIA DUCHANNES

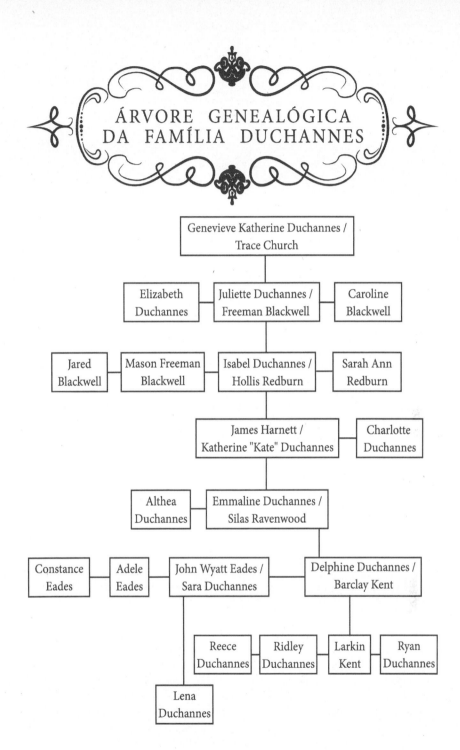

ÁRVORE GENEALÓGICA DA FAMÍLIA RAVENWOOD

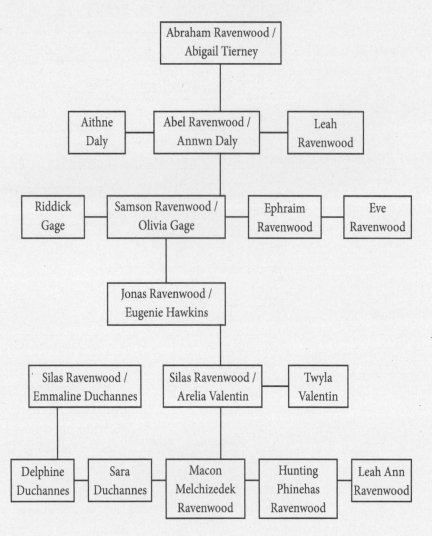

Sangue sobrenatural misturado. Ethan, estão procurando John.

Lena mal conseguia falar por meio de Kelt. Até os pensamentos dela estavam silenciosos.

Macon estava murmurando para o livro.

— Ah, sim. Bem. Tudo no interesse da ciência, é claro.

— É claro. — Liv abriu o familiar caderninho vermelho.

— E? Descobriu alguma coisa como ele em algum dos registros familiares dos Guardiões? Qualquer coisa que possa explicar a existência de nosso misterioso híbrido, o elusivo John Breed?

Acho que você está certa.

Liv abriu duas folhas de pergaminho que reconheci imediatamente. As árvores genealógicas Duchannes e Ravenwood.

— Só tem quatro ocorrências prováveis. Pelo menos, de acordo com o Conselho do Registro Distante.

Conselho de quê?

Depois, Ethan.

Liv ainda estava falando.

— Uma delas são os pais de Sarafine Duchannes: Emmaline Duchannes, uma Conjuradora da Luz, e seu pai, Silas Ravenwood, um Incubus de Sangue. Os avós de Lena. — Liv ergueu o olhar, as bochechas vermelhas.

Macon descartou a possibilidade.

— Emmaline é uma Empática, um dom de Conjuradora incapaz de resultar em um Incubus híbrido que pode andar à luz do dia. E obviamente nosso híbrido é jovem demais para resultar dessa união em particular.

Lena estremeceu e apertei sua mão.

Estão olhando todas aquelas árvores genealógicas malucas, L. Nada disso tem significado.

Ainda não.

Lena apoiou a cabeça no meu ombro, e me inclinei para mais perto da porta para ouvir.

— Isso descarta três possíveis candidatos a terem produzido um híbrido Conjurador-Incubus. Não pode haver junção entre membros da Luz, é claro, porque não existem…

— Incubus da Luz, como eu era anteriormente? Correto. Os Incubus são das Trevas por natureza. Talvez eu saiba disso melhor do que qualquer pessoa, Srta. Durand.

— Liv fechou o caderno parecendo pouco à vontade, mas Macon fez um sinal com a mão. — Não se preocupe. Não mordo. Nunca ingeri sangue humano. Achei um tanto *desagradável.*

Liv prosseguiu:

— Se John Breed for alguma espécie de Sobrenatural de sangue misto, não foi um acaso. Não tem precedentes, não tem registros, e até onde os arquivos de Guardiã da Dra. Ashcroft apontam, nunca foi observado. Parece que o registro de um nascimento assim foi completamente eliminado do *Lunae Libri.*

— E isso prova o que já desconfiávamos. Esse garoto é mais do que um Incubus que pode andar à luz do sol. Ninguém se daria a tanto trabalho para esconder a linhagem dele, se não fosse assim. — Macon esfregou a cabeça com uma das mãos. Os olhos verdes estavam vermelhos, e me ocorreu que não fazia ideia se ele dormia ou não agora que era Conjurador. Pela primeira vez, parecia que ele precisava disso. — Cinco pares. É um grande progresso. Srta. Durand. Muito bem.

Liv estava frustrada. Reconheci aquela expressão.

— Nada disso. Ainda não encontramos a correspondência genética. Sem essa informação, será impossível determinar as habilidades de John. E nem como ele se encaixa nisso tudo.

— Bem lembrado. Mas precisamos nos concentrar no que sabemos. John Breed é importante para Abraham, o que significa que o garoto tem um papel significativo no que ele estiver planejando.

Liv esticou o braço, e os mostradores do estranho relógio feito em casa giravam no pulso dela. O selenômetro, que dava a ela as únicas respostas nas quais confiava.

— Na verdade, senhor, não sei quanto tempo temos para descobrir isso. Nunca vi leituras assim. Odeio dizer, mas parece que a Lua está prestes a despencar sobre Gatlin.

Macon ficou de pé e apoiou o peso da mão no ombro dela. Eu já tinha sentido aquela pressão. Uma parte de mim podia senti-la agora.

— Nunca tenha medo de falar a verdade, Srta. Durand. Passamos um pouco do ponto das amabilidades. Temos de ir em frente. É tudo que podemos fazer.

Ela se empertigou sob a mão dele.

— Não sei bem se conheço o protocolo frente à potencial aniquilação do mundo Mortal.

— Acredito, querida, que essa é a questão.

— O quê?

— Olhe para os fatos. Parece que, desde a Invocação, o mundo Mortal foi alterado. Ou, como você mesma disse, que o céu está despencando. O inferno na Terra, nossa encantadora Sra. Lincoln diria. E o mundo Conjurador foi apresentado a uma nova espécie de Conjurador-Incubus que nunca vimos antes. Uma espécie de Adão. Seja lá qual for o propósito do garoto híbrido, não é acidente. A sincronia é perfeita demais. Faz parte de um objetivo maior. Ou, considerando que Abraham está, sem dúvida, envolvido, um objetivo grandioso.

Lena estava pálida; segurei o braço dela e a puxei para perto de mim.

Vamos.

Ela levou o dedo aos lábios.

Ele é o Adão?

L...

Ethan. Se ele é o Adão...

Liv olhou para Macon com olhos arregalados.

— O senhor acha que Abraham *projetou* isso?

Macon deu uma risada zombeteira.

— Hunting não tem o intelecto para esse tipo de empreitada, e Sarafine sozinha não tem o poder. O garoto, por mais indeterminada que seja sua origem, é da idade de Lena? Um pouco mais velho?

Não quero ser a Eva.

Você não é.

Você não sabe, Ethan. Acho que sou.

Não é, L.

Puxei-a para os meus braços e pude sentir o calor da sua bochecha através do algodão fino da minha camiseta.

Acho que era pra eu ser.

Macon continuou, mas pareceu cada vez mais longe a cada palavra.

— A não ser que John Breed tenha sido tirado de algum outro mundo, ele evoluiu aqui no mundo Mortal ou no mundo Conjurador. O que exige mais de uma década e meia de perspicácia cruel, e Abraham é excelente nisso. — Macon ficou em silêncio.

— O senhor está dizendo que John nasceu em um laboratório Conjurador? Como uma espécie de bebê de proveta sobrenatural?

— Em termos gerais, sim. Talvez não tanto nascido, mas sim *criado*, é o que podemos supor. E isso explicaria por que ele é tão importante para Abraham. — Macon fez uma pausa. — Eu esperaria esse tipo de sagacidade tola do meu irmão, não de Abraham. Estou decepcionado.

— John *Breed** — disse Liv devagar. — Ah, meu Deus. Estava bem na nossa cara, desde o começo. — Liv afundou na poltrona em frente à mesa de Macon.

Abracei Lena com mais força. Quando os pensamentos dela vieram, não passavam de um mero sussurro.

É doentio. Ele é doentio.

Eu não sabia se ela estava falando de John ou de Abraham, mas não importava. Ela estava certa. Tudo era doentio.

Abraham foi embora, L.

Na mesma hora em que pronunciei as palavras, soube que estava mentindo. John podia ter ido embora, mas Abraham, não.

— Então ficamos com duas perguntas, Srta. Durand. Como, e, mais importante, por quê?

— Se John Breed morreu, não importa. — O rosto de Liv estava pálido, e me ocorreu que ela parecia tão exausta quanto Macon.

— Morreu? Não estou completamente disposto a fazer suposições sem um corpo.

— Não deveríamos direcionar nossa pesquisa para assuntos mais urgentes, como as infestações, as mudanças climáticas? Como acabar com essas pragas que a Décima Sétima Lua de Lena parece ter trazido para o mundo Mortal?

Macon se inclinou para a frente na cadeira.

— Olivia, você tem alguma ideia da idade dessa biblioteca?

Ela balançou a cabeça em dúvida.

— Sabe a idade de qualquer uma das bibliotecas Conjuradoras? Do outro lado do oceano e além? Em Londres? Praga? Madri? Istambul? Cairo?

— Não. Acho que não.

— Em alguma dessas bibliotecas, muitas das quais eu mesmo visitei nas últimas semanas, você imagina que haja alguma referência a como restabelecer a Ordem das Coisas?

— É claro. Tem de haver. Isso deve ter acontecido ao menos uma vez antes.

Ele fechou os olhos.

— Nunca? — Ela estava tentando dizer a palavra, mas de onde estávamos quase não conseguimos ouvir.

— Nossa única pista é o garoto. Como ele foi criado e com que propósito?

— Ou a garota? — perguntou Liv.

— Olivia. Já chega.

---

* O verbo *breed*, em inglês, significa criar, gerar, procriar. (*N. da T.*)

Mas Liv não seria dissuadida tão facilmente.

— Talvez você já saiba? Como ela foi criada e com que propósito? Cientificamente falando, seria relevante.

Lena se fechou para mim, afastando a mente da minha, até eu estar sozinho na passagem, mesmo estando com ela nos braços.

Macon balançou a cabeça. Quando falou, o tom era áspero.

— Não diga nada para os outros. Quero ter certeza absoluta.

— Antes de você contar a Lena o que ela fez — disse Liv secamente. Era um fato, mas de alguma forma ela não falou como se fosse.

Os olhos verdes de Macon demonstraram toda a emoção que os pretos nunca revelaram. Medo. Raiva. Ressentimento.

— Antes de eu dizer a ela o que ela precisa fazer.

— Você pode não conseguir impedir isso. — Ela olhou para o selenômetro por puro hábito.

— Olivia, não é só o universo que poderia ser destruído. É minha sobrinha. Que é, até onde me diz respeito, mais importante do que mil universos perdidos.

— Acredite em mim, eu sei. — Se Liv estava ressentida, não demonstrou.

Pareceu que meu coração parou de bater. Lena saiu dos meus braços antes que eu conseguisse perceber que ela tinha sumido.

Encontrei-a no quarto dela. Ela não chorou, e não tentei consolá-la. Ficamos sentados em silêncio, de mãos dadas, até doer, até o sol ir embora, para trás das palavras, para trás do vidro e das árvores e do rio. A noite deslizou sobre a cama de Lena, e esperei até que a escuridão apagasse tudo.

⊰ 15 DE SETEMBRO ⊱

Izabel

— Tem certeza de que estamos indo pelo caminho certo?

Havíamos saído da estrada principal, ao sul de Charleston. Mas as casas tinham mudado das tradicionais de arquitetura vitoriana, com varandas ao redor e torres brancas que apontavam para as nuvens para... nada. As casas sumiram, substituídas por plantações de tabaco e um ocasional celeiro maltratado pelo tempo.

Lena olhou para a folha de caderno que trazia no colo.

— O caminho é esse. Vovó disse que não tinham muitas casas perto da minha antiga... de onde era minha casa.

Quando Lena me disse que queria ver a casa onde nasceu, a vontade dela fez sentido por uns dez segundos. Porque não era apenas a casa onde ela deu os primeiros passos e rabiscou as paredes com giz de cera. Era também o lugar onde o pai dela morreu. Onde Lena podia ter morrido quando a mãe colocou fogo na casa, pouco antes de seu primeiro aniversário.

Mas Lena insistiu, e não houve meio de fazê-la mudar de ideia. Não dissemos nada um para o outro sobre o que ouvimos no escritório de Macon, mas eu sabia que tinha de ser mais uma peça do quebra-cabeça. Macon achava que o passado de Lena e de John tinha alguma espécie de chave para o que estava acontecendo nos mundos Conjurador e Mortal. E essa era a razão para estarmos dirigindo no meio do nada naquele momento.

Tia Del se inclinou para a frente no banco de trás do Volvo. Lucille estava sentada no colo dela.

— Não me parece familiar, mas posso estar errada.

Isso era generosidade. Tia Del era a última pessoa a quem eu pediria indicação de caminho, a não ser que estivéssemos nos túneis. E ultimamente eu não tinha certeza se ela conseguia saber o caminho lá embaixo também. Se visitar os restos queimados da casa onde Lena nasceu era uma ideia ruim, trazer tia Del conosco era pior ainda. Desde a Invocação de Lena, ninguém parecia tão confusa quanto a tia de Lena.

Lena apontou para minha janela.

— Acho que é lá. Tio M disse para procurar uma entrada à esquerda. — Uma cerca, com tinta branca descascando, separava o terreno da estrada. Havia uma interrupção alguns metros à frente. — É aqui.

Quando virei para passar pela abertura na cerca torta, ouvi Lena prender a respiração. Segurei a mão dela, e minha pulsação acelerou.

Tem certeza de que quer fazer isso?

Não. Mas preciso saber o que aconteceu.

L, você sabe o que aconteceu.

Foi aqui que tudo começou. Onde minha mãe me segurou no colo quando bebê. Onde decidiu me odiar.

Ela era uma Conjuradora das Trevas. Não era capaz de amar.

Lena se encostou no meu ombro, e dirigi pela estrada de terra.

Parte de mim também é das Trevas, Ethan. E eu te amo.

Fiquei rígido. Lena não era das Trevas, não como a mãe.

Não é a mesma coisa. Você também é da Luz.

Eu sei. Mas Sarafine não morreu. Ela está em algum lugar, com Abraham, esperando. E quanto mais eu souber sobre ela, mais preparada estarei pra enfrentá-la.

Eu não tinha certeza se a viagem se tratava mesmo disso. Mas não importava, porque, quando parei o carro ao lado do que havia sobrado da casa, de repente se tratava de uma coisa diferente.

Realidade.

— Meu Deus — sussurrou tia Del.

Estava pior do que nas fotos amareladas do arquivo da minha mãe (as que mostravam o que havia sobrado das fazendas depois do Grande Incêndio), esqueletos pretos de casas enormes reduzidas a nada além de estruturas queimadas, tão vazias e ocas quanto as cidades, depois que os soldados da União passavam.

Esta casa, a casa antiga de Lena, não era nada além de uma estrutura destruída boiando em um mar de terra enegrecida. Nada tinha crescido ali. Era como se o próprio solo tivesse sido afetado pelo que acontecera.

Como Sarafine pôde fazer isso com a família?

Não importávamos para ela. Isso é a prova.

Lena soltou minha mão e andou em direção aos destroços.

Vamos embora, L. Você não precisa fazer isso.

Ela olhou para mim, os olhos verde e dourado determinados.

Preciso, sim.

Lena se virou para tia Del.

— Preciso ver o que aconteceu aqui. Antes... disso.

Ela queria que a tia usasse os poderes para remover as camadas do passado, para que Lena pudesse ver a casa que um dia existiu e, o que era mais importante, ver dentro dela.

Tia Del parecia mais nervosa do que o habitual, o cabelo se soltando do coque quando andávamos até Lena.

— Meus poderes andam falhando um pouco. Talvez não consiga encontrar o momento exato que você procura, querida. — Que momento era esse? O incêndio? Eu não sabia se aguentaria assistir e nem se Lena aguentaria. — Pode ser até que não funcionem.

Coloquei a mão na nuca de Lena com delicadeza. A pele estava quente.

— Você pode tentar?

Com o rosto demonstrando sofrimento, tia Del olhou para a madeira queimada espalhada na base da casa. Ela assentiu e esticou a mão. Nós três nos sentamos no chão preto e demos as mãos, com o calor nos atingindo como um incêndio único.

— Tudo bem. — Tia Del olhou com atenção para a base em ruínas, preparando-se para usar os poderes de Palimpsesta e nos mostrar a história do que tinha sobrado daquela casa.

O ar começou a se mover ao nosso redor, a princípio, lentamente. Assim que o mundo começou a girar à minha volta, vi por uma fração de segundo. A sombra que sempre se movia rápido demais para que eu a notasse. A que senti na aula de inglês, a que me seguia. Da qual não conseguia escapar. Estava observando, como se pudesse, de alguma maneira, enxergar o que víamos nas camadas da percepção de tia Del.

De repente, uma porta se abriu para o passado, e eu estava olhando para dentro de um quarto...

As paredes são pintadas de um prateado claro e cintilante, e raios de luz branca cruzam o teto como estrelas em um céu mágico. Uma garota de longos cachos pretos está de pé ao lado da janela, olhando para o céu de verdade. Conheço esses cachos e o belo perfil: é Lena. Mas a garota se vira, segurando alguma coisa nos braços, e percebo que não é Lena. É Sarafine, os olhos dourados brilhando. Ela olha para o bebê, cujas pequenas mãos estão esticadas. Sarafine oferece o dedo, e o bebê o segura. Ela olha para o bebê, sorrindo. *"Você é uma garotinha tão especial, e sempre vou cuidar de você..."*

A porta bate.

Esperei que outra se abrisse, como as portas sempre se abriam, em uma reação em cadeia. Mas não foi o que aconteceu. O céu voltou a aparecer, e por um minuto vi tudo duplicado. As duas tia Del pareciam aturdidas.

— Me... me desculpe. Isso nunca me aconteceu antes. Não faz sentido.

Só que fazia. Os poderes de tia Del estavam descontrolados, como os de todo mundo. Normalmente, ela podia ficar em qualquer lugar e ver o passado, o presente e o futuro como páginas de um livro. Agora estavam faltando algumas páginas, e ela só tinha dado uma única olhada no passado.

Tia Del estava visivelmente perturbada e parecia mais confusa do que nunca. Segurei seu braço para ajudá-la a se levantar.

— Não se preocupe, tia Del. Macon vai descobrir como... consertar a Ordem. — Parecia a coisa certa a dizer, embora estivesse claro que Gatlin (e talvez o mundo todo) estivesse muito perturbado.

Lena parecia perturbada também. Ela se levantou e andou para mais perto do que havia sobrado da casa, como se ainda pudesse ver o quarto. Começou a chover de repente, e um relâmpago cruzou o céu. Os gafanhotos fugiram, e em segundos eu estava encharcado.

L?

Ficar parado ali na chuva me lembrou da noite em que nos conhecemos, no meio da autoestrada 9. Ela estava quase igual, mas, ao mesmo tempo, tão diferente.

Estou louca, ou pareceu que Sarafine gostava de mim?

Você não está louca.

Mas, Ethan, isso não é possível.

Tirei o cabelo molhado de cima dos meus olhos.

Talvez seja.

A chuva parou instantaneamente, e a tempestade virou sol em questão de segundos. Acontecia o tempo todo agora, com os poderes de Lena flutuando entre extremos que ela não conseguia controlar.

— O que você está fazendo? — Corri para alcançá-la.

— Quero ver o que sobrou.

Ela não estava falando de pedras e madeira queimada. Lena queria um sentimento ao qual se agarrar, prova do único momento feliz que tinha vivenciado ali.

Eu a segui até a base da casa, que não passava de um muro agora. Não sei se era minha imaginação, mas quanto mais nos aproximávamos dos restos queimados, mais tudo cheirava à cinzas. Dava para ver o local onde ficavam os degraus que levavam até a varanda. Eu era alto o bastante para ver do outro lado do muro. Não havia nada além de um buraco cheio de concreto rachado e pedaços de madeira preta podre cobrindo o chão.

Lena estava ajoelhada na lama. Ela esticou a mão para pegar uma coisa do tamanho de uma caixa de sapatos.

— O que é? — Mesmo chegando mais perto, era difícil identificar.

— Não sei. — Ela limpou a lama com a mão e deixou à mostra ferrugem e metal amassado. Havia uma fechadura derretida em um lado. — É uma caixa trancada.

Lena me entregou a caixa. Era mais pesada do que parecia.

— A fechadura derreteu, mas acho que consigo abrir. — Olhei ao redor e peguei um pedaço de pedra. Levantei-a para pegar impulso, mas de repente as dobradiças de metal se entreabriram. — Mas que...?

Olhei para Lena, e ela deu de ombros.

— Às vezes meus poderes ainda funcionam como quero que funcionem. — Chutou uma poça. — Outras vezes, nem tanto.

Embora a caixa estivesse queimada e amassada do lado de fora, havia protegido seu conteúdo: uma pulseira de prata com um desenho complicado, um exemplar gasto de *Grandes Esperanças*, uma foto de Sarafine de vestido azul com um garoto de cabelos escuros em um baile de escola. Havia um cenário brega atrás deles, como o cenário na frente do qual Lena e eu posamos no baile de inverno. Havia outra foto, guardada embaixo da pulseira, uma foto de uma menininha. Eu sabia que era Lena porque a criança era idêntica ao bebê que Sarafine estava segurando nos braços.

Lena tocou na beirada da foto do bebê e a ergueu acima da caixa. O mundo à nossa volta começou a desaparecer, e a luz do sol rapidamente virou escuridão. Eu sabia o que estava acontecendo, mas desta vez não era comigo. Eu estava seguindo Lena até a visão, assim como ela tinha me seguido no dia em que me sentei na igreja com as Irmãs. Em segundos, o chão lamacento virou grama...

Izabel estava tremendo muito. Ela sabia o que estava acontecendo, e tinha de ser um engano. Era seu maior medo, os pesadelos que a atormentavam desde a infância. Isso não devia acontecer com ela. Ela era da Luz, não das Trevas. Tinha se esforçado tanto para fazer as coisas certas, para ser a pessoa que todos queriam que fosse. Como podia ser qualquer outra coisa que não fosse da Luz, de-

pois daquilo tudo? Mas, quando o frio arrasador começou a percorrer suas veias, Izabel soube que estava errada. Não era um engano. Ela estava indo para as Trevas.

A Lua, sua Décima Sexta Lua, estava cheia e luminosa agora. Ao olhar para ela, Izabel conseguiu sentir os dons raros que sua família tinha tanta certeza de que possuía — os poderes de uma Natural — virando outra coisa. Em pouco tempo, seus pensamentos e seu coração não seriam mais seus. Dor, destruição e ódio expulsariam todo o resto. Tudo de bom.

Os pensamentos de Izabel a torturavam, mas a dor física era insuportável, como se seu corpo estivesse se partindo de dentro para fora. Mas ela se forçou a ficar de pé e saiu correndo. Só havia um lugar para ir. Piscou com força, pois estava com a visão embaçada por uma névoa dourada. As lágrimas queimavam sua pele. Não podia ser verdade.

Quando chegou à casa da mãe, a respiração estava entrecortada. Izabel esticou a mão acima da porta e tocou em um ponto ali. Mas, pela primeira vez, esta não se abriu. Bateu na madeira até ficar com as mãos cortadas e sangrando, depois deslizou até o chão, com a bochecha apoiada no batente.

Quando a porta se abriu, Izabel caiu, e o rosto bateu contra o chão de mármore do saguão. Nem isso se comparava à dor que tomava conta de seu corpo. Um par de botar pretas estava a centímetros do rosto dela. Izabel agarrou as pernas da mãe freneticamente.

Emmaline puxou a filha do chão.

— O que aconteceu? O que foi?

Izabel tentou esconder os olhos, mas era impossível.

— É um engano, mamãe. Sei o que parece, mas ainda sou a mesma. Ainda sou eu.

— Não. Não pode ser.

Emmaline segurou o queixo de Izabel para que pudesse olhar nos olhos da filha. Eles estavam tão amarelos quanto o sol.

Uma garota não muito mais velha do que Izabel desceu a escada em espiral, dois degraus de cada vez.

— Mamãe, o que está acontecendo?

Emmaline se virou e empurrou Izabel para trás de si.

— Volte lá pra cima, Delphine!

Mas não havia como esconder os olhos amarelos e reluzentes de Izabel.

— Mamãe?

— Mandei subir! Não tem nada que você possa fazer por sua irmã! — A voz da mãe soava derrotada. — É tarde demais.

Tarde demais? A mãe não podia estar querendo dizer que... não podia. Izabel passou os braços ao redor do corpo dela, e Emmaline deu um pulo como se tivesse levado uma ferroada. A pele de Izabel estava fria como gelo.

Emmaline se virou e segurou Izabel pelos ombros. As lágrimas já marcavam o rosto dela.

— Não posso ajudar você. Não tem nada que eu possa fazer.

Um relâmpago cortou o céu negro. Um raio caiu e partiu o enorme carvalho que dava sombra à casa. O tronco partido caiu e levou parte do telhado. Uma janela se quebrou no andar de cima, e o som de vidro se partindo ecoou pela casa.

Izabel reconheceu o olhar nada familiar no rosto da mãe.

Medo.

— É um engano. Não sou... — Das Trevas. Izabel não conseguia pronunciar a palavra.

— Não há enganos, não no que diz respeito à maldição. Você é Invocada para a Luz ou para as Trevas; não existe meio-termo.

— Mas, mamãe...

Emmaline balançou a cabeça e empurrou Izabel para fora da casa.

— Você não pode ficar aqui. Não agora.

Izabel demonstrava o nervosismo no olhar.

— Vovó Katherine não vai me deixar mais morar lá. Não tenho pra onde ir. — Estava soluçando descontroladamente. — Mamãe, por favor, me ajude. Podemos lutar contra isso juntas. Sou sua filha!

— Não é mais.

Delphine estava em silêncio, mas não conseguia acreditar no que a mãe estava dizendo. Não podia afastar a irmã.

— Mamãe, é Izabel! Precisamos ajudá-la!

Emmaline olhou para Izabel, lembrando-se do dia em que ela nasceu. O dia em que Emmaline tinha silenciosamente escolhido o verdadeiro nome da filha. Tinha imaginado o momento em que o contaria a Izabel, olhando nos olhos verdes da menina e prendendo os cachos pretos atrás da orelha ao sussurrar o nome.

Emmaline olhou nos olhos brilhantes da filha e se virou.

— O nome dela não é mais Izabel. É Sarafine.

O mundo real entrou em foco lentamente. Lena estava parada a alguns metros de distância, ainda segurando a caixa, que tremia em suas mãos. Os olhos de Lena estavam úmidos com as lágrimas. Não conseguia imaginar o que ela estava sentindo.

Na visão, Sarafine era apenas uma garota cujo destino foi decidido por ela. Não havia nenhum traço do monstro que era agora. Era assim que acontecia? Você abria os olhos e sua vida toda mudava?

L? Você está bem?

Nossos olhares se encontraram, e por um segundo ela não respondeu. Quando voltou a falar, a voz estava baixa na minha mente.

Ela era exatamente como eu.

⊰ 15 DE SETEMBRO ⊱

A cidade esquecida

Olhei para meus tênis na escuridão. Sentia a umidade penetrando a lona, depois, minhas meias, até a pele estar dormente de frio. Estava de pé no meio da água. E a ouvia se movendo, não tanto correndo, mas sim se abrindo. Alguma coisa roçou minha canela e se afastou. Uma folha. Um galho.

Um rio.

Podia sentir o cheiro de podridão misturado com lama. Talvez estivesse no pântano perto de Wader's Creek. A franja escura ao longe podia ser grama na margem do pântano, e as formas altas podiam ser ciprestes. Estendi uma das mãos à frente. Penas flutuantes, fazendo cócegas de leve. Musgo espanhol. Era o pântano, com certeza.

Eu me agachei e coloquei a mão na água. Era densa e pesada. Peguei um pouco com a mão em concha e levei até o nariz, deixando que escorresse entre meus dedos. Escutei com atenção.

O barulho não parecia certo.

Apesar de tudo que eu sabia sobre as condições da água e sobre as larvas e bactérias, enfiei um dos dedos na boca.

Conhecia o gosto. Eu o reconheceria em qualquer lugar. Era como chupar um punhado de moedas que roubei do chafariz do parque Forsyth quando tinha 9 anos.

Não era água.

Era sangue.

Em seguida, ouvi o sussurro familiar e senti a pressão de outro corpo se chocando contra o meu.

Era ele de novo. O eu que não era eu.

ESTOU ESPERANDO.

Ouvi as palavras enquanto caía. Tentei responder, mas quando abri a boca começei a sufocar no rio. Assim, pensei as palavras, embora mal conseguisse pensar.

Está esperando o quê?

Senti que submergia até o fundo. Só que não havia fundo, e continuei a cair e a cair...

Acordei me debatendo. Ainda podia sentir as mãos dele ao redor do meu pescoço e a tontura, a terrível sensação de que o quarto estava me sufocando. Tentei respirar fundo, mas a sensação não desapareceu. Meu lençol estava manchado de sangue, e minha boca ainda estava com gosto de moedas sujas. Enrolei o lençol e o escondi debaixo da cama. Eu teria de jogá-lo fora. Não podia deixar Amma encontrar um lençol molhado de sangue no meu cesto de roupas sujas.

Lucille pulou na cama com a cabeça inclinada para o lado. Gatos siameses têm um jeito de olhar para você como se estivessem decepcionados. Lucille estava assim.

— Está olhando o quê? — Tirei o cabelo suado de cima dos olhos, e o sal do meu suor se misturou ao sal do sangue.

Eu não entendia os sonhos, mas não ia conseguir voltar a dormir.

Então, chamei a única pessoa que sabia que estaria acordada.

Link entrou pela minha janela 20 minutos depois. Ele ainda não tinha tido coragem de tentar Viajar, de desaparecer no espaço e se materializar onde quisesse, mas, ainda assim, conseguia ser bastante discreto.

— Cara, pra que tanto sal? — Uma linha de cristais brancos caiu da janela assim que Link passou a perna para entrar. Limpou uma mão na outra. — Isso deveria me machucar? Porque é muito irritante.

— Amma anda mais doida do que o normal.

E isso era pouco. A última vez que achei tantos punhados de ervas e pequenas bonecas feitas à mão pela casa, ela estava tentando manter Macon fora do meu quarto. Eu me perguntei quem estava tentando manter do lado de fora desta vez.

— Todo mundo está mais doido do que o normal. Minha mãe começou a falar sobre construir um bunker de novo. Está comprando todas as latas no Pare & Roube, como se fôssemos nos esconder no porão até o Demônio aparecer ou coisa do tipo. — Ele se sentou na cadeira giratória ao lado da minha escrivaninha. — Estou feliz de você ter ligado. Costumo ficar sem ter o que fazer lá pra uma ou duas da madrugada.

— O que você faz a noite toda? — Eu nunca tinha perguntado antes.

Link deu de ombros.

— Leio revistas em quadrinhos, vejo filmes no computador, fico no quarto de Savannah. Mas hoje fiquei ouvindo minha mãe conversar no telefone a noite toda com o pastor e a Sra. Snow.

— Sua mãe está mesmo chateada com o que aconteceu com Savannah?

Link balançou a cabeça.

— Não tão chateada quanto está pelo lago ter secado. Ela anda chorando e rezando e ocupando a linha telefônica pra dizer pra todo mundo que é um dos sete sinais. Vou ficar na igreja o dia inteiro depois disso.

Pensei sobre o sonho e os lençóis com sangue.

— O que você quer dizer com o lago ter secado?

— O lago Moultrie. Dean Wilks foi lá pescar ontem à tarde, e o lago estava seco. Disse que parecia uma cratera e que andou até o meio.

Peguei uma camiseta.

— Lagos não secam simplesmente.

Estava piorando, o calor, os insetos e as ondas loucas de poder Conjurador. E agora, isso. O que viria depois?

— Eu sei, cara. Mas não posso dizer pra minha mãe que sua namorada rompeu todo o universo. — Ele pegou uma garrafa vazia de chá sem açúcar que estava na minha escrivaninha. — Desde quando você bebe chá? E onde conseguiu esse, sem açúcar?

Ele estava certo. Eu bebia o equivalente ao meu peso em achocolatado desde o sexto ano. Mas, nos últimos meses, tudo parecia doce demais, e eu mal conseguia suportar mais do que um gole de achocolatado.

— O Pare & Roube vende por causa da Sra. Honeycutt, que é diabética. Não consigo beber nada doce demais. Tem alguma coisa acontecendo com minhas papilas gustativas.

— Não é mentira. Primeiro, você come os sanduíches de carne moída da escola, e agora, está bebendo chá. Talvez o lago secar não seja tão doido.

— Não é...

Lucille pulou da cama, e Link girou a cadeira em direção à porta.

— Shh. Alguém está acordado.

Prestei atenção, mas não ouvi nada.

— Deve ser meu pai. Ele tem um projeto novo.

Link balançou a cabeça.

— Não. Vem do andar de baixo. Amma está acordada. — Incubus híbrido ou não, a audição dele era bem impressionante.

— Ela está na cozinha?

Link ergueu a mão para que eu ficasse em silêncio.

— É, tem barulho de coisas lá embaixo. — Fez uma pausa de um minuto. — Agora ela está na porta dos fundos. Consigo ouvir aquela dobradiça que faz barulho na porta de tela.

Que dobradiça?

Limpei o resto de sangue do braço e saí da cama. Na última vez em que Amma saiu de casa no meio da noite foi para se encontrar com Macon e conversar sobre mim e Lena. Será que iam se encontrar de novo?

— Preciso ver aonde ela vai.

Coloquei o jeans e peguei os tênis. Segui Link escada abaixo e pisei em todas as tábuas que rangiam. Ele não fez nenhum barulho.

As luzes da cozinha estavam apagadas, mas eu conseguia ver Amma parada na calçada à luz da Lua. Estava usando o vestido amarelo-claro de ir à igreja e luvas brancas. Definitivamente seguia para o pântano. Assim como no meu sonho.

— Ela vai pra Wader's Creek. — Procurei a chave do Volvo, no prato da bancada. — Temos de segui-la.

— Podemos ir com o Lata-Velha.

— Precisamos ir com os faróis apagados. É mais difícil do que você pensa.

— Cara, eu praticamente tenho visão de raios X. Vamos nessa.

Esperamos que o Studebaker 1950 encostasse no meio-fio, como eu sabia que aconteceria. E, como previsto, cinco minutos depois, Carlton Eaton dirigiu sua picape pela Cotton Bend.

— Por que o Sr. Eaton veio pegar Amma? — Link colocou o Lata-Velha em ponto morto antes de girar a ignição.

— Ele a leva para Wader's Creek no meio da noite, às vezes. É só o que sei. Talvez ela faça tortas pra ele, sei lá.

— É a única coisa que sinto falta de comer. As tortas de Amma.

Link não estava brincando sobre não precisar de faróis. Ele deixou um bom espaço entre o Lata-Velha e a picape, mas não era por estar se concentrando na estrada. Passou a maior parte do tempo reclamando sobre Ridley, de quem ele parecia não conseguir parar de falar ou botando músicas do novo demo da banda dele para eu ouvir. Os Holy Rollers soavam péssimos como sempre, mas mesmo ali, o barulho dos gafanhotos abafava o som da música. Eu não conseguia suportar o chiado.

Os Holy Rollers não tinham terminado a quarta música quando a picape chegou ao caminho escondido que levava a Wader's Creek. Era o local onde o Sr. Eaton tinha deixado Amma da última vez em que os segui. Mas, esta noite, a picape não parou.

— Cara, pra onde ele vai?

Eu não fazia ideia, mas não levamos muito tempo para descobrir.

A picape de Carlton Eaton praticamente deslizou para o trecho de terra de 1,5 quilômetro que tinha servido de estacionamento apenas alguns meses antes. A área ficava na frente de um campo enorme, provavelmente tão morta e queimada quanto a grama no resto do condado. Mas, mesmo sem a onda de calor, a grama ali ainda não teria se recuperado das carrocinhas e barracas, guimbas de cigarro e peso de estruturas de metal que tinham deixado cicatrizes negras na terra.

— A área da feira? Por que ele está trazendo Amma aqui? — Link parou perto de alguns arbustos mortos.

— Por que você acha? — Só havia uma coisa ali, agora que a feira tinha acabado. Uma porta externa para os túneis Conjuradores.

— Não entendo. Por que o Sr. Eaton levaria Amma para os túneis?

— Não sei.

O Sr. Eaton desligou o motor e andou até o lado do passageiro para abrir a porta para Amma. Ela deu um tapa nele quando ele tentou ajudá-la a descer. Ele deveria saber. Amma tinha 1,50 metro e uns 45 quilos, mas não havia nada de frágil nela. Ela o seguiu em direção ao campo e à porta exterior, com as luvas brancas se destacando na escuridão.

Abri a porta do Lata-Velha o mais rápido que consegui.

— Corre, senão vamos perdê-los.

— Está brincando? Consigo ouvi-los tagarelando daqui.

— Sério? — Eu sabia que Link tinha poderes, mas acho que não esperava que fossem tão *poderosos*.

— Não sou um desses super-heróis bobos como o Aquaman.

Link não se impressionava com minhas habilidades de Obstinado. Fora o fato de ser bom com um mapa e com o Arco Voltaico, não estava muito claro o que eu era capaz de fazer, nem o motivo. Então, é, Aquaman era a definição certa.

Link ainda estava falando.

— Estou pensando em Magneto ou Wolverine.

— Já conseguiu dobrar metal com a mente ou projetar as facas que tem dentro da mão?

— Não. Mas estou trabalhando nisso. — Link parou de andar. — Espere. Eles estão conversando.

— O que estão dizendo?

— O Sr. Eaton está procurando a chave Conjuradora para abrir a porta, e Amma está enchendo os ouvidos dele por perder as coisas. — Era a cara de Amma. — Espere. Ele encontrou a chave e está abrindo a porta. Agora, está ajudando Amma a descer. — Link fez uma pausa.

— O que está acontecendo?

Link deu alguns passos para a frente.

— O Sr. Eaton está indo embora. Amma desceu sozinha.

Eu não devia estar preocupado. Amma já tinha percorrido os túneis sozinha muitas vezes, normalmente para me encontrar. Mas eu tinha uma sensação ruim. Esperamos até o Sr. Eaton voltar para a picape e saímos correndo para a porta externa.

Link chegou primeiro, o que era difícil de não reparar, porque ele dava um novo significado à palavra velocidade. Eu me inclinei ao seu lado, observando o contorno da porta, um contorno que você jamais notaria se não estivesse procurando.

— E então, como entramos? Imagino que você não esteja com sua tesoura de jardinagem. — Na última vez em que estivemos ali, Link tinha aberto a porta com uma enorme tesoura de jardinagem que pegara do laboratório de biologia da Jackson.

— Não preciso. Tenho uma chave. — Olhei para a chave em forma de Lua crescente. Nem Lena tinha uma.

— Onde você roubou isso?

Link sacou meu ombro de leve. Caí para trás, na terra.

— Desculpa, cara. Não conheço minha própria força. — Ele me puxou para cima e colocou a chave na fechadura. — O tio de Lena me deu pra que pudesse me encontrar com ele naquele escritório arrepiante, pra aprender a ser um Incubus bom.

— Era a cara de Macon, que passou anos aprendendo sozinho o controle necessário para se alimentar de sonhos mortais em vez de sangue.

Eu não conseguia evitar de pensar na alternativa: Hunting e sua gangue do Sangue e Abraham.

A chave funcionou, e Link abriu a porta com orgulho.

— Está vendo? Magneto. Eu falei.

Normalmente, eu faria uma piada, mas hoje não fiz. Link estava bem mais perto de ser Magneto do que eu.

Este túnel me lembrou de um calabouço em um velho castelo. O teto era baixo, e as paredes de pedra áspera estavam molhadas. O som de água pingando ecoava pelos corredores, embora não houvesse sinal da fonte. Eu já tinha estado neste túnel antes, mas ele parecia diferente hoje. Ou talvez eu é que tivesse mudado. Fosse como fosse, as paredes pareciam mais próximas, e eu queria chegar ao final.

— Anda logo, senão vamos perdê-la. — Na verdade, era eu quem estava fazendo com que fôssemos devagar, tropeçando na escuridão.

— Relaxe. Ela faz barulho como um cavalo andando sobre cascalho. Não tem jeito de a perdermos. — Não era uma analogia que Amma apreciaria.

— Você consegue mesmo ouvir os passos dela? — Eu não conseguia nem ouvir os dele.

— Consigo. Sinto o cheiro dela também. De grafite de lápis e balas de canela Red Hot.

Assim, Link seguiu o cheiro das palavras cruzadas e do doce favorito de Amma, e eu o acompanhei até ele parar na base de uma escadaria rudimentar que levava de volta ao mundo Mortal. Ele inspirou fundo, como costumava fazer quando uma das tortas de pêssego de Amma estava no forno.

— Ela subiu por ali.
— Tem certeza?
Link ergueu uma sobrancelha.
— Minha mãe dá sermão no pastor?

Link empurrou a pesada porta de pedra, e a luz invadiu o túnel. Estávamos atrás de algum prédio velho, e a porta ficava no meio dos tijolos lascados. O ar estava pesado e úmido, com o distinto aroma de cerveja e suor.

— Onde diabos estamos?
Nada parecia familiar.
— Não faço ideia.

Link andou até a frente do prédio. O cheiro de cerveja estava ainda mais forte. Ele olhou para dentro por uma janela.

— Parece uma espécie de bar.
Havia uma placa de ferro ao lado da porta: LOJA DO FERREIRO LAFITTE.
— Não parece uma loja de ferreiro.
— Porque não é. — Um homem idoso de chapéu panamá, como o que o último marido de tia Prue costumava usar, chegou por trás de Link. Ele se apoiava pesadamente na bengala. — Você está em frente a um dos prédios mais famosos de Bourbon Street, e a história deste lugar é tão famosa quanto a do próprio Quarter.

Bourbon Street. O French Quarter.

— Estamos em Nova Orleans.

— Certo. É claro que estamos. — Depois do verão, Link e eu sabíamos que os túneis podiam levar a qualquer lugar, e o tempo e a distância não funcionavam do mesmo jeito dentro deles. Amma também sabia.

O homem ainda estava falando.

— Dizem que Jean e Pierre Lafitte abriram uma oficina de ferreiro aqui, no final do século XVIII, como fachada para uma operação de contrabando. Eram piratas, que pilhavam galeões espanhóis e contrabandeavam o que roubavam para N'awlins, vendendo de tudo, de especiarias e móveis a carne e sangue. Mas, atualmente, quase todo mundo vem pela cerveja.

Eu me encolhi. O homem sorriu e inclinou o chapéu.

— Divirtam-se na Cidade Esquecida.

Não apostaria nisso.

O homem se apoiou ainda mais na bengala. Agora, estava segurando o chapéu na nossa frente, sacudindo-o com expectativa.

— Ah, claro. Certo. — Remexi no bolso, mas só tinha uma moeda de 25 centavos. Olhei para Link, que deu de ombros.

Cheguei mais perto para colocar a moeda no chapéu, e uma mão ossuda segurou meu pulso.

— Um menino inteligente como você. Eu sairia desta cidade e voltaria praquele túnel.

Soltei meu braço. Ele deu um grande sorriso, arreganhando os lábios sobre dentes amarelos e irregulares.

— Até a próxima.

Esfreguei o pulso e, quando voltei a olhar, ele tinha ido embora.

* * *

Não demorou muito para Link encontrar a trilha de Amma. Ele parecia um cão de caça. Agora eu entendia por que tinha sido tão fácil para Hunting e sua gangue nos encontrar quando estávamos procurando Lena e a Grande Barreira. Andamos pelo French Quarter até o rio. Eu sentia o cheiro da água turva misturada com suor e o cheiro de especiarias de restaurantes próximos. Mesmo à noite, a umidade pesava no ar, densa e intensa, como um casaco que você não conseguia tirar por mais que quisesse.

— Tem certeza de que estamos indo na direção certa...?

Link esticou o braço à minha frente, e eu parei.

— Shh. Balinhas de canela Red Hot.

Procurei na calçada à nossa frente. Amma estava de pé debaixo de um poste de luz, em frente a uma mulher creole sentada em um engradado plástico de leite. Andamos até a beirada do prédio com a cabeça baixa, torcendo para que Amma não reparasse em nós. Ficamos no meio das sombras próximas à parede, onde o poste lançava um pálido círculo de luz.

A mulher creole estava vendendo *beignets* na calçada, com o cabelo arrumado em centenas de pequenas tranças. Ela lembrava Twyla.

— *Te te beignets*? Vai comprar? — A mulher esticou um embrulho de tecido vermelho. — Você compra. Lagniappe.

— Lan-yap o quê? — murmurou Link, confuso.

Apontei para o embrulho e sussurrei em resposta:

— Acho que a mulher está oferecendo alguma coisa para Amma, se ela comprar *beignets*.

— Comprar o quê?

— É tipo um donut.

Amma entregou alguns dólares para a mulher e pegou os *beignets* e o embrulho vermelho com as mãos enluvadas. A mulher olhou ao redor, com as tranças balançando sobre os ombros. Quando pareceu segura de que ninguém estava ouvindo, sussurrou alguma coisa rapidamente no que pareceu francês creole. Amma assentiu e colocou o embrulho na bolsinha.

Dei uma cotovelada em Link.

— O que elas disseram?

— Como eu poderia saber? Posso ter audição supersônica, mas não falo francês.

Não importava. Amma já estava andando na direção oposta, com expressão indecifrável. Mas alguma coisa estava errada.

Esta noite estava errada. Eu não estava seguindo Amma até o pântano de Wader's Creek para encontrar Macon. O que a mandaria para 1.500 quilômetros de casa no meio da noite? Quem ela conhecia em Nova Orleans?

Link tinha uma pergunta diferente.

— Aonde ela está indo?

Também não tinha resposta para essa pergunta.

Quando conseguimos alcançar Amma na rua St. Louis, ela estava deserta. E isso fazia sentido, considerando onde estávamos. Olhei para os altos portões de ferro do cemitério de St. Louis nº. 1.

— É mau sinal quando há tantos cemitérios a ponto de precisarem numerá-los.

— Embora fosse parte Incubus, Link não parecia disposto a andar no cemitério à noite. Dezessete anos como batista sulista temente a Deus fizeram o serviço.

Abri o portão.

— Vamos resolver logo isso.

O cemitério de St. Louis nº. 1 era diferente de qualquer outro cemitério que eu já tinha visto. Não havia gramado cheio de lápides, nem carvalhos retorcidos. Esse lugar era uma cidade dos mortos. As passagens estreitas eram ladeadas por decorados mausoléus em vários estágios de degradação, alguns do tamanho de casas de dois andares. Os mais impressionantes tinham cercas de ferro preto forjado ao redor, com enormes estátuas de santos e anjos olhando para baixo dos topos dos telhados. Era um local onde as pessoas homenageavam seus mortos. A prova estava entalhada no rosto de cada estátua e em cada nome gasto que tinha sido tocado centenas de vezes.

— Este lugar faz o Jardim da Paz Perpétua parecer um lixão. — Por um minuto, pensei em minha mãe. E entendi a vontade de construir uma casa de mármore para alguém que você amava, que era exatamente o que este lugar parecia ser.

Link não estava impressionado.

— Não faz diferença. Quando eu morrer, jogue um pouco de terra por cima de mim. Poupe seu dinheiro.

— Certo. Me lembre disso em algumas centenas de anos, quando eu estiver no seu enterro.

— Bem, então acho que sou eu quem vai jogar terra no seu...

— Shh! Ouviu isso? — Era o som de cascalho estalando. Não éramos os únicos ali.

— É claro...

A voz de Link sumiu quando uma sombra passou por mim. Tinha a mesma característica nebulosa de um Espectro, mas era mais escura e não tinha os traços que faziam os Espectros parecerem quase humanos. Conforme se movia ao meu redor, e até através de mim, senti o pânico familiar dos meus sonhos me esmagando. Estava encurralado em meu próprio corpo, incapaz de me mexer.

Quem é você?

Tentei me concentrar na sombra para ver alguma coisa além do ar escuro e nebuloso, mas não consegui.

O que você quer?

— Ei, cara. Você está bem? — Ouvi a voz de Link, e a pressão se dissipou, como se alguém estivesse ajoelhado no meu peito e se levantasse de repente. Link estava olhando para mim. Eu me perguntei há quanto tempo estava falando.

— Estou bem. — Não estava, mas não queria dizer para ele que estava... o quê? Vendo coisas? Tendo pesadelos com rios de sangue e quedas de torres de água?

Conforme penetramos no cemitério, os túmulos com detalhes complexos e aqueles em ruínas deram lugar a passagens alinhadas de mausoléus completamente destroçados. Alguns eram feitos de madeira, como as cabanas destruídas em partes do pântano de Wader's Creek. Li os sobrenomes que ainda estavam visíveis: Delassixe, Labasiliere, Rousseau, Navarro. Eram nomes creole. O último da fileira ficava separado do resto; era uma estrutura de pedra estreita, com não mais que alguns metros de largura. Era em estilo neoclássico grego, como Ravenwood. Mas, enquanto a casa de Macon era como uma imagem que você poderia encontrar em um livro de fotografia da Carolina do Sul, esse túmulo não era nada de mais. Até eu chegar mais perto.

Cordões de contas, repletos de cruzes e rosas vermelhas de seda, estavam pendurados ao lado da porta, e a pedra estava entalhada com centenas de X rudimentares de várias formas e tamanhos. Havia outros desenhos estranhos, claramente feitos por visitantes. O chão estava coberto de presentes e lembranças: bonecas de Mardi Gras e velas religiosas com rostos de santos pintados no vidro, garrafas vazias de rum e fotos apagadas, cartas de tarô e mais cordões de contas coloridas.

Link se inclinou e girou uma das cartas sujas entre os dedos. A Torre. Eu não sabia o que significava, mas qualquer carta com pessoas caindo de janelas não podia ser boa.

— Chegamos. É aqui.

Olhei ao redor.

— Do que você está falando? Não tem nada aqui.

— Eu não diria isso. — Ele apontou para a porta do mausoléu com a carta manchada pela água. — Amma entrou ali.

— Está brincando, né?

— Cara, eu brincaria sobre entrar em um túmulo apavorante à noite, na cidade mais assombrada do sul? — Link balançou a cabeça. — Porque sei que é isso que você vai me dizer que vamos fazer.

Eu também não queria entrar lá.

Link jogou a carta de volta sobre a pilha, e reparei em uma placa de latão na base da porta. Eu me inclinei e li o que consegui à luz da Lua:

MARIE LAVEAU. ESTE TÚMULO NEOCLÁSSICO GREGO TEM A FAMA DE SER O LOCAL ONDE FOI ENTERRADA ESSA CONHECIDA "RAINHA VODU".

Link deu um passo para trás.

— Uma rainha vodu? Como se não tivéssemos problemas suficientes.

Eu não estava prestando muita atenção.

— O que Amma estaria fazendo aqui?

— Não sei, cara. As bonecas de Amma são uma coisa, mas não sei se meus poderes de Incubus funcionam em rainhas vodu mortas. Vamos embora.

— Não seja idiota. Não tem nada pra ter medo. Vodu é apenas mais uma religião.

Link olhou em volta, nervoso.

— É, uma religião na qual as pessoas fazem bonecas e as perfuram com alfinetes. — Devia ser o que ele ouviu da mãe.

Mas eu tinha passado tempo suficiente com Amma para saber. O vodu era parte da herança dela, a mistura de religiões e misticismo que era tão única quanto sua comida.

— Essas são as pessoas que tentam usar o poder do mal. Não é disso que se trata.

— Espero que você esteja certo. Porque não gosto de alfinetes.

Coloquei a mão na porta e empurrei. Nada.

— Talvez esteja Enfeitiçada, como uma porta Conjuradora.

Link bateu com o ombro nela, e a porta deslizou pelo piso de pedra ao abrir para dentro do mausoléu.

— Ou talvez não.

Entrei com cuidado, na esperança de ver Amma inclinada sobre ossos de galinha. Mas o mausoléu estava escuro e vazio, exceto pelo recipiente de cimento que guardava o caixão, pela poeira e pelas teias de aranha.

— Não tem nada aqui.

Link andou até o fundo da pequena cripta.

— Não tenho tanta certeza disso. — Passou os dedos pelo chão. Havia um quadrado entalhado na pedra, com um aro de metal no meio. — Olha isso. Parece uma espécie de alçapão.

Era um alçapão que levava para debaixo de um cemitério, que ficava no mausoléu de uma rainha vodu. Era mais do que escurecer, até mesmo para Amma.

Link estava com a mão no aro de metal.

— Vamos fazer isso ou não?

Eu assenti, e ele abriu a porta.

⚜ 15 DE SETEMBRO ⚜
Roda do destino

Quando vi a escada podre de madeira, iluminada por uma fraca luz amarela vinda de baixo, soube que não levava a um túnel Conjurador. Eu já tinha andado por muitas escadas que levavam do mundo Mortal até aqueles túneis e raramente as via quando descia. Elas costumavam ficar escondidas por Feitiços protetores, para que parecesse que você poderia cair e morrer, se ousasse dar um passo adiante.

Esse era um tipo diferente de passo e parecia mais perigoso. A escadaria era torta, o corrimão não passava de algumas tábuas pregadas de qualquer jeito. Eu poderia estar olhando para o porão coberto de poeira das Irmãs, que sempre ficava no escuro porque elas nunca me deixavam trocar a lâmpada exposta acima da porta. Mas isso não era um porão e não tinha cheiro de poeira. Tinha alguma coisa queimando lá embaixo e exalava um odor denso e enjoativo.

— Que cheiro é esse?

Link inspirou e tossiu.

— Alcaçuz e gasolina. — É, era uma combinação que se encontrava todos os dias. Estiquei a mão em direção ao corrimão.

— Você acha que essa escada aguenta?

Ele deu de ombros.

— Aguentou Amma.

— Ela pesa 45 quilos.

— Só tem um jeito de descobrir.

Fui primeiro, e cada tábua gemeu sob meu peso. Minha mão apertou o corrimão, e pequenas farpas entraram na minha pele. Havia uma sala enorme na lateral da escada, e era a fonte tanto da luz quanto da fumaça nauseante.

— Onde é que estamos? — sussurrou Link.

— Não sei.

Mas eu sabia que era um lugar sombrio, um lugar para onde Amma jamais iria em uma ocasião normal. Era mais do que gasolina e alcaçuz. Havia morte no ar, e quando entramos na sala entendi por quê.

Era uma espécie de loja, as paredes tomadas de prateleiras com livros de capas de couro rachado e vidros com coisas vivas e mortas dentro. Um vidro exibia asas de morcego, intactas, mas que não estavam mais unidas aos respectivos corpos. Outro recipiente estava cheio de dentes de animais; outros, de garras e peles de cobra. Garrafas pequenas e sem rótulo continham líquidos turvos e pós escuros. Mas as criaturas vivas aprisionadas ali eram ainda mais perturbadoras. Sapos enormes se jogavam contra o vidro dos potes, desesperados para sair. Cobras deslizavam umas sobre as outras, empilhadas em viveiros cobertos de camadas grossas de terra. Morcegos estavam pendurados no alto de gaiolas enferrujadas.

Havia alguma coisa mais do que errada no lugar, desde a mesa arranhada de metal no centro do aposento até o estranho altar no canto, cercado de velas, esculturas e um palito de incenso preto com fedor de alcaçuz e gasolina.

Link me deu uma cotovelada e apontou para um sapo morto flutuando em um vidro.

— Este lugar é pior do que as aulas de verão no laboratório de biologia.

— Tem certeza de que Amma está aqui? — Eu não conseguia imaginá-la nessa versão deturpada do porão das minhas tias-avós.

Link indicou o fundo do aposento, onde uma luz amarela brilhava.

— Balinhas de canela Red Hot.

Andamos entre as fileiras de prateleiras, e em segundos pude ouvir a voz de Amma. No final do corredor, duas estantes baixas flanqueavam uma passagem estreita até o fundo da loja ou fosse lá o que este lugar fosse. Ficamos de quatro e nos escondemos atrás das estantes. Pés de galinha flutuavam em uma garrafa ao lado do meu ombro.

— Preciso ver o langiappe. — Era uma voz de homem, grave e com sotaque pesado. — Você ficaria surpresa com quantas pessoas conseguem chegar aqui e não são o que dizem ser.

Deitei de barriga no chão e me arrastei para a frente para conseguir ver além da estante. Link estava certo. Amma estava parada em frente a uma mesa de madeira escura, segurando a bolsinha com as duas mãos. As pernas da mesa formavam o pé de um pássaro, com as garras a centímetros dos pequenos sapatos ortopédicos de Amma. Ela estava de perfil; a pele escura brilhando contra a luz amarela, o coque preso com cuidado debaixo do chapéu florido de ir à igreja, o queixo erguido e as costas eretas. Se estava com medo, eu não conseguia perceber. O orgulho de Amma era uma parte tão grande de quem ela era quanto seus enigmas, biscoitos e palavras cruzadas.

— Imagino que sim. — Ela abriu a bolsa e pegou o embrulho vermelho que a mulher creole deu a ela.

Link também estava deitado de barriga para baixo.

— É a coisa que a moça dos donuts deu a ela? — sussurrou ele. Fiz que sim com a cabeça e gesticulei para que ficasse quieto.

O homem atrás da mesa se inclinou em direção à luz. A pele era como ébano, mais escura e mais lisa do que a de Amma. O cabelo estava retorcido em tranças rudimentares e descuidadas, presas na nuca. Cordões e pequenos objetos que eu não conseguia ver claramente estavam presos nas tranças. Ele contornou o cavanhaque com os dedos enquanto observava Amma com atenção.

— Me dê. — Esticou a mão e o punho da túnica escura deslizou pelo braço dele. Ao redor do pulso havia fios finos de corda e couro, repletos de talismãs. A mão tinha cicatrizes, com a pele marcada e brilhante, como se tivesse sido queimada mais de uma vez.

Amma entregou o embrulho sem encostar na mão dele.

Ele reparou na precaução dela e sorriu.

— Vocês, mulheres das ilhas, são todas iguais, praticando a arte para afastar minha magia. Mas suas ervas e pós não são páreo para a mão de um *bokor*.

A arte. Vodu. Eu já tinha ouvido o vodu sendo chamado assim. E, se mulheres como Amma ofereciam proteção contra a magia dele, isso só podia significar uma coisa. Ele praticava magia negra.

Abriu o embrulho e ergueu uma única pena. Examinou-a com atenção, virando-a nas mãos.

— Vejo que você não é uma invasora. Então o que quer?

Amma jogou um lenço sobre a mesa.

— Não sou invasora, nem uma das mulheres da ilha que você está acostumado a receber.

O *bokor* ergueu o tecido delicado e examinou o bordado. Eu sabia qual era o desenho, embora não conseguisse ver de onde estava: um pardal.

Ele olhou para o lenço e depois para Amma.

— A marca de Sulla, a Profeta. Então você é uma Vidente, uma das descendentes dela? — Abriu um amplo sorriso, com dentes brancos brilhando na penumbra.

— Isso torna essa visitinha ainda mais inesperada. O que traria uma Vidente à minha oficina?

Amma o observou com atenção, como se ele fosse uma das cobras que deslizava nos viveiros da loja.

— Foi um erro. Não trabalho com gente como você. Vou embora. — Ela enfiou a bolsa debaixo do braço e se virou para sair.

— Vai embora tão rápido? Não quer saber como mudar as cartas? — A risada ameaçadora dele ecoou pelo aposento.

Amma parou na mesma hora.

— Quero, sim. — A voz dela estava baixa.

— Mas você mesma sabe a resposta, Vidente. Por isso está aqui.

Ela se virou e olhou para ele.

— Acha que é uma visita social?

— Não pode mudar as cartas depois que são distribuídas. Não as cartas sobre as quais estamos falando. O destino é uma roda que gira sem ajuda das nossas mãos.

Amma bateu a mão com força na mesa.

— Não tente me vender o belo contorno de uma nuvem tão negra quanto sua alma. *Sei* que pode ser feito.

O *bokor* bateu em uma garrafa de cascas de ovo moídas perto da beirada da mesa. Mais uma vez, os dentes brancos brilharam na penumbra.

— Qualquer coisa pode ser feita por um preço, Vidente. A pergunta é quanto está disposta a pagar?

— Quanto for preciso.

Estremeci. Havia alguma coisa no jeito que Amma disse aquilo, e mesmo no tom incerto da sua voz, que fez parecer que um limite invisível entre os dois estava desaparecendo. Eu me perguntei se esse limite era mais profundo do que o que ela cruzou na noite da Décima Sexta Lua, quando ela e Lena usaram *O Livro das Luas* para me trazer de volta à vida. Balancei a cabeça. Já tínhamos cruzados limites demais.

O *bokor* observou Amma com atenção.

— Então me mostre as cartas. Preciso saber com que estamos lidando.

Amma pegou um baralho do que pareciam ser cartas de tarô de dentro da bolsa, mas as imagens nas cartas não estavam certas. Não eram cartas de tarô, eram outra coisa. Ela as arrumou sobre a mesa com cuidado, recriando um jogo. O *bokor* observava, mexendo a pena entre os dedos.

Amma colocou a última carta.

— Aqui está.

Ele hesitou, murmurando em uma língua que não entendi. Mas dava para perceber que não estava satisfeito. O *bokor* tirou tudo de cima da mesa bamba de madeira, com garrafas e vidros se quebrando no chão. Ele se inclinou para perto de Amma como nunca vira ninguém ousar chegar.

— A Rainha Irada. A Balança Desequilibrada. O Filho das Trevas. A Tempestade. O Sacrifício. Os Gêmeos Separados. A Lâmina Sangrenta. A Alma Dividida.

Ele cuspiu e sacudiu a pena para ela, como se fosse sua própria versão da Ameaça de Um Olho.

— Uma Vidente da linhagem de Sulla, a Profeta, é inteligente o bastante para saber que esse não é um jogo qualquer.

— Está dizendo que não é capaz de fazer? — Era um desafio. — Que vim até aqui por cascas de ovos moídas e sapos de pântano mortos? Consigo isso com qualquer cartomante.

— Estou dizendo que você não pode pagar o preço, velha! — Ele ergueu a voz, e eu enrijeci. Amma era a única mãe que eu tinha. Não suportava ouvir alguém falar com ela daquele jeito.

Amma olhou para o teto, murmurando. Apostei que estava falando com os Grandes.

— Nem um osso no meu corpo queria vir a este ninho do mal esquecido por Deus...

O *bokor* pegou um longo cajado enrolado com a pele áspera de uma cobra e rodeou Amma como um animal esperando para dar o bote.

— Mas você veio. Porque suas bonequinhas e ervas não são capazes de salvar o *ti-bon-age*. São?

Amma olhou para ele com desafio.

— Alguém vai morrer se você não me ajudar.

— E alguém vai morrer se eu ajudar.

— Essa é uma discussão para outro dia. — Ela bateu em uma das cartas. — Esta é a morte com a qual me importo.

Ele examinou a carta, acariciando a pena.

— Interessante você escolher a pessoa que já está perdida. Mais interessante ainda que você venha me visitar, em vez de seus preciosos Conjuradores. Isso é sobre eles, não é?

Os Conjuradores.

Senti um aperto no peito. Quem já estava perdido? Será que ele estava falando sobre Lena?

Amma respirou fundo.

— Os Conjuradores não podem me ajudar. Mal conseguem ajudar a si mesmos.

Link olhou para mim, confuso. Mas eu não entendia tanto quanto ele. Como o *bokor* poderia ajudar Amma com uma coisa com a qual os Conjuradores não podiam?

As imagens surgiram antes que eu pudesse impedi-las. O calor insuportável. A praga de insetos infestando cada centímetro da cidade. Os pesadelos e o pânico. Conjuradores que não conseguiam controlar seus poderes e nem usar todos os que tinham. Um rio de sangue. A voz de Abraham ecoando pela caverna depois que Lena se Invocou.

Haverá consequências.

O *bokor* deu a volta para encarar Amma, medindo a expressão dela.

— Você quer dizer que os Conjuradores da Luz não podem.

— Eu não pediria ajuda para nenhum outro tipo.

Ele pareceu satisfeito com a resposta, mas não pelo motivo que imaginei.

— Ainda assim, você veio a mim. Porque posso fazer uma coisa que eles não podem, a velha magia que nosso povo trouxe consigo ao cruzar o oceano. Magia que pode ser igualmente controlada por Mortais e Conjuradores. — Ele estava falando de vodu, uma religião nascida na África e no Caribe. — Eles não entendem o *ti-bon-age*.

Amma olhou para ele como se desejasse poder transformá-lo em pedra, mas não foi embora.

Ela precisava dele, mesmo eu não sabendo por quê.

— Diga seu preço. — A voz dela tremeu.

Observei enquanto ele calculava os custos tanto do pedido de Amma quanto da integridade dela. Eles eram forças opostas, trabalhando nos extremos de um misticismo compartilhado, que era tão preto e branco quanto a Luz e as Trevas no mundo Conjurador.

— Onde está agora? Você sabe onde esconderam?

— Esconderam o quê? — disse Link apenas com o movimento da boca. Balancei a cabeça. Não fazia ideia do que estavam dizendo.

— Não está escondido. — Pela primeira vez, Amma olhou nos olhos dele. — Está livre.

A princípio, ele não reagiu, como se ela pudesse ter dito algo errado. Mas, quando o *bokor* percebeu que Amma estava falando sério, voltou até a mesa e olhou de novo o jogo de cartas. Eu podia ouvir os trechos de francês creole enquanto ele murmurava.

— Se o que você diz é verdade, velha, só existe um preço.

Amma passou a mão por cima das cartas e as organizou em uma pilha.

— Eu sei. Vou pagar.

— Entende que não tem volta? Não tem jeito de desfazer o que será feito. Se você mexer com a Roda do Destino, ela vai continuar a girar até esmagar você em seu caminho.

Amma juntou as cartas e as colocou de volta na bolsa. Eu podia ver a mão dela tremendo entre a luz e a sombra do aposento.

— Faça o que precisar fazer, e farei o mesmo. — Ela fechou a bolsa e se virou para sair. — No final, a Roda esmaga a todos nós.

⤳ 19 DE SETEMBRO ⤔

O Registro Distante

— Naquele momento, Link e eu saímos em disparada como se Amma estivesse correndo atrás de nós com a Ameaça de Um Olho. Estava com tanto medo de ela descobrir que a seguimos que só saí da cama de manhã. — Deixei de fora a parte em que acordei no chão, assim como sempre acordava depois de um dos sonhos.

Quando terminei de contar a história para Marian, seu chá estava frio.

— E Amma?

— Ouvi a porta de tela fechar quando o sol estava nascendo. Quando desci, ela estava preparando o café da manhã como se nada tivesse acontecido. A mesma canjica com queijo de sempre, os mesmos ovos. — Só que nada mais tinha o gosto certo.

Estávamos no arquivo na Biblioteca do Condado de Gatlin. Era o santuário particular de Marian, que já o tinha compartilhado com minha mãe. Também era o lugar onde Marian procurava respostas para perguntas que a maior parte do povo de Gatlin jamais saberia, e era por isso que eu estava lá. Marian Ashcroft tinha sido a melhor amiga da minha mãe, mas sempre pareceu ser mais minha tia do que minha tia de verdade. E acho que esse era o outro motivo de eu estar lá.

Amma era o que eu tinha de mais próximo de uma mãe. Eu não estava pronto para supor o pior dela e não queria que mais ninguém pensasse isso. Mas, ainda assim, eu não me sentia à vontade com a ideia de ela sair correndo por aí com um sujeito que estava do lado errado de tudo em que acreditava. Precisava contar para alguém.

Marian mexeu o chá, distraída.

— Você tem certeza absoluta do que ouviu?

Assenti.

— Não era o tipo de conversa que se esquece. — Eu vinha tentando apagar a imagem de Amma e do *bokor* da minha mente desde que os vira. — Já vi Amma dar chilique quando não gostava do que as cartas estavam dizendo. Quando ela viu que Sam Turley ia cair de carro da ponte em Wader's Creek, ela se trancou no quarto e não falou nada por uma semana. Foi diferente.

— Uma Vidente nunca tenta mudar as cartas. Principalmente não a tataraneta de Sulla, a Profeta. — Marian fitou a xícara, pensativa. — Por que ela tentaria fazer algo assim agora?

— Não sei. O *bokor* disse que podia fazer, mas custaria caro. Amma disse que pagaria o preço. Fosse qual fosse. Não fez sentido, mas tinha alguma coisa a ver com os Conjuradores.

— Se ele era um *bokor*, não era conversa à toa. Eles usam o vodu para machucar e destruir em vez de iluminar e curar.

Eu assenti. Pela primeira vez desde que conseguia lembrar, estava com medo do que poderia acontecer a Amma. O que fazia tanto sentido quanto um gatinho tendo medo do que poderia acontecer a um tigre.

— Sei que você não pode interferir no mundo Conjurador, mas o *bokor* é Mortal.

— E foi por isso que você veio aqui. — Marian suspirou. — Posso pesquisar um pouco, mas a única pergunta que não vou poder responder é a que realmente importa. O que levaria Amma até uma pessoa que é o oposto de tudo em que ela acredita? — Marian esticou um prato de biscoitos, o que significava que não tinha a resposta.

— HobNobs? — Fiz uma careta. Não eram biscoitos quaisquer. A mala de Liv estava cheia deles quando ela chegou na Carolina do Sul no começo do verão.

Marian deve ter reparado, porque suspirou e colocou o prato sobre a mesa.

— Você conversou com Olivia sobre o que aconteceu?

— Não sei. Não sobre… Bem, não. — Suspirei. — E é uma droga, porque Liv é… você sabe. Liv.

— Também sinto saudade dela.

— Então por que não a deixou continuar trabalhando com você? — Depois que Liv violou as regras e ajudou a libertar Macon do Arco Voltaico, ela desapareceu da Biblioteca do Condado de Gatlin. O treinamento para ser Guardiã terminou, e eu esperava que ela voltasse para o Reino Unido. Mas começou a passar os dias nos túneis com Macon.

— Eu não podia. Seria incorreto. Ou, se você preferir, proibido. Até que tudo seja resolvido, não podemos nos ver. Não, oficialmente.

— Você quer dizer que ela não está morando com você?

Marian suspirou.

— Ela se mudou para os túneis por enquanto. Talvez esteja mais feliz lá. Macon providenciou para que ela possa estudar. — Eu não conseguia visualizar Liv passando tanto tempo na escuridão dos túneis quando ela só me fazia pensar na luz do sol.

Marian se virou na cadeira, pegou uma carta dobrada que estava em cima da mesa e me entregou. Era pesada, e percebi que o peso vinha de um selo grosso de cera na parte de baixo da folha. Não era o tipo de carta que se recebe pelo correio.

— O que é?

— Vá em frente. Leia.

— "O Conselho do Registro Distante conclui, sobre a grave questão de Marian Ashcroft do *Lunae Libri*..." — comecei a passar os olhos rapidamente — "... suspensão das responsabilidades, com relação ao Registro Ocidental... data do julgamento em breve." — Tirei os olhos do papel sem acreditar. — Você foi despedida?

— Prefiro *suspensa*.

— E tem julgamento?

Ela colocou a xícara de chá na mesa entre nós e fechou os olhos.

— Tem. Pelo menos é assim que estão preferindo chamar. Não pense que os Mortais têm monopólio da hipocrisia. O mundo Conjurador não é exatamente uma democracia, como você deve ter notado. A questão toda do livre-arbítrio fica um pouco de lado em relação aos interesses da lei.

— Mas você não teve nada a ver com isso. Lena rompeu a Ordem.

— Bem, aprecio sua versão dos eventos, mas você mora em Gatlin há tempo suficiente para saber que as versões têm a capacidade de mudar. No entanto, imagino que você vá ter seu dia no banco das testemunhas. — As linhas do rosto de Marian tinham o hábito de se aprofundarem e virarem sombras quando estava realmente preocupada. Como agora.

— Mas você não estava envolvida.

Era nossa batalha mais longa. Assim que descobri que Marian era Guardiã, como minha mãe tinha sido antes dela, soube da regra que importava. Independentemente do que estivesse acontecendo, Marian ficava de fora. Ela era uma observadora, responsável por manter os registros do mundo Conjurador e marcar o lugar em que esse mundo fizesse interseção com o Mortal.

Marian mantinha registros da história; não participava dela.

Essa era a regra. Se seu coração ia permitir que ela a seguisse, era outra história. Liv tinha aprendido da maneira mais difícil que não podia seguir a regra, e agora jamais poderia ser Guardiã. Eu tinha certeza de que minha mãe tinha se sentido do mesmo jeito.

Peguei a carta de novo. Toquei no selo de cera grossa e preta, igual ao selo do estado da Carolina do Sul. Uma Lua Conjuradora sobre uma palmeira. Quando toquei na Lua crescente, escutei a melodia familiar e parei para ouvir. Fechei os olhos.

Dezoito Luas, dezoito Espectros,
Se alimentando dos seus mais profundos medos,
Atormentados para encontrar antes das Trevas,
Olhos secretos e ouvidos escondidos...

— Ethan?

Abri os olhos e vi Marian acima de mim.

— Não é nada.

— Nunca é nada. Não com você, EW. — Ela sorriu para mim com um pouco de tristeza.

— Ouvi a música. — Eu ainda estava batendo os dedos contra a perna da calça jeans com a melodia na cabeça.

— Sua música sinalizadora?

Fiz que sim com a cabeça.

— E?

Eu não queria contar a ela, mas não vi saída e não seria capaz de inventar uma outra versão em 3 segundos.

— Nada boa. O de sempre. Um Espectro, um Tormento, segredos e trevas.

Tentei não sentir nada, nem meu estômago se revirando, nem o frio que se espalhou pelo meu corpo enquanto falava. Minha mãe estava tentando me dizer alguma coisa. E, se ela estava enviando a música, significava que era uma coisa importante. E perigosa.

— Ethan. Isso é sério.

— Tudo é sério, tia Marian. É difícil entender o que devo fazer.

— Converse comigo.

— Eu vou, mas agora nem sei o que contar pra você. — Fiquei de pé para ir embora. Não devia ter dito nada. Não conseguia entender o que estava acontecendo, e quanto mais Marian insistia, mais rápido eu queria sair. — É melhor eu ir.

Ela me seguiu até a porta do arquivo.

— Não fique tanto tempo longe, desta vez, Ethan. Senti saudades.

Sorri e a abracei e olhei por cima do ombro dela para a Biblioteca do Condado de Gatlin. E quase dei um pulo até o teto.

— O que aconteceu?

Marian pareceu tão surpresa quanto eu. A biblioteca estava um desastre catastrófico, do chão até o teto. Parecia que um furacão tinha passado enquanto estávamos no arquivo. Pilhas tinham sido derrubadas, e os livros estavam espalhados e abertos em todos os cantos, nas superfícies das mesas, na bancada de retirada de livros, até mesmo no chão. Eu só tinha visto algo assim uma vez, no Natal passado, quando todos os livros da biblioteca se abriram em uma citação que tinha a ver comigo e com Lena.

— É pior do que da última vez — disse Marian baixinho. Estávamos pensando a mesma coisa. Era uma mensagem para mim. Como da outra vez.

— Ar-rã.

— Bem. Lá vamos nós. Já está se sentindo atormentado? — Marian esticou a mão para pegar um livro em cima do catálogo de cartões. — Porque eu estou.

— Estou começando. — Tirei o cabelo de cima dos olhos. — Queria saber o Conjuro para recolocar os livros no lugar sem ter de pegar todos.

Marian se inclinou e me entregou o primeiro.

— Emily Dickinson.

Eu o abri tão devagar quanto uma pessoa pode abrir um livro e encontrei uma página aleatória.

— "Muita Loucura é o Senso mais divino…"

— Loucura. Que ótimo. — O que significava? E o mais importante, o que significava para mim? Olhei para Marian. — O que você acha?

— Acho que a Desordem das Coisas finalmente chegou aos meus livros. Vá em frente. — Ela abriu outro livro e me entregou. — Leonardo da Vinci.

Que ótimo. Outro maluco famoso. Devolvi a ela.

— Leia você.

— "Enquanto acreditava estar aprendendo a ler, estava aprendendo a morrer". — Ela fechou o livro com delicadeza.

— Loucura e, agora, morte. As coisas estão melhorando.

Ela colocou uma das mãos na minha nuca e deixou o livro cair da outra. *Estou aqui com você.* Era o que o gesto dizia. Minhas mãos não diziam nada além de que eu estava apavorado, o que eu tinha certeza que ela conseguia perceber pelo tanto que tremiam.

— Vamos revezar. Um lê enquanto o outro arruma.

— Eu arrumo.

Marian olhou para mim e me entregou outro livro.

— Você manda na minha biblioteca agora?

— Não, senhora. Isso não seria muito cavalheiresco. — Olhei para o título. — Ah, para com isso. — Edgar Allan Poe. Ele era tão sombrio que faria os outros dois parecerem alegres. — Seja lá o que ele tem a dizer, não quero saber.

— Abra.

— "Olhando para a escuridão, fiquei por muito tempo imaginando, temendo / Duvidando, sonhando sonhos que nenhum mortal ousou sonhar antes..."

Fechei o livro.

— Entendi. Estou ficando louco. Estou enlouquecendo. Essa cidade toda está rachando. O universo é um manicômio.

— Você sabe o que Leonard Cohen diz sobre rachaduras, Ethan?

— Não sei, não. Mas tenho a sensação de que poderia abrir mais alguns livros nessa biblioteca e te dizer.

— "Tem uma rachadura em tudo."

— Ajuda muito.

— Ajuda mesmo. — Ela colocou as mãos nos meus ombros. — "Tem uma rachadura em tudo. É assim que a luz entra."

Sem dúvida, ela tinha razão, ou pelo menos o tal Leonard Cohen tinha. Eu me sentia feliz e triste ao mesmo tempo, e não sabia o que dizer. Então, fiquei de joelhos no tapete e comecei a empilhar livros.

— É melhor arrumar logo essa bagunça.

Marian entendeu.

— Nunca pensei que fosse te ouvir dizer isso, EW. — Ela estava certa. O universo devia mesmo estar rachado, e eu junto com ele.

Eu esperava que a luz estivesse encontrando um caminho para entrar.

◄ 19 DE SETEMBRO ►

O demônio que você conhece

Eu estava sonhando. Não *em* um sonho (tão real que eu conseguia sentir o vento enquanto caía, e o aroma metálico de sangue no Santee), mas sonhando de verdade. Observei cenas inteiras se desenrolarem na minha mente, só que alguma coisa estava errada. O sonho todo parecia errado. Ou não, porque não conseguia sentir nada. Podia muito bem estar sentado no meio-fio vendo tudo acontecer...

A noite em que Sarafine convocou a Décima Sétima Lua.

A Lua se partindo no céu acima de Lena, com suas duas metades formando as asas de uma borboleta: uma verde, uma dourada.

John Breed na Harley, com os braços de Lena ao redor do corpo.

O túmulo vazio de Macon no cemitério.

Ridley segurando um embrulho preto, com luz escapando por debaixo do tecido.

O Arco Voltaico no chão lamacento.

Um único botão prateado, perdido no banco da frente do Lata-Velha em uma noite de chuva.

As imagens flutuavam na periferia da minha mente, fora de alcance. O sonho era acalentador. Talvez todos os meus pensamentos subconscientes não fossem uma profecia, um pedaço retorcido do quebra-cabeça que formaria meu destino como Obstinado. Talvez *esse* fosse o sonho. Relaxei no gentil cabo de guerra enquanto deslizava entre o sono e o estado consciente. Minha mente procurava mais pensamentos concretos, tentando peneirar a névoa como Amma peneirava farinha para um bolo. Eu voltava repetidamente para a imagem do Arco Voltaico.

O Arco Voltaico nas minhas mãos.

O Arco Voltaico no túmulo.

O Arco Voltaico e Macon, na caverna perto do mar, na Grande Barreira.

Macon se virando para olhar para mim.

— Ethan, isso não é um sonho. Acorde. Agora!

Em seguida, Macon pegou fogo, minha mente foi presa, e eu não conseguia ver nada, porque a dor era tão intensa que eu não conseguia mais pensar nem sonhar.

Um som agudo perturbou o zumbido rítmico dos gafanhotos do lado de fora da janela. Eu me sentei de repente, e o som se intensificou enquanto lutava para despertar.

Era Lucille. Estava na minha cama bufando, com os pelos de pé nas costas arqueadas. As orelhas estavam achatadas contra a cabeça, e por um segundo achei que ela estivesse bufando para mim. Segui os olhos dela até o outro lado do quarto, pela escuridão. Tinha alguém no pé da minha cama. O punho polido da bengala dele refletia a luz.

Minha mente não estava tateando em busca de pensamentos concretos.

Abraham Ravenwood, sim.

— Puta merda!

Eu me encolhi e bati na cabeceira de madeira atrás de mim. Não tinha para onde ir, mas só queria me afastar. O instinto tomou conta de mim: era lutar ou fugir. E não tinha como eu tentar enfrentar Abraham Ravenwood.

— Saia. Agora. — Apertei as mãos contra as têmporas, como se ele ainda pudesse me alcançar pela dor de cabeça chata que eu sentia.

Ele me observou com atenção, medindo minhas reações.

— Boa noite, garoto. Vejo que, assim como meu neto, você ainda não encontrou seu lugar. — Abraham balançou a cabeça. — O pequeno Macon Ravenwood. Sempre uma criança tão decepcionante. — Involuntariamente, cerrei os punhos. Abraham pareceu se divertir e balançou o dedo.

Caí no chão à frente dele, ofegante. Meu rosto se chocou com as tábuas ásperas do piso, e eu só conseguia ver as botas de couro. Lutei para erguer a cabeça.

— Assim é melhor. — Abraham sorriu, com a barba branca emoldurando caninos ainda mais brancos.

Ele estava diferente da última vez em que o vi, na Grande Barreira. O terno branco de domingo tinha sido substituído por um mais escuro e imponente, com a gravata preta que era sua marca registrada presa com cuidado sob o colarinho da camisa. A ilusão do cavalheiro sulista simpático tinha sumido. Essa *coisa* parada na minha frente não se parecia em nada com um homem, e muito menos com Macon. Abraham Ravenwood, pai de todos os Incubus Ravenwood que vieram depois, era um monstro.

— Não diria monstro. Mas, por outro lado, não vejo importância no que você pensa de mim, garoto.

Lucille bufou mais alto.

Tentei me levantar do chão e impedir que minha voz tremesse.

— Que diabos estava fazendo na minha cabeça?

Ele ergueu uma sobrancelha.

— Ah, você sentiu que eu estava me alimentando. Nada mau para um Mortal.

— Ele se inclinou para a frente. — Me diga, como é a sensação? Sempre quis saber. Se parece mais com uma lâmina ou com uma mordida? Quando tiro os pensamentos pelos quais você tem mais carinho? Seus segredos e seus sonhos?

Tentei me erguer devagar, mas mal consegui suportar meu próprio peso.

— A sensação é a de que você deve ficar fora da minha mente, psicopata.

Abraham riu.

— Ficaria feliz em fazer isso. Não tem muito pra ver aí dentro. Dezessete anos e quase não viveu. Fora alguns encontros sem importância com lixo Conjurador insignificante.

Eu me encolhi. Queria pegá-lo pelo colarinho e jogá-lo pela janela. E teria feito isso, se conseguisse mexer os braços.

— É? Se meu cérebro é tão inútil, por que você está se esgueirando pra dentro do meu quarto e remexendo nele? — Meu corpo todo estava tremendo. Eu poderia travar uma boa batalha de palavras, mas estava me concentrando em tentar não desmaiar na frente do Incubus mais poderoso que qualquer um de nós jamais conheceu.

Abraham andou até a janela e passou o dedo pela beirada e pela trilha de sal que Amma tinha colocado ali. Lambeu os cristais do dedo.

— Nunca me canso de sal. Dá uma nota saborosa ao sangue. — Ele fez uma pausa e olhou pela janela para o gramado queimado. — Mas tenho uma pergunta para você. Uma coisa minha me foi tirada. E acho que sabe onde está.

Ele balançou o dedo contra a janela, e o vidro se espatifou.

Dei um passo lento em direção a ele. Foi como arrastar os pés por cimento.

— O que faz você pensar que eu contaria alguma coisa pra você?

— Vamos ver. Medo, pra começar. Dê uma olhada. — Ele se inclinou pela janela e olhou para meu jardim da frente. — Hunting e seus cachorros não vieram até aqui pra nada. Eles adoram um lanchinho de madrugada.

Meu coração bateu com força nos meus ouvidos. Eles estavam lá fora, Hunting e a gangue do Sangue.

Abraham se virou para me encarar com os olhos negros brilhando.

— Chega de papo, garoto. Onde está John? Sei que meu neto inútil não o matou. Onde Macon o está escondendo?

Pronto. Alguém tinha finalmente falado. John estava vivo.

Eu sabia que era verdade. Sentia como se sempre tivesse sabido. Nunca tínhamos encontrado o corpo de John. Ele devia ter estado nos túneis Conjuradores esse tempo todo, frequentando lugares como o Exílio, esperando.

A raiva cresceu dentro de mim, e mal consegui fazer as palavras saírem.

— Na última vez em que o vi, ele estava na caverna, na Grande Barreira, ajudando você e Sarafine a destruírem o mundo.

Quando não estava ocupado fugindo com minha namorada.

Abraham assumiu um ar presunçoso.

— Não sei se você entende a gravidade da situação. Então deixe que eu esclareça. O mundo Mortal, seu mundo, incluindo essa cidadezinha patética, está sendo destruído, graças à sobrinha de Macon e ao comportamento ridículo dela, não a mim.

Caí na cama como se Abraham tivesse me dado um soco. A sensação era de que tinha dado mesmo.

— Lena fez o que tinha de fazer. Ela se Invocou.

— Ela destruiu a Ordem, garoto. E fez a escolha errada quando decidiu se afastar de nós.

— Por que se importa? Não parece estar preocupado com ninguém além de você mesmo.

Ele riu uma vez.

— Boa observação. Embora estejamos em um estado perigoso, ele nos oferece certas *oportunidades*.

Fora John Breed, eu não conseguia imaginar o que ele queria dizer e nem queria. Mas tentei não deixá-lo perceber o quanto eu estava com medo.

— Não ligo se John tem alguma coisa a ver com suas oportunidades. Já falei, não sei onde ele está.

Abraham me observou com atenção, como uma Sibila que conseguisse ler cada linha no meu rosto.

— Imagine uma rachadura que é mais funda do que os túneis. Que vai até o Subterrâneo, onde só os demônios mais sombrios vivem. A *rebelião* típica da juventude de sua namorada, e os dons dela criaram essa rachadura. — Fez uma pausa, folheando casualmente o livro de história mundial na minha mesa. — Não sou jovem, mas com a idade vem o poder. E tenho meus próprios dons. Posso chamar Demônios e criaturas das Trevas, mesmo sem *O Livro das Luas*. Se você não me contar onde John está, mostro para você. — E sorriu de um jeito doentio.

Por que John Breed era tão importante para ele? Eu me lembrei do modo como Macon e Liv falaram sobre John no escritório de Macon. *John era a chave*. A pergunta era: de quê?

— Já falei...

Abraham não me deixou terminar. Desapareceu e reapareceu no pé da minha cama. Eu podia ver o ódio nos olhos negros.

— Não minta para mim, garoto!

Lucille bufou de novo, e ouvi outro som de alguém se materializando.

Não tive tempo de ver quem era.

Uma coisa pesada caiu em cima de mim e sobre a minha cama como um saco de tijolos caindo do teto. Minha cabeça bateu na cabeceira de madeira atrás de mim e mordi o lábio inferior. O gosto metálico e enjoativo de sangue igual ao do sonho encheu minha boca.

Acima dos gritos de Lucille, ouvi o som do carvalho de cem anos se quebrando abaixo de mim. Senti um cotovelo bater nas minhas costelas e entendi. Um saco de tijolos não tinha caído do teto em cima de mim.

Era uma pessoa.

Houve um estalo alto quando a cama quebrou, e o colchão se chocou contra o chão. Tentei empurrar a pessoa. Mas eu estava preso.

Por favor, que não seja Hunting.

Um braço voou na minha frente, como minha mãe sempre fazia quando eu era criança e ela pisava no freio de repente.

— Cara, calma!

Parei de lutar.

— Link?

— Quem mais se arriscaria a se desintegrar em um milhão de pedaços só pra salvar sua maldita pele?

Eu quase ri. Link jamais Viajara antes, e agora eu sabia por quê. Desaparecer devia ser mais difícil do que parecia, e ele era péssimo naquilo.

A voz de Abraham cortou a escuridão.

— Salvá-lo? Você? Acho que é um pouco tarde pra isso.

Link quase pulou da pilha que era a cama quebrada ao ouvir a voz de Abraham. Antes que eu pudesse responder, a porta do meu quarto se abriu com tanta força que quase se soltou das dobradiças. Ouvi o clique do interruptor de luz, e manchas negras cobriram tudo enquanto meus olhos se ajustavam à luz.

— Puta...

— Que diabos está acontecendo aqui? — Amma estava parada na porta, usando o roupão com estampa de rosas que comprei para ela no Dia das Mães, com o cabelo enrolado em bobes, e, na mão, o velho rolo de madeira.

— Merda — sussurrou Link. Percebi que ele estava praticamente sentado no meu colo.

Mas Amma não reparou. Ela focou o olhar em Abraham Ravenwood.

Apontou o rolo de madeira para ele e apertou os olhos. Ela o circulou como um animal selvagem, só que eu não conseguia dizer quem era o predador e quem era a presa.

— O que *você* está fazendo nesta casa? — A voz dela estava furiosa e baixa. Se estava com medo, não demonstrava.

Abraham riu.

— Acha mesmo que consegue vir atrás de mim com um rolo, como se eu fosse um cachorro qualquer? Você consegue fazer melhor do que isso, Srta. Treadeau.

— Saia da minha casa ou, com o Bom Deus como testemunha, vai desejar ser um cachorro qualquer. — O rosto de Abraham se contraiu. Amma virou o rolo de forma que apontasse para o peito de Abraham, como a ponta de uma espada. — Ninguém mexe com meu garoto. Nem Abraham Ravenwood, nem a Serpente e nem o próprio Capiroto, entendeu?

Agora o rolo estava empurrando o paletó de Abraham. A cada centímetro, o fio da tensão entre os dois ficava mais esticado. Link e eu chegamos mais perto de Amma, um de cada lado.

— É a última vez que vou perguntar — disse Abraham, com os olhos em Amma. — E, se o garoto não responder, seu Lúcifer vai parecer um alívio bem-vindo, em comparação ao inferno que vou despejar nesta cidade.

Fez uma pausa e olhou para mim.

— Onde está John?

Reconheci o olhar no rosto dele. Era o mesmo que eu tinha visto nas visões, quando Abraham matava o próprio irmão e se alimentava dele. Era cruel e sádico, e por um segundo pensei em falar um lugar qualquer para poder tirar aquele monstro da minha casa.

Mas não consegui pensar rápido o bastante.

— Juro por Deus, eu não...

O vento soprou pela janela quebrada com força, correndo ao nosso redor e espalhando papéis pelo quarto todo. Amma cambaleou para trás, e o rolo de madeira saiu voando. Abraham não se mexeu, e o vento soprou por ele sem nem fazer o paletó mexer, como se tivesse tanto medo dele quanto nós.

— Eu não juraria, garoto. — Deu um sorriso terrível e sem vida. — Eu rezaria.

⊰ 19 DE SETEMBRO ⊱

Ventos do inferno

O vento soprou pela minha janela com uma força tão grande que levou tudo que havia em cima da minha mesa. Livros e papéis, até minha mochila, voaram no ar, rodopiando como um furacão preso em uma garrafa. As torres de caixas de sapato empilhadas contra minha parede caíram no chão, fazendo tudo, de revistas em quadrinhos à minha coleção de tampas de garrafa do 1º. ano, sair voando pelo ar. Eu me agarrei a Amma, que era tão pequena que eu tinha medo que saísse voando junto com todo o restante.

— O que está acontecendo? — Podia ouvir Link gritando em algum lugar atrás de mim, mas não conseguia vê-lo.

Abraham estava parado no centro do quarto, com a voz gritando no interior do vórtice negro.

— Para aqueles que trouxeram destruição à minha casa, convido o caos para a sua. — O vento revolveu ao seu redor sem fazer nem a parte de trás do paletó mexer. Ele o estava controlando. — A Ordem está Rompida. A Porta está Aberta. Surja, ascenda, destrua! — A voz dele ficou mais alta. — *Ratio Fracta est! Ianua Aperta est! Sugite, Ascendite, Exscindite!* — Agora ele estava gritando. — *Ratio Fracta est! Ianua Aperta est! Sugite, Ascendite, Exscindite!*

O ar rodopiante escureceu e começou a tomar forma. Vultos pretos e turvos pularam para fora da espiral, como se estivessem saindo do vórtice e se forçando pela beirada, para o mundo. E era uma ideia bastante perturbadora, considerando que o local para onde estavam se lançando era o meio do meu quarto.

Eu sabia o que eram. Já tinha os visto antes. E nunca quis vê-los de novo.

Tormentos, os demônios que habitavam o Subterrâneo, desprovidos de alma e de forma, surgiram do vento, contorcendo-se em vultos escuros que se moviam no meu teto azul, crescendo até parecer que iam sugar todo o ar do próprio quarto. As criaturas das sombras se moviam como uma névoa densa e agitada, transformando-se em pleno ar. Eu me lembrava daquele que quase nos tinha atacado fora do Exílio, do grito apavorado quando ele armou o bote e abriu a bocarra. Conforme as sombras se transformavam em monstros à nossa frente, eu sabia que o grito não demoraria muito.

Amma tentou se desprender dos meus braços, mas não a soltei. Ela teria atacado Abraham com as próprias mãos, se eu deixasse.

— Não ouse entrar na minha casa achando que pode trazer um mundo de perversidade por uma pequena rachadura no céu.

— Sua casa? Para mim, parece mais a casa do Obstinado. E o Obstinado é exatamente a pessoa a mostrar o caminho para meus amigos, através de sua pequena rachadura no céu.

Amma fechou os olhos e murmurou baixinho:

— Tia Delilah, tio Abner, vovó Sulla... — Ela estava tentando chamar os Grandes, seus ancestrais no Outro Mundo, que nos tinham protegido dos Tormentos duas vezes antes. Eles tinham o próprio poder, e não era para ser desconsiderado.

Abraham riu, com o som da voz mais alto do que o vento sibilante.

— Não precisa chamar seus fantasmas, sua velha. Estávamos indo embora. — Consegui ouvir o som de algo rasgando antes mesmo de ele se desmaterializar. — Mas não se preocupe. Vejo vocês em breve. Em menos tempo do que gostariam.

Em seguida, abriu o céu e entrou pela abertura. Desapareceu.

Antes que qualquer um de nós pudesse dizer alguma coisa, os Tormentos saíram pela janela aberta, como uma única fileira preta se movendo acima das casas adormecidas de Cotton Bend. No final da rua, a linha de Demônios se separou em direções diferentes, como os dedos de uma mão negra aprisionando a cidade.

Meu quarto estava estranhamente silencioso. Link tentou andar ao redor dos papéis e revistas em quadrinhos que se acomodavam no chão. Mas ele mal conseguia ficar parado.

— Cara, achei que eles iam nos arrastar pro inferno ou pro lugar de onde vieram, sei lá. Talvez minha mãe esteja certa e seja mesmo o Fim dos Dias. — Coçou a cabeça. — Temos sorte de terem ido embora.

Amma andou até a janela, esfregando o talismã de ouro que ela tinha pendurado no pescoço.

— Eles não foram embora, e não temos sorte. Só um tolo pensaria qualquer uma dessas duas coisas.

Os gafanhotos zumbiram debaixo da janela, a sinfonia desafinada de destruição que tinha se tornado a trilha sonora de nossas vidas. A expressão de Amma estava perturbada, uma mistura de medo, sofrimento e uma outra coisa que eu nunca tinha visto antes.

A indecifrável e inescrutável Amma. Olhando para a noite.

— O buraco no céu. Está ficando maior.

Não tinha como a gente voltar a dormir, e não havia como Amma ir para longe da gente. Então nós três nos sentamos ao redor da mesa da cozinha e ficamos ouvindo o tique-taque do relógio. Felizmente, meu pai estava em Charleston, como ficava na maior parte nas noites durante a semana, agora que estava dando aulas na universidade. Esta noite o teria mandado de volta para Blue Horizons, com certeza.

Percebi que Amma estava distraída porque ela cortou para Link uma fatia de torta de chocolate com noz-pecã quando cortou para mim. Ele fez uma careta e a colocou no prato de porcelana ao lado do pote de água de Lucille. Lucille cheirou e saiu de perto, indo se aconchegar em silêncio debaixo da cadeira de Amma. Nem mesmo Lucille tinha apetite esta noite.

Quando Amma se levantou para colocar água e fazer o chá, Link já estava tão agitado que batucava uma melodia no jogo americano com o garfo. Olhou para mim.

— Lembra o dia em que serviram aquela torta de chocolate com noz-pecã horrível no refeitório e Dee Dee Guinness falou pra todo mundo que tinha sido você quem deu o cartão de dia dos namorados sem assinatura pra Emily?

— Lembro. — Cutuquei a cola seca que havia na superfície da mesa desde que eu era criança. Minha torta estava intocada. — Espere, o quê? — Eu não estava prestando atenção.

— Dee Dee Guinness era bonitinha. — Link estava sorrindo para o nada.

— Quem? — Não fazia ideia de quem ele estava falando.

— Olá? Você ficou tão furioso que pisou em um garfo e o esmagou? E não deixaram você voltar ao refeitório por 6 meses? — Link examinou o próprio garfo.

— Eu me lembro do garfo, acho. Mas não me lembro de ninguém chamada Dee Dee. — Era mentira. Eu não conseguia nem me lembrar do garfo. Pensando bem, não me lembrava nem do dia dos namorados.

Link balançou a cabeça.

— Nós a conhecemos desde sempre, e ela entregou você no terceiro ano. Como pôde se esquecer dela?

Eu não respondi, e ele voltou a batucar com o garfo.

Boa pergunta.

Amma levou a xícara de chá até a mesa, e ficamos sentados em silêncio. Era como se estivéssemos esperando que uma onda de maremoto caísse sobre nós e fosse tarde demais para fazer as malas, entrar em pânico e fugir. Quando o telefone tocou, até Amma deu um pulo.

— Quem ligaria tão tarde? — Eu disse tarde, mas queria dizer cedo. Eram quase 6h. Estávamos todos pensando a mesma coisa: fosse lá o que estivesse acontecendo, ou o que Abraham tivesse liberado no mundo, devia ser por causa disso.

Link deu de ombros, e Amma pegou o telefone preto de disco que estava na parede desde que meu pai era criança.

— Alô?

Observei enquanto ela escutava a pessoa que ligou do outro lado da linha. Link batucava na mesa à minha frente.

— É uma mulher, mas não consigo identificar quem é. Está falando muito rápido.

Ouvi Amma prender a respiração, e ela desligou o telefone. Por um segundo, ficou parada segurando o fone.

— Amma, qual é o problema?

Ela se virou com os olhos cheios de água.

— Wesley Lincoln, você está com aquele seu carro? — Meu pai tinha levado o Volvo para a universidade.

Link assentiu.

— Sim, senhora. Está um pouco sujo, mas…

Amma já estava indo para a porta da frente.

— Ande logo. Temos de ir.

Link saiu com o carro um pouco mais devagar do que o habitual por causa de Amma. Não sei se ela teria reparado ou se importado se ele tivesse deslizado pela rua em duas rodas. Ela estava sentada no banco da frente, segurando as alças da bolsa.

— Amma, qual é o problema? Aonde vamos? — Eu estava inclinado para a frente no banco de trás, e ela nem gritou comigo por não usar o cinto de segurança. Alguma coisa realmente estava errada.

Quando Link entrou na rua Blackwell, vi o quanto estava errada.

— Mas que… — Ele olhou para Amma e tossiu. — Porcaria?

Havia árvores pela rua toda, arrancadas do chão, com raízes e tudo. Parecia a cena de um dos programas de desastres naturais que Link assistia no Discovery Channel. O Homem contra a Natureza. Mas isso não era natural. Era o resultado de um desastre sobrenatural: Tormentos.

Eu podia senti-los, a destruição que carregavam consigo, pesando sobre mim. Eles tinham estado aqui na rua. Tinham feito isso, e por minha causa.

Por causa de John Breed.

Amma queria que Link entrasse em Cypress Grove, mas a rua estava bloqueada; então ele precisou entrar na Main. Todas as luzes da rua estavam apagadas, e a luz do dia apenas começava a romper a escuridão, transformando o céu de preto em tons de azul. Por um minuto, achei que a rua Main pudesse ter escapado do furacão de Tormentos de Abraham, até eu ver o verde. Porque era só isso que havia ali agora: grama. Esqueça o balanço de pneu do outro lado da rua. Até o antigo carvalho tinha sumido. E a estátua do general Jubal A. Early não estava de pé com orgulho no centro, com a espada em riste, pronto para a batalha.

O general tinha caído, e o punho da espada quebrara.

A camada preta de gafanhotos que tinha coberto a estátua durante semanas tinha sumido. Até eles o haviam abandonado.

Eu não conseguia me lembrar de uma época em que o general não estivesse lá, protegendo o gramado e nossa cidade. Ele era mais do que uma estátua. Era parte de Gatlin, entranhado em nossas tradições nada tradicionais. No dia 4 de julho, o general usava uma bandeira americana nas costas. No Halloween, usava um chapéu de bruxa e havia uma abóbora de plástico, cheia de doces, pendurada em seu braço. Na encenação da batalha de Honey Hill, alguém sempre colocava um uniforme dos Confederados verdadeiro por cima do de bronze, permanente. O general era um de nós, cuidando de Gatlin de seu posto, geração após geração.

Eu sempre tivera esperanças de que as coisas fossem mudar na minha cidade, até elas começarem a mudar. Agora, queria que Gatlin voltasse a ser a cidade chata que tinha conhecido a vida toda. Do jeito que as coisas eram quando eu odiava o jeito como eram. Quando eu conseguia ver as coisas que iam acontecer, e nada acontecia, nunca.

Eu não queria ver isso.

Ainda estava olhando para o general caído pela janela de trás do carro quando Link diminuiu a velocidade.

— Cara, parece que uma bomba explodiu.

As calçadas em frente às lojas dos dois lados da rua Main estavam cobertas de vidro. As vitrines de todas elas tinham explodido, deixando as lojas sem nome e expostas. Eu conseguia ver o L e o I pintados de dourado da vitrine da Little Miss, separados das outras letras. Vestidos cor-de-rosa e vermelhos sujos cobriam a calçada, com milhares de lantejoulas refletindo os pedaços das nossas rotinas.

— Não foi bomba nenhuma, Wesley Lincoln.

— Senhora?

Amma estava olhando para o que havia sobrado da rua Main.

— Bombas caem do céu. Isso veio do inferno. — Ela não falou mais nada e apontou para o final da rua. *Continue dirigindo*. Era isso que ela estava dizendo.

Link dirigiu, e nenhum de nós perguntou para onde estávamos indo. Se Amma não tinha me contado até agora, era porque não planejava contar. Talvez não estivéssemos indo para nenhum lugar em particular. Talvez Amma só quisesse ver que partes de nossa cidade tinham sido poupadas e quais tinham sido abandonadas.

Mas então vi as luzes vermelhas e brancas piscando no final da rua. Enormes tufos de fumaça preta subiam no ar. Alguma coisa estava pegando fogo. Não apenas uma coisa na cidade, mas o coração e a alma da nossa cidade, ao menos para mim.

Um lugar onde eu achava que sempre estaria em segurança.

A Biblioteca do Condado de Gatlin, tudo que tinha algum significado para Marian e tudo que havia sobrado da minha mãe, estava tomada de chamas. Um poste telefônico estava caído por cima do telhado destruído, com chamas alaranjadas consumindo a madeira dos dois lados. Água jorrava das mangueiras, mas, assim que apagavam as chamas em um ponto, outras surgiam. O pastor Reed, que morava na mesma rua, estava jogando baldes de água ao redor, com o rosto coberto de cinzas. Pelo menos 15 membros da sua congregação tinham se reunido para ajudar, o que era irônico, considerando que a maioria tinha assinado uma das petições da Sra. Lincoln para que livros fossem banidos da biblioteca que eles estavam tentando salvar. "Quem bane livros não é melhor do que quem queima livros." Era o que minha mãe costumava dizer. Nunca pensei que chegaria o dia em que realmente veria livros pegando fogo.

Link diminuiu a velocidade e contornou os carros estacionados e os carros de bombeiro.

— A biblioteca! Marian vai ter um treco. Você acha que aquelas coisas fizeram isso?

— Você acha que não? — Minha voz parecia distante, como se não fosse minha. — Quero sair. Os livros da minha mãe estão lá.

Link começou a parar o carro, mas Amma colocou a mão no volante.

— Continue dirigindo.

— O quê? — Achei que ela estava nos levando lá porque os bombeiros voluntários precisavam de ajuda para jogar água no resto do telhado para que não pegasse fogo.

— Não podemos ir embora. Podem precisar de nossa ajuda. É a biblioteca de Marian. É a biblioteca da mamãe.

Amma não tirava os olhos da janela.

— Mandei continuar dirigindo, a não ser que você queira parar para me deixar dirigir. Marian não está lá dentro, e ela não é a única que precisa de nossa ajuda agora.

— Como você sabe?

Amma ficou tensa. Nós dois sabíamos que eu estava questionando a capacidade dela de Vidente, o dom que era tão parte dela quanto a biblioteca era da minha mãe.

Amma continuava a olhar para a frente, com os nós dos dedos ficando brancos conforme ela apertava as alças da bolsinha.

— São apenas livros.

Por um segundo, não soube o que dizer. Era como se ela tivesse me dado um tapa na cara. Mas, como um tapa, depois do ardor inicial, tudo ficou mais claro.

— Você diria isso para Marian, ou para minha mãe, se ela estivesse aqui? São um pedaço da nossa família...

— Dê uma olhada antes de me fazer sermão sobre sua família, Ethan Wate.

Quando segui o olhar dela para além da biblioteca, soube que Amma não estava fazendo levantamento nenhum. Ela já sabia o que tínhamos perdido. Fui o último a perceber. Quase.

Meu coração estava em disparada, e meus punhos estavam fechados quando Link apontou para o fim da rua.

— Ah, cara. Não é a casa das suas tias?

Assenti, mas não falei nada. Não consegui encontrar palavras.

— Era. — Amma fungou. — Continue dirigindo.

Eu já conseguia ver o brilho vermelho da ambulância e do carro de bombeiros estacionado no gramado da casa das Irmãs ou no que tinha sido a casa delas. Ontem, era uma casa branca de dois andares em estilo federal, imponente, com uma varanda ao redor dela toda e uma rampa improvisada para a cadeira de rodas de tia Mercy. Hoje, era meia casa, cortada no meio como uma casa de bonecas. Mas, em vez de arrumações perfeitas de móveis em cada aposento, tudo na casa das Irmãs estava virado de cabeça para baixo e quebrado. O sofá azul de veludo amassado estava virado com as costas no chão, com mesas de canto e cadeiras de balanço empurradas para cima dele, como se o que havia na casa tivesse deslizado para um lado. Quadros estavam empilhados em cima de camas, depois de caírem das paredes. E o estranho recorte estava de frente para uma montanha de escombros: tábuas de madeira, folhas de gesso, pedaços não identificáveis de mobília, uma banheira de porcelana com pés em formas de garras... a metade da cosntrução que não tinha sobrevivido.

Enfiei a cabeça para fora da janela do carro e olhei para ela. Senti como se o Lata-Velha estivesse andando em câmera lenta. Na minha cabeça, relembrei os aposentos da casa. O quarto de Thelma ficava no andar de baixo, nos fundos, perto da porta de tela. Ainda estava de pé. Tia Grace e tia Mercy dividiam o quarto mais escuro, atrás da escada. E eu ainda conseguia ver a escada. Já era alguma coisa. Marquei mais esse na cabeça.

Tia Grace e tia Mercy e Thelma.

Tia Prue.

Não consegui encontrar o quarto dela. Não consegui encontrar a colcha florida cor-de-rosa com pequenas bolinhas estampadas, ou seja lá o que fossem. Não consegui encontrar o armário dela com cheiro de naftalina, nem a penteadeira com cheiro de naftalina e nem o tapete velho com cheiro de naftalina.

Tudo tinha sumido, como se um punho gigante tivesse caído do céu e transformado tudo em pó e entulho.

O mesmo punho gigante tinha poupado o resto da rua. As outras casas da Old Oak Road estavam intactas: nem uma árvore caída, nem pedaço de telhado quebrado nos jardins. Parecia o resultado de um tornado de verdade, pelo jeito como caiu de forma aleatória, destruindo uma casa e deixando a do lado perfeitamente intocada. Mas não era o resultado aleatório de um desastre natural. Eu sabia a quem pertencia esse punho enorme.

Era um recado para mim.

Link dirigiu o Lata-Velha até o meio-fio, e Amma saiu do carro antes mesmo de ele parar. Foi direto para a ambulância, como se já soubesse o que íamos encontrar. Fiquei paralisado, e meu estômago embrulhou.

O telefonema. Não tinha sido a grande rede de fofocas de Gatlin relatando que um furacão tinha destruído a maior parte da cidade. Tinha sido alguém ligando para contar a Amma que a casa antiga das minhas tias-avós tinha desmoronado e... o quê? Link segurou meu braço e me puxou para o outro lado da rua. Praticamente todo mundo do quarteirão estava ao redor da ambulância. Olhei para as pessoas sem realmente vê-las, porque era muito surreal. Nada daquilo podia realmente estar acontecendo. Edna Haynie estava usando bobes de cabelo de plástico cor-de-rosa e roupão atoalhado, apesar do calor de 32 °C, enquanto Melvin Haynie ainda vestia a camiseta branca e o short com os quais tinha dormido. Ma e Pa Riddle, que tinham uma tinturaria na garagem, estavam vestidos para desastre. Ma Riddle girava freneticamente a manivela do rádio antigo, apesar de ele parecer estar ficando sem energia e não estar captando sinal algum. Pa Riddle não soltava a espingarda.

— Com licença, senhora. Me desculpe. — Link abriu caminho pela multidão até estarmos do outro lado da ambulância. As portas de metal estavam abertas.

Marian estava de pé na grama marrom, do lado de fora das portas abertas, ao lado de uma pessoa enrolada em um cobertor. Thelma. Duas pessoas pequenas estavam entre elas, com canelas branco-azuladas magricelas aparecendo debaixo de camisolas longas e cheias de babados.

Tia Mercy estava balançando a cabeça.

— Harlon James. Ele não gosta de bagunça. Não vai gostar nada disso.

Marian tentou colocar um cobertor em volta dela, mas tia Mercy o empurrou.

— Você está em choque. Precisa se aquecer. Foi o que o bombeiro falou.

Marian me entregou o cobertor. Ela estava funcionando no modo de emergência, tentando proteger as pessoas que amava e minimizar os danos, embora seu mundo inteiro estivesse em chamas a algumas quadras dali. Não havia como minimizar esse tipo de dano.

— Ele fugiu, Mercy — murmurou tia Grace. — Já falei, aquele cachorro não presta. Prudence deve ter deixado a portinhola aberta de novo. — Não consegui evitar de olhar para o local onde a porta de cachorro ficava, e agora a parede toda tinha sumido.

Sacudi o cobertor e o coloquei com delicadeza ao redor dos ombros de tia Mercy. Ela estava agarrada em Thelma como uma criança.

— Temos de contar a Prudence Jane. Você sabe que ela é doida por aquele cachorro. Temos de contar a ela. Vai ficar mais furiosa do que uma vespa, se ouvir de outra pessoa primeiro.

Thelma as reuniu em um abraço.

— Ela vai ficar bem. São só pequenas complicações, como as que você teve alguns meses atrás, Grace. Você lembra.

Marian olhou para Thelma por bastante tempo, como uma mãe observando uma criança voltando do quintal.

— Está se sentindo bem, Srta. Thelma?

Thelma parecia quase tão confusa quanto as Irmãs costumavam estar.

— Não sei o que aconteceu. Em um minuto, eu estava sonhando com aquele pão do George Clooney e um encontro quente com bolo de açúcar mascavo, e, quando percebi, a casa estava caindo em cima de nós. — A voz de Thelma estava trêmula, como se não conseguisse entender as palavras que estava dizendo. — Mal tive tempo de pegar as meninas, e quando encontrei Prudence Jane...

Tia Prue. Não ouvi mais nada. Marian olhou para mim.

— Ela está com os paramédicos. Não se preocupe. Amma está com ela.

Passei por Marian, sentindo meu braço deslizar pelos dedos dela quando tentou segurá-lo. Dois paramédicos estavam inclinados por cima de uma pessoa deitada em uma maca. Havia tubos pendurados em hastes de metal que desapareciam no corpo frágil da minha tia, em partes que eu não conseguia ver, cobertas de esparadrapo branco. Os paramédicos estavam prendendo bolsas de um fluido claro em mais hastes de metal, e era impossível ouvir o que diziam com o som caótico de vozes, choro e sirenes. Amma estava ajoelhada ao lado dela, segurando a mão inerte e sussurrando. Eu me perguntei se ela estava orando ou conversando com os Grandes. Provavelmente, as duas coisas.

— Ela não está morta. — Link apareceu atrás de mim. — Posso sentir o cheiro dela... quero dizer, posso sentir. — Ele inspirou de novo. — Cobre, sal e molho de café.

Sorri apesar de tudo e soltei a respiração que estava prendendo.

— O que estão dizendo? Ela vai ficar bem?

Link prestou atenção nos paramédicos inclinados por cima de tia Prue.

— Não sei. Estão dizendo que, quando a casa caiu, ela teve um derrame e não está reagindo.

Eu me virei para olhar para tia Mercy e tia Grace. Amma e Thelma as ajudaram a se sentarem nas cadeiras de rodas, afastando os bombeiros voluntários como se não soubessem que os homens eram o Sr. Rawls, que cuidava dos medicamentos delas no Pare & Roube, e Ed Landry, que colocava gasolina para elas no posto BP.

Eu me abaixei e peguei um pedaço de vidro nos escombros aos meus pés. Não conseguia identificar o que tinha sido, mas a cor do vidro me fez pensar que era o gato verde de vidro de tia Prue, que ela exibia com orgulho ao lado das uvas de vidro. Eu o virei na mão e vi um adesivo redondo vermelho. Marcado, como tudo na casa das Irmãs, para um parente ou outro quando elas morressem.

Um adesivo vermelho.

O gato era para mim. O gato, os escombros, o fogo, tudo aquilo era para mim. Enfiei o pedaço de vidro quebrado no bolso e observei sem poder fazer nada, enquanto minhas tias eram levadas em direção à única outra ambulância da cidade.

Amma me lançou um olhar, e eu soube o que queria dizer. *Não diga uma palavra e não faça nada.* Queria dizer que era para eu ir para casa, trancar as portas e ficar de fora. Mas ela sabia que eu não podia.

Três palavras ficavam ressurgindo na minha mente. *Não está reagindo.* Tia Grace e tia Mercy não entenderiam o que queria dizer quando os médicos dissessem a elas que tia Prue não estava reagindo. Elas ouviriam o que ouvi quando Link falou.

Não está reagindo.

Praticamente morta.

E era minha culpa. Porque não pude dizer a Abraham como encontrar John Breed.

John Breed.

Tudo entrou em foco.

O Incubus mutante que tinha nos levado até a armadilha de Sarafine e Abraham, que tentara roubar a garota que eu amava e tinha Transformado meu melhor amigo, estava destruindo minha vida mais uma vez. Minha vida e a das pessoas que eu amava.

Por causa dele, Abraham tinha libertado os Tormentos. Por causa dele, minha cidade estava destruída, e minha tia estava quase morta. Livros estavam pegando fogo e, pela primeira vez, não era por causa de mentes pequenas e nem de pessoas pequenas.

Macon e Liv estavam certos. Era tudo relacionado a ele.

John Breed era o culpado.

Cerrei o punho. Não era um punho gigante, mas era meu. Assim como isso era um problema meu. Eu era um Obstinado. Se deveria achar o caminho para estar pronto para algum propósito grande e terrível, para liderar ou livrar os Conjuradores de seja lá o que Marian e Liv disseram, eu o tinha encontrado. E agora eu tinha de encontrar John Breed.

Não havia volta, não depois de hoje.

Uma ambulância se afastou. Depois, a outra. As sirenes ecoaram pela rua, e, enquanto desapareciam à minha frente, comecei a correr. Pensei em Lena. Corri mais rápido. Pensei em minha mãe e Amma, e tia Prue e Marian. Corri até perder o fôlego, até os carros de bombeiro estarem tão longe que não conseguia mais ouvir as sirenes.

Parei quando cheguei na biblioteca e fiquei ali de pé. As chamas tinham se apagado, quase todas. Ainda havia fumaça subindo em direção ao céu. O modo como as cinzas rodopiavam no ar fazia com que parecessem neve. Caixas de livros, algumas pretas, outras encharcadas, estavam empilhadas na frente do prédio.

Ela ainda estava de pé, mais da metade dela. Mas não importava, não para mim. Jamais teria o mesmo cheiro. Minha mãe, o que havia sobrado dela em Gatlin, tinha finalmente desaparecido. Não dava para reverter os livros queimados. O que podia ser feito era se comprar livros novos. E aquelas páginas jamais teriam sido tocadas pelas mãos dela, nem marcadas com uma colher.

Uma parte dela tinha morrido esta noite de novo.

Eu não sabia muito sobre Leonardo da Vinci. O que o livro dizia? Talvez eu estivesse aprendendo a viver ou talvez estivesse aprendendo a morrer. Depois de hoje, podia seguir para qualquer um dos dois caminhos. Talvez eu devesse ouvir Emily Dickinson e deixar a loucura começar a fazer sentido. Fosse como fosse, era Poe quem havia ficado comigo.

Porque eu tinha a sensação de que estava no meio das trevas observando, tão no meio quanto uma pessoa podia estar.

Peguei o pedaço de vidro verde do bolso e olhei para ele, como se pudesse me dizer o que eu precisava saber.

⫷ 25 DE SETEMBRO ⫸

As damas da casa

— Ethan Wate, você pode me trazer chá gelado? — gritou tia Mercy da sala de estar.

Tia Grace nem hesitou.

— Ethan, não pegue chá gelado para ela. Ela vai precisar usar o toalete, se beber mais.

— Ethan, não ouça o que Grace diz. Ela é cruel pra mais de metro.

Olhei para Lena, que estava segurando uma jarra de plástico com chá gelado.

— Isso foi um sim ou um não?

Amma bateu a porta com força e esticou a mão para pegar a jarra.

— Vocês dois não têm dever de casa pra fazer?

Lena arqueou uma sobrancelha e deu um sorriso, aliviada. Desde que tia Prue foi para o County Care e as Irmãs foram morar conosco, parecia que não ficava sozinho com Lena havia semanas.

Peguei a mão dela e a puxei em direção à porta da cozinha.

Pronta pra sair correndo?

Pronta.

Corremos pelo corredor o mais rápido que conseguimos, tentando chegar à escada. Tia Grace estava encolhida no sofá, com os dedos enfiados nos buracos da colcha de crochê favorita, que era de dez tons diferentes de marrom. Combinava perfeitamente com nossa sala, agora com pilhas até o teto de caixas de papelão marrons cheias de tudo que as Irmãs tinham feito meu pai e eu tirarmos da casa delas na semana passada.

Elas não ficaram satisfeitas com as coisas que tinham sobrado: quase tudo dos quartos de tia Grace e tia Mercy, uma escarradeira de latão que os cinco maridos de tia Prue tinham usado (e nunca limparam), quatro das colheres da coleção de colheres do sul de tia Grace e o estojo de madeira, uma pilha de álbuns de fotos poeirentos, duas cadeiras de jantar de conjuntos diferentes, o fauno de plástico do jardim da frente e centenas de potes de geleia em miniatura que nunca foram abertos e que elas tinham pegado no Millie's Breakfast 'n' Biscuits. Mas as coisas que tinham sobrado não eram o bastante. Elas nos perturbaram até trazermos as coisas quebradas também.

A maior parte tinha ficado nas caixas, mas tia Grace insistira que decorar ajudaria a diminuir o "sofrimento". Então Amma deixou que colocassem alguns dos objetos na casa. E era por esse motivo que Harlon James I, Harlon James II e Harlon James III (todos preservados graças ao que tia Prue chamava de arte sulista *delicada* da taxidermia) estavam olhando para mim naquele momento. Harlon James I estava sentado, Harlon James II estava de pé e Harlon James III estava dormindo. Era o Harlon James adormecido que realmente me perturbava; tia Grace o colocou ao lado do sofá, e, de um jeito ou de outro, alguém enfiava o dedão nele todas as vezes que passava por ali.

Podia ser pior, Ethan. Ele podia estar no sofá.

Tia Mercy estava de cara amarrada na cadeira de rodas em frente à televisão, agitada por ter perdido a batalha matinal pelo sofá. Meu pai estava sentado ao lado dela, lendo o jornal.

— Como vocês estão hoje, meninos? É bom te ver, Lena. — A expressão dele dizia: *Saiam enquanto podem.*

Lena sorriu para ele.

— É bom vê-lo também, Sr. Wate.

Ele tirava um dia de folga sempre que podia para ajudar Amma a não perder a cabeça.

Tia Mercy estava segurando o controle remoto, embora a televisão não estivesse ligada, e o balançou em minha direção.

— Onde os pombinhos acham que estão indo?

Corra para a escada, L.

— Ethan, não me diga que está pensando em levar uma jovem lá pra cima. Não seria decente. — Tia Mercy apertou o controle remoto com ele apontado para mim, como se pudesse me colocar em pausa antes de eu chegar ao quarto. Olhou para Lena. — Deixe seu belo traseirinho longe do quarto de um rapaz, passarinha.

— Mercy Lynne!

— Grace Ann!

— Não quero ouvir esse tipo de vocabulário sujo vindo de você.

— O quê, traseiro? Traseiro traseiro traseiro!

Ethan! Me tira daqui.

Não pare.

Tia Grace fungou.

— É claro que ele não vai levá-la lá pra cima. O pai dele se reviraria no túmulo.

— Estou bem aqui. — Meu pai acenou para ela.

— A mãe dele — disse tia Mercy.

Tia Grace balançou o lenço que ficava permanentemente grudado no interior da mão fechada.

— Mercy Lynne, você deve estar ficando senil. Foi o que eu disse.

— É claro que não foi. Ouvi o que você disse com a clareza do toque de um sino, com meu ouvido bom. Você disse que o pai dele...

Tia Grace jogou a colcha de lado.

— Você não conseguiria ouvir um sino se ele chegasse sorrateiro por trás e mordesse seu belo...

— Chá gelado, senhoras?

Amma apareceu com uma travessa na hora certa. Lena e eu nos esgueiramos pela escada, enquanto Amma bloqueava a vista da sala. Não havia como passar pelas Irmãs, nem sem a tia Prue. E já havia dias. Entre instalá-las na casa e recolher tudo que havia sobrado, meu pai, Amma e eu não tínhamos feito nada além de ficar completamente à disposição delas, desde que se mudaram.

Lena entrou no meu quarto, e fechei a porta depois que entrei. Passei os braços pela cintura dela e ela apoiou a cabeça em mim.

Senti sua falta.

Eu sei. Passarinha.

Ela me deu um soco de brincadeira.

— Não feche essa porta, Ethan Wate! — Não consegui identificar se era a voz de tia Grace ou tia Mercy, mas não importava. Nesse ponto, as duas concordavam perfeitamente. — Há mais galinhas do que pessoas neste mundo, e isso é tão certo quanto o fato de o verão não ser um acidente!

Lena sorriu e esticou a mão para trás de mim, abrindo de novo a porta.

Gemi.

— Não faça isso.

Lena tocou em meu lábio.

— Qual foi a última vez que as Irmãs subiram a escada?

Eu me inclinei para perto dela, e nossas testas se tocaram.

— Agora que você mencionou, Amma vai servir chá gelado até a jarra ficar vazia.

Peguei Lena no colo e a carreguei até minha cama, que agora não passava de um colchão no chão do meu quarto, graças a Link. Eu me sentei ao lado dela, ignorando a janela quebrada, a porta aberta e o que restava da minha cama.

Estávamos só nós dois. Ela olhou para mim, com um olho verde e outro dourado, e os cachos negros espalhados sobre o colchão ao redor, como uma auréola preta.

— Eu te amo, Ethan Wate.

Eu me apoiei em um cotovelo e olhei para ela de cima.

— Já ouvi dizer que sou apaixonante.

Lena riu.

— Quem disse isso?

— Muitas garotas.

Os olhos dela ficaram turvos por um instante.

— É? Como quem?

— Minha mãe. Minha tia Caroline. E Amma. — Cutuquei-a nas costelas, e ela começou a se contorcer, rindo com o rosto encostado na minha camiseta. — Eu te amo, L.

— É melhor mesmo. Porque não sei o que faria sem você. — A voz estava mais crua e honesta do que eu jamais tinha ouvido.

— Não existe eu sem você, Lena.

Eu me inclinei e a beijei, abaixando o corpo até que o meu encaixasse perfeitamente no dela, como se tivessem sido feitos para ficarem juntos. Porque tínhamos sido mesmo feitos para ficarmos juntos, independentemente do que o universo ou minha pulsação tinham a dizer sobre o assunto. Podia sentir a energia se esvaindo de mim, mas isso só fazia minha boca procurar a dela de novo.

Lena se afastou antes que meu coração começasse a bater de forma perigosa.

— Acho que é melhor pararmos, Ethan.

Suspirei e deitei de costas ao lado, com a mão ainda em seu cabelo.

— Mas nós nem começamos.

— Até descobrirmos por que está piorando, ficando mais intenso entre nós, precisamos tomar cuidado.

Segurei a cintura dela.

— E se eu disser que não me importo?

— Não diga isso. Você sabe que estou certa. Não quero tacar fogo em você acidentalmente também.

— Não sei. Mas talvez valha a pena, mesmo assim.

Ela deu um soco no meu braço, e eu sorri para o teto. Sabia que ela estava certa. As únicas pessoas que ainda pareciam ter controle de seus poderes eram os Incubus. Ravenwood estava uma confusão, assim como todo mundo lá dentro.

Mas isso não tornava nada melhor. Eu ainda precisava tocar nela, assim como precisava respirar.

Ouvi um miado. Lucille estava empurrando as patinhas contra a beirada do meu colchão. Desde que perdeu a cama para Harlon James IV, tomou posse da minha. Meu pai tinha voltado correndo de Charleston na noite do dito furacão e encontrou o cachorro de tia Prue no dia seguinte, encolhido em um canto do jardim da escola infantil. Depois que chegou à nossa casa, Harlon James não ficou muito diferente das Irmãs. Ele tomou conta da cama de Lucille. Comia as refeições de frango de Lucille no prato de porcelana. Até passava as garras no arranhador para gatos.

— Ah, pare, Lucille. Você morou com elas mais tempo do que eu.

Mas não importava. Enquanto as Irmãs estivessem morando conosco, Lucille iria morar comigo.

Lena me deu um rápido beijo na bochecha e se inclinou por cima da beirada da cama para mexer na bolsa. Um velho exemplar de *Grandes esperanças* caiu. Eu o reconheci imediatamente.

— O que é isso?

Lena o pegou, evitando meus olhos.

— O nome disso é livro. — Ela sabia o que eu realmente estava perguntando.

— É o que você encontrou na caixa de Sarafine? — Eu já sabia que era.

— Ethan, é só um livro. Leio muitos.

— Não é só um livro, L. O que está acontecendo?

Lena hesitou, depois folheou as páginas gastas. Quando chegou a uma página dobrada, começou a ler:

— "E eu podia olhar para ela sem compaixão, vendo sua punição no estado arruinado em que se encontrava, em sua profunda incompatibilidade com esta Terra na qual foi colocada..." — Lena ficou olhando para o livro, como se houvesse respostas dentro dele que só ela conseguia ver. — Essa passagem estava sublinhada.

Eu sabia que Lena estava curiosa sobre a mãe (não Sarafine, mas a mulher da visão), a que a tinha ninado nos braços quando ela era bebê. Talvez Lena acreditasse que o livro, a caixa de metal ou as coisas da mãe tivessem as respostas. Mas não importava o que estava sublinhado em um exemplar antigo de Dickens.

Nada naquela caixa estava livre do sangue nas mãos de Sarafine.

Estiquei a mão e peguei o livro.

— Me dá.

Antes que Lena pudesse dizer uma palavra, meu quarto desapareceu...

Tinha começado a chover, como se o céu estivesse querendo ficar igual a Sarafine, lágrima a lágrima. Quando ela chegou à casa dos Eades, estava encharcada. Subiu pela grade branca debaixo da janela de John e hesitou. Tirou os óculos de sol que tinha roubado de Winn-Dixie do bolso e os colocou antes de bater de leve no vidro.

Perguntas demais estavam emboladas na sua cabeça. O que ia dizer a John? Como podia fazê-lo entender que ainda era a mesma pessoa? Será que um Conjurador da Luz ainda iria amá-la agora que era... isso?

— Izabel? — John estava meio adormecido, com os olhos escuros olhando para ela. — O que você está fazendo aí fora?

Ele segurou a mão dela antes que ela pudesse responder e a puxou para dentro.

— Eu... eu precisava te ver.

John esticou a mão em direção ao abajur na escrivaninha.

Sarafine segurou a mão dele.

— Não. Deixe apagada. Vai acordar seus pais.

Ele olhou para ela mais de perto, com os olhos se ajustando à escuridão.

— Aconteceu alguma coisa? Você está machucada?

Ela estava bem mais do que machucada, mais do que desesperançosa, e não havia como preparar John para o que estava prestes a contar. Ele sabia sobre a família dela e sobre a maldição. Mas Sarafine nunca tinha contado a ele a data do verdadeiro aniversário dela. Tinha inventado uma data, para a qual ainda faltavam vários meses, para que ele não se preocupasse. Ele não sabia que esta era a noite da Décima Sexta Lua, a noite que ela temia desde que conseguia se lembrar.

— Não quero contar pra você. — A voz de Sarafine falhou quando tentou sufocar as lágrimas.

John a puxou para seus braços, apoiando o queixo na cabeça dela.

— Você está tão fria. — Esfregou as mãos nos braços dela. — Eu te amo. Você pode me contar qualquer coisa.

— Isso não — sussurrou ela. — Tudo está arruinado.

Sarafine pensou em todos os planos que tinham feito. De irem para a faculdade juntos, John, no ano que vem, e ela, no ano seguinte. John ia estudar enge-

nharia, e ela planejava se formar em literatura. Sempre quis ser escritora. Depois que se formassem, se casariam.

Não fazia sentido pensar nisso. Nada disso aconteceria agora.

John a apertou com mais força.

— Izabel, você está me assustando. Nada pode estragar o que temos.

Sarafine o empurrou para longe e tirou os óculos escuros, revelando os olhos dourado-amarelos de uma Conjuradora das Trevas.

— Tem certeza disso?

Por um segundo, John só ficou olhando.

— O que aconteceu? Não estou entendendo.

Ela balançou a cabeça, as lágrimas queimando a pele nas bochechas geladas.

— Foi meu aniversário. Não contei pra você porque tinha certeza de que iria para a Luz. Não queria que você se preocupasse. Mas à meia-noite...

Sarafine não conseguiu terminar. Ele sabia o que ela ia dizer. Podia ver nos olhos dela.

— É um engano. Tem de ser. — Ela estava falando sozinha e, ao mesmo tempo, com John. — Ainda sou a mesma pessoa. Dizem que você se sente diferente quando vai para as Trevas, que você esquece as pessoas de quem gosta. Mas não esqueci. Jamais esquecerei.

— Acho que acontece gradualmente... — A voz de John foi ficando mais baixa.

— Posso lutar contra! Não quero ser das Trevas. Juro.

Era demais: sua mãe a afastar, a irmã gritar por ela, perder John. Sarafine não conseguia encarar mais sofrimento. Encolheu o corpo até o chão.

John se ajoelhou ao lado dela e a tomou nos braços.

— Você não é das Trevas. Não ligo pra cor dos seus olhos.

— Ninguém acredita nisso. Minha mãe não me deixou nem entrar em casa.

John a puxou para cima.

— Então vamos fugir hoje. — Pegou uma bolsa e começou a guardar roupas dentro.

— Pra onde vamos?

— Não sei. Vamos encontrar um lugar. — John fechou a bolsa e tomou o rosto dela nas mãos, olhando dentro dos olhos dourados.

— Não importa. Desde que estejamos juntos.

Estávamos em meu quarto de novo, no calor intenso da tarde. A visão desapareceu, levando consigo a garota que não se parecia nada com Sarafine. O livro caiu no chão.

O rosto de Lena estava marcado de lágrimas, e, por um segundo, ela se pareceu exatamente com a garota da visão.

— John Eades era meu pai.

— Tem certeza?

Ela assentiu e limpou o rosto com as mãos.

— Nunca vi fotos, mas vovó me falou o nome dele. Ele parecia tão real, como se ainda estivesse vivo. E eles realmente pareciam se amar. — Ela esticou a mão para pegar o livro que tinha caído aberto, com a capa para cima e com as rachaduras de uso na lombada, como prova de quantas vezes tinha sido lido.

— Não toque nele, L.

Lena o pegou.

— Ethan, tenho lido o livro. Isso nunca aconteceu antes. Acho que foi porque estávamos tocando nele ao mesmo tempo.

Ela abriu o livro de novo, e pude ver as linhas escuras onde alguém tinha sublinhado frases e circulado trechos. Lena reparou que eu estava tentando ler por cima do ombro dela.

— O livro todo está assim, marcado como se fosse um mapa. Só queria saber para onde ele leva.

— Você sabe aonde leva.

Nós dois sabíamos. A Abraham e ao Fogo Negro, à Grande Barreira e à morte.

Lena não tirou os olhos do livro.

— Esse trecho é meu favorito. "Fui deformada e modificada, mas, espero, para uma forma melhor."

Nós dois tínhamos sido deformados e modificados por Sarafine.

Será que o resultado era uma forma melhor? Será que eu estava melhor depois do que tinha passado? E Lena?

Pensei em tia Prue na cama de hospital e em Marian revirando caixas de livros queimados, documentos chamuscados, fotografias encharcadas. O trabalho da vida dela destruído.

E se as pessoas que amamos fossem deformadas até serem destruídas e não ficassem em condições de sobreviver?

Eu precisava encontrar John Breed antes que estivessem deformadas demais para voltarem ao que eram.

⊰ 26 DE SETEMBRO ⊱
Horário de visita

No dia seguinte, tia Grace descobriu onde Mercy estava escondendo o sorvete de café no congelador. No dia seguinte a esse, tia Mercy descobriu que Grace estava tomando o sorvete e deu um chilique sem precedentes. No dia seguinte do dia seguinte a esse, joguei Scrabble com as palavras sem sentido das Irmãs a tarde toda, até estar tão cansado que não duvidei de *PODEAPOSTAR* ser uma palavra só, *ALGODÃO* ser verbo e nem *DERROTA* ser adjetivo.

Perdi feio.

Mas havia uma pessoa que não estava lá. Uma pessoa que tinha cheiro de cobre e sal e molho de café. Uma pessoa que podia ter colocado as letras que formavam as palavras *PERFEITA IDIOTA*, mesmo sendo o completo oposto disso. Uma pessoa que conseguia sozinha encontrar o caminho da maior parte dos túneis Conjuradores do sul.

Alguns dias depois, já não aguentava mais. Então, quando Lena insistiu em irmos ver tia Prue, não recusei. A verdade era que eu queria vê-la. Não sabia bem como ela estaria. Será que pareceria estar dormindo, como ficava quando adormecia no sofá? Ou será que estaria com a mesma aparência da ambulância? Não havia como saber, e me senti culpado e com medo.

Mais do que tudo, não queria me sentir só.

O County Care era um centro de recuperação, um cruzamento entre uma casa de repouso e um lugar para onde se ia depois de um acidente violento de carro. Ou quando você caía da mountain bike, batia de caminhão ou recebia uma trombada de um veículo maior. Algumas pessoas achavam que você tinha sorte de ter acontecido, pois podia ganhar bastante dinheiro, se o caminhão certo batesse em você. Ou podia acabar morto. Ou as duas coisas, como no caso de Deacon Harrigan, que acabou com a lápide mais bonita da cidade enquanto a esposa e os filhos ganharam uma reforma e uma cama elástica e começaram a comer no Applebee's, de Summerville, cinco noites por semana. Carlton Eaton contou para a Sra. Lincoln, que contou para Link, que contou para mim. Os cheques chegavam todos os meses direto de um órgão do governo em Columbia, fizesse chuva ou sol. Era o que você ganhava quando o caminhão de lixo atropelava você, pelo menos.

Mas entrar no County Care não me fez sentir que tia Prue tinha sorte. Mesmo o silêncio estranho e repentino e o ar-condicionado forte de hospital não me fizeram sentir melhor. O ambiente todo tinha cheiro de alguma coisa doce e enjoada, quase em pó. Alguma coisa ruim tentando ter cheiro de coisa boa. Para piorar, o saguão, os corredores e o teto irregular estavam pintados de pêssego de Gatlin. Como se um vidro inteiro de molho Thousand Island derramado sobre um monte de queijo cottage tivesse sido jogado no teto.

Talvez molho French.

Lena estava tentando me alegrar.

É? De qualquer modo, dá vontade de vomitar.

Está tudo bem, Ethan. Talvez não seja tão ruim depois de a vermos.

E se ficar pior?

Ficou pior, depois de mais uns 3 metros. Bobby Murphy levantou o olhar da mesa onde estava. Na última vez em que o vi, ele estava no time de basquete comigo e me perturbava por ter levado um fora de Emily Asher no baile, a que amava Ethan e passou a odiar Ethan. E eu deixava. Ele tinha sido o líder ofensivo do time da escola por três anos seguidos, e ninguém mexia com ele. Agora, Bobby estava sentado em uma mesa de recepção com um uniforme cor de pêssego de funcionário e não parecia tão perigoso. E também não pareceu muito feliz em me ver. Não deve ter ajudado o fato de estar escrito BOOBY no crachá plastificado.

— Oi, Bobby. Achei que você estava na Faculdade Comunitária de Summerville.

— Ethan Wate. Aqui está você, e aqui estou eu. Não sei de qual de nós dois sinto mais pena. — Ele desviou o olhar para Lena, mas não a cumprimentou. Os boatos se espalhavam, e eu tinha certeza de que ele sabia de todos os mais recentes, mesmo aqui no County Care, onde metade das pessoas não conseguia emitir som algum.

Tentei rir, mas a risada saiu como uma tosse, e o silêncio voltou a se instalar entre nós.

— É. Já era hora de você aparecer. Sua tia Prudence tem chamado por você. — Ele sorriu e empurrou uma prancheta por cima da mesa.

— É mesmo? — Fiquei paralisado por um minuto, embora eu devesse saber.

— Não. Só estou brincando. Aqui, me dê seu autógrafo e pode ir pro jardim.

— Jardim? — Devolvi a prancheta.

— Claro. Na ala residencial, lá atrás. Onde plantamos as verduras boas. — Sorriu, e me lembrei dele no vestiário. *Vire homem, Wate. Deixar uma caloura te dar o fora? Está fazendo todos nós passarmos vergonha.*

Lena se inclinou sobre a mesa.

— Essa frase nunca envelhece, Booby?

— Não tanto quanto aquela. — Ele ficou de pé. — Que tal: "Mostro o meu e você me mostra a sua?" — Ele olhou para o ponto onde a camiseta de Lena fazia um V sobre o peito. Fechei a mão com força.

Vi o cabelo se encaracolando ao redor dos ombros dela quando ela se inclinou para ainda mais perto dele.

— Estou pensando que agora seria um ótimo momento pra você parar de falar.

Bobby abriu e fechou a boca como se fosse um peixe preso no fundo do lago Moultrie já seco. Não disse uma palavra.

— Assim é melhor. — Lena sorriu e pegou nossos crachás de visitante em cima da mesa.

— Tchau, Bobby — falei quando seguimos para a parte de trás do hospital.

Quanto mais andávamos pelo corredor, mais doce o ar ficava e mais intenso era o cheiro. Olhei pelas portas dos quartos por onde passamos, cada um parecendo uma espécie de pintura distorcida de Norman Rockwell, onde só coisas ruins aconteciam, congeladas em pequenos instantâneos de vida patética.

Um homem idoso estava sentado em uma cama de hospital, com a cabeça enfaixada com curativos que a faziam parecer gigantesca e surreal. Ele lembrava uma espécie de alienígena e ficava rolando um pequeno ioiô para a frente e para trás. Uma mulher estava sentada em uma cadeira à frente dele, costurando alguma coisa dentro de um aro de madeira. Devia ser algum tipo de bordado que ele jamais veria. Ela não olhou para a frente, e eu não diminuí a velocidade.

Havia um garoto adolescente em outra cama, com a mão se mexendo em cima de um papel sobre uma mesa de madeira falsa. Estava olhando para o nada, babando, mas a mão não parava de escrever, como se não fosse possível controlá-la. A caneta não parecia estar se movendo sobre o papel; parecia mais que as letras estavam se escrevendo sozinhas. Talvez cada palavra que ele tivesse escrito na vida estivesse naquela grande pilha de cartas, uma em cima da outra. Talvez fosse a história da vida dele inteira. Talvez fosse sua obra-prima. Quem podia saber? Quem se importava? Não Bobby Murphy.

Resisti ao impulso de pegar o papel e tentar decifrá-lo.

Acidente de moto?

Provavelmente. Não quero pensar nisso, L.

Lena apertou minha mão, e tentei não me lembrar dela descalça e sem capacete na garupa da Harley de John Breed.

Sei que foi idiotice.

Eu a puxei para longe daquela porta.

Uma garotinha no final do corredor estava com o quarto cheio de gente, mas era a festa de aniversário mais triste que já vi. Tinha um bolo do Pare & Roube e uma mesa cheia de copos do que parecia ser suco de cranberry, cobertos de filme de PVC. E era tudo. O bolo ostentava uma vela com o número cinco, e a família estava cantando. Os fósforos não estavam acesos.

Não se deve poder acender velas aqui, Ethan.

Que tipo de porcaria de aniversário é esse?

A doçura intensa do ar ficou pior, e olhei por uma porta aberta que levava a uma espécie de cozinha. Latas de Ensure, alimento líquido, estavam empilhadas do chão ao teto. Era aquele o cheiro, da comida que não era comida. Para essas vidas que não eram vidas.

Para minha tia Prue, que tinha resvalado para o vasto desconhecido quando deveria estar na cama dormindo. Minha tia Prue, que tinha mapeado túneis Conjuradores desconhecidos com a precisão de Amma fazendo palavras cruzadas.

Era horrível demais para ser verdade. Mas era. Tudo estava acontecendo, e não em um túnel qualquer onde o espaço e o tempo eram diferentes do mundo Mortal. Isso estava acontecendo no condado de Gatlin. Estava acontecendo na minha cidade, com minha própria família.

Eu não sabia se conseguiria encarar. Não queria ver tia Prue assim. Não queria me lembrar dela assim.

Portas tristes e uma lata aberta de Ensure em um corredor pêssego-vômito.

Quase me virei, e teria virado, mas cheguei ao outro lado da porta, e o cheiro do ar mudou. Tínhamos chegado. Soube porque a porta estava aberta e o cheiro particular das Irmãs chegou a mim. Água de rosas e lavanda, daquelas trouxinhas que guardavam nas gavetas. Era bem distinto aquele cheiro, ao qual eu não tinha prestado muita atenção todas as vezes que ouvi as histórias delas.

— Ethan. — Lena entrou na minha frente. Eu conseguia ouvir o zumbido distante de máquinas atrás dela, no quarto.

— Vamos. — Dei um passo em direção a ela, mas ela colocou as mãos nos meus ombros.

— Você sabe, ela pode não estar... aqui.

Tentei prestar atenção, mas fui distraído pelos sons das máquinas desconhecidas, fazendo coisas desconhecidas com minha tia completamente conhecida.

— O que você está dizendo? É claro que ela está aqui. O nome dela está escrito bem ali na porta. — E estava mesmo, no tipo de quadro branco que vemos em alojamentos de faculdade, com caneta preta meio apagada.

STATHAM, PRUDENCE

— Sei que o corpo dela está aqui. Mas, mesmo ela estando aqui, sua tia Prue, com todas as coisas que a tornam sua tia Prue, pode não estar *aqui*.

Sabia o que ela estava querendo dizer, mesmo não querendo saber. Mil vezes mais do que qualquer outra coisa.

Coloquei a mão na porta.

— Está dizendo que consegue perceber? Assim como Link conseguia sentir o cheiro do sangue dela e ouvir o coração? Você seria capaz de... encontrá-la?

— Encontrar o quê? A alma dela?

— É uma coisa que uma Natural pode fazer? — Eu podia notar a esperança na minha voz.

— Não sei. — Lena parecia estar prestes a chorar. — Não tenho certeza. Sinto que tem uma coisa que devo fazer. Mas não sei o quê.

Ela olhou para o outro lado, para a outra extremidade do corredor. Eu podia ver líquido escorrendo sem parar pela lateral do queixo dela.

— Você não tem como saber, L. Não é sua culpa. Essa coisa toda é minha culpa. Abraham veio me procurar.

— Ele não foi atrás de você. Foi atrás de John. — Ela não falou, mas ouvi o resto. *Por minha causa. Por causa da minha Invocação.* Ela mudou de assunto antes que eu tivesse a chance de falar qualquer coisa. — Perguntei a tio Macon o que acontece com as pessoas quando estão em coma.

Prendi a respiração, apesar de todas as coisas em que eu acreditava ou não.

— E?

Ela deu de ombros.

— Ele não tinha certeza. Mas os Conjuradores acreditam que o espírito pode deixar o corpo sob certas circunstâncias, como Viajar. Tio M descreveu como uma espécie de liberdade, como ser um Espectro.

— Isso não seria tão ruim, acho. — Pensei no garoto escrevendo sem prestar atenção e no idoso com o ioiô. Eles não estavam Viajando. Não eram Espectros. Estavam presos na mais Mortal de todas as condições. Presos em corpos quebrados.

Eu não conseguiria lidar com isso. Não com tia Prue. Principalmente não com minha tia Prue.

Sem outra palavra, passei por Lena e entrei no quarto da minha tia.

Minha tia Prudence era a menor pessoa do mundo. Como gostava de dizer, ela se curvava a cada ano que passava e encolhia a cada marido que morria. Assim, mal chegava ao meu peito, mesmo se ficasse ereta usando os sapatos de solas grossas da Cruz Vermelha.

Mas deitada ali, no meio daquela enorme cama de hospital, com todo tipo possível de tubo entrando e saindo do corpo, tia Prue parecia ainda menor. Ela mal afundava o colchão. Frestas de luz entravam pela persiana de plástico em um dos lados do quarto e pintavam listras sobre sua figura imóvel. O efeito combinado parecia o de uma ala de hospital de prisão. Não consegui olhar para o rosto dela. Não quando cheguei.

Dei um passo para mais perto da cama. Podia ver os monitores, mesmo não sabendo para que serviam. Coisas estavam apitando, linhas estavam se mexendo. Só havia uma cadeira no quarto, com estofamento cor de pêssego e dura como uma pedra, com uma segunda cama vazia ao lado. Depois do que vi nos outros quartos, a cama parecia uma armadilha. Eu me perguntei que tipo de pessoa doente estaria presa ali, na próxima vez em que viesse ver tia Prue.

— Ela está estável. Você não precisa se preocupar. O corpo dela está confortável. Só não está conosco agora. — Uma enfermeira estava fechando a porta. Não consegui ver seu rosto, mas os cabelos pretos estavam presos em um rabo de cavalo. — Vou deixar vocês a sós por um minuto, se quiserem. Prudence não recebe visita desde ontem. Tenho certeza de que será bom pra ela passar algum tempo com vocês.

A voz da enfermeira era reconfortante, até mesmo familiar, mas, antes que pudesse dar uma boa olhada nela, a porta se fechou. Vi um vaso de flores frescas na mesa ao lado da cama de minha tia. Verbena. Parecia o tipo de flores que Amma tinha decidido cultivar dentro de casa. "Chamas de verão" era como ela as chamava. "Vermelhas como o próprio fogo."

Num impulso, andei até a janela e abri a persiana. A luz invadiu o quarto, e a prisão desapareceu. Havia uma linha grossa de sal branco na beirada do vidro.

— Amma. Ela deve ter vindo ontem quando estávamos com tia Grace e tia Mercy. — Sorri para mim mesmo, balançando a cabeça. — Estou surpreso de ela só ter deixado sal aqui.

— Na verdade... — Lena puxou um embrulho de tecido grosso de aparência misteriosa, preso com barbante, de debaixo do travesseiro de tia Prue. Ela o cheirou e fez uma careta. — Bem, não é lavanda.

— Tenho certeza de que é para proteção.

Lena puxou a cadeira para mais perto da cama.

— Fico feliz. Eu teria medo de ficar deitada sozinha aqui. É silencioso demais. — Ela esticou a mão para pegar a de tia Prue, hesitante. Havia um tubo preso com esparadrapo por cima dos dedos dela.

Rosas manchadas, pensei. Essas mãos deveriam estar segurando um livro de hinos religiosos ou cartas para um jogo de buraco. Uma coleira de gato ou um mapa.

Tentei afastar a sensação de coisa errada, que aumentava lentamente.

— Não tem problema.

— Não sei bem...

— Acho que você pode segurar a mão dela, L.

Lena pegou a mão pequena de tia Prue nas suas.

— Ela parece em paz, como se estivesse dormindo. Olhe para o rosto dela.

Não consegui. Estiquei a mão em direção a ela e deixei que minha mão segurasse o que acho que era o dedo do pé dela, onde o pé empurrava o cobertor, formando uma barraca de escoteiros.

Ethan, você não precisa ter medo.

Não estou com medo, L.

Você acha que não sei como é?

Como é o quê?

Ter medo de que uma pessoa que amo morra.

Olhei para ela perto de minha tia como se fosse uma espécie de enfermeira Conjuradora.

Tenho medo, L. O tempo todo.

Eu sei, Ethan.

Marian. Meu pai. Amma. Quem é o próximo?

Olhei para Lena.

Tenho medo por você.

Ethan, não...

Me deixe ter medo por você.

— Ethan, por favor. — Ali estava. A conversa. A conversa que vinha quando a comunicação por Kelt ficava pessoal demais. Era um passo para trás de pensar e um passo para mudar de assunto completamente.

Não deixei o assunto de lado.

— Tenho medo, L. Do momento em que acordo até a hora em que vou dormir, e nos meus sonhos, a cada segundo, entre essas duas coisas.

— Ethan. Olhe pra ela.

Lena foi até o meu lado e colocou a mão na minha, até que nós dois estivéssemos encostando na pequena mão com esparadrapo que pertencia à tia Prue.

— Olhe pros olhos dela.

Eu olhei.

Ela estava diferente. Nem feliz, nem triste. Os olhos dela estavam embaçados, sem foco. Ela parecia distante, como a enfermeira falou.

— Tia Prue não é como as outras. Aposto que está longe, explorando, como sempre quis. Talvez esteja terminando o mapa dos túneis agora mesmo. — Lena me beijou na bochecha e ficou parada. — Vou ver onde posso comprar uma bebida. Quer alguma coisa? Talvez tenha achocolatado aqui.

Eu sabia o que ela estava realmente fazendo. Estava me dando tempo sozinho com minha tia. Mas não falei isso para ela, nem que não conseguia mais aturar o gosto de achocolatado.

— Não quero nada, obrigado.

— Me chame, se precisar. — Ela fechou a porta.

Depois que Lena saiu, não soube o que fazer. Fiquei olhando para tia Prue deitada na cama de hospital com tubos entrando e saindo da pele. Peguei a mão dela com delicadeza, com cuidado, para não mexer no tubo intravenoso. Não queria machucá-la. Tinha certeza de que ela ainda conseguia sentir dor. Quero dizer, ela não estava morta. Era o que eu ficava repetindo para mim mesmo.

Eu me lembrei de ter ouvido em algum lugar que você deve conversar com pessoas que estão em coma porque elas conseguem ouvir. Tentei pensar em alguma coisa para dizer a ela. Mas as mesmas palavras ficavam surgindo na minha mente.

Me desculpe. Foi culpa minha.

Porque era verdade. E o peso disso, a culpa, era tão grande que eu conseguia sentir nos meus ombros o tempo todo.

Esperava que Lena estivesse certa. Esperava que tia Prue estivesse em algum lugar, desenhando mapas ou arrumando confusão. Eu me perguntei se estava com minha mãe. Será que conseguiam encontrar uma à outra, fosse lá onde estivessem?

Ainda estava pensando nisso quando fechei os olhos por um segundo...

Podia sentir a mão de tia Prue coberta de esparadrapo na minha. Só que, quando olhei para a cama, tia Prue tinha sumido. Pisquei, a cama sumiu, e em seguida, o quarto. E eu estava em lugar nenhum, olhando para nada, ouvindo nada.

Passos.

— Ethan Wate, é você?

— Tia Prue?

Ela veio arrastando os pés, saindo do nada absoluto. Estava lá e não estava, sumindo e aparecendo com seu melhor vestido, o que tinha as flores exageradas e os botões que pareciam pérolas. Os chinelos eram de crochê no mesmo degradê de marrons da colcha favorita de tia Grace.

— Já voltou? — Ela balançou o lenço, preso na mão fechada. — Eu falei ontem à noite que tenho coisas pra fazer quando estou fora, como agora. Você não pode vir correndo pra mim todas as vezes que precisa de resposta pra alguma maldita pergunta que não sei.

— O quê? Não visitei a senhora ontem à noite, tia Prue.

Ela franziu a testa.

— Está tentando enganar uma velha?

— O que a senhora me disse? — perguntei.

— O que você perguntou? — Ela coçou a cabeça, e percebi com pânico crescente que ela estava começando a sumir.

— A senhora vai voltar, tia Prue?

— Ainda não sei dizer.

— Não pode voltar comigo agora?

Ela balançou a cabeça.

— Você não sabe? Quem decide é a Roda do Destino.

— O quê?

— Mais cedo ou mais tarde, ela esmaga a todos. Foi o que contei a você, lembra? Quando você perguntou sobre vir aqui. Por que está fazendo tantas perguntas hoje? Estou exausta e preciso descansar.

Ela estava quase completamente transparente agora.

— Me deixe em paz, Ethan. Não fique procurando vir aqui pra baixo. A Roda não terminou o que quer com você.

Observei os chinelos marrons de crochê desaparecerem.

— Ethan? — Podia ouvir a voz de Lena e sentir a mão dela no meu ombro, me sacudindo para que eu despertasse.

Minha cabeça estava pesada, e abri os olhos devagar. Uma luz intensa entrou pela janela. Eu tinha adormecido na cadeira ao lado de tia Prue, como costumava adormecer na cadeira da minha mãe, esperando que terminasse o trabalho no arquivo. Olhei para baixo, e tia Prue estava deitada na cama, com os olhos enevoados e abertos, como se nada tivesse acontecido. Soltei a mão dela.

Devo ter parecido assustado, porque Lena fez cara de preocupada.

— Ethan, o que foi?

— Eu... eu vi tia Prue. Falei com ela.

— Quando estava dormindo?

Fiz que sim com a cabeça.

— Foi. Mas não pareceu um sonho. E ela não ficou surpresa em me ver. Eu já tinha estado lá.

— Do que você está falando? — Lena estava me observando com atenção agora.

— Ontem à noite. Ela disse que fui vê-la. Só que não lembro. — Estava ficando mais comum e mais frustrante. Eu estava esquecendo coisas o tempo todo agora.

Antes que Lena pudesse dizer qualquer coisa, a enfermeira bateu na porta e abriu uma fresta.

— Lamento, mas o horário de visitas acabou. Você precisa deixar sua tia descansar agora, Ethan.

Ela foi simpática, mas a mensagem foi clara. Saímos pela porta para o corredor vazio antes que meu coração tivesse tempo de acalmar a disparada.

No caminho para a saída, Lena reparou que tinha deixado a bolsa no quarto de tia Prue. Enquanto eu esperava que ela fosse buscá-la, andei pelo corredor devagar e parei em frente a uma porta. Não consegui evitar. O garoto no quarto tinha mais ou menos a minha idade, e por um minuto eu me vi me perguntando como seria estar no lugar dele. Ele ainda estava sentado em frente à mesa, e a mão ainda está escrevendo. Olhei para os dois lados do corredor e entrei no quarto dele.

— Oi, cara. Só estou de passagem.

Eu me sentei na beirada da cadeira na frente dele. Os olhos dele nem se desviaram em minha direção, e a mão não parou de se mexer. Vezes sem fim, ele escreveu até fazer um buraco no papel, até mesmo no lençol abaixo.

Puxei o papel, e ele se deslocou uns 2 centímetros.

A mão parou. Olhei nos olhos dele.

Nada ainda.

Puxei o papel de novo.

— Vamos lá. Você escreve. Eu leio. Quero ouvir o que você tem a dizer. Sua obra-prima.

A mão começou a se mexer. Puxei o papel, um milímetro de cada vez, tentando equiparar a velocidade à escrita.

é assim que o mundo termina é assim que o mundo termina é assim que o mundo termina na décima oitava lua a décima oitava lua a décima oitava lua é assim que o mundo

A mão parou, e um filete fino de baba escorreu sobre a caneta e o papel.

— Entendi. Já entendi o que você quer dizer, cara. A Décima Oitava Lua. Vou descobrir.

A mão começou a escrever de novo, e desta vez deixei as palavras se escreverem por cima umas das outras até a mensagem se perder mais uma vez.

— Obrigado — falei baixinho.

Olhei para trás dele, para onde o nome estava escrito em caneta preta no pequeno quadro branco que não estava e jamais ficaria na porta do quarto de alojamento de ninguém.

— Obrigado, John.

⊰ 28 DE SETEMBRO ⊱

Fim dos dias

— É alguma espécie de sinal. — Eu estava levando Lena para casa, percorrendo a autoestrada 9. Ela ficava olhando para o velocímetro.

— Ethan, vá mais devagar. — Lena estava tão assustada quanto eu, mas estava se saindo muito bem em esconder.

Eu mal podia esperar para estar longe do County Care, das paredes pêssego e do cheiro enjoativo, dos corpos doentes e olhares vazios.

— O nome dele era John, e ele estava escrevendo "o mundo termina na décima oitava lua" sem parar. E o boletim dele dizia que sofreu um acidente de moto.

— Eu sei. — Lena tocou em meu ombro, e pude ver o cabelo dela se encaracolando na brisa. — Mas, se você não diminuir a velocidade, vou fazer isso por você.

O carro diminuiu de velocidade, mas minha mente ainda estava em disparada. Tirei as mãos do volante, mas ele nem se mexeu.

— Quer dirigir? Posso dar uma parada.

— Não quero dirigir, mas se acabarmos no County Care não vamos poder descobrir nada. — Lena apontou para a rua. — Preste atenção no caminho.

— Mas o que quer dizer?

— Bem, vamos pensar no que sabemos.

Forcei a mente a voltar para a noite em que Abraham apareceu no meu quarto. Na primeira vez em que acreditei de verdade que John Breed ainda estava vivo. Aquela noite tinha iniciado tudo.

— Abraham entra, procurando por John Breed. Tormentos destroem a cidade e colocam tia Prue no hospital. E lá conheço um cara chamado John, que me alerta sobre a Décima Oitava Lua. Talvez seja uma espécie de aviso.

— É como a música sinalizadora. — Ela estava certa. — E tem também o livro do seu pai.

— É. — Eu ainda não conseguia pensar em como meu pai se encaixava nessa história.

— Então a Décima Oitava Lua e John Breed estão ligados de alguma forma. — Lena estava pensando em voz alta.

— Precisamos saber quando é a Décima Oitava Lua. Como descobrimos isso?

— Bem, depende. Estamos falando da Décima Oitava Lua de quem? — Lena olhou pela janela, e falei a única coisa que ela não queria ouvir.

— A sua?

Ela balançou a cabeça.

— Acho que não é a minha.

— Como você sabe?

— Meu aniversário está muito longe. E Abraham parece muito desesperado para encontrar John. — Ela estava certa. Abraham não a estava procurando dessa vez. Ele queria John. Lena ainda estava falando. — E o nome daquele cara não era Lena.

Eu não estava mais prestando atenção.

O nome dele não era Lena. Era John. E ele estava rabiscando mensagens sobre a Décima Oitava Lua.

Quase saí da estrada. O rabecão se endireitou, não resisti e tirei as mãos do volante. Estava apavorado demais para dirigir.

— Você acha que poderia ser por causa da Décima Oitava Lua de John Breed?

Lena enrolou o cordão cheio de pingentes no dedo, pensativa.

— Não sei, mas faz sentido.

Respirei fundo.

— E se tudo que Abraham disse for verdade e John Breed ainda estiver vivo? E se uma coisa ainda pior for acontecer na Décima Oitava Lua dele?

— Ah, meu Deus — sussurrou Lena.

O carro parou de repente no meio da autoestrada 9. Um caminhão tocou a buzina, e vi uma mancha de metal vermelho rodopiar à nossa volta. Por um minuto, nenhum de nós disse nada.

O mundo todo estava girando fora de controle, e não havia nada que eu pudesse fazer para impedir.

Depois que deixei Lena em Ravenwood, não me senti pronto para ir para casa. Precisava pensar e não conseguia fazer isso lá. Amma daria uma olhada em mim e perceberia que alguma coisa estava errada. Eu não queria entrar na cozinha e fingir que tudo estava bem, que eu não a vira fazendo alguma espécie de negócio com o equivalente vodu de um Conjurador das Trevas. Que não tinha falado com tia Prue enquanto ela estava deitada sem reagir em sua prisão cor de pêssego. E nem que vi um cara qualquer chamado John me mandar um recado dizendo que o fim do mundo estava chegando.

Queria encarar a verdade: o calor, os insetos e o lago seco, as casas quebradas e telhados arrancados e ordens cósmicas que eu não conseguia consertar. As consequências que a Invocação de Lena tinha trazido para o mundo Mortal, e que a ira de Abraham tinha levado à minha cidade. Enquanto dirigia pela rua Main, achei que ela parecia cem vezes pior à luz do dia, em comparação a alguns dias atrás, no escuro.

As vitrines de lojas estavam cobertas por tábuas. Não dava para ver Maybelline Sutter conversando com os clientes enquanto cortava o cabelo deles curto demais ou pintava de um tom de branco azulado no Snip 'n' Curl. Não dava para ver Sissy Honeycutt enchendo vasos de cravos e flores do campo na bancada do Gardens of Eden, nem Millie e a filha servindo pães e molho de café algumas portas depois.

Elas estavam lá dentro, mas Gatlin não era mais uma cidade de vitrines. Era uma cidade de portas trancadas e despensas abarrotadas, uma cidade cheia de gente esperando o próximo furacão ou o fim do mundo, dependendo de para quem você fizesse a pergunta.

Assim, não fiquei surpreso quando vi a mãe de Link parada na frente da Igreja Batista Evangélica ao entrar em Cypress Grove. Quase metade da população de Gatlin estava lá, metodistas e batistas em proporções iguais, na calçada, no gramado, onde conseguissem lugar. O reverendo Blackwell estava parado em frente às portas da capela, debaixo das palavras só HÁ ESPAÇO PARA OS JUSTOS NO CÉU. As mangas da camisa branca de botão estavam dobradas, e a camisa estava amassada e para fora da calça. Ele parecia não dormir havia dias.

Estava segurando um megafone (não que precisasse). Gritava para a multidão, que estava balançando cartazes e cruzes como se ele fosse Elvis renascido do mundo dos mortos.

— A Bííí-blia — ele sempre prolongava a primeira sílaba — diz que haverá sinais. Sete selos que vão marcar o Fim dos Dias.

— Amém! Glória ao Senhor! — respondeu a multidão.

Uma voz se destacava do resto, é claro. A Sra. Lincoln estava parada, na base da escada, com as seguidoras da FRA ao redor, de braços dados. Ela estava segurando o próprio cartaz feito em casa, com as palavras O FIM ESTÁ PRÓXIMO escritas com caneta vermelho-sangue.

Encostei perto do meio-fio, e o calor me envolveu no segundo em que o carro parou de se mover. O carvalho retorcido, que fazia sombra sobre a igreja, estava tomado de gafanhotos, o sol reluzindo na casca negra das costas deles.

— Guerra! Seca! Peste! — O reverendo Blackwell fez uma pausa e olhou para o carvalho patético e ressecado. — "Visões temerosas e grandes sinais do céu". É o Evangelho de Lucas. — Baixou a cabeça respeitosamente por um segundo, depois a ergueu com senso renovado de determinação nos olhos. — Eu tive visões temerosas!

A multidão assentiu em concordância.

— Algumas noites atrás, um furacão desceu dos céus como o dedo de Deus! E nos tocou, esmagou a estrutura desta cidade! Uma boa família perdeu o lar. A biblioteca da cidade, lar das palavras de Deus e do homem, ardeu por completo. Vocês acham que foi acidente? — O reverendo, defendendo a biblioteca? Isso era novidade. Queria que minha mãe estivesse ali para ver.

— Não! — As pessoas estavam balançando as cabeças, prestando muita atenção.

Ele apontou para a multidão e moveu o dedo pelo mar de rostos como se estivesse falando com cada pessoa individualmente.

— Então, eu pergunto: foi um grande sinal dos céus?

— Amém!

— Foi um sinal! — gritou alguém.

O reverendo Black segurou a Bíblia contra o peito como uma bóia salva-vidas.

— A Besta está nos portões, com seu exército de demônios! — Eu não conseguia deixar de lembrar o modo como John Breed tinha chamado a si mesmo. Um Soldado do Demônio. — E está vindo atrás de nós. Vocês estarão prontos?

A Sra. Lincoln ergueu o cartaz frágil no alto, e as outras perturbadoramente distintas damas da FRA fizeram o mesmo para demonstrar solidariedade. O FIM ESTÁ PRÓXIMO esbarrou em VIVA O ESPÍRITO SANTO e quase arrancou EU PARO PARA A REDENÇÃO da haste presa com fita adesiva.

— Estarei pronta para lutar com o Demônio no próprio inferno e com as mãos nuas, se precisar! — gritou ela. Eu acreditava. Se estivéssemos mesmo lidando com o Diabo, talvez tivéssemos chance com a Sra. Lincoln liderando o ataque.

O reverendo segurou a Bíblia acima da cabeça.

— A Bíííí-blia promete que haverá mais sinais. Terremotos. Perseguições e torturas aos eleitos. — Fechou os olhos em êxtase, um sinal próprio dele. — "E, quando essas coisas começarem a acontecer, olhem para cima e ergam a cabeça, pois a redenção se aproxima." Lucas 21:28. — E baixou a cabeça dramaticamente, depois de deixar sua mensagem.

A Sra. Lincoln não conseguia mais se conter. Pegou o megafone em uma das mãos e sacudiu o cartaz na outra.

— Os demônios estão chegando, e temos de estar prontos! Venho estudando há anos! Levantem as cabeças e tomem cuidado com eles. Podem estar na porta dos fundos da casa de vocês! Podem estar andando entre nós agora!

Era irônico. Pela primeira vez, a mãe de Link estava certa. Os Demônios estavam chegando, mas o pessoal de Gatlin não estava pronto para esse tipo de luta.

Nem Amma, com suas bonecas, que não eram bonecas, e suas cartas de tarô, que não eram cartas de tarô, as janelas com fileiras de sal e árvores com garrafas penduradas, estava pronta para essa luta. Abraham e Sarafine, com um exército de Tormentos? Hunting e sua gangue do Sangue? John Breed, que não estava em lugar algum e estava em todos os lugares?

Por causa dele, o fim estava próximo, e os Demônios estavam andando entre nós. Era tudo por causa dele. A culpa era só dele.

E se havia uma coisa que eu tinha passado a conhecer tão intimamente que conseguia sentir rastejando sobre minha pele, como os gafanhotos rastejavam sobre aquele carvalho, era culpa.

⊰ 28 DE SETEMBRO ⊱

Risco

Estava ficando tarde, quando finalmente cheguei em casa. Lucille estava esperando na varanda da frente com a cabeça inclinada para o lado como se estivesse aguardando para ver o que eu ia fazer. Ao abrir a porta e seguir pelo corredor em direção ao quarto de Amma, eu já sabia. Não estava pronto para confrontá-la, mas precisava da ajuda dela. A Décima Oitava Lua de John Breed era uma coisa grande demais para eu encarar sozinho, e, se havia alguém que saberia o que fazer, esse alguém era Amma.

A porta do quarto dela estava fechada, mas eu conseguia ouvi-la remexendo em coisas lá dentro. Estava murmurando, mas a voz estava baixa demais para eu entender o que estava dizendo.

Bati na porta de leve, com a cabeça encostada na madeira fria.

Que ela esteja bem. Só esta noite.

Ela abriu a porta o bastante para dar uma olhada pela fresta. Ainda estava de avental e trazia uma agulha de costura em uma das mãos. Olhei para trás dela, para a luz fraca do quarto. A cama estava coberta de materiais de costura, carretéis e ervas. Estava fazendo as bonecas dela, sem dúvida. Mas alguma coisa estava estranha. Era o cheiro, aquela terrível combinação de gasolina e alcaçuz que eu lembrava da loja do *bokor*.

— Amma, o que está acontecendo?

— Nada com que precise se preocupar. Por que não sobe e faz o dever de casa? — Ela não me olhou nos olhos, nem perguntou onde estive.

— Que cheiro é esse? — Observei o quarto dela em busca da origem. Havia uma vela preta e grossa na cômoda. Parecia exatamente com a que o *bokor* tinha acesa na loja. Havia pequenos embrulhos costurados à mão empilhados ao redor. — O que a senhora está fazendo aí?

Ela enrubesceu por um segundo, mas se recompôs e fechou a porta.

— Amuletos, como sempre faço. Agora vá lá pra cima e se preocupe com o que há naquela bagunça que você chama de quarto.

Amma nunca tinha queimado o que pareciam ser produtos químicos tóxicos em nossa casa, nem quando estava fazendo bonecas e nem outro amuleto qualquer. Mas eu não podia falar para ela de onde aquela vela tinha vindo. Ela me arrancaria a pele se soubesse que entrei na loja do *bokor*, e eu precisava acreditar que havia uma razão para tudo isso, mas que era uma que eu não compreendia. Porque Amma era a coisa mais próxima que eu tinha de uma mãe, e, como minha mãe, sempre tinha me protegido.

Ainda assim, queria que ela soubesse que eu estava prestando atenção, que sabia que alguma coisa estava errada.

— Desde quando você acende velas que têm cheiro de coisa de laboratório de ciências quando faz suas bonecas? Pelos de cavalo e...

Minha mente estava completamente vazia.

Eu não conseguia lembrar o que mais ela enfiava dentro daquelas bonecas, o que havia nos vidros que cobriam suas prateleiras. Pelo de cavalo, eu conseguia imaginar aquele vidro. Mas o que havia nos outros?

Amma estava me observando. Não queria que percebesse que eu não conseguia lembrar.

— Esqueça. Se não quer me contar o que está fazendo aí dentro, tudo bem.

Saí andando rapidamente pelo corredor e pela porta da frente. Eu me encostei em uma das vigas da varanda, ouvindo o ruído dos gafanhotos consumindo nossa cidade, como se alguma coisa estivesse devorando minha mente.

Na varanda da frente, a escuridão crescente continha partes iguais de calor e tristeza. Pela janela aberta, podia ouvir as panelas dela batendo, as tábuas do piso reclamando, enquanto Amma botava a cozinha em posição de submissão. Ela deve ter deixado os amuletos de lado esta noite. Mas o ritmo familiar dos sons não me alegrou como costumava fazer. Só me fez sentir mais culpado, o que fez meu coração bater com mais força, e andar de um lado para o outro mais rápido, até que as tábuas da varanda estivessem gemendo quase tão alto quanto as da cozinha.

De cada um dos lados da parede, estávamos ambos cheios de segredos e mentiras.

Eu me perguntei se às tábuas gastas da Propriedade Wate eram o único lugar de Gatlin que conhecia todos os esqueletos do armário da minha família. Pediria à tia Del para dar uma olhada, se os poderes dela voltassem a funcionar.

Agora estava escuro, e eu precisava conversar com alguém. Amma não era mais uma opção. Apertei o atalho de discagem rápida de número três no meu celular.

144

Não queria admitir que não conseguia lembrar o número para o qual tinha ligado cem vezes.

Estava esquecendo coisas o tempo todo agora e não sabia por quê. Mas sabia que não era bom.

Ouvi alguém atender.

— Tia Marian?

— Ethan? Você está bem? — Ela pareceu surpresa ao ouvir minha voz do outro lado da linha.

Não estou bem. Estou com medo e confuso. E tenho quase certeza de que nenhum de nós vai ficar bem.

Forcei as palavras a saírem da minha cabeça, abaixando a voz.

— Estou. Estou bem. Como você está indo?

Ela pareceu cansada.

— Sabe, Ethan, sua mãe ficaria orgulhosa desta cidade. Mais pessoas vieram se voluntariar para ajudar a reconstruir a biblioteca do que já foram nela enquanto esteve de pé.

— Ah, é. Acho que essa é a questão quanto a queimar livros. Tudo depende de quem os queima.

A voz dela ficou mais baixa.

— Conseguiu alguma resposta para isso? Quem os queimou? — Pelo jeito que falou, pude perceber que só pensava nisso. E, desta vez, ela sabia que a Sra. Lincoln não era a culpada.

— É por isso que estou ligando. Você pode me fazer um favor?

Você pode fazer tudo voltar a ser como era, quando meu maior problema era ter de ler revistas de carros no Pare & Roube com o pessoal?

— Qualquer coisa.

Qualquer coisa que não me envolva de uma maneira em que não posso me envolver. Era isso que ela queria dizer.

— Pode me encontrar em Ravenwood? Preciso conversar com você e Macon. E com todo mundo, acho.

Silêncio. O som de Marian pensando.

— Sobre isso.

— Mais ou menos.

Mais silêncio.

— As coisas não estão boas pra mim agora, EW. Se o Conselho do Registro Distante achasse que eu estava violando as regras de novo...

— Você vai visitar um amigo na casa dele. Isso não pode ser contra as regras. — Podia? — Eu não pediria se não fosse importante. É sobre mais do que a biblioteca, o calor e o que está acontecendo na cidade. É sobre a Décima Oitava Lua.

Por favor. Você e Amma são tudo que tenho, e ela está escurecendo mais do que nunca. E não posso falar com minha mãe. Então, tem de ser você.

Sabia qual era a resposta antes mesmo de ela falar. Se havia uma coisa que eu amava em Marian era o modo como sempre ouvia o que estava sendo dito, mesmo se ninguém dissesse.

— Me dê alguns minutos.

Fechei o celular e o joguei no degrau ao meu lado. Era hora de outra ligação, uma que não precisava de telefone. Olhei para o céu. As estrelas estavam começando a aparecer, e a lua já estava esperando.

L? Você está aí?

Houve uma longa pausa, e pude sentir Lena lentamente começando a relaxar a mente para perto da minha até estarmos conectados de novo.

Estou aqui, Ethan.

Precisamos descobrir isso. Depois do que aconteceu no County Care, não podemos desperdiçar mais tempo. Encontre seu tio. Já liguei pra Marian e vou pegar Link no caminho.

E Amma?

Queria contar a ela o que tinha acontecido hoje, mas doía demais.

Ela não está num bom momento. Você pode chamar sua avó?

Ela não está aqui. Mas tia Del está. E vai ser difícil deixar Ridley de fora.

Isso não ia melhorar as coisas, mas, se Link ia, seria impossível deixá-la de fora, de qualquer jeito.

Nunca se sabe, podemos ter sorte. Talvez Rid esteja ocupada demais, enfiando alfinetes em pequenas bonecas vodu de líderes de torcida.

Lena riu, mas eu, não. Não conseguia imaginar bonecas que não tivessem o cheiro do veneno queimando no quarto de Amma. Senti um beijo na bochecha, embora estivesse sozinho na varanda.

Estou indo.

Não mencionei o nome da outra pessoa que estaria lá. E Lena também não.

* * *

Dentro de casa, tia Grace e tia Mercy estavam assistindo *Jeopardy!*, que eu esperava ser uma boa distração, pois Amma sabia todas as respostas, mas fingia que não sabia. E as Irmãs não sabiam nenhuma e insistiam que sabiam.

— Dorme durante três anos? Bem, *conchashima*, Grace. Sei bem essa resposta, mas não vou dizer pra você. — *Conchashima* era o palavrão inventado de tia Mercy, que ela guardava para ocasiões em que realmente queria irritar uma das irmãs, pois se recusava a dizer o que significava. Tinha quase certeza de que ela também não sabia.

Tia Grace fungou.

— *Conchashima* você, Mercy. O que todos os maridos de Mercy fizeram quando deviam estar sustentando a família? Essa é a resposta que estão procurando.

— Grace Ann, acho que estão perguntando quanto tempo você dormiu durante o sermão do último domingo de Páscoa. Babando debaixo do meu bom chapéu de rosas.

— Ele disse três anos, e não três horas. E, se o bom reverendo não gostasse tanto de ouvir a própria voz, talvez fosse mais fácil para o resto de nós prestar atenção. Você sabe que não consigo ver nada além de penas e flores quando me sento atrás de Dot Jessup com aquele grande chapéu de Páscoa.

— Lesmas. — Elas olharam para Amma sem entender. Ela desamarrou o avental. — Quanto tempo uma lesma consegue dormir? Três anos. E quanto tempo vocês meninas vão me fazer esperar até comerem meu jantar? E aonde, na face desta Terra, pensa que vai, Ethan Wate?

Fiquei paralisado na porta. Não havia como enganar Amma. Nunca.

Como era de esperar, ela não tinha intenção nenhuma de me deixar sair sozinho à noite, não depois de Abraham, do incêndio na biblioteca e de tia Prue. Ela me puxou para a cozinha tão rápido que poderiam pensar que fui insolente com ela.

— Não pense que não sei quando você está tentando me enrolar. — Ela olhou ao redor pela cozinha, procurando a Ameaça de Um Olho, mas eu tinha sido mais rápido e a enfiado no bolso de trás da calça jeans. Ela também não tinha um lápis, então estava desarmada.

Fiz minha jogada.

— Amma, não é nada. Falei pra Lena que jantaria com a família dela. — Queria poder contar a verdade, mas não podia. Não até descobrir o que ela tinha feito com aquele *bokor* em Nova Orleans.

Ela empinou um dos lados do quadril e entrou no meu jogo.

— Na noite do sanduíche de carne de porco? Com meu próprio Carolina Gold, três vezes vencedor do laço azul, e você espera que eu acredite nessa baboseira? — Ela fungou e balançou a cabeça. — Você escolheria um pastel de pavão em um prato de ouro no lugar da *minha* carne de porco? — Amma não tinha uma boa opinião da comida da Cozinha e estava certa.

— Não. Eu apenas esqueci. — Era verdade, embora ela tivesse mencionado o jantar naquela manhã.

— Humm. — Ela não acreditava em mim. E era compreensível, considerando que, em uma noite normal, essa seria minha ideia de paraíso.

— D-I-S-S-I-M-U-L-A-Ç-Ã-O. Doze na horizontal. Você está tramando alguma coisa, Ethan Wate, e não é o jantar.

Ela também estava tramando alguma coisa. Mas eu não tinha uma palavra para isso.

Eu me inclinei e coloquei os braços ao redor dela.

— Eu te amo, Amma. A senhora sabe disso? — Era verdade.

— Ah, eu sei bem. Sei que você está tão distante da verdade quanto a mãe de Wesley de uma garrafa de uísque, Ethan Wate. — Ela me empurrou para longe, mas eu a tinha agarrado de jeito. Amma, de pé nessa cozinha abafada, me dando bronca, independentemente de eu merecer e de ser o que ela queria dizer de verdade.

— Não precisa se preocupar comigo. A senhora sabe que sempre volto pra casa.

Ela amoleceu por um momento, colocou a mão no meu rosto e balançou a cabeça.

— O pêssego que você está vendendo tem cheiro doce, mas ainda não caí nessa.

— Volto às 23h. — Peguei a chave do carro na bancada e beijei sua bochecha.

— Nem um segundo depois das 22h ou você vai ter de dar banho em Harlon James amanhã. E estou falando de todos eles!

Saí da cozinha antes que ela pudesse me impedir. E antes que reparasse que levei a Ameaça de Um Olho comigo.

— Olha só. — Link estava pendurado na janela do Volvo, e o carro começou a se inclinar na direção dele. — Uau.

— Senta aí.

Ele voltou para o banco.

— Está vendo aquelas valas negras? Parece que alguém jogou napalm ou usou um lança-chamas pela estrada toda, indo direto pra Ravenwood. E, então, parou.

Link estava certo. Mesmo à luz da lua, eu conseguia ver os entalhes profundos, com, pelo menos, 1,20 metro de largura, dos dois lados da estrada de terra. A alguns metros do portão de Ravenwood, eles desapareciam.

Ravenwood estava intocada, mas a escala total do ataque à casa de Lena na noite em que Abraham libertou os Tormentos deve ter sido enorme. Ela nunca disse que tinha sido ruim assim, e não perguntei. Estava preocupado demais com minha própria família, minha própria casa e minha biblioteca. Minha cidade.

Agora, estava olhando para os estragos e torcia para que tivesse parado por aí. Encostei na lateral da estrada, e nós dois saímos. Era óbvio que pirotecnia nessa escala merecia ser observada de perto.

Link se agachou ao lado da trilha negra em frente ao portão.

— Fica mais grossa quando se chega mais perto da casa. Na hora em que chega nela desaparece.

Peguei um galho negro, e ele se desfez na minha mão.

— Não era assim que estava a casa de tia Prue. Aquilo parecia mais um furacão. Isso foi uma espécie de fogo, como na biblioteca.

— Não sei, cara. Talvez os Tormentos façam coisas diferentes com pessoas diferentes ou sei lá.

— Conjuradores são pessoas.

Link pegou outro galho e o examinou.

— Tá, tá. Somos todos pessoas, certo? Só sei que esta coisa está frita.

— Você acha que foi Sarafine? O fogo é meio que o forte dela.

Eu odiava considerar isso, mas era possível. Sarafine não estava morta. Estava em algum lugar por aí.

— É, ela é quente, verdade. — Ele reparou que fiquei olhando para ele como se fosse louco. — O quê? Não posso falar o que vejo?

— Sarafine é a Rainha das Trevas, idiota.

— Viu algum filme ultimamente? A Rainha das Trevas é sempre quente. Queimadura de terceiro grau. — Ele limpou as cinzas do galho esfarelado das mãos. — Vamos sair daqui. Tem alguma coisa aqui me dando dor de cabeça. Está ouvindo esse zumbido como um bando de serras elétricas, sei lá? Os Feitiços de Proteção. Ele agora conseguia senti-los.

Eu assenti, e ligamos o carro. Os portões enferrujados e tortos se abriram na escuridão, como se estivessem nos esperando.

Está aqui, L?

Enfiei as mãos nos bolsos e olhei para a grande casa. Podia ver as janelas, com as venezianas de madeira velha cobertas de hera, como se o quarto de Lena não tivesse mudado. Sabia que era ilusão, e de onde Lena estava, no quarto, ela conseguia me ver pelas paredes de vidro.

Estou tentando convencer Reece a ficar no andar de cima com Ryan, mas ela está sendo tão cooperativa quanto costuma ser.

Link estava olhando para a janela do lado oposto da de Lena.

O que aconteceu com Ridley?

Perguntei se ela queria vir. Achei que ia reparar em todo mundo chegando. Disse que iria, mas quem sabe? Ela anda tão estranha ultimamente.

Se Ravenwood tivesse rosto, o quarto de Lena seria um olho piscando e a janela de Ridley, o outro. As venezianas caindo aos pedaços estavam abertas e penduradas, e a janela por trás estava imunda. Antes de me virar, uma sombra passou por trás da janela de Ridley. Pelo menos, achei que fosse uma sombra; à luz da lua, era difícil dizer.

Eu não conseguia ver quem era. Estava longe demais. Mas a janela começou a tremer, cada vez com mais força, até que a veneziana de madeira se soltou da dobradiça e deslizou completamente para baixo da janela. Como se alguém estivesse querendo muito abri-la, mesmo se isso significasse botar a casa abaixo. Por um segundo, pensei que fosse um terremoto, mas o chão não estava se movendo. Só a casa.

Estranho.

Ethan?

— Você viu isso? — Olhei para Link, mas ele estava observando a chaminé agora.

— Olhe. Os tijolos estão caindo — disse.

O tremor ficou mais forte, e uma espécie de energia percorreu a casa toda. A porta da frente balançou.

Lena!

Saí correndo até a porta. Podia ouvir coisas batendo e quebrando lá dentro. Estiquei a mão e empurrei o entalhe Conjurador escondido acima da porta. Nada aconteceu.

Espere, Ethan. Tem alguma coisa errada.

Você está bem?

Estamos ótimos. Tio Macon acha que tem alguma coisa tentando entrar.

Daqui de fora parecia mais que alguém estava tentando sair.

A porta se abriu, e Lena me puxou para dentro. Senti a grossa cortina de poder quando passei pelo umbral. Link entrou depois de mim, e a porta se fechou em seguida. Depois do que vivenciei do lado de fora fiquei aliviado por estar lá dentro. Até olhar ao redor.

Àquela altura, eu estava acostumado ao interior de mudanças constantes de Ravenwood. Eu tinha visto de tudo, de antiguidades de fazendas históricas ao estilo gótico de filmes clássicos de terror nesta sala, mas estava completamente despreparado para isto.

Era uma espécie de bunker sobrenatural, o equivalente Conjurador do porão da Sra. Lincoln, onde ela armazenava suprimentos para tudo, desde furacões até o apocalipse. As paredes estavam cobertas do que parecia uma espécie de armadura, chapas de metal escovado do chão ao teto, e a mobília tinha sumido. Pilhas de livros e poltronas de veludo tinham sido substituídas por enormes barris de plástico e caixas de velas e uísque. Havia um saco de ração de cachorro que era obviamente para Boo, embora eu jamais o tivesse visto comer qualquer outra coisa além de bifes.

Uma fileira de jarros brancos parecia estranhamente com o suprimento de água sanitária que a mãe de Link tinha para "impedir que infecções se espalhem". Andei até lá e peguei um dos jarros.

— O que é isso? Alguma espécie de desinfetante Conjurador?

Lena pegou o jarro da minha mão e o colocou ao lado dos outros.

— É, se chama água sanitária.

Link batucou em um dos barris de plástico.

— Minha mãe iria amar este lugar. Seu tio marcaria alguns pontos com ela. Esqueça os kits para 36 horas e os para 72 horas. São para amadores. Isto aqui é preparação séria pra catástrofes. Eu diria que você tem o bastante pra umas três semanas. Só que vocês não têm um pé de cabra.

Olhei para ele sem entender.

— Pé de cabra?

— Para procurar corpos nos entulhos.

— Corpos? — A Sra. Lincoln era mais maluca do que eu pensava.

Link olhou para Lena.

— E vocês não têm comida nenhuma.

— É aí que os Conjuradores são diferentes, Sr. Lincoln. — Macon estava na porta da sala de jantar, parecendo perfeitamente relaxado. — A Cozinha é capaz de fornecer o que precisarmos. Mas é importante estar preparado. Esta tarde é prova disso.

Fez um gesto em direção à sala de jantar, e fomos atrás dele. A mesa preta com pés em forma de garra tinha sido substituída por uma reluzente, de alumínio, que parecia coisa de laboratório de pesquisas médicas. Link e eu devíamos ter sido os últimos a chegar, porque só havia dois assentos vazios à mesa.

Se eu ignorasse a mesa de laboratório e as chapas de metal nas paredes, a situação me lembraria da Reunião quando conheci a família de Lena. Ridley ainda era das Trevas e tinha me enganado para trazê-la para dentro de Ravenwood. Quase parecia engraçado agora. Um mundo onde Ridley era a maior ameaça.

— Por favor, sentem-se, Sr. Wate e Sr. Lincoln. Vamos tentar determinar a origem dos tremores.

Eu me sentei em uma das duas cadeiras vazias ao lado de Lena, e Link se sentou na outra. A julgar pelo número de pessoas ao redor da mesa, eu não era o único com alguma coisa em mente, mas não falei nada. Não para Macon.

Eu sei. É como se ele estivesse nos esperando. Quando falei que você estava vindo, ele não pareceu surpreso. E todo mundo começou a chegar.

Marian se inclinou para a frente, no círculo de luz que banhava a mesa, vindo da vela mais próxima.

— O que aconteceu lá fora? Deu pra sentir aqui dentro.

Ouvi uma voz atrás de mim.

— Não sei, mas deu pra sentir lá fora também.

Nas sombras, pude ver Macon apontar para a mesa.

— Leah, por que você não se senta à esquerda de Ethan?

Quando me virei, uma cadeira vazia tinha aparecido entre mim e Link, e Leah Ravenwood estava nela.

— Oi, Leah — cumprimentou Link. Os olhos dela se arregalaram quando reparou nas mudanças nele. Eu me perguntei se ela conseguia identificar a própria espécie.

— Bem-vindo, irmão. — O cabelo preto caía do rabo de cavalo sobre o pescoço, e, por um segundo, eu me lembrei da enfermeira no County Care.

— Leah. Era você com tia Prue.

— Shh. Temos coisas mais importantes para discutir. — Ela apertou minha mão e piscou, que foi sua maneira de responder à pergunta. Fora Leah que tomara conta da minha tia por mim.

— Obrigado.

— Não é nada. Só faço o que me mandam. — Era mentira. Leah era tão independente quanto Lena.

— Você nunca faz o que mandam.

Ela riu.

— Tudo bem, eu faço o que quero. E gosto de ficar de olho na minha família. Minha família, sua família, dá tudo no mesmo.

Antes que pudesse dizer qualquer outra coisa, Ridley entrou na sala, usando uma coisa que parecia mais lingerie do que roupa. As chamas das velas aumentaram por um segundo; Ridley ainda conseguia causar impacto neste aposento.

— Não vejo meu nome em lugar algum. Mas sei que fui convidada pra festa. Certo, tio M?

— Você é mais do que bem-vinda a se juntar a nós. — Macon parecia calmo. Já devia estar acostumado com as explosões de Ridley.

— O que exatamente você está vestindo, querida? — Tia Del levou uma das mãos aos olhos, como se estivesse tendo dificuldades em enxergar qualquer peça de roupa no corpo de Ridley.

Ridley abriu um chiclete e jogou a embalagem sobre a mesa.

— O que sou então? Bem-vinda ou convidada? Gosto de saber o tamanho do desprezo. Faço cara feia melhor quando sei.

— Ravenwood é seu lar agora, Ridley. — Macon batucou impaciente com os dedos, mas sorriu como se tivesse todo o tempo do mundo.

— Na verdade, Ravenwood pertence à minha *prima*, tio M. Pois você a deu pra ela e deixou o resto de nós de lado. — Ela estava tendo um ataque sério esta noite. — O quê, nada de boia? Ah, é verdade. A Cozinha não anda a mesma. Nenhum de vocês sobrenaturais é o mesmo. Irônico, não é? Estou em uma sala cheia de todas essas pessoas superpoderosas, e vocês não conseguem colocar o jantar na mesa.

— A boca dessa garota... — Tia Del balançou a cabeça.

Macon fez sinal para Ridley se sentar.

— Eu apreciaria que você tivesse respeito pelos pequenos... problemas que todos parecemos ter.

— Não tô nem aí. — Ridley descartou Macon com um gesto das unhas rosa-shocking. — Vamos começar a festa.

Puxou a alça da roupa que estava vestindo. Mesmo pelos padrões de Ridley, ela não estava usando muita coisa.

— Você não está com frio? — sussurrou tia Del.

— É *vintage* — respondeu Ridley.

— De quê? Do Moulin Rouge? — Liv estava na porta com os braços cheios de livros.

Ridley puxou trança de Liv ao passar por ela em direção à cadeira vazia mais próxima.

— Na verdade, Pippi...

— Por favor. — Macon silenciou as duas com um olhar. — Estou impressionado com a atuação, Ridley. Um pouco menos com a fantasia. Agora, pode ir se sentar. — Macon suspirou. — Olivia, obrigado por se juntar a nós.

Ridley se espremeu na cadeira que apareceu ao lado de Link, ignorando-o com o máximo de atenção que conseguiu. Ele piscou.

— Não sei que tipo de loja Moo Landrews é, mas se tiver uma no shopping de Summerville vou comprar seu presente de aniversário lá. — Ridley manteve o olhar fixo à frente, fingindo não reparar nele reparando nela.

Macon começou.

— Olivia, você sentiu os tremores?

Mantive os olhos no rosto de Macon. Mas ouvi Liv se sentar, jogar o que imaginei ser o caderno vermelho dela sobre a mesa e começar a mexer nas engrenagens do selenômetro. Eu conhecia todos os sons dela, assim como conhecia os de Link, de Amma e de Lena.

— Se não se importar, Sr. Macon. — Liv empurrou uma pilha de livros e papéis por cima da mesa na direção dele. — Com aquele último, queria ter certeza de que tirei as medidas certas.

— Vá em frente, Olivia. — Lena ficou tensa quando Macon falou o nome de Liv. Consegui sentir, vindo em ondas na minha direção.

Liv continuou a falar, sem perceber.

— Basicamente, está piorando. Se os números forem precisos, há uma energia singular sendo atraída para esta casa. — Que ótimo. Tudo que eu precisava era que Liv começasse a falar sobre atração.

— Interessante. — Macon assentiu. — Então está ficando mais forte, como nós suspeitamos?

O "nós" deve ter afetado Lena.

Estou tão cansada dela.

— Liv? — Droga. Eu disse o nome em voz alta sem querer. Qual era meu problema? Não conseguia nem continuar a me comunicar por Kelt, nem conversar direito. Lena olhou para mim, estupefata.

— Sim, Ethan? — Liv estava esperando que eu lhe fizesse uma pergunta.

A mesa toda se virou em minha direção. Eu tinha de pensar em alguma coisa. Do que estávamos falando?

De atração.

— Eu queria saber...

— Sim? — Liv olhou para mim com expectativa. Estava feliz por Reece não estar na sala, mesmo com os poderes estando meio fora de controle. Uma Sibila veria o que eu estava sentindo.

E não precisava de um selenômetro para provar ou medir para mim. Embora jamais fôssemos nos tornar nada além de amigos, Liv e eu sempre representaríamos alguma coisa um para o outro.

Meu estômago se contraiu. Dessa vez, não eram abelhas assassinas. Pareciam Tormentos mastigando meus órgãos internos.

— Tormentos — falei, do nada. Todo mundo ainda estava olhando para mim.

Liv assentiu com paciência, esperando que eu dissesse alguma coisa que fizesse sentido.

— Sim. Tem havido bem mais do que a quantidade habitual de atividade ultimamente.

— Não. Quero dizer, e se estivermos supondo que alguma coisa esteja tentando entrar em Ravenwood por causa de tudo que Abraham tem lançado contra nós?

Marian olhou para mim sem entender.

— Minha biblioteca quase se incendiou por completo. A casa das suas tias foi destruída. É uma suposição bem segura, você não acha?

Todas as pessoas na sala olharam para mim como se eu fosse um idiota, mas fui em frente.

— E se estivermos errados? E se alguém estiver fazendo isso daqui de dentro?

Liv ergueu uma sobrancelha.

Ridley lançou as mãos para o alto.

— É a coisa mais burra...

— É brilhante, na verdade — disse Liv.

— É claro que *você* acha isso, Mary Poppins. — Ridley revirou os olhos.

— Acho. E, a não ser que você tenha uma ideia mais convincente, vai ter de calar a boca e me ouvir, pra variar. — Liv se virou para Macon. — Ethan pode estar certo. Tem uma anomalia nos números que não consigo explicar. Mas, se eu invertesse tudo, faria sentido.

— Por que alguém estaria fazendo isso daqui de dentro? — perguntou Lena.

Mantive os olhos no caderno vermelho sobre a mesa, nas fileiras de números, nas coisas que eram seguras e conhecidas.

— A pergunta não é por quê. — A voz de Macon soou estranha. — É quem.

Lena olhou para Ridley. Estávamos pensando a mesma coisa.

Ridley deu um pulo da cadeira.

— Vocês acham que sou eu? Sou sempre quem leva a culpa por tudo que dá errado por aqui!

— Ridley, se acalme — disse Macon. — Ninguém...

Mas ela o interrompeu.

— Vocês já consideraram que os números na porcaria de relógio da Srta. Perfeita podem estar errados? Não, isso seria impossível, porque ela tem todos comendo na mão dela!

Lena sorriu.

Não é engraçado, L.

Não estou rindo.

Macon levantou o braço.

— Chega. É bem possível que alguma coisa não esteja mesmo tentando entrar em Ravenwood. Essa coisa já pode estar aqui.

— Você não acha que repararíamos se uma das criaturas das Trevas de Abraham tivesse penetrado pelos Feitiços? — Lena não parecia convencida.

Macon se levantou da cadeira com os olhos fixos em mim. Estava olhando para mim do mesmo jeito que na noite em que nos conhecemos, quando mostrei a ele o medalhão de Genevieve sobre a mesa.

— Um ponto válido, Lena. Supondo que estamos lidando com uma falha.

Leah Ravenwood observou o irmão.

— Macon, no que está pensando?

Macon andou ao redor da mesa até parar do outro lado, bem à minha frente.

— Estou mais interessado no que Ethan está pensando. — Os olhos verdes de Macon começaram a brilhar. Eles me lembravam da cor luminescente do Arco Voltaico.

— O que está acontecendo? — sussurrei para Leah, que parecia chocada.

— Eu sabia que os poderes de Macon tinham mudado quando ele virou Conjurador. Mas não tinha ideia de que ele podia Caçar na Mente.

— O que isso significa exatamente? — Não parecia bom, considerando que Macon estava completamente concentrado em mim.

— A mente é um labirinto, e Macon consegue encontrar um caminho através dela.

Parecia uma das respostas de Amma, do tipo que não diz realmente nada.

— Você quer dizer que ele consegue ler mentes?

— Não do jeito que você está pensando. Ele consegue sentir perturbações e anomalias, coisas que não estão no lugar certo. — Leah estava olhando para Macon.

As pupilas verdes estavam brilhando e era impossível vê-las agora, mas sabia que ele estava me observando. Era perturbador ser visto sem ser visto. Macon olhou para mim por um longo minuto.

— Você, dentre todas as pessoas.

— Eu o quê?

— Parece que você trouxe alguma coisa... não, *alguém*, aqui pra dentro esta noite. Um hóspede que não foi convidado.

— Ethan jamais faria isso! — Lena parecia tão surpresa quanto eu.

Macon a ignorou, ainda me observando.

— Não consigo identificar exatamente, mas alguma coisa mudou.

— Do que você está falando? — Uma sensação nauseante crescia dentro de mim.

Marian ficou de pé lentamente, como se não quisesse assustá-lo.

— Macon, você sabe que a Ordem está afetando os poderes de todo mundo. Você não é imune. É possível que esteja detectando uma coisa que não está aí?

A luz verde se apagou nos olhos de Macon.

— Tudo é possível, Marian.

Meu coração estava disparado no peito. Um segundo atrás, ele estava me acusando de levar alguém para dentro de Ravenwood e agora ele tinha o quê? Mudado de ideia?

— Sr. Wate, parece que você não é você mesmo. Alguma coisa significativa está faltando. E isso explica por que senti a presença de um estranho na minha casa, mesmo esse estranho sendo você.

Todo mundo estava olhando para mim. Senti meu estômago revirar, como se o chão ainda estivesse se mexendo sob meus pés.

— Faltando? O que o senhor quer dizer?

— Eu diria, se soubesse. — Macon começou a relaxar. — Infelizmente, não estou totalmente certo.

Não sabia do que Macon estava falando, e não ligava mais. Não ia ficar sentado ali sendo acusado de coisas que não fiz, porque os poderes dele estavam falhando, e ele era arrogante demais para aceitar. Meu mundo estava desmoronando ao meu redor, e eu precisava de respostas.

— Espero que tenha se divertido caçando ou seja lá como o senhor chama. Mas não foi disso que vim falar.

— Você veio falar de quê? — Macon se sentou à cabeceira da mesa. Falou como se eu estivesse fazendo todo mundo perder tempo, o que só me deixou com mais raiva.

— A Décima Oitava Lua não tem relação com Ravenwood e nem com Lena. Tem relação com John Breed. Mas não sabemos onde ele está, nem o que vai acontecer.

— Acho que ele está certo. — Liv mordeu a ponta da caneta.

— Achei que vocês poderiam querer saber para podermos encontrá-lo. — Fiquei de pé. — E lamento se não pareço mais ser eu mesmo. Talvez tenha alguma coisa a ver com o fato de que o mundo está desabando.

Ethan, pra onde você vai?

Isso é bobagem.

— Ethan, se acalme. Por favor. — Marian começou a se levantar.

— Diga isso para os Tormentos que destruíram a cidade toda. Ou para Abraham e Sarafine, e Hunting. — Olhei diretamente para Macon. — Por que não vira sua visão de raios X para eles?

Ethan!

Pra mim, já chega.

Ele não quer dizer...

Não quero saber o que ele quer dizer, L.

Macon estava me observando.

— Não existem coincidências, certo? Quando o universo me avisa sobre alguma coisa, costuma ser minha mãe falando. Então, vou escutar.

Saí andando, antes que alguém pudesse dizer alguma coisa. Não precisava ser um Obstinado para ver quem estava perdido.

⚔ 4 DE OUTUBRO ⚔

Frango borrachudo

Tudo que eu conseguia ver era fogo. Senti o calor e vi a cor das chamas. Laranja, vermelho, azul. O fogo tinha muito mais cores do que as pessoas pensavam.

Estava preso na casa das Irmãs.

Onde você está?

Olhei para meus pés. Sabia que ele estaria ali a qualquer minuto. Em seguida, ouvi a voz, em meio às chamas abaixo de mim.

ESTOU ESPERANDO.

Corri escada abaixo, em direção à voz, mas ela se desfez sob meus pés, e de repente eu estava caindo. Quando o chão cedeu, bati no porão embaixo, e meu ombro acertou na madeira em chamas.

Vi laranja, vermelho, azul.

Percebi que estava na biblioteca, quando deveria estar no porão de tia Prue. Os livros pegavam fogo ao meu redor.

Da Vinci. Dickinson. Poe. E um outro.

O Livro das Luas.

Tive um vislumbre cinzento que não era parte do fogo.

Era ele.

A fumaça me engoliu, e eu desmaiei.

———ᘓ

Acordei no chão. Quando olhei no espelho do banheiro, meu rosto estava preto de fuligem. Passei o resto do dia tentando não cuspir cinzas.

Eu vinha dormindo pior do que o habitual desde minha discussão com Macon, ou seja lá o que tivesse sido aquilo. Brigar com Macon costumava levar a uma briga com Lena, que era mais doloroso do que brigar com todo mundo que eu conhecia ao mesmo tempo. Mas agora tudo estava diferente, e Lena não sabia o que dizer tanto quanto eu.

Tentamos não pensar no que estava acontecendo ao nosso redor, nas coisas que não conseguíamos impedir e nas respostas que não conseguíamos encontrar. Mas tudo estava sempre à espreita, no fundo dos nossos pensamentos, mesmo que não quiséssemos admitir. Tentamos nos concentrar nas coisas que podíamos controlar, como manter Ridley longe de confusão e os gafanhotos fora de casa. Porque, quando todos os dias são o Fim dos Dias, depois de um tempo isso passa a dar a sensação de um dia comum, apesar de você saber que é loucura. E nada é o mesmo.

Os insetos ficaram mais furiosos, o calor ficou mais quente e a cidade toda ficou mais louca. Mas, mais do que tudo, ainda era no calor que todos reparávamos. Era prova de que, independentemente de quem estava marcando pontos, namorando ou deitando em uma cama no County Care, por baixo de tudo, do minuto em que você acordava de manhã até o minuto em que ia dormir, e em todos os minutos entre eles, alguma coisa estava errada e não estava melhorando. Estava piorando.

Mas eu não precisava sentir o calor do lado de fora para saber. Tinha a prova de que precisava dentro de casa, em nossa cozinha. Amma estava praticamente ligada a nosso velho fogão em um nível celular, e quando alguma coisa estava martelando na cabeça dela acabava indo parar na cozinha. Eu não conseguia descobrir o que estava acontecendo, e ela não ia me contar. Só podia formar ideias a partir das poucas pistas que ela deixava, na língua que ela mais usava: cozinhar.

Pista número um: frango borrachudo. Frango borrachudo era útil, principalmente para determinar um estado mental e um momento no tempo, como rigor mortis em um programa policial. Para Amma, que era famosa em três condados pelos bolinhos com frango, um frango borrachudo significava duas coisas: a) ela estava distraída e b) ela estava ocupada. Ela não se esquecia simplesmente de tirar o frango do forno. Não tinha tempo de cuidar dele quando saía de lá. Então, o frango ficava tempo demais no calor, e mais tempo ainda esfriando. Esperando que Amma voltasse, como o restante de nós. Queria saber onde ela estava e o que estava fazendo aquele tempo todo.

Pista número dois: uma falta generalizada de torta. Não havia tortas e, quando havia, nem sinal do famoso merengue de limão de Amma. O que significava que: a) ela não estava falando com os Grandes, e b) ela certamente não estava falando com tio Abner. Eu não tinha verificado o armário de bebidas, mas a ausência de Jack Daniels confirmaria a questão de tio Abner.

Eu me perguntei se a pequena viagem dela ao *bokor* tinha alguma coisa a ver com isso.

Pista número três: o chá gelado estava absurdamente doce, o que significava que: a) as Irmãs estavam entrando na cozinha e enchendo a jarra de açúcar, como faziam com o sal no molho, b) Amma estava tão desligada que não conseguia perceber quantas xícaras de açúcar tinha colocado nele ou c) havia alguma coisa errada comigo.

Talvez as três coisas, mas Amma estava tramando alguma coisa, e eu estava determinado a descobrir. Mesmo se precisasse perguntar para aquele *bokor* pessoalmente.

E havia a música. A cada dia que passava, eu a ouvia com mais frequência, como uma daquelas canções mais pedidas que tocam tanto no rádio, que acabam ficando na cabeça.

> *Dezoito Luas, dezoito medos,*
> *Os gritos de Mortais desaparecem, aparecem,*
> *Os desconhecidos e os que não são vistos,*
> *Esmagados nas mãos da Rainha Demônio...*

Rainha Demônio? Sério? Depois da tradução literal do verso do Tormento, não queria imaginar como seria um embate com uma Rainha Demônio. Torcia para minha mãe ter confundido com rainha do baile.

Mas as músicas nunca erravam.

Tentei não pensar nos gritos de Mortais nas mãos da Rainha Demônio. Mas os pensamentos que eu me recusava a ter, as conversas que permaneciam não ditas, os medos que eu nunca confessava, o pavor crescendo dentro de mim; não podia escapar de nada daquilo. Principalmente, não à noite, quando estava em segurança no meu quarto.

Em segurança e muito vulnerável.

Não era o único.

Mesmo dentro das paredes Enfeitiçadas de Ravenwood, Lena estava tão vulnerável quanto eu. Porque ela tinha uma coisa da mãe também. E soube que estava tocando em uma das coisas dessa caixa amassada de metal quando vi o brilho laranja das chamas...

O fogo se inflamou, e as chamas circularam os queimadores um a um, até criarem um único e belo círculo ardente sobre o fogão. Sarafine observou, fascinada. Ela esqueceu a panela de água na bancada. Esquecia o jantar quase todas as noites agora. Não conseguia pensar em outra coisa além das chamas. O fogo tinha energia, poder que desafiava até mesmo as leis da ciência. Era impossível de controlar e destruía quilômetros de floresta em minutos.

Sarafine vinha estudando o fogo havia meses. Observando incêndios teóricos no canal de programas científicos e os de verdade, no noticiário. A televisão ficava ligada o tempo todo. Assim que mencionavam um incêndio, ela parava o que estava fazendo e corria para assistir. Mas essa não era a pior parte. Ela tinha começado a usar seus poderes para iniciar pequenos incêndios. Nada perigoso, só pequenos incêndios na floresta. Eram como fogueiras de acampamentos. Inofensivos.

A fascinação dela pelo fogo começou por volta da mesma época das vozes. Talvez as vozes a levassem a ver coisas queimando; era impossível saber. A primeira vez que Sarafine ouviu a voz baixa na cabeça estava lavando roupa.

É uma vida desprezível, inútil, essa. Uma vida que parece morte. Um desperdício do maior dom que o mundo Conjurador tem a oferecer. O poder de matar e destruir, de usar o próprio ar que respiramos para alimentar uma arma. O Fogo Negro oferece a si mesmo. Oferece liberdade.

O cesto de roupas caiu, e as roupas se espalharam no chão. Sarafine sabia que não era a voz dela. Não parecia coisa dela, e os pensamentos não eram dela. Mas estavam na cabeça dela.

O maior dom que o mundo Conjurador tem a oferecer. *Os dons de uma Cataclista, era isso que a voz queria dizer. É o que acontecia quando uma Natural ia para as Trevas. E, por mais que Sarafine quisesse fingir que não era verdade, ela era das Trevas. Seus olhos amarelos a lembravam todas as vezes que se olhava no espelho. E não era com frequência.* Não conseguia suportar a visão de si mesma, nem a possibilidade de que John pudesse ver aqueles olhos de novo.

Sarafine usava óculos escuros o tempo todo, embora John não se importasse com a cor dos seus olhos. "Talvez iluminem essa pocilga", disse ele um dia, olhando o pequeno apartamento deles. Era uma pocilga, com tinta descascando e azulejos quebrados, um aquecedor que nunca funcionava e eletricidade que falhava o tempo todo. Mas Sarafine jamais admitiria, porque era culpa dela estarem morando ali. Lugares legais não eram alugados para adolescentes que eram claramente fugitivos.

Podiam pagar por um lugar melhor. John sempre chegava com muito dinheiro. Não era difícil encontrar coisas para penhorar quando se podia fazer objetos desaparecerem dos bolsos das pessoas ou de vitrines de lojas. Ele era um Evanescente, como a maior parte dos grandes mágicos da história, e dos ladrões também. Mas ele era da Luz, e usava o dom dessa maneira desprezível para mantê-los vivos.

Para mantê-la viva.

As vozes a lembravam disso todos os dias.

Se você for embora, ele pode usar os truques de salão para impressionar garotas Mortais, e você pode fazer aquilo para que nasceu.

Ela afastou as vozes da cabeça, mas as palavras deixavam uma sombra, uma imagem fantasma que nunca desaparecia completamente. As vozes ficavam mais fortes quando ela estava vendo coisas queimando, como agora.

Antes que percebesse, a toalha da cozinha estava soltando fumaça, e as beiradas enegrecidas se encolhiam como um animal com medo. O alarme de incêndio soou.

Sarafine bateu a toalha no chão até as chamas virarem uma trilha triste de fumaça. Olhou para a toalha chamuscada, chorando. Tinha de jogá-la fora antes que John a visse. Jamais contaria a ele sobre isso. Nem sobre as vozes.

Era o segredo dela.

Todo mundo tinha segredos, certo?

Um segredo não faria mal a ninguém.

Eu me sentei de repente, mas meu quarto estava quieto. A janela estava fechada, embora o calor fosse tão insuportável que o suor que escorria pelo meu pescoço parecia aranhas descendo lentamente. Sabia que uma janela fechada não poderia manter Abraham fora do meu quarto, mas me fazia sentir melhor.

Fora dominado por um pânico irracional. A cada estalo na casa, a cada rangido na escada, esperava ver o rosto de Abraham surgir da escuridão. Olhei ao redor, mas a escuridão no meu quarto era apenas escuridão.

Chutei o lençol de cima de mim. Estava com tanto calor que jamais conseguiria adormecer de novo. Peguei o copo na mesa de cabeceira e joguei um pouco de água no pescoço. Por um segundo, o ar frio tocou meu corpo, antes de o calor me engolir de novo.

— Sabe, vai ficar pior antes de melhorar.

Quando ouvi a voz, quase tive um ataque do coração.

Olhei para o lado, e minha mãe estava sentada na cadeira no canto do meu quarto. Na cadeira em que eu tinha colocado minhas roupas no dia do seu enterro e onde nunca mais tinha me sentado. Ela estava do mesmo jeito que no cemitério, na última vez em que a vi, com um contorno meio embaçado, mas ainda era minha mãe até onde eu percebia.

— Mãe?

— Querido.

Saí da cama e me sentei no chão ao lado dela, com as costas contra a parede. Estava com medo de chegar perto demais, com medo de estar sonhando, e de ela desaparecer. Só queria ficar sentado ali por um minuto, como se estivéssemos na cozinha, conversando sobre meu dia na escola ou alguma outra coisa trivial. Fosse ou não real.

— O que está acontecendo, mãe? Jamais consegui ver você assim antes...

— Há... — Ela hesitou. — Certas circunstâncias que permitem que você me veja. Não tenho tempo pra explicar. Mas agora não é como antes, Ethan.

— Eu sei. Tudo está pior.

Ela assentiu.

— Queria que as coisas fossem diferentes. Não sei se vai haver final feliz desta vez. Precisa entender isso. — Senti um bolo na garganta e tentei engoli-lo.

— Não consigo entender. Sei que tem alguma coisa a ver com a Décima Oitava Lua de John Breed, mas não conseguimos encontrá-lo. Não sei contra o que devemos lutar. A Décima Oitava Lua? Abraham? Sarafine e Hunting?

Ela balançou a cabeça.

— Não é tão simples e nem tão fácil. O mal nem sempre tem apenas uma cara, Ethan.

— Tem, sim. Estamos falando sobre Luz e Trevas. As coisas não ficam mais brancas e pretas do que isso.

— Acho que nós dois sabemos que não é verdade. — Ela estava falando sobre Lena. — Você não é responsável pelo mundo todo, Ethan. Não é o juiz de tudo. É apenas um garoto.

Eu me estiquei e me joguei na direção de minha mãe, no colo dela. Esperava que minhas mãos passassem diretamente por dentro dela. Mas podia senti-la, como se ela estivesse realmente ali, como se ainda estivesse viva, apesar de estar enevoada quando eu olhava para ela. Eu me agarrei a ela até meus dedos se afundarem nos ombros macios e quentes.

Parecia um milagre conseguir tocá-la de novo. Talvez fosse.

— Meu garotinho — sussurrou ela.

E senti o cheiro dela. Senti o cheiro de tudo: dos tomates fritando, do creosoto que ela usava para cobrir os livros do arquivo. O cheiro de grama de cemitério recém-cortada, das noites que passamos lá, observando as cruzes iluminadas.

Durante alguns minutos, ela me abraçou e pareceu que nunca tinha morrido. Em seguida me soltou, mas eu ainda estava agarrado a ela.

Por alguns minutos sabíamos o que tínhamos.

Mas então comecei a soluçar. Chorei de uma maneira que não chorava desde criança. Desde que caí pela escada, fazendo corrida de carrinhos Matchbox no corrimão, e de cima do trepa-trepa no parquinho da escola. Essa queda doeu mais do que qualquer outra queda física.

Ela me circundou com os braços, como fazia quando eu era criança.

— Sei que você está zangado comigo. Demora um tempo pra sentir a verdade.

— Não quero sentir a verdade. Dói muito.

Ela me abraçou com mais força.

— Se você não sentir, não vai conseguir superar.

— Não quero superar.

— Você não pode lutar contra o destino. Era minha hora de ir. — Ela parecia tão segura, tão em paz. Como tia Prue quando eu estava segurando a mão dela no County Care. Ou Twyla quando a vi desaparecendo para o Outro Mundo na noite da Décima Sétima Lua.

Não era justo. As pessoas que ficavam para trás nunca ficavam seguras de nada.

— Eu queria que não fosse.

— Eu também, Ethan.

— Sua hora de ir. O que isso significa, exatamente?

Ela sorriu para mim enquanto acariciava minhas costas.

— Quando a hora chegar, você vai saber.

— Não sei mais o que fazer. Tenho medo de estragar tudo.

— Você vai fazer a coisa certa, Ethan. E, se não fizer, a coisa certa vai encontrar você. A Roda do Destino é assim.

Pensei no que tia Prue disse para mim. *A Roda do Destino... Ela esmaga a todos.*
Olhei nos olhos da minha mãe e reparei que o rosto dela estava manchado de lágrimas, assim como o meu.

— O quê, mãe?

— Não o quê, meu doce garoto. — Ela tocou na minha bochecha e começou a sumir na escuridão quente. — Quem.

❄ 9 DE OUTUBRO ❄
Briga de gatos

Alguns dias depois, eu estava sentado na mesa boa no Dar-ee Keen, que pertencia a Link extraoficialmente agora. Um calouro nervoso desocupou a mesa quando chegamos lá. Eu me lembrei do meu primeiro ano, quando aquele teria sido Link e eu. Link assentia para garotas quando elas passavam por nossa mesa, e eu comia o equivalente ao meu peso em salgadinhos de batata.

— Devem estar comprando alguma coisa de marca diferente. Estão realmente gostosas. — Coloquei outra batata na boca. Eu não tocava em uma havia anos. Mas hoje elas pareceram boas no menu oleoso.

— Cara, acho que você está ficando louco. Nem eu como essa coisa.

Dei de ombros quando Lena e Ridley sentaram à mesa com dois milk-shakes maltados. Ridley começou a tomar os dois.

— Humm. Framboesa.

— É sua primeira vez, Rid? — Link parecia feliz em vê-la. Eles estavam se falando de novo. Eu tinha certeza de que em cinco minutos a implicância iria recomeçar.

— Humm. Biscoito Oreo. Ah, meu Deus. — Ela enfiou os dois canudos na boca e começou a tomar os dois milk-shakes ao mesmo tempo.

Lena fez cara de nojo e pegou um saco de batata frita.

— O que você está fazendo?

— Eu queria de framboesa com Oreo — murmurou Ridley, com os canudos escapando da boca.

Apontei para a placa acima da caixa registradora, que dizia: O QUE VOCÊ QUISER, NÓS TEMOS.

— Você sabe que pode pedir misturado.

— Prefiro fazer do meu jeito. É mais divertido. Do que estamos falando?

Link jogou uma pilha de folhetos dobrados na mesa.

— A grande questão é a festa da Savannah Snow depois do jogo contra Summerville.

— Bem, divirta-se. — Roubei uma das batatas de Lena.

Link fez uma careta.

— Ah, cara, primeiro os salgadinhos de batata e agora isso? Como você consegue comer esse lixo? Tem cheiro de cabelo sujo e óleo velho. — Ele cheirou de novo. — E de um ou dois ratos.

Lena soltou o saco.

Peguei outra batata frita.

— Você comia essas porcarias o tempo todo. E era bem mais divertido.

— Bem, estou prestes a ficar mais divertido, porque arrumei convites pra vocês irem na festa de Savannah. Vamos todos. — Ele desdobrou os folhetos laranja, e ali estavam: quatro convites laranja, cada um cortado feito um círculo e decorado para parecer uma bola de basquete.

Lena pegou um pelo canto como se estivesse coberto de cabelo sujo e óleo velho.

— O bilhete dourado. Acho que isso nos torna o grupo bacana agora.

Link não percebeu o sarcasmo dela.

— É, dei um jeito de todo mundo ir.

Ridley tomou mais milk-shake. Estava acabando com os dois, até a última gota.

— Na verdade, fui eu.

— O quê? — Eu não podia ter ouvido direito.

— Savannah convidou a equipe toda, e falei que precisava levar meu grupo. Você sabe, por questão de segurança, sei lá. — Ela colocou os copos sobre a mesa. — Podem me agradecer depois. Ou agora.

— Como é? — Lena olhou para a prima como se ela fosse louca.

Ridley pareceu confusa.

— Vocês não são meu grupo?

Lena balançou a cabeça.

— A outra parte.

— Segurança?

— Antes disso.

Rid pensou por um segundo.

— Equipe?

— Isso. — Lena falou claramente, pronunciando todas as letras.

Tinha de ser piada. Olhei para Link, que não estava olhando para mim de propósito.

Ridley deu de ombros.

— É, pois é. Coisa de equipe. Esqueço o nome. Gosto das saias. Além do mais, é o mais perto que consigo chegar de ser Sirena enquanto estiver presa neste horrível corpo Mortal. — Ela nos deu seu melhor sorriso falso. — Vamos, Wildcats.

Lena estava sem palavras. Eu conseguia sentir as janelas do Dar-ee Keen começando a tremer, como se a força do vento as estivesse atingindo. E provavelmente estava mesmo.

Amassei meu guardanapo.

— Você está brincando? É uma delas agora?

— O quê?

— Das Savannah Snow e Emily Asher... Do tipo de garota que nos incomodava o tempo todo na escola — respondeu Lena secamente. — As que odiamos.

— Não vejo por que você está tão incomodada.

— Ah, não sei. Talvez seja porque você se juntou à mesma equipe que fundou um clube pra me expulsar da escola ano passado. Você sabe, o esquadrão de líderes de torcida-barra-da morte da Jackson High?

Ridley bocejou.

— Tanto faz. Me diga alguma coisa que tenha a ver comigo.

Olhei para as janelas com o canto do olho. Elas ainda estavam tremendo. Um galho de árvore voou contra uma, como se tivesse sido lançado do chão como um pedaço de grama. Puxei um dos cachos de Lena com os dedos.

Acalme-se, L.

Estou calma.

Ela não quer machucar você.

Não. Porque ela não repara nem liga.

Eu me virei para Link, que estava sentado com os braços por trás da cabeça, apreciando nossas reações.

— Você sabia disso?

Link sorriu.

— Não perdi um treino sequer. — Olhei para ele com severidade. — Ah, para com isso. Ela fica gostosa com aquela sainha curta. Queimadura de terceiro grau, gata.

Ridley sorriu.

Eu tinha certeza de que Link havia ficado louco.

— E você acha que é uma boa ideia?

Ele deu de ombros.

— Não sei. O que for bom pra ela, está bom pra mim. E você sabe o que dizem: mantenha os amigos por perto e as roupas dos inimigos... Espere, como é que dizem mesmo?

Olhei para Lena.

Preciso ver isso.

As janelas tremeram ainda mais.

Na tarde seguinte, fomos checar com nossos próprios olhos. A garota levava jeito. Não dava para negar. Mesmo com Ridley usando a saia de líder de torcida com um top metálico em vez do uniforme padrão dourado e azul não dava para negar.

— Eu me pergunto se ela ficou boa nisso porque era Sirena. — Observei Ridley dando estrelas pelo comprimento da quadra de basquete.

— É. Eu também. — Lena não parecia convencida.

— O quê, você acha que existe alguma espécie de Conjuro de torcida? Existe uma palavra latina para líder de torcida?

Lena observou Ridley fazer outra estrela perfeita.

— Não tenho certeza, mas vou descobrir.

Observávamos da arquibancada mais alta, e, depois dos primeiros dez minutos de treino, ficou óbvio o que realmente estava acontecendo. A verdadeira razão para Ridley ter entrado na equipe. Ela estava substituindo Savannah de todas as maneiras possíveis. Rid era a base e segurava o grupo durante a pirâmide. Era a líder na coreografia e, em alguns casos, inventava passos no improviso, pelo que eu podia perceber. O resto da equipe tropeçava atrás dela tentando imitar os movimentos aparentemente aleatórios.

Quando Ridley gritava, os gritos eram tão altos que ela distraía os jogadores na quadra. Ou talvez fosse o top metálico.

— Vamos lá, garotos do Wildcats! Vocês podem ser meus brinquedos Wildcats! Batam as bolas e joguem alto! Ridley veio pra Jackson High!

Os rapazes do time começaram a rir, exceto Link. Ele parecia querer jogar uma bola de basquete nela. Só que uma pessoa quis fazer isso primeiro. Savannah pulou do banco, com o braço ainda em uma tipoia, e foi direto para cima de Ridley.

— Suponho que não seja um grito de torcida que ela tenha aprovado.

Lena colocou a cabeça entre as mãos.

— E suponho que, com toda essa confusão de Ridley e Savannah, todos vamos ser expulsos da escola até o final da temporada. — Nós dois sabíamos o que acontecia quando se enfrentava uma mulher como a Sra. Snow. Sem mencionar Savannah Snow.

— Bem, você precisa dar crédito a Ridley por uma coisa. Estamos em outubro e ela ainda está na Jackson. Ficou mais do que três dias.

— Me lembre de fazer um bolo pra ela quando eu chegar em casa. — Lena estava irritada. — Na última vez que frequentamos a escola juntas, passei metade do meu tempo fazendo o dever dela. Senão, ela teria obrigado todos os garotos da escola a fazerem pra ela. É o único modo em que ela sabe operar.

Lena apoiou a cabeça no meu peito. Nossos dedos se entrelaçaram e senti um choque. Embora minha pele fosse começar a queimar em alguns minutos, valia a pena. Queria me lembrar dessa sensação. Não do choque, mas do toque antes dele. Da sensação da mão dela na minha.

* * *

Nunca pensei que fosse haver uma época em que eu fosse precisar lembrar. Na qual ela fosse estar em outro lugar que não nos meus braços. Até a primavera passada, quando me deixou, e as lembranças, algumas dolorosas demais para lembrar, algumas dolorosas demais para esquecer, eram tudo o que eu tinha. Aquelas eram as coisas a que eu me apegava.

Sentar ao lado dela nos degraus da frente da minha casa.

Falar com ela por Kelt enquanto eu estava deitado na minha cama e ela na dela.

O modo como retorcia o cordão, quando estava perdida em pensamentos, como agora, observando o jogo.

O nada-fora-do-normal entre nós que era tão inacreditável e tão extraordinário. Não era por ela ser Conjuradora. Era por ela ser Lena e por eu amá-la.

Então, observei-a observando Ridley e Savannah. Até que o drama na quadra ficou alto demais e nada mais estava em silêncio, embora você não precisasse ouvir o que elas diziam para saber o que estava acontecendo.

— Esse é um erro de novata. — Lena narrou a ação para mim quando Savannah chegou perto de Ridley. Ridley estava rosnando como um gato de rua. — Está vendo o que quero dizer? Não dá pra partir pra cima de Rid assim, sem esperar ter o rosto arranhado. — Lena ficou tensa. Eu podia perceber que ela estava em dúvida se devia ir lá para baixo, antes de as coisas ficarem feias.

Emory chegou antes dela e puxou Ridley pela lateral. Savannah tentou parecer furiosa, mas estava obviamente aliviada.

Lena também.

— Isso quase me torna parecida com Emory.

— Você não pode resolver todos os problemas de Ridley por ela.

— Não consigo resolver nenhum. Passei a vida toda não resolvendo os problemas de Ridley.

Eu a cutuquei com o ombro.

— É por isso que são os problemas de Ridley.

Ela relaxou e se recostou na arquibancada.

— Quando você ficou tão zen?

— Não sou zen. — Ou era? No fundo da minha mente, só conseguia pensar na minha mãe e na sabedoria de além-túmulo que era unicamente dela. Talvez estivesse seguindo para a parte principal dos meus pensamentos. — Minha mãe veio me ver. — Eu me arrependi de ter falado assim que as palavras saíram da minha boca.

Lena se sentou tão rápido que meu braço voou.

— Quando? Por que você não me contou? O que ela disse?

— Algumas noites atrás. Não senti vontade de falar sobre o assunto. — Sobretudo, não depois de eu ver a mãe de Lena mergulhar mais fundo nas Trevas, na visão daquela mesma noite. Mas era mais do que isso. Estava ficando desligado (falando com minha tia inconsciente quando dormia, esquecendo coisas quando estava acordado), e o enorme peso do destino espreitava do fundo da minha mente. Não queria admitir que estava piorando, nem para Lena nem para mim mesmo.

Lena se virou para a quadra de basquete. Ela estava magoada.

— Bem, você está cheio de informações hoje.

Eu queria contar pra você, L. Mas era coisa demais pra absorver.

Você podia ter me contado assim.

Eu estava tentando entender algumas coisas. Acho que estive com raiva dela esse tempo todo, como se a culpasse por ter morrido. Não é loucura?

Ethan, pense em como agi quando pensei que tio Macon estivesse morto. Fiquei louca.

Não foi sua culpa.

Não estou dizendo que foi. Por que, com você, tudo se trata de culpa? Não foi culpa da sua mãe ela ter morrido, mas uma parte de você ainda a culpa. É normal.

Ficamos sentados um ao lado do outro na arquibancada, sem falarmos. Observando as líderes de torcida torcendo e os jogadores de basquete jogando abaixo de nós.

Ethan, por que você acha que encontramos um ao outro em nossos sonhos?

Não sei.

Não é como as pessoas costumam se conhecer.

Não mesmo. Às vezes, eu me pergunto se isso tudo é um daqueles sonhos psicóticos de coma. Talvez eu esteja no County Care agora mesmo.

Quase ri, mas me lembrei de uma coisa.

O County Care.

A Décima Oitava Lua. Perguntei à minha mãe sobre ela.

Sobre John Breed?

Assenti.

Tudo que ela disse foi alguma coisa sobre o Mal ter muitas faces, e que não cabia a mim julgar.

Ah. O papo de julgar. Está vendo? Ela concorda comigo. Eu sabia que sua mãe ia gostar de mim.

Eu tinha mais uma pergunta louca.

L, você já ouviu falar da Roda do Destino?

Não. O que é?

De acordo com minha mãe, não é uma coisa. É uma pessoa.

— O quê? — Peguei Lena desprevenida, e ela parou de se comunicar por meio de Kelt.

— O estranho é que fico ouvindo essa expressão, a Roda do Destino. Tia Prue também mencionou quando adormeci no quarto dela. Deve ter alguma coisa a ver com a Décima Oitava Lua, se não minha mãe não teria falado nisso.

Lena ficou de pé e esticou a mão.

— Venha.

Fiquei de pé também.

— O que você está fazendo?

— Deixando que Ridley resolva os problemas dela sozinha. Vamos.

— Para onde?

— Resolver os seus.

⊰ 9 DE OUTUBRO ⊱

O Lado do Olho Bom

Aparentemente, Lena acreditava que a resposta aos meus problemas era ficar parado na Biblioteca do Condado de Gatlin, porque cinco minutos depois estávamos lá. Havia uma cerca de correntes ao redor do prédio que parecia agora mais um canteiro de obras do que uma biblioteca. A metade que faltava do telhado estava coberta com enormes oleados azuis. De cada lado da porta, estava o tapete que tinha sido arrancado do chão de concreto, destruído tanto pela água quanto pelo fogo. Passamos pelo piso queimado e entramos.

O outro lado da biblioteca estava lacrado com plástico pesado. Foi o que pegou fogo. Eu não queria saber como as coisas estavam por lá. O lado em que estávamos já era bastante deprimente. As prateleiras não estavam mais lá e tinham sido substituídas por caixas de livros que pareciam ter sido separados em pilhas.

O que foi destruído. O que foi parcialmente destruído. O que deu para salvar.

Só o catálogo de publicações estava intocado. Jamais nos livraríamos daquela coisa.

— Tia Marian! Você está aqui? — Passei pelas caixas, esperando ver Marian de meias, andando com um livro aberto.

Em vez disso, vi meu pai, sentado em uma caixa atrás do catálogo, conversando com entusiasmo com uma mulher.

Não era possível.

Lena entrou na minha frente para que eles não me vissem com cara de quem ia vomitar.

— Sra. English! O que a senhora está fazendo aqui? E Sr. Wate! Não sabia que o senhor conhecia nossa professora. — Ela até conseguiu sorrir, como se encontrá-los acidentalmente fosse uma coincidência agradável.

Eu não conseguia parar de olhar.

Que diabos ele está fazendo aqui com ela?

Se meu pai estava confuso, não parecia. Parecia animado... feliz, até, o que era pior.

— Vocês sabiam que Lilian sabe quase tanto sobre a história deste condado quanto sua mãe sabia?

Lilian? Minha mãe?

A Sra. English ergueu os olhos dos livros espalhados no chão ao seu redor, e nossos olhares se encontraram. Por um segundo, as pupilas dela pareceram as pupilas verticais de um gato. Até mesmo o olho de vidro que não era real.

L, você viu isso?

O quê?

Mas agora não havia nada para ver, só nossa professora de inglês piscando com um olho de vidro enquanto observava meu pai com o olho bom. O cabelo dela era uma confusão grisalha que combinava com o suéter cinza cheio de bolinhas que ela usava por cima do vestido largo. Era a professora mais exigente da Jackson, se você ignorasse a brecha que a maioria das pessoas preferia explorar, o Lado do Olho Ruim. Nunca imaginei que ela existisse fora da sala de aula. Mas aqui estava ela, existindo e toda perto do meu pai. Eu me senti enjoado.

Meu pai ainda estava falando.

— Ela está me ajudando com minha pesquisa para *A Décima Oitava Lua*. Meu livro, lembra? — Ele se virou para a Sra. English, sorrindo. — Eles não escutam mais uma palavra que a gente diz. Metade dos meus alunos escuta iPod ou fala no celular. Daria no mesmo se fossem surdos.

A Sra. English olhou para ele de um jeito estranho e riu. Percebi que nunca tinha ouvido a risada dela antes. A risada em si não era perturbadora. Mas a Sra. English rindo da piada do meu pai era. Perturbador e nojento.

— Não é exatamente verdade, Mitchell.

Mitchell?

É o nome dele, Ethan. Não entre em pânico.

— De acordo com Lilian, a Décima Oitava Lua pode ser vista como um tema histórico poderoso. As fases da lua podiam se coordenar com...

— Foi bom ver a senhora. — Eu não conseguia suportar ouvir as teorias do meu pai sobre a Décima Oitava Lua, nem ouvi-lo compartilhando-as com minha professora de inglês. Passei por eles e fui em direção ao arquivo. — Esteja em casa na hora do jantar, pai. Amma está preparando carne assada. — Eu não tinha ideia do que

Amma estava fazendo, mas carne assada era a comida favorita dele. E eu queria que ele estivesse em casa na hora do jantar.

Queria que ele existisse longe da minha professora de inglês.

Ela deve ter entendido o que meu pai não entendeu, que eu não queria vê-la como nada além de minha professora, porque, assim que tentei ir embora, Lilian English desapareceu e a Sra. English a substituiu.

— Ethan, não se esqueça de que preciso do resumo da sua redação sobre *As bruxas de Salem*. Na minha mesa até o final da aula de amanhã, por favor. Você também, Srta. Duchannes.

— Sim, senhora.

— Imagino que já tenha uma pesquisa.

Assenti, mas tinha me esquecido completamente de que devia escrever uma redação, muito menos um resumo. Inglês não estava no alto da minha lista de prioridades ultimamente.

— E? — A Sra. English olhou para mim com expectativa.

Vai me ajudar com isso, L?

Não olhe pra mim. Nem pensei no assunto.

Obrigado.

Vou ficar escondida na bagunça da seção de referências até eles irem embora.

Traidora.

— Ethan? — Ela estava esperando uma resposta.

Fiquei olhando para ela, e meu pai ficou olhando para mim. Todo mundo estava me observando. Eu me senti um peixinho dourado preso em um aquário.

Qual era a expectativa de vida de um peixe dourado? Foi uma das perguntas no *Jeopardy!* das Irmãs algumas semanas atrás. Tentei pensar.

— Peixe dourado. — Não sei por que falei aquilo. Mas ultimamente eu dizia coisas sem nem pensar.

— Como? — A Sra. English parecia confusa. Meu pai coçou a cabeça, tentando não parecer constrangido.

— Quero dizer, como é viver como em um aquário de peixe dourado, com outros peixes dourados. É complicado.

A Sra. English não se impressionou.

— Esclareça, Sr. Wate.

— Julgamento e livre-arbítrio. Acho que vou escrever sobre julgamento. Quem tem o poder de decidir o que é bom e o que é mau, sabe? O pecado, e tudo isso. Quero dizer, vem de alguma ordem superior ou vem das pessoas com quem você vive? Ou da sua cidade?

Era meu sonho falando ou minha mãe.

— E? Quem tem esse poder, Sr. Wate? Quem é o juiz final?

— Acho que não sei. Não escrevi o trabalho ainda, senhora. Mas não sei direito se nós, peixes dourados, temos o direito de julgar uns aos outros. Veja onde aquelas garotas foram parar em *As bruxas de Salem*.

— Será que alguém de *fora* da comunidade teria feito um trabalho melhor?

Uma sensação fria tomou conta de mim, como se realmente houvesse uma resposta certa ou errada para a pergunta. Na aula de inglês, não havia resposta certa ou errada, desde que você conseguisse encontrar evidências nas quais basear sua opinião. Mas não parecia que estávamos mais falando sobre uma tarefa de inglês.

— Acho que vou responder isso no trabalho. — Olhei para o outro lado, me sentindo burro. Na aula, teria sido uma boa resposta, mas de pé em frente a ela agora era outra coisa.

— Estou interrompendo algo? — Era Marian, ao meu resgate. — Me desculpe, Mitchell, mas preciso trancar a biblioteca mais cedo hoje. O que sobrou dela. Infelizmente, tenho... de resolver negócios oficiais da biblioteca.

Ela olhou para a Sra. English com um sorriso.

— Por favor, volte. Com sorte, estaremos de pé e funcionando no verão. Adoramos que educadores usem nossos recursos.

A Sra. English começou a reunir seus papéis.

— É claro.

Marian os levou até a porta antes que meu pai conseguisse perguntar por que eu não estava indo com ele. Ela virou a placa e girou a tranca — não que tivesse sobrado alguma coisa para ser roubada.

— Obrigado por me salvar, tia Marian.

Lena esticou a cabeça por trás de uma pilha de caixas.

— Eles já foram? — Ela estava segurando um livro, embrulhado num dos lenços dela. Consegui ver o título, apenas parcialmente coberto pelo tecido cinza. *Grandes esperanças*.

O livro de Sarafine.

Como se a tarde já não tivesse sido ruim o bastante.

Marian pegou um lenço e limpou os óculos.

— Não foi bem um salvamento. Estou esperando visitantes oficiais e tenho certeza de que seria melhor se vocês dois não estivessem aqui quando eles chegassem.

— Só preciso de um minuto. Preciso pegar minha bolsa. — Lena desapareceu no meio das caixas, mas eu estava logo atrás dela.

— O que você está fazendo com isso? — Peguei o livro, e no segundo em que toquei nele, as prateleiras quebradas desapareceram na escuridão...

Estava tarde quando ela o conheceu. Sarafine sabia que não devia andar sozinha tão tarde da noite. Os Mortais não eram ameaça para ela, mas sabia que havia outras coisas por aí. As vozes, porém, tinham começado a sussurrar para ela, e teve de sair de casa.

Quando viu o vulto na esquina, seu coração disparou. E, quando o homem chegou mais perto, Sarafine percebeu que ele não era uma ameaça. A barba longa era branca, da mesma cor do cabelo. Ele estava usando um terno escuro e uma gravata fina, e se apoiava em uma bengala preta polida.

Estava sorrindo, como se eles já se conhecessem.

— Boa noite, criança. Estava à sua espera.

— Perdão? Acho que o senhor me confundiu com outra pessoa. — Ela sorriu. Ele devia estar senil.

O velho riu.

— Não há como confundir você. Conheço uma Cataclista quando vejo uma.

Sarafine sentiu o sangue gelado correndo pelas veias.

Ele sabia.

Fogo se acendeu na calçada, a apenas alguns metros da bengala do velho. Sarafine fechou os olhos, tentando controlar, mas não conseguiu.

— Deixe queimar. Está meio frio hoje. — Ele sorriu, sem ser afetado pelas chamas.

Sarafine estava tremendo.

— O que o senhor quer?

— Vim ajudar você. Sabe, somos parentes. Talvez eu deva me apresentar. — Ele esticou a mão. — Sou Abraham Ravenwood.

Ela conhecia o nome. Tinha visto na árvore genealógica dos meios-irmãos.

— Hunting e Macon disseram que você estava morto.

— Pareço morto? — Ele sorriu. — Não podia morrer ainda. Estava esperando você.

— Eu? Por quê? — A própria família de Sarafine não falava com ela. Era difícil acreditar que alguém estava esperando por ela.

— Você não entende o que é, entende? Está ouvindo o chamado? As vozes? — Ele olhou para as chamas. — Vejo que você já encontrou seu dom.

— Não é um dom. É uma maldição.

Ele virou a cabeça rapidamente na direção dela, e ela conseguiu ver os olhos negros.

— Quem andou dizendo isso? Conjuradores, imagino. — Ele balançou a cabeça. — Não me surpreende. Os Conjuradores são mentirosos, quase como os Mortais. Mas você, não. Uma Cataclista é a Conjuradora mais poderosa do nosso mundo, e nascida do Fogo Negro. Poderosa demais para ser considerada Conjuradora, do meu ponto de vista.

Seria possível? Será que ela possuía o dom mais poderoso do mundo Conjurador? Parte dela desejava que fosse verdade, desejava ser especial, e não uma pária. Uma parte dela queria ceder aos impulsos.

De queimar tudo no caminho.

De fazer todas as pessoas que a magoaram pagarem.

Não!

Ela forçou os pensamentos para fora da cabeça. John. Concentrou-se em John e nos belos olhos verdes dele.

Sarafine estava tremendo.

— Não quero ser das Trevas.

— Tarde demais para isso. Você não pode lutar contra o que é. — Abraham deu uma risada sinistra. — Agora vamos ver esses seus belos olhos amarelos.

Abraham estava certo. Sarafine não conseguia lutar contra o que era, mas podia esconder. Não tinha outra escolha. Era duas almas lutando pelo mesmo corpo. Certo e errado. Bom e mau. Luz e Trevas.

John era a única coisa que a fazia pender para a Luz. Ela o amava, embora, às vezes, esse amor estivesse começando a parecer mais uma lembrança. Uma coisa distante que ela conseguia ver, mas não alcançar.

Ainda assim, ela tentava.

A lembrança era mais fácil de ver quando estavam deitados na cama, abraçados um ao outro.

— Você sabe o quanto eu te amo? — sussurrou John, com os lábios lhe roçando a orelha.

Sarafine chegou mais perto, como se o calor dele pudesse penetrar em sua pele fria e mudá-la de dentro para fora.

— Quanto?

— Mais do que a qualquer coisa e a qualquer pessoa. Mais do que a mim mesmo.

— Eu sinto a mesma coisa. — *Mentirosa*. Ela conseguia ouvir a voz até mesmo agora.

John se inclinou até suas testas se tocarem.

— Nunca vou sentir isso por mais ninguém. Sempre vai ser você. — A voz dele estava baixa e rouca. — Você tem 18 anos agora. Case comigo.

Sarafine conseguia ouvir outra voz no fundo da mente, uma voz que entrava em seus pensamentos e sonhos tarde da noite. *Abraham. Você acha que o ama, mas não ama. Não pode amar alguém que não sabe quem você é. Você não é uma Conjuradora de verdade; é uma de nós.*

— Izabel? — John estava olhando para ela, procurando nos olhos dela a garota por quem tinha se apaixonado. Uma garota que estava sendo consumida aos poucos.

O quanto tinha sobrado?

— Sim. — Sarafine passou os braços ao redor do pescoço de John, se prendendo a ele mais uma vez. — Quero me casar com você.

Lena abriu os olhos. Estava deitada no chão sujo de concreto ao meu lado, e as pontas dos nossos tênis quase se tocavam.

— Ah, meu Deus, Ethan. Começou quando ela conheceu Abraham.

— Sua mãe já estava ficando das Trevas.

— Você não sabe. Talvez ela tivesse conseguido lutar contra isso, como tio Macon.

Eu sabia o quanto Lena queria acreditar que havia algo bom na mãe. Que ela não estava destinada a ser a monstra assassina que nós dois conhecíamos.

Talvez.

Ficamos de pé quando Marian apareceu no canto do aposento.

— Está ficando tarde. Por mais que eu sinta falta de vocês relaxando aqui pelo chão, preciso mesmo que vão embora. Não é um encontro agradável, infelizmente.

— O que você quer dizer?

— O Conselho vem me fazer uma visita.

— O Conselho? — Eu não sabia bem de qual deles ela estava falando.

— O Conselho do Registro Distante.

Lena assentiu e sorriu em solidariedade.

— Tio Macon me contou. Tem alguma coisa que a gente possa fazer? Escrever cartas ou fazer um abaixo-assinado? Distribuir folhetos?

Marian sorriu com aparência cansada.

— Não. Estão apenas fazendo o trabalho deles.

— E qual é?

— Se certificarem de que sigamos as regras. Acho que isso cai na categoria de pagar pelos seus erros. Estou preparada para assumir a responsabilidade por qualquer coisa que eu tenha feito. Mas nada mais. "O preço da grandiosidade é a responsabilidade." — Ela olhou para mim com expectativa.

— Hum, Platão? — tentei adivinhar esperançoso.

— Winston Churchill. — Ela suspirou. — É tudo que podem pedir de mim, e tudo que eu posso pedir de mim mesma. Agora, está na hora de vocês irem.

Agora que a Sra. English e meu pai tinham ido embora, reparei que Marian estava usando roupas nada características de Marian. Em vez de um vestido bem colorido, estava usando uma túnica preta por cima de um vestido preto. Como se estivesse indo a um enterro. E era o último lugar para onde eu deixaria Marian ir sem mim.

— Não vamos a lugar algum.

Ela balançou a cabeça.

— Só pra casa.

— Não.

— Ethan, não sei se é uma boa ideia.

— Quando Lena e eu estávamos encarando a artilharia, você entrou bem na frente da linha de fogo, você e Macon. Não vou a lugar algum.

Lena se sentou em uma das cadeiras que ainda estavam lá e ficou à vontade.

— Nem eu.

— Vocês dois são muito gentis. Mas pretendo deixá-los fora disso. Acho melhor pra todo mundo.

— Você não reparou que sempre que alguém diz isso, nunca é melhor pra ninguém, principalmente pra pessoa que diz? — Olhei para Lena.

Vá buscar Macon. Eu fico aqui com Marian. Não quero que ela passe por isso sozinha.

Lena estava à porta, abrindo a tranca, antes mesmo que Marian pudesse dizer alguma coisa.

Pode deixar.

Passei os braços em torno dos ombros de Marian e apertei.

— Não é uma daquelas vezes em que deveríamos escolher um livro que nos diz magicamente que tudo vai ficar bem?

Ela riu, e por um segundo pareceu a antiga Marian, que não estava sendo julgada por coisas que não fizera, que não estava preocupada com as coisas fora do seu controle.

— Não lembro quais livros encontramos recentemente que diziam coisas assim.

— É. Vamos ficar longe do P. Nada de Edgar Allan Poe pra você hoje.

Ela sorriu.

— Os Ps não são tão ruins. Sempre tem, por exemplo, Platão. — Ela bateu no meu braço. — "A coragem é um tipo de salvação", Ethan. — Ela remexeu em uma caixa e pegou um livro enegrecido. — E você vai ficar feliz em saber que Platão sobreviveu ao Grande Incêndio da Biblioteca do Condado de Gatlin.

As coisas podiam estar ruins, mas, pela primeira vez em semanas, realmente me senti melhor.

⊰ 9 DE OUTUBRO ⊱

Ajuste de contas

Estávamos sentados no arquivo, à luz tremeluzente de velas. De certa forma, o aposento estava intacto, o que era um milagre. O arquivo foi encharcado, mas não pegou fogo, graças aos pulverizadores automáticos no teto. Nós três esperamos sentados à longa mesa no centro da sala, tomando chá de uma garrafa térmica.

Mexi o meu sem prestar atenção.

— O Conselho não deveria visitar você na *Lunae Libri*?

Marian balançou a cabeça.

— Nem sei se me querem de volta por lá. Este é o único lugar onde aceitam conversar comigo.

— Sinto muito — disse Lena.

— Não há nada para sentir muito. Só espero…

O estalar de um relâmpago encheu o aposento, seguido do ribombar de um trovão e de clarões cegantes de luz. Não era o som de rasgar de quando alguém Viajava, mas uma coisa nova. O livro apareceu primeiro.

As crônicas Conjuradoras.

Esse era o título escrito na capa. O livro pousou na mesa à nossa frente. Era tão grande que a mesa rangeu com o peso.

— O que é isso? — perguntei.

Marian levou o dedo aos lábios.

— Shh.

Três vultos com capas apareceram, um depois do outro. O primeiro, um homem alto de cabeça raspada, levantou a mão. O trovão e o relâmpago pararam imediatamente. O segundo, uma mulher, tirou o capuz de cima da cabeça e deixou à mostra uma brancura impressionante e nada natural. Cabelo branco, pele branca e íris tão brancas que ela parecia feita de nada. O último, um homem do tamanho de um jogador de futebol americano, apareceu entre a mesa e a velha escrivaninha da minha mãe, bagunçando os papéis e livros. Estava segurando uma grande ampulheta de latão. Mas estava vazia. Não havia um único grão de areia dentro.

A única coisa que os três tinham em comum era o que estavam vestindo. Cada um usava uma pesada capa preta com capuz e um estranho par de óculos, como se fosse uma espécie de uniforme.

Olhei para os óculos com mais atenção. Eles pareciam feitos de ouro, prata e bronze, torcidos juntos em uma trança grossa. O vidro das lentes era cortado em facetas, como o diamante do anel de noivado da minha mãe. Eu me perguntei como conseguiam enxergar.

— *Salve*, Marian da *Lunae Libri*, Guardiã da Palavra, da Verdade e do Mundo Sem Fim. — Quase pulei de susto, porque eles falavam em perfeito uníssono, como se fossem uma pessoa. Lena segurou minha mão.

Marian deu um passo à frente.

— *Salve*, Grande Conselho do Registro Distante. Conselho dos Sábios, do Conhecido e Daquilo Que Não Pode Ser Conhecido.

— Você sabe por que motivo viemos a este lugar?

— Sim.

— Tem alguma coisa a dizer, além do que sabemos?

Marian balançou a cabeça.

— Não tenho.

— Você admite que agiu dentro da Ordem das Coisas em violação ao seu juramento sagrado?

— Permiti que uma pessoa que estava sob minha responsabilidade o fizesse, sim.

Eu queria explicar, mas, entre o som perfeitamente oco da voz deles em coro e os olhos brancos da mulher, mal conseguia respirar.

— Onde está essa pessoa?

Marian apertou a túnica ao redor do corpo.

— Não está aqui. Eu a mandei embora.

— Por quê?

— Para que não fosse prejudicada — respondeu Marian.

— Por nós. — Eles falaram sem a menor sombra de emoção.

— Sim.

— Você é sábia, Marian da *Lunae Libri*.

Marian não parecia tão sábia agora. Parecia apavorada.

— Eu li sobre *As crônicas Conjuradoras*, as histórias e registros dos Conjuradores que vocês mantêm. E sei o que fizeram com Mortais que transgrediram, como ela fez. E com Conjuradores.

Eles observaram Marian como um inseto debaixo de um vidro.

— Você gosta dessa pessoa? A Guardiã que não será mais Guardiã? Uma garota?

— Gosto. Ela é como uma filha para mim. E não cabe a vocês julgar.

As vozes se ergueram.

— Você não fala conosco sobre nossos poderes. Nós falamos com você dos seus.

Em seguida, ouvi outra voz, uma que ouvi tantas vezes antes quando me senti tão impotente como agora.

— Cavalheiros, senhora, não é assim que falamos com damas de boa reputação aqui no sul. — Macon estava parado atrás de nós, com Boo Radley ao lado. — Vou ter de pedir que vocês se comportem com um pouco mais de respeito com a Dra. Ashcroft. Ela é a *amada* Guardiã desta comunidade. Amada por muitos, que detêm grandes poderes nos mundos Conjurador e Incubus.

Macon estava vestido impecavelmente. Eu tinha certeza de que era o mesmo terno que tinha usado na Reunião do Comitê Disciplinar quando apareceu para salvar Lena da Sra. Lincoln e seu grupo linchador.

Leah Ravenwood se materializou ao lado dele usando o casaco preto e segurando o cajado. Bade, seu leão da montanha, rugiu e andou de um lado para outro na frente de Leah.

— Meu irmão fala a verdade. Nossa família o apoia e à Guardiã. Vocês deveriam saber disso antes de seguir por esse caminho. Ela não está sozinha.

Marian olhou agradecida para Macon e Leah.

Alguém entrou pela porta atrás de Leah.

— E, se alguém é culpado, sou eu. — Liv passou por Leah e Macon. — Não foi a mim que vocês vieram punir? Estou aqui. Vão em frente.

Marian segurou a mão de Liv, recusando-se a deixar que ela andasse mais.

O Conselho olhou para eles solenemente.

— O Incubus e a Succubus não são da nossa conta.

— Eles estão representando minha família — disse Liv. — Não tenho mais ninguém, além da professora Ashcroft.

— Você é corajosa, criança.

Liv não se mexeu e nem soltou a mão de Marian.

— Obrigada.

— E tola.

— Já me disseram isso. Com frequência, na verdade. — Liv olhou para eles como se não estivesse com medo nenhum, o que eu sabia ser impossível. Mas a voz dela não tremeu. Como se estivesse aliviada de esse momento finalmente estar acontecendo, como se agora pudesse parar de temê-lo.

O Conselho não tinha terminado.

— Você detinha uma confiança sagrada e escolheu rompê-la.

— Escolhi ajudar um amigo. Salvar uma vida. Faria de novo — respondeu Liv.

— Essas decisões não cabiam a você.

— Aceito as consequências das minhas ações. Como disse, faria de novo se precisasse. É o que se faz pelas pessoas que se ama.

— Amor não é preocupação nossa — responderam as vozes como se fossem uma.

— "All you need is love." — Liv estava citando os Beatles para o Conselho do Registro Distante. Se ela ia ser punida, seria com estilo.

— Você entende o que está dizendo?

Liv assentiu.

— Entendo.

Os membros do Conselho olharam pelo aposento, com os olhos indo de Liv e Marian para Macon e Leah.

Um relâmpago estalou, e a sala se encheu de calor e energia. *As crônicas Conjuradoras* irradiaram luz.

O homem alto falou com os outros dois, a voz dele sendo mais grave sem as deles misturadas.

— Vamos levar o que foi dito ao Registro Distante. Há um preço a ser pago. Ele será pago.

Macon fez uma reverência.

— Façam uma viagem segura. Venham nos visitar, caso estejam de passagem por nossa bela cidade algum dia. Espero que possam ficar mais tempo da próxima vez para experimentar nossa famosa torta de creme.

A mulher com olhos brancos leitosos retirou os óculos e olhou na direção de Macon. Mas era impossível identificar o que ela estava realmente olhando, porque os olhos não se mexiam.

O relâmpago estalou de novo, e eles sumiram.

Um trovão ribombou enquanto o livro permanecia sobre a mesa por mais um segundo. Em seguida, ele desapareceu, seguindo as figuras negras para a luz.

— Que coisa dos infernos! — Liv desabou nos braços de Marian.

Fiquei paralisado no mesmo lugar.

O inferno nem chegava perto daquilo tudo.

Depois que Macon teve certeza de que os Guardiões tinha ido embora, andou em direção à porta.

— Marian, odeio deixar você, mas tem algumas coisas que preciso fazer. Ou melhor, procurar.

Liv percebeu a deixa e foi atrás dele.

Mas Macon não estava olhando para Liv.

— Lena, gostaria que você viesse comigo, se não se importar.

— O quê? — Lena pareceu confusa.

Mas não tão confusa quanto Liv, que já estava recolhendo o caderninho.

— Posso ajudar. Sei onde estão todos os livros...

— Está tudo bem, Olivia. O tipo de informação que estou procurando não está nos livros que você leu. O Registro Distante não oferece acesso a informações sobre a origem do Conselho a outros Guardiões. Esses registros são mantidos por Conjuradores. — Ele assentiu para Lena, que já estava guardando as coisas na bolsa.

— É claro. Sim. — Liv parecia magoada. — Só consigo imaginar.

Macon fez uma pausa em frente à porta.

— Leah, você se importa de deixar Bade? Acredito que Marian precise de companhia esta noite. — O que significava, na verdade, que ele não queria deixar Marian sozinha, sem um guarda-costas de 90 quilos no mesmo local.

Leah fez carinho na cabeça do enorme felino.

— De jeito nenhum. Preciso voltar para o County Care, de qualquer modo, e eles não gostam muito de animais lá.

Bade circulou a mesa ao redor da qual estávamos sentados e escolheu ficar ao lado de Marian.

Lena olhou para mim, e percebi que ela não queria me deixar sozinha com Liv e Marian, mas também não queria desapontar Macon. Principalmente não quando ele pediu a ajuda dela em vez da de Liv.

Vá, L. Está tudo bem. Não me importo.

A resposta dela foi um beijo em público e um olhar significativo para Liv. Em seguida, eles se foram.

Depois que saíram, fiquei sentado no arquivo com Liv e Marian, prolongando o momento o máximo que conseguimos. Eu não conseguia lembrar a última vez em que nós três tínhamos nos sentado juntos sozinhos e sentia falta disso. De Liv e Marian declamando citações, e eu sempre dando a resposta errada.

Liv ficou de pé.

— Preciso ir. Não quero colocar vocês em mais confusão.

Marian olhou para o fundo da xícara.

— Olivia, não acha que eu podia ter impedido você se quisesse?

Liv parecia não conseguir decidir se ria ou chorava.

— Você nem estava lá quando ajudei Ethan a libertar Macon do Arco Voltaico.

— Eu estava lá quando você saiu pelos túneis com Ethan e Link. Podia ter te impedido nesse momento. — Marian respirou fundo, trêmula. — Mas já tive uma amiga também. E se pudesse voltar no tempo, se houvesse qualquer coisa que eu pudesse ter feito para salvá-la, teria feito. Agora, ela morreu, e não tem nada que eu possa fazer para tê-la de volta.

Apertei a mão de Marian.

— Sinto muito — disse Marian. — E lamento ter colocado você nessa confusão enorme. Queria poder convencê-los a deixar você em paz.

— Você não pode. Ninguém pode. Às vezes, todo mundo faz a coisa certa, mas ainda há muita confusão pra ajeitar. Alguém precisa assumir a responsabilidade.

Liv olhou para a caixa manchada de água no chão.

— Devia ser eu.

— Discordo. Esta é minha chance de ajudar outra amiga, uma que amo muito. — Marian sorriu e pegou a mão de Liv. — E precisa haver pelo menos uma bibliotecária nesta cidade, seja ela Guardiã ou não.

Liv passou os braços ao redor do corpo de Marian e a abraçou como se nunca fosse soltar. Marian deu um último apertão em Liv e olhou para mim.

— EW, apreciaria se você acompanhasse Liv de volta a Ravenwood. Se emprestasse meu carro a ela, tenho medo de que fosse parar do lado errado da rua.

Abracei Marian e sussurrei para ela ao mesmo tempo:

— Tome cuidado.

— Sempre tomo.

Tínhamos de fazer vários desvios para chegar a qualquer lugar de Gatlin agora. Assim, cinco minutos depois, eu estava passando por minha própria casa, com Liv no banco do passageiro, como se estivéssemos indo distribuir livros da biblioteca ou a caminho do Dar-ee Keen. Como se fosse o verão passado.

Mas o marrom acachapante de tudo e o zumbido de dez mil gafanhotos me lembravam que não era.

— Quase consigo sentir o cheiro da torta daqui — disse Liv, olhando para minha casa com saudade.

Olhei para a janela aberta.

— Amma não faz torta há algum tempo, mas você talvez consiga sentir o cheiro do frango frito com noz-pecã.

Liv gemeu.

— Não faz ideia de como é morar nos túneis, principalmente quando a Cozinha está mal-humorada. Venho sobrevivendo do meu estoque de biscoitos HobNobs há semanas. Se não comprar outro pacote logo, estou ferrada.

— Sabe, tem uma coisinha chamada Pare & Roube aqui na cidade — falei.

— Eu sei. Tem também uma coisinha chamada frango frito caseiro da Amma.

Eu sabia o rumo que essa conversa estava tomando e já estava indo em direção ao meio-fio quando ela disse:

— Ah, vamos. Aposto dez dólares que ela também fez pãezinhos.

— Você me venceu quando falou "frito".

Amma deu todas as coxas para Liv. Então, eu soube que ela ainda sentia pena de Liv desde o verão passado. Por sorte, as Irmãs estavam dormindo. Não estava com vontade de responder perguntas sobre por que havia uma garota na minha casa que não era Lena.

Liv comeu mais e mais rápido do que Link em sua melhor época. Quando eu estava no meu terceiro pedaço, ela estava no segundo prato cheio.

— É o segundo melhor pedaço de frango frito que já comi na vida. — Liv estava lambendo os dedos.

— Segundo melhor? — Fui eu que perguntei, mas vi o rosto de Amma quando falei. Porque, pelos padrões de Gatlin, essas duas palavras sozinhas eram uma blasfêmia. — Qual é o melhor?

— O que vou comer agora. E possivelmente o que vem depois. — Ela empurrou o prato vazio pela mesa.

Consegui ver Amma sorrindo sozinha quando colocou mais óleo Wesson na panela de 18 litros.

— Espere até experimentar quando sair direto da panela. Você ainda não provou isso, não é, Olivia?

— Não, senhora. Mas também não experimentei nenhuma comida caseira desde a Décima Sétima Lua.

Aí estava de novo. A nuvem familiar tomou seu lugar sobre a cozinha, e afastei meu prato. A casquinha supercrocante estava me enjoando.

Amma secou a Ameaça de Um Olho com um pano de prato.

— Ethan Lawson Wate. Vá buscar minhas melhores conservas para sua amiga. Na despensa. Prateleira de cima.

— Sim, senhora.

Amma gritou antes que eu chegasse ao corredor.

— E nada de trazer aquela casca de melancia em conserva. Estou guardando para a mãe de Wesley. Azedou este ano.

A porta do porão ficava em frente ao quarto de Amma. A escada de madeira estava cheia de marcas pretas, como marshmallows queimados, da época em que Link e eu colocamos uma panela quente na escada quando estávamos tentando fazer sozinhos doce de cereal de arroz com marshmallows. Quase fizemos um buraco em um degrau, e Amma olhou para mim de cara feia por dias. Eu sempre fazia questão de pisar na marca quando descia essa escada.

Descer para um porão em Gatlin não era tão diferente de passar por um Portal Conjurador. Nosso porão não era os túneis, mas eu sempre tinha pensado nele como uma espécie de submundo misterioso. Todos os melhores segredos em nossa cidade eram guardados debaixo de camas e em porões. Os tesouros podiam ser pilhas de revistas velhas no quarto da fornalha ou um monte de caixas de biscoito com sorvete do freezer industrial de Amma. Fosse como fosse, você sempre voltava com os braços ou o estômago cheio de alguma coisa.

No fim da escada, a entrada tinha moldura de madeira. Não havia porta, só um barbante pendurado de cada lado. Puxei o barbante como já tinha feito mil vezes antes, e ali estava a preciosa coleção de Amma. Cada casa na região tinha uma despensa, e esta era uma das melhores nos três condados. Os vidros de conserva de Amma continham de tudo, desde cascas de melancia às vagens mais finas, das cebolas mais redondas aos tomates mais verdes. Sem mencionar os recheios de torta e compotas, de pêssego, ameixa, ruibarbo, maçã, cereja. As fileiras eram tão compridas que os dentes começavam a doer só de olhar para elas.

Passei a mão pela prateleira de cima, onde Amma guardava as melhores conservas, as receitas secretas e os vidros para as visitas. Tudo era racionado, como se estivéssemos no exército e esses vidros estivessem cheios de penicilina ou munição — ou talvez minas terrestres, porque você tinha de segurá-los com muito cuidado.

— Mas que visão. — Liv estava parada no vão da porta, atrás de mim.

— Estou surpreso de Amma ter deixado você descer aqui. Este é o estoque secreto dela.

Ela pegou um vidro e o segurou em frente aos olhos.

— Brilha tanto.

— A geleia precisa brilhar, e a fruta não pode flutuar. Os picles têm de ser cortados do mesmo tamanho, as cenouras têm de estar belas e redondas, o conteúdo tem de estar uniforme.

— O quê?

— O jeito que fica arrumado no vidro, está vendo?

— É claro. — Liv sorriu. — Como Amma se sentiria se soubesse que você está compartilhando os segredos da cozinha dela?

Se alguém os conhecia, esse alguém era eu. Estava do lado de Amma na cozinha havia mais tempo do que era capaz de lembrar, queimando as mãos em tudo que não devia tocar, colocando secretamente pedras e galhos e todos os tipos de coisas em panelas de conservas.

— O líquido precisa cobrir o topo do que tem dentro.

— Bolhas são boas ou ruins?

Eu ri.

— Você nunca vai ver uma bolha em um dos vidros de Amma.

Ela apontou para a prateleira de baixo. Havia um vidro tão cheio de bolhas que você acharia que as bolhas em si eram o que Amma estava tentando conservar, em vez de cerejas. Eu me ajoelhei em frente à prateleira e o peguei. Era um vidro velho coberto de teias de aranha. Eu nunca tinha reparado nele antes.

— Não pode ser de Amma. — Girei o vidro na mão. DA COZINHA DE PRUDENCE STATHAM. Balancei a cabeça. — É da tia Prue. Ela devia estar mais maluca do que pensei.

Ninguém nunca daria a Amma algo vindo de outra cozinha. Não se tivesse amor à própria vida.

Quando coloquei o vidro de volta no lugar, reparei em um pedaço sujo de corda pendurado no fundo, na sombra da prateleira de baixo.

— Espere. O que é isso? — Puxei a corda, e as prateleiras gemeram como se fossem despencar. Tateei com a mão até encontrar o ponto onde a corda encontrava a parede. Puxei de novo, e a parece começou a abrir. — Tem alguma coisa aqui.

— Ethan, tenha cuidado.

As prateleiras se deslocaram para a frente devagar, revelando um outro espaço. Atrás da despensa, havia um quarto secreto, com paredes de tijolo e chão sujo. O quarto levava a um túnel escuro. Entrei.

— É um dos túneis? — Liv olhou para a escuridão por trás de mim.

— Acho que é um túnel Mortal. — Olhei para Liv das sombras do túnel. Ela parecia pequena e em segurança dentro da despensa, cercada pelos velhos arco-íris de Amma presos em vidros.

Percebi onde estava.

— Já vi fotos de quartos escondidos e de túneis como esse. Escravos fugitivos os usavam para sair de casa à noite sem serem vistos.

— Você está dizendo...?

Eu assenti.

— Ethan Carter Wate ou alguém desta família, fazia parte da ferrovia subterrânea.

⚔ 9 DE OUTUBRO ⚔

Temporis Porta

— Quem é Ethan Carter Wate mesmo? — perguntou Liv.

— Meu tatara-tio. Lutou na Guerra Civil, depois desertou por não acreditar ser a coisa certa.

— Lembrei agora. A Dra. Ashcroft me contou a história de Ethan e Genevieve, e o medalhão.

Por um momento, senti culpa por Liv estar ali em vez de Lena. Ethan e Genevieve eram mais do que uma história para mim e Lena. Ela teria sentido o peso do momento.

Liv passou a mão pela parede.

— E você acha que este lugar podia ser parte da ferrovia subterrânea?

— Ficaria surpresa com a quantidade de casas no sul que tem um aposento assim.

— Se for verdade, onde esse túnel vai dar?

Agora, ela estava bem ao meu lado. Peguei um velho lampião de um prego que tinha sido colocado entre os tijolos deteriorados da parede. Mexi no botão, e o lampião se encheu de luz.

— Como pode ainda ter óleo aí? Essa coisa deve ter uns 150 anos.

Um banco frágil de madeira estava encostado em uma das paredes. Os restos do que parecia um cantil do exército, uma espécie de bolsa de lona e um cobertor de lã estavam empilhados cuidadosamente embaixo dele. Tudo estava coberto por uma grossa camada de poeira.

— Venha. Vamos ver onde vai dar. — Segurei o lampião à minha frente. Eu só conseguia ver o túnel serpenteante e um ocasional pedaço de parede de tijolos no meio da terra.

— Obstinados. Vocês acham que podem ir aonde quiserem. — Ela esticou uma das mãos e tocou no teto acima de nossas cabeças. Terra marrom despencou, e ela se abaixou, tossindo.

— Está com medo? — Eu a cutuquei com o ombro.

Liv se inclinou para trás e puxou o pedaço retorcido de corda. A porta falsa atrás de nós se fechou com um baque surdo, e tudo ficou escuro.

— Você está?

O túnel não tinha saída. Eu não teria visto o alçapão sobre nossas cabeças se Liv não tivesse reparado em um filete de luz acima de nós. A porta não era aberta havia muito tempo, porque, quando empurramos para subir, muita terra caiu no túnel e por cima de nós.

— Onde estamos? Consegue ver? — gritou Liv lá de baixo. Eu não conseguia apoiar o pé direito na parede de terra, mas consegui me levantar pelo alçapão.

— Estamos em um campo do outro lado da autoestrada 9. Consigo ver minha casa daqui. Acho que esse campo era da minha família antes de construírem a estrada.

— Então Wate's Landing deve ter sido um esconderijo. Seria bem fácil levar comida por esse túnel direto da despensa. — Liv estava olhando para mim, mas percebi que ela estava a milhares de quilômetros de distância.

— E depois, à noite, quando era seguro, dava pra vir até aqui. — Voltei para o chão e puxei a porta do alçapão quando desci. — Eu me pergunto se Ethan Carter Wate sabia. Se ele participava. — Depois de vê-lo nas visões, parecia uma coisa que ele faria.

— Eu me pergunto se Genevieve sabia — disse Liv.

— O que você sabe sobre Genevieve?

— Li os arquivos. — É claro que leu.

— Talvez eles participassem juntos.

— Talvez tenha tido alguma coisa a ver com aquilo. — Liv estava olhando para algo às minhas costas.

— O quê?

Ela apontou para trás de mim. Havia tábuas presas formando um X estranho. Mas as tábuas estavam podres e dava para ver uma porta entre elas.

— Ethan. Estou imaginando...?

Eu balancei a cabeça.

— Não. Também estou vendo.

Não era uma porta Mortal. Reconheci os símbolos entalhados na madeira velha, mesmo sem conseguir ler. Do outro lado do alçapão que levava ao mundo Mortal, havia uma segunda porta que levava ao mundo Conjurador.

— É melhor irmos — disse Liv.

— Você quer dizer entrar ali. — Coloquei o lampião no chão.

Liv já estava com o caderno vermelho na mão e estava desenhando, mas ainda parecia preocupada.

— Quero dizer voltarmos pra sua casa. — Ela pareceu irritada, mas percebi que estava tão interessada no que tinha por trás da porta quanto eu.

— Você sabe que quer entrar ali. — Algumas coisas nunca mudam.

A primeira tábua se desfez e saiu na minha mão assim que a puxei.

— O que quero é que você fique fora dos túneis, antes que isso acabe nos arranjando problemas.

A última tábua caiu. À minha frente havia um portal de madeira entalhada ao redor de enormes portas duplas. A parte de baixo parecia desaparecer no chão de terra. Eu me inclinei para olhar mais de perto. Havia raízes de verdade prendendo a porta à terra. Passei as mãos pelo comprimento delas. Eram ásperas e sólidas, mas não reconheci o tipo de madeira.

— É freixo. E sorveira, acho — disse Liv. Consegui ouvi-la rabiscando no caderninho. — Não há um único freixo e nem sorveira nas redondezas de Gatlin. São árvores sobrenaturais. Protegem as criaturas da Luz.

— O que significa...?

— O que significa que essas portas provavelmente vêm de algum lugar muito longe. E podem levar a um lugar igualmente muito longe.

Assenti.

— Para onde?

Ela apertou a mão contra o desenho na moldura entalhada.

— Não faço ideia. Madri. Praga. Londres. Temos sorveiras no Reino Unido. — Ela começou a copiar os símbolos da porta em uma página.

Puxei a maçaneta com as duas mãos. A tranca de ferro gemeu, mas as portas não se abriram.

— Não é essa a pergunta.

— Ah, não?

— A pergunta é o que estamos fazendo aqui? O que devemos ver? — Puxei a maçaneta de novo. — E como chegamos ao outro lado?

— São três perguntas. — Liv examinou as portas. — Acho que é como a moldura da porta de Ravenwood. Os entalhes são uma espécie de código de acesso para entrar.

— Descubra. Precisamos achar um jeito de entrar.

— Infelizmente, pode não ser tão fácil. Espere. É uma palavra ali em cima? — Ela tirou a poeira de cima do portal. Havia uma espécie de inscrição entalhada.

— Se é uma porta Conjuradora, eu não ficaria surpreso. — Esfreguei a madeira com a mão, e ela se desfez sob meus dedos. Fosse o que fosse, era muito antigo.

— *Temporis Porta*. Porta do tempo? O que isso significa? — perguntou Liv.

— Significa que não temos tempo pra isso. — Encostei a testa nas portas. Podia sentir uma onda de calor e energia onde a madeira antiga tocava meu rosto. Estava vibrando.

— Ethan?

— Shh.

Vamos. Abra. Sei que tem uma coisa que devo ver.

Concentrei a mente nas portas à minha frente, como tinha feito com o Arco Voltaico, na última vez que estávamos tentando encontrar o caminho dentro dos túneis.

Sou o Obstinado. Sei que sou. Mostre-me o caminho.

Ouvi o som distinto de madeira começando a rachar e se desfazer.

A madeira tremeu como se as portas fossem desabar.

Vamos. Mostre-me.

Eu me afastei um pouco, e elas se abriram, fendidas pela luz. A poeira caiu do selo, como se essa entrada não tivesse sido aberta em mil anos.

— Como você fez isso? — Liv estava olhando para mim com olhos arregalados.

— Não sei, mas está aberta. Vamos.

Entramos, e a poeira e a luz se dissolveram ao nosso redor. Liv esticou a mão, e, antes que eu pudesse segurá-la, desapareci...

Estava parado sozinho no meio de um salão enorme. Era do jeito que eu imaginava a Europa, talvez Inglaterra, França ou Espanha, algum lugar antigo e atemporal. Mas eu não tinha certeza. O mais longe que os túneis tinham me levado era até a Grande Barreira. O aposento era tão grande quanto o interior de um navio, alto e retangular, todo feito de pedra. Acho que não era uma igreja, mas parecia uma igreja ou monastério, vasto, sagrado e cheio de mistério.

Enormes vigas cruzavam o teto, cercadas de quadrados de madeira menores. Dentro de cada quadrado, havia uma rosa dourada, um círculo com pétalas.

Círculos Conjuradores?

Não parecia certo.

Nada neste lugar era familiar. Até o poder no ar, zumbindo como um fio desencapado, parecia diferente.

Havia uma alcova do outro lado do aposento com uma pequena sacada. Cinco janelas estavam localizadas ao longo da parede, mais altas do que as casas mais altas de Gatlin, emoldurando o lugar com a luz suave que entrava pelas dobras de tecido transparente pendurado na frente delas. Cortinas douradas e pesadas estavam penduradas nas laterais, e eu não conseguia saber se a brisa que entrava pelas janelas era Conjuradora ou Mortal.

As paredes eram cobertas de lambris e se curvavam até formarem bancos baixos perto do chão. Eu tinha visto fotos nos livros da minha mãe. Monges e acólitas se sentavam em bancos assim para orar.

Por que eu estava aqui?

Quando olhei para a frente de novo, o aposento subitamente estava cheio de pessoas enfileiradas ao longo de todo o banco, preenchendo o espaço à minha frente, amontoadas e vindas de todos os lados. Não conseguia ver os rostos; metade estava de capa com capuz. Mas todas estavam agitadas de tanta expectativa.

— O que está acontecendo? O que estamos esperando?

Ninguém respondeu. Era como se não pudessem me ver, o que não fazia sentido. Isso não era um sonho. Era um lugar real.

A multidão se deslocou para a frente, murmurando, e ouvi um martelo batendo.

— *Silentium.*

Em seguida, vi rostos familiares e me dei conta de onde estava. Onde tinha de estar.

No Registro Distante.

No final do salão, Marian estava de capa e capuz, com as mãos amarradas com uma corda dourada. Estava na sacada um pouco acima do cômodo, ao lado do homem alto que foi ao arquivo da biblioteca. O Guardião do Conselho, ouvi as pessoas ao meu redor sussurrando. A Guardiã albina estava de pé atrás dele.

Ele falou em latim, e não consegui entender. Mas as pessoas ao meu redor entenderam e estavam enlouquecendo.

— *Ulterioris Arcis Concilium, quod nulli rei, sive homini, sive animali, sive Numini Atro, sive Numini Albo, nisi Rationi Rerum paret, Marianam ex Arce Occidentali Perfidiae condemnat.*

O Guardião do Conselho repetiu as palavras na minha língua, e entendi por que as pessoas ao meu redor estavam reagindo desta forma.

— O Conselho do Registro Distante, que responde apenas à Ordem das Coisas, e a nenhum homem, criatura nem poder, das Trevas ou da Luz, declara Marian do Controle Ocidental culpada de Traição.

Senti uma dor perfurante no estômago, como se meu corpo todo tivesse sido cortado com uma lâmina gigante.

— Essas são Consequências da falta de ação dela. As Consequências têm que ser sofridas. A Guardiã, apesar de Mortal, voltará para o Fogo Negro, de onde todo o poder provém.

O Guardião do Conselho tirou o capuz de Marian, e pude ver os olhos dela, cercados de escuridão. A cabeça estava raspada, e ela parecia uma prisioneira de guerra.

— A Ordem foi rompida. Até que a Nova Ordem se manifeste, a Lei Antiga deve ser mantida, e as Consequências, cumpridas.

— Marian! Você não pode deixar que eles... — Tentei passar no meio da multidão, mas quanto mais tentava, mais rápido as pessoas iam para a frente, e mais longe ela parecia ficar.

Até que bati em uma coisa, em uma pessoa, que não se mexia e não dava para deslocar. Olhei para a frente e vi o olhar vítreo de Lilian English.

A Sra. English? O que ela está fazendo aqui?

— Ethan?

— Sra. English. A senhora precisa me ajudar. Eles pegaram Marian Ashcroft. Vão machucá-la, e não é culpa dela. Ela não fez nada!

— O que você acha do juiz agora?

— O quê? — O que ela disse não fez sentido.

— Seu trabalho. Você tem de me entregar amanhã.

— Sei disso. Não estou falando do meu trabalho. — Ela não entendia o que estava acontecendo?

— Acho que está. — A voz dela parecia diferente, nada familiar.

— O juiz está errado. Estão todos errados.

— Alguém tem de ser culpado. A Ordem foi rompida. Se não for Marian Ashcroft, quem tem a culpa?

Eu não tinha a resposta.

— Não sei. Minha mãe disse...

— Mães mentem — disse a Sra. English com a voz sem emoção. — Para que seus filhos vivam a maior mentira, que é a existência Mortal.

Senti minha raiva aumentando.

— Não fale sobre minha mãe. A senhora não a conhece.

— A Roda do Destino. Sua mãe sabe sobre isso. O futuro não é predeterminado. Só você pode impedir que a Roda esmague Marian Ashcroft. Que esmague a todos.

A Sra. English desapareceu, e o aposento ficou vazio. Havia uma porta lisa de sorveira na minha frente, embutida na parede como se sempre tivesse estado ali. A *Temporis Porta*.

Estiquei a mão em direção à maçaneta. Assim que encostei nela, estava do outro lado de novo, no túnel Mortal, olhando para Liv.

— Ethan! O que aconteceu? — Ela me abraçou, e senti uma centelha da ligação que sempre existiria entre nós.

— Estou bem, não se preocupe. — Eu me afastei. O sorriso dela desapareceu, e as bochechas ficaram vermelhas quando percebeu o que tinha feito. Colocou os braços nas costas de maneira desajeitada, como se desejasse poder fazê-los desaparecer.

— O que você viu? Para onde foi?

— Não sei ao certo, mas sei que era o Registro Distante. Reconheci dois dos Guardiões que foram à biblioteca. Mas acho que era no futuro.

— No futuro? Como você sabe? — As engrenagens já estavam em funcionamento na mente de Liv.

— Era o julgamento de Marian que ainda não aconteceu.

Liv estava girando o lápis preso atrás de sua orelha.

— *Temporis Porta* significa Porta do Tempo. Seria possível.

— Tem certeza? — Depois do que vi, esperava que fosse mais um aviso, uma espécie de futuro possível que ainda não estava entalhado na pedra.

— Não temos como saber, mas se a *Temporis Porta* for alguma espécie de portal, o que parece provável, então você pode ter visto alguma coisa que ainda não aconteceu. O futuro de verdade. — Liv começou a escrever no caderno vermelho. Eu sabia que ela queria se lembrar de cada detalhe dessa conversa.

— Depois do que vi, espero que você esteja errada.

Ela parou de escrever.

— Suponho que não tenha sido bom, então?

— Não. — Parei. — Se aquilo era mesmo o futuro, não podemos deixar Marian ir para o julgamento. Prometa. Se eles vierem de novo, você vai mantê-la longe do Conselho. Acho que ela não sabe...

— Prometo. — O rosto dela estava sombrio, e a voz, falhando, e eu sabia que estava tentando não chorar.

— Vamos torcer pra haver outra explicação. — Mas, quando falei, já sabia que não havia. E Liv também.

Voltamos pelo mesmo caminho, pela terra, pelo calor e pela escuridão, até eu não conseguir sentir mais nada além do peso do meu mundo desabando.

⊰ 13 DE OUTUBRO ⊱
Bilhete dourado

Naquela noite, depois da visita do Registro Distante, Marian foi para casa e não saiu mais, pelo que eu soube. No dia seguinte, passei lá para ver se estava bem. Ela não atendeu a porta e nem estava na biblioteca. No dia depois desse, levei a correspondência dela para a varanda. Tentei olhar pela janela, mas estava fechada e as cortinas também.

Toquei a campainha de novo, mas ela não atendeu. Eu me sentei nos degraus da frente e dei uma olhada nas cartas. Nada fora do normal: contas. Uma carta da Universidade de Duke, provavelmente sobre fundos de pesquisa. E uma espécie de carta devolvida ao remetente, mas não reconheci o endereço: Kings Langley.

Por que isso era familiar? Minha cabeça parecia enevoada, como se houvesse uma coisa no fundo da memória que eu não conseguia alcançar.

— Essa deve ser pra mim. — Liv se sentou no degrau ao meu lado. O cabelo estava trançado, e ela estava usando uma calça jeans cortada e uma camiseta com a tabela periódica.

Por fora, Liv parecia a mesma. Mas eu sabia que o verão tinha mudado as coisas para ela.

— Nunca perguntei se você ficou bem depois daquela cena na biblioteca com o Conselho. Você está… bem?

— Acho que sim. Mas o que aconteceu na *Temporis Porta* me assustou mais. — Ela parecia com medo e distante.

— A mim também.

— Ethan, acho que era o futuro. Você passou pela porta e foi transportado para outro espaço físico. É assim que funciona um portal do tempo.

O Registro Distante não pareceu um sonho e nem uma visão. Foi como entrar em outro mundo. Eu só desejava que esse mundo não fosse o futuro.

O rosto de Liv se enevoou. Alguma outra coisa a estava incomodando.

— O que foi?

— Andei pensando. — Liv mexeu no selenômetro com nervosismo. — A *Temporis Porta* só se abriu pra você. Por que ela não me deixou passar?

Porque coisas ruins vivem acontecendo comigo. Era o que eu estava pensando, mas não falei. Também não mencionei que tinha visto minha professora de inglês no futuro.

— Não sei. O que faremos então?

— A única coisa que podemos. Vamos impedir que Marian vá pro Registro Distante.

Olhei para a porta.

— Talvez devêssemos ficar felizes de ela não sair de casa. Acho que devíamos saber que nada de bom resultaria de xeretar na despensa de Amma.

— Fora as conservas. — Liv sorriu sem graça. Ela estava tentando me distrair da única coisa da qual eu jamais conseguiria escapar: eu mesmo.

— Cereja?

— Morango. — Ela falou a palavra lentamente. — Uma colherada tirada direto do vidro.

— Você fala como Ridley. Açúcar o tempo todo. — Ela sorriu quando falei isso.

— Eu queria perguntar mesmo. Como estão Ridley, Link e Lena?

— Ah, você sabe. Ridley está detonando a escola. Agora ela é líder de torcida.

Liv riu.

— Sirena, líder de torcida. Não conheço tão bem a cultura americana, mas até eu aprecio as semelhanças.

— Pois é. Link é o cara mais popular da escola. As garotas vivem penduradas nele. Virou ímã de gatinhas.

— Como está Lena? Feliz de ter o tio de volta, aposto. E você.

Ela não olhou para mim, e não olhei para ela. Quando falou, olhou para o sol intenso em vez de para mim, de tanto que ela não queria falar na minha cara.

— É difícil pra mim, sabe? Eu me pego pensando em você, nas coisas que quero te contar, nas coisas que acho engraçadas e estranhas, mas você não está por perto.

Eu queria largar a correspondência de Marian e sair correndo pela escada.

Mas, em vez de fazer isso, respirei fundo.

— Eu sei. O resto de nós ainda está junto, mas você está sozinha. Depois de tudo que passamos nos afastamos de você. É uma droga. — Enfim, falei. Isso me incomodava desde o dia em que retornamos a Gatlin, o dia em que Liv desapareceu nos túneis com Macon.

— Tenho Macon. Ele tem sido maravilhoso comigo, quase como um pai. — Ela puxou os cordões que sempre trazia amarrados no pulso. — Mas sinto falta de você e de Marian, e não poder conversar com nenhum dos dois é horrível. Não quero arrumar mais confusão pra ela. Mas é como dizerem que você precisa parar de gostar de sorvete, ou camarão frito, ou Ovomaltine.

— Eu sei. Sinto muito pelo fato de as coisas estarem tão estranhas. — O que era estranho era essa conversa. Era Liv ter coragem bastante para falar tudo aquilo.

Ela me olhou de lado e deu um meio sorriso.

— Fiquei pensando depois que vi você ontem. Consigo conversar com você sem tentar beijá-lo. Você não é *tão* irresistível assim.

— Nem me fale.

— Eu queria poder imprimir um cartaz e colar na testa. OFICIALMENTE, NÃO QUERO BEIJAR ETHAN WATE. AGORA ME DEIXEM SER AMIGA DELE.

— Talvez pudéssemos fazer camisetas com o dizer PLATÔNICO.

— Ou NÃO NAMORANDO.

— NÃO ATRAÍDOS.

Liv devolveu a carta à pilha com um suspiro.

— Essa era eu sentindo pena de mim mesma algumas semanas atrás. Escrevi pra casa e perguntei se me aceitariam de volta.

Eu me dei conta de que não sabia quase nada sobre a família de Liv.

— Para *casa*, casa? Para sua família?

— Só minha mãe. Meu pai foi embora faz tempo. Para a glamourosa vida de um físico teórico. Mas não, foi uma tentativa patética de fazer com que ela me mandasse para Oxford, na verdade. Desisti da universidade pra vir pra cá. E pareceu que era hora de partir, pelo menos na época.

— E agora? — Eu não queria que ela fosse embora.

— Agora, sinto que não posso deixar Marian até que essa confusão toda esteja resolvida.

Assenti, puxando os cadarços dos tênis.

— Ficaria satisfeito se ela apenas saísse de casa. — Mas não queria pensar no futuro que ela podia ter de encarar, se saísse.

— Eu sei. Ela também não está na biblioteca. Talvez precise de um tempo. — Obviamente, Liv estava fazendo as mesmas visitas do que eu. Éramos tão parecidos, de mais de um jeito. Mais do que sermos os únicos Mortais da equação.

— Sabe, você foi bem corajosa na biblioteca.

Ela sorriu.

— Não foi incrível? Fiquei orgulhosa. Depois, fui pra cama e chorei umas dez horas seguidas.

— Não culpo você. Foi pesado. — E ela só tinha visto metade. O Registro Distante era bem pior.

— Ontem à noite... — comecei, mas ela disse na mesma hora:

— Sabe, preciso ir...

Meu momento tinha passado, como sempre, e nossas frases atropelaram uma à outra. Ficamos sentados por um minuto, em meio ao constrangimento. Eu não conseguia levantar para ir embora.

Ela ficou de pé e limpou o short.

— Fico feliz de termos tido chance de conversar.

— Eu também.

Quando andávamos pelo caminho bem cuidado que levava ao portão de Marian, tive uma ideia. Não era uma ideia perfeita, mas era boa.

— Espere. — Tirei um folheto laranja dobrado do bolso. — Tome.

Liv o desdobrou.

— O que é isso?

— Um convite para a festa de Savannah Snow depois do jogo de basquete contra Summerville na noite de sábado. É o convite mais quente da cidade. — Era difícil dizer isso com expressão séria.

— Como você e Lena foram convidados pra uma festa na casa de Savannah?

— Você subestima os poderes combinados de uma ex-Sirena e um Linkubus.

Ela guardou o papel no bolso.

— Então você quer acrescentar uma Guardiã em treinamento expulsa à mistura?

— Não sei se vamos, mas Link e Ridley vão com certeza. Você também deveria ir e passar um tempo com eles, como antigamente.

Ela hesitou.

— Vou pensar.

— Pensar?

— Não vai ser um pouco constrangedor se você e Lena estiverem lá?

É claro que sim.

— Por que seria constrangedor? — Tentei ser convincente.

— Por que as pessoas dizem coisas assim? Não sei se Lena vai ficar à vontade perto de mim. — Ela olhou para o céu, como se a resposta estivesse escondida no universo azul ininterrupto. — E é por isso que precisamos daquelas camisetas, acho.

Coloquei as mãos nos bolsos e tentei pensar em uma resposta.

— Você trouxe Macon de volta. Apoiou Marian. Lena respeita você e o que fez para ajudar nós dois. Você praticamente mora em Ravenwood ou, ao menos, debaixo da casa. É como se fosse da família.

Ela apertou os olhos e examinou meu rosto como se não acreditasse em mim. E fazia sentido, pois parte do que falei não era verdade.

— Talvez. Possivelmente. É o melhor que posso fazer, dadas as circunstâncias.

— Vou interpretar isso como um sim.

— Tenho de voltar. Macon está me esperando. Mas vou pensar na festa.

Ela tirou uma chave do bolso e a ergueu. Era uma chave em forma de lua crescente, como a que Marian possuía. Agora, Liv podia abrir as portas externas que ligavam os mundos Mortal e Conjurador. Por alguma razão, isso parecia ser o certo. Ela acenou e desapareceu na esquina ao mesmo tempo que me virava para a casa escura. As janelas ainda estavam fechadas.

Deixei a correspondência em uma cadeira de balanço ao lado da porta de Marian e torci para não estar mais lá de manhã. Esperava que minhas lembranças da *Temporis Porta* desaparecessem mais rápido ainda.

— Você fez o quê? Por favor, me diga que está brincando.

Estávamos no Cineplex, na fila da pipoca. Lena não estava tão feliz com a amizade com Liv quanto eu tinha esperado. Na verdade, estava tão insatisfeita quanto eu previra. Mas, se Liv decidisse ir à festa, Lena iria descobrir que tinha sido eu quem a convidou. Era melhor levar o golpe agora. Uma namorada furiosa era uma coisa. Uma namorada Conjuradora furiosa significava que você podia perder um membro ou pular de um precipício.

Eu tinha planejado contar a Lena sobre ter encontrado a *Temporis Porta* com Liv na noite anterior. Mas, considerando a reação dela ao convite para a festa, pareceu melhor esperar.

Assim, fui sincero sobre o resto.

Suspirei e repeti meu argumento, embora não fosse me levar a lugar algum.

— Se você tivesse alguma coisa com que se preocupar, acha que eu teria convidado Liv pra ir a um lugar aonde talvez vá com você? Você não acha que faria planos secretos?

— Que tipo de planos secretos?

Dei de ombros.

— Não sei. Não tenho nenhum.

— Mas vamos dizer que tivesse.

— Mas não tenho. — A conversa estava indo morro abaixo muito rápido.

— Ethan, isso é hipotético.

— É uma armadilha. — Eu sabia muito bem que não devia entrar no jogo de perguntas hipotéticas com uma garota.

Chegamos ao balcão, e peguei minha carteira.

— E então?

Lena olhou para mim como se eu fosse louco.

— O de sempre.

O de sempre? O que era o de sempre? Minha mente estava completamente vazia.

— O de sempre — repeti estupidamente.

Ela me deu uma olhada e se virou para o caixa.

— Pipoca e caramelos de chocolate, por favor.

Você está bem?

Estou, apenas tive um branco. Não sei.

O caixa colocou a pipoca de Lena no balcão e olhou para mim. Olhei para a lista na parede.

— E que tal... pipoca e bala de canela Hot Tamales?

Hot Tamales?

Aqui não tem a marca Red Hot, L.

Está pensando em alguém que conheço?

Dei de ombros. É claro que estava. Amma não estava fazendo rolinhos primavera com o cutelo, nem recheando tortas com a Ameaça de Um Olho. Os lápis nº. 2 apontados estavam na gaveta, e eu não via uma palavra-cruzada na mesa da cozinha havia semanas.

Ethan, não se preocupe com Amma. Ela vai melhorar.

Amma nunca escureceu por tanto tempo. Temos uma árvore com garrafas penduradas em nosso jardim.

Desde que Abraham apareceu na sua casa?

É mais pra desde que as aulas começaram.

Lena colocou os caramelos de chocolate no pote de pipoca.

Se você está tão preocupado, por que não pergunta a ela?

Já tentou perguntar alguma coisa a Amma?

Sim. Não. Talvez precisemos ir ver esse bokor.

Não se ofenda, L, mas ele não é o tipo de cara que se leva a namorada pra ver. E não tenho certeza se uma Conjuradora de verdade estaria em segurança lá.

A equipe inteira de líderes de torcida passou por nós. Ridley estava andando com um cara que eu não conhecia, que estava com a mão no bolso de trás da saia colada dela. Não era da Jackson; meu palpite era Summerville. Savannah estava pendurada em Link, que estava olhando para Ridley enquanto ela fingia não reparar nele. Emily estava andando atrás deles com Charlotte e Eden, e dava para ver a ira no rosto de Savannah. Ela não era mais a base da pirâmide.

— Vão sentar com a gente? — gritou Link, quando passou.

Savannah sorriu e acenou. Lena olhou para os dois como se estivessem andando pela rua só de roupa íntima.

— Nunca vou me acostumar com isso — disse ela.

— Nem eu.

— Você explicou pra Rid sobre as quatro fileiras de trás do Cineplex?

— Ah, não...

Assim, acabamos entre Link e Savannah, e Ridley e o cara de Summerville, nas últimas quatro fileiras. Os créditos mal tinham começado quando Savannah começou a sussurrar e rir no pescoço de Link, o que era, pelo que eu podia perceber, uma desculpa para colocar a boca perto da dele. Dei uma cotovelada nele com o máximo de força que consegui.

— Ai!

— Ridley está sentada bem aqui, cara.

— É. Com esse retardado.

— Você quer que ela fique em cima dele assim? — Ridley não era o tipo de garota que ficava furiosa. Ela ficava quite.

Link se inclinou para a frente e olhou além de Lena e de mim, para onde Ridley estava sentada. O Retardado de Summerville já estava com a mão na perna dela. Quando ela viu Link olhando, passou o braço pelo do sujeito e jogou o cabelo louro e rosa para trás. Em seguida, pegou um pirulito e começou a desembrulhá-lo.

Link se mexeu na cadeira.

— É. Você está certo. Vou ter de chutar...

Lena pegou a manga da camisa de Link, antes que ele se levantasse.

— Você não vai fazer nada. Apenas se comporte, e ela também vai se comportar, e depois talvez vocês possam começar a namorar como pessoas normais e parem com esse joguinho idiota.

— Shh! — O Retardado de Summerville olhou para nós. — Calem a boca. Tem gente aqui tentando ver o filme.

— Ah, tá — gritou Link para ele. — Sei o que você está tentando ver.

Link me lançou um olhar de súplica.

— Por favor, me deixe ir pra fora pra dar uma surra nele, antes que eu perca as partes boas. Você sabe que vou acabar fazendo isso mesmo.

Ele tinha razão. Mas ele era um Linkubus, e as regras eram diferentes agora.

— Está pronto para Ridley dar uma surra em Savannah? Porque você sabe que ela vai fazer isso.

Ele balançou a cabeça.

— Não sei quanto tempo consigo suportar isso. Rid está me deixando doido. — Por um segundo, o velho Link estava de volta, fixado na garota que sempre seria boa demais para ele. Talvez fosse isso. Talvez ele sempre fosse ver Ridley como fora do alcance, embora o alcance dele tivesse mudado.

— Você precisa convidá-la pra festa de Savannah, pra ir como sua acompanhante. — Era o único jeito de desarmar essa bomba em particular.

— Você está de brincadeira? É como declarar guerra contra a equipe toda. Savannah já me mandou fazer um monte de coisa, ir mais cedo pra arrumar e montar tudo.

— Só estou falando o que vejo. — Comi pipoca com bala de canela Hot Tamales. Minha boca estava queimando, o que me pareceu um sinal. Hora de calar a boca.

Eu não ia mais dar conselho algum.

No fim da noite, Link deu uma surra no Retardado de Summerville no estacionamento. Ridley chamou Link de todos os palavrões que não estão no dicionário, e Savannah se meteu. Por um minuto, pareceu que ia haver uma briga de garotas, das sérias, até que Savannah lembrou que o braço ainda estava na tipoia e fingiu que tudo fora um mal-entendido.

Quando cheguei em casa, havia um bilhete preso na porta da minha casa. Era de Liv.

Mudei de ideia. Vejo você na festa. Bj Liv

Bj.

Era só uma coisa que as meninas escrevem no final de bilhetes, né?

É.

Eu estava morto.

⚔ 18 DE OUTUBRO ⚔
Uma garota muito má

Foi bem difícil convencer Amma a me deixar ir à festa de Savannah Snow. E era impossível ela não reparar, se eu tentasse sair escondido. Amma não ia mais a lugar algum. Não ia para a casa dela em Wader's Creek desde que tirou o jogo de tarô que a fez ir até a cripta da rainha vodu. Ela não admitia, mas, quando eu perguntava por que não foi mais para casa, ficava na defensiva.

— Você acha que posso deixar as Irmãs sozinhas? Sabe que Thelma não anda muito bem desde o acidente.

— Ah, Srta. Amma. Pare de reclamar. Eu só fico um tantinho confusa de vez em quando — gritou Thelma da sala ao lado, onde estava ajeitando o sofá. Tia Mercy gostava de uma almofada e dois cobertores. Tia Grace gostava de duas almofadas e um cobertor. Tia Mercy não gostava de cobertores usados, o que significava que eles tinham de ser lavados antes de ela chegar perto deles. Tia Grace não gostava de almofadas com cheiro de cabelo, mesmo sendo dela mesma. O triste era que, desde "o acidente", eu sabia mais sobre a preferência de almofadas e lugares para esconder o sorvete de café do que gostaria de saber.

O acidente.

"O acidente" costumava se referir à batida de carro da minha mãe. Agora, era um código delicado sulista para a condição de tia Prue. Eu não sabia se me fazia sentir melhor ou pior, mas quando Amma começava a falar do "acidente", não havia como fazê-la mudar de assunto.

Mesmo assim, tentei.

— Elas não ficam acordadas depois das 20h. Que tal jogarmos Scrabble, e depois eu saio quando todas estiverem dormindo?

Amma balançou a cabeça ao tirar e botar travessas de biscoito no forno. De canela. De melado. Amanteigados. Biscoitos, não tortas. Biscoitos eram para entregar para alguém. Ela nunca dava biscoitos para os Grandes. Não sei por quê, mas os Grandes não gostavam muito de biscoitos. O que significava que ela ainda não estava falando com eles.

— Para quem está assando biscoitos hoje, Amma?

— Por quê? Meus biscoitos agora não são bons o bastante pra você?

— Não é isso. Você pegou os enfeites de papel, o que significa que esses não são pra mim.

Amma começou a arrumar os biscoitos na travessa.

— Bem, não é espertinho, você? Vou levar para o County Care. Achei que aquelas simpáticas enfermeiras pudessem querer um biscoito ou dois de companhia nas longas noites de plantão.

— Posso ir então?

— Você é mais limitado do que pensei se acha que Savannah Snow quer você na casa dela.

— É só uma festa comum de escola.

Ela baixou a voz.

— Não existe festa comum de escola quando tem uma Conjuradora, um Incubus e uma ex-Sirena com você. — Amma conseguia dar uma bela bronca mesmo sussurrando. Ela bateu a porta do forno e ficou parada com as mãos enluvadas nos quadris.

— Um quarto de Incubus — sussurrei em resposta. Como se isso mudasse alguma coisa. — É na casa da família Snow. Você sabe como eles são. — Fiz minha melhor imitação do reverendo Blackwell. — Tudo bem, povo temente a Deus. Mantenham uma Bíííí-blia ao lado da cama. — Amma olhou para mim com raiva. Parei. — Nada vai acontecer.

— Se ganhasse dez centavos pra cada vez que você fala isso, eu estaria morando em um castelo. — Amma cobriu os biscoitos com filme plástico. — Se a festa é na casa da família Snow, por que você vai? Eles nem convidaram você ano passado, pelo que lembro.

— Eu sei. Mas achei que seria divertido.

Encontrei Lena na esquina da rua Dove porque ela teve menos sorte ainda com o tio e acabou saindo escondida. Estava com tanto medo de Amma vê-la e mandá-la de volta pra casa que estacionou o rabecão à 1 quadra de distância. Não que o carro dela fosse difícil de perceber.

Macon tinha deixado claro que ninguém ia a festa nenhuma, não enquanto a Ordem ainda estivesse rompida, e, sobretudo, não na casa da família Snow. Ridley tinha deixado igualmente claro que ia. *Como esperavam que ela se encaixasse na sociedade como Mortal se não tinha permissão de fazer coisas normais com os novos amigos Mortais?* Coisas voaream pelos ares. No fim, tia Del cedeu, mesmo que Macon não tivesse.

Então Ridley saiu pela porta da frente enquanto Lena teve de achar uma forma de sair escondida.

— Ele pensa que estou no meu quarto emburrada porque não me deixou sair. — Lena suspirou. — Que é onde eu estava até elaborar minha estratégia de saída.

— Como você saiu? — perguntei.

— Precisei usar uns 15 Conjuros diferentes: de esconder, de cegar, de esquecer, de disfarçar, de duplicar.

— Duplicar? Você quer dizer que clonou a si mesma? — Esse era novidade.

— Só meu cheiro. Qualquer um que Conjurar uma Revelação na casa pode ser enganado por um ou dois minutos. — Ela suspirou. — Mas não tem como enganar tio Macon. Estou morta quando ele descobrir que saí. Você acha que é ruim morar com uma Vidente? Tudo que tio Macon quer fazer é praticar as habilidades de Caçar na Mente.

— Fantástico. Então temos a noite toda. — Puxei-a para perto de mim, e ela se encostou no carro.

— Humm. Talvez mais. Provavelmente não vou conseguir voltar esta noite. A casa está protegida mil vezes.

— Pode ficar comigo, se quiser. — Beijei o pescoço dela e fui subindo até a orelha. Minha boca já estava queimando, mas não me importei. — Por que vamos para essa festa idiota mesmo quando temos um carro perfeito bem aqui?

Ela ficou na ponta dos pés e me beijou até minha cabeça estar latejando com tanta força quanto meu coração. Depois se afastou e abaixou.

— Tia Mercy e tia Grace adorariam isso, não é? Quase valeria a pena ver as expressões nos rostos delas quando eu descesse pra tomar café de manhã. Podia até descer enrolada na sua toalha. — Ela começou a rir, e eu imaginei a cena toda, só que a gritaria na minha cabeça era tão alta que desisti.

— Vamos apenas dizer que o vocabulário poderia ficar bem mais pesado do que a palavra "traseiro".

— Aposto que elas chamariam a "maldita políí-cia". — Ela estava certa.

— É, mas eu que seria preso por roubar sua virtude.

— Então acho melhor irmos buscar Link antes que você tenha a chance de fazer isso.

Não conseguia me lembrar da última vez em que botei os pés na casa de Savannah, mas comecei a me sentir desconfortável assim que subimos a escada. Havia fotos dela em todos os lados (usando tiaras brilhantes e todos os tipos de faixas de MISS SOU MELHOR QUE VOCÊ, posando com o uniforme de líder de torcida e com os pompons), e uma fileira inteira do que, acho, deviam ser fotos de modelo, com Savannah de biquíni, cílios postiços e muito batom. Pelo que parecia, ela usava batom desde que parou de usar fraldas.

A família Snow realmente não precisava de decoração de festa. Além da mesa coberta com cem cupcakes em formato de bola de basquete, da tigela de ponche com pequenas bolas de basquete congeladas nas pedras de gelo, dos sanduíches de salada de galinha cortados no formato de bolas de basquete com cortadores de biscoito redondos, Savannah era a maior decoração de todas. Ela ainda estava usando o uniforme de líder de torcida, mas tinha escrito o nome de Link em uma das bochechas e desenhado um enorme coração cor-de-rosa na outra. Estava no meio do quintal, esperando, sorrindo, iluminando o ambiente, como se fosse a árvore de Natal na festa de Natal. E assim que Savannah viu Link, foi como se alguém tivesse ligado o interruptor que acendia todas as luzes.

— Wesley Lincoln!

— Oi, Savannah.

Savannah estava esperando que saísse faísca entre eles, mas ela não tinha chance. Quando se tratava de Link, só havia uma garota que podia causar esse tipo de faísca, e foi apenas uma questão de minutos até ela chegar e incendiar a festa.

Na verdade, demorou uma hora.

Foi quando Ridley chegou e esquentou as coisas um ou dois graus... ou uns duzentos.

— Boa noite, rapazes.

Link virou a cabeça de repente quando a viu e abriu um sorriso de 1 quilômetro de largura, confirmando o que eu já sabia. Ridley ainda estava na cabeça dele e em todo o resto do corpo. Eu sabia como era esse tipo de radar. Era o que sentia com Lena.

Oh-oh. Isso não é bom, L.

Eu sei.

— Vamos. Acho que a coisa vai ficar feia. — Peguei a mão de Lena e me virei para sair, mas ali estava Liv. Lena me lançou um olhar.

Merda.

Com tudo o mais acontecendo, havia esquecido que tinha dado o convite para Liv.

— Lena. — Liv sorriu.

— Liv. — Lena meio que sorriu. — Eu não sabia se você vinha.

— É mesmo? Deixei um bilhete pra Ethan. — Liv sorriu para mim abertamente.

— É mesmo. — Lena me lançou um olhar que me disse que eu ouviria sobre isso depois.

Liv deu de ombros.

— Ah, você conhece Ethan. — *Não conhece?* Foi o que Lena ouviu.

— É, conheço. — Lena não estava mais sorrindo.

Comecei a entrar em pânico e reparei na mesa do ponche, a uns 4 metros de distância. Pareceu uma distância segura.

— Vou pegar alguma coisa pra comer. Alguém quer alguma coisa?

— Não. — Liv sorriu para mim como se tudo estivesse bem.

— Nadinha. — Lena sorriu para mim como se estivesse prestes a me matar.

Fugi o mais rápido que consegui.

A Sra. Snow estava perto da tigela de ponche, conversando com dois homens que eu nunca tinha visto antes. Os dois estavam com bonés de universidade e camisas com colarinho.

— É surpresa — disse a Sra. Snow para eles. — Foi por isso que minha filha quis fazer essa reuniãozinha. Ela queria que vocês pudessem falar com Wesley em um ambiente casual.

— Foi muita gentileza da sua filha, senhora.

— Savannah é uma garota muito atenciosa. Sempre coloca os outros na frente. E o namorado dela, Wesley, é um jogador de basquete muito talentoso. Por isso, meu marido pediu que viessem. E Wesley é de uma boa família, que frequenta a igreja. A mãe dele está envolvida em tudo que acontece nessa cidade.

Parei ao lado da mesa, com uma bola de basquete de chocolate na boca. Eles eram olheiros de universidade. E estavam aqui para conhecer Link.

Olhei para o quintal, para onde Link e Savannah estavam dançando e Ridley andava ao redor como um tubarão. Rid agiria a qualquer minuto, e seria tão rápido que não sobraria nada além de sangue na água.

Saí andando e quase derrubei a tigela de ponche.

— Com licença, Savannah. Preciso falar com Link um minuto. — Segurei Link e o puxei pelo portão dos fundos de Savannah.

— Mas que diabos? — Link olhou para mim como se eu fosse louco.

— Tem olheiros da universidade aqui. A Sra. Snow armou isso tudo pra você. E, se você deixar Ridley chegar perto de Savannah hoje, vai estragar tudo.

— Do que você está falando? — Ele pareceu confuso.

— Basquete. Olheiros de faculdade. É sua passagem pra fora daqui.

Ele balançou a cabeça.

— Não, cara. Você entendeu tudo errado. Não quero uma passagem pra sair desta cidade. Só quero uma passagem pra sair desta festa.

— Você o quê?

Ele já estava balançando a cabeça e andando de volta para a festa.

— Não é Savannah. Nunca foi. É Ridley, pra melhor ou pra pior. — Ele olhou para mim como se estivesse me contando que tem uma doença fatal. — Não consigo me livrar disso.

— Se livrar de que, Shrinky Dink?

Ridley estava de pé com as costas para o portão. Ao contrário do restante das garotas da equipe, não estava com o uniforme de líder de torcida. O vestido verde dela era tão apertado em algumas partes e com fendas tão grandes em outras que não dava para ter certeza de para onde se devia olhar.

Link chegou mais perto dela.

— Venha, Rid. Quero falar com você.

— Não foi o que sua namoradinha disse. Ela disse que você não queria falar comigo. Na verdade, ela me mandou sair da casa dela.

— Savannah não é minha namorada.

Tentei fingir que não sabia o que estava prestes a acontecer. Tentei não escutar e nem me importar.

Mas conseguia ouvir o desespero na voz de Link.

— Nunca teve ninguém além de você.

— Do que você está falando? — Ela ficou paralisada, mas era tarde demais.

Link não conseguiu parar.

— Às vezes penso coisas loucas, como que quero ficar com você pra sempre. Poderíamos morar em um trailer e conhecer o mundo. Quero dizer, as partes onde dá pra ir dirigindo. E você poderia compor músicas, e eu poderia tocá-las em shows. Não consegue ver isso?

O rosto de Ridley parecia prestes a se partir em mil pedaços.

— Eu... não sei o que dizer.

— Diga que vai ser minha namorada, como era antes.

Ela hesitava, e percebi o quanto esse momento devia estar sendo difícil para ela. Porque ela não era a Ridley que costumava ser, assim como ele não era o Link que costumava ser. Nada era o mesmo. Para ninguém.

Mas então ela notou Lena e Liv observando de um lado, e eu, de pé do outro. Ela ficou emburrada. Ridley não ia desabar, principalmente na nossa frente.

— O que você está tomando, Shrinky Dink?

— Pare com isso, Rid. Você é minha garota. Pare de fingir que não sente a mesma coisa por mim.

— Sou uma Sirena. Não sou garota de ninguém. Não *sinto* nada. E não me apaixono. Não sou capaz disso. — Ela começou a se afastar. — Sempre foi apenas diversão.

— Rid, você não é mais Sirena. Nunca vai voltar a ser.

Ridley se virou com os olhos azuis em fúria.

— É aí que você está errado. Não vou ficar presa nessa cidade patética pra sempre. E não vou viajar pelo mundo em um lixo de trailer com você de jeito nenhum. Tenho outros planos.

— Ridley... — Link pareceu infeliz.

— Grandes planos. E posso dizer agora que não incluem você! — Ela se virou para olhar para nós. — Nenhum de vocês!

Parecia que ela tinha dado um tapa no rosto de Link. Para um cara que passava a maior parte do tempo brincando, eu nunca o tinha ouvido se abrir assim com uma garota.

Quando Ridley saiu andando em direção ao portão, Link chutou a grama ao lado dele, e ela saiu voando.

Do outro lado do quintal, Savannah viu sua oportunidade e aproveitou. Ajeitou o cabelo louro e passou pela multidão, indo até Link. Deslizou as mãos pela camiseta dele.

— Venha, Link. Vamos dançar.

No minuto seguinte, eles estavam dançando, e Savannah estava se jogando para cima dele. Lena, Liv e eu ficamos olhando como se estivéssemos vendo um acidente entre três carros na autoestrada 9. Não dava para desviar o olhar.

Liv franziu o nariz.

— Será que devíamos deixar isso acontecer?

Lena deu de ombros.

— Não vejo o que possamos fazer pra impedir. A não ser que você queira ir até lá.

— Não, obrigada.

Foi quando Savannah (que obviamente não tinha percebido que estava dançando com um sujeito magoado, cujas esperanças e sonhos de amor verdadeiro e contratos com gravadoras e campings de trailer pelo país tinham acabado de ser destruídos) fez o gesto fatal.

Nós três prendemos a respiração.

Bem ali, debaixo das luzes piscantes, Savannah pegou o rosto de Link nas mãos e o puxou em sua direção.

— Caramba. — Liv escondeu o rosto.

— Isso é ruim. — Lena também não quis olhar.

— Estamos ferrados. — Eu me preparei.

O beijo durou vinte segundos inteiros.

Até Ridley, por acaso, olhar por cima do ombro.

Deve ter dado para ouvir o som à 1 quilômetro de distância. Ridley estava parada atrás do portão na extremidade do quintal de Savannah, gritando tão alto que todo mundo na festa parou de dançar. Ela estava segurando o cinto de escorpião, com os lábios se movendo como se estivesse Conjurando.

— Ela não pode estar... — sussurrou Lena.

Segurei a mão de Lena.

— Precisamos impedi-la. Ela perdeu a cabeça.

Mas era tarde demais.

Um minuto depois, tudo se transformou em um caos completo.

Senti o Conjuro percorrer a festa como uma onda. E quase dava para vê-lo, atingindo uma pessoa e seguindo para a próxima. Dava para ver onde ele tinha acertado, pelas expressões de raiva e gritos que deixava no caminho. Em um minuto, casais estavam dançando e, no seguinte, estavam brigando. Rapazes empurravam uns aos outros enquanto vítimas inocentes tentavam sair do caminho. Até o Conjuro atingi-las, e então eram elas que começavam a empurrar e gritar.

Ouvi a tigela de ponche se espatifar no chão, mas não consegui ver o que houve por causa do grupo de líderes de torcida puxando os cabelos umas das outras e dos jogadores de basquete brigando. Até a Sra. Snow estava gritando com os olheiros, dizendo coisas horríveis para que eles jamais voltassem a cruzar a divisa entre os condados.

Os olhos de Lena ficaram sombrios.

— Consigo sentir... um *Furor*! — Ela segurou a mim e a Liv e nos puxou em direção ao portal, mas era tarde demais.

Soube assim que nos atingiu, porque Liv se virou e bateu na cara de Lena com o máximo de força que conseguiu.

— Você perdeu a cabeça? — Lena botou a mão na bochecha, que já estava ficando com um tom intenso de vermelho.

Liv apontou para ela, com o pesado selenômetro preto pendurado no pulso.

— Isso foi por tanto choramingo, princesinha.

— O quê? — O cabelo de Lena começou a se encaracolar, e os olhos verde e dourado se apertaram.

Liv prosseguiu.

— Mas que pobrezinha e linda que eu sou. Meu namorado lindo está tão apaixonado por mim, mas meu coração está partido porque... ei... é assim que lindas garotas emo como eu devem agir.

— Cala a boca! — Lena parecia prestes a dar um soco na cara de Liv. Ouvi um ribombar de trovão no céu.

— Em vez de ficar feliz por um cara legal me amar, vou colocar esmalte preto e fugir com outro cara bonito.

— Não foi o que aconteceu! — Lena se virou para bater em Liv, mas segurei o braço dela. A chuva começou a cair.

Liv continuou a falar.

— E, espere só, sou a Conjuradora mais poderosa do universo. Caso o resto de vocês, meros Mortais, já não se sinta como lixo.

— Você está louca? — gritou Lena para ela, mas era difícil ouvi-la em meio à confusão. — Meu tio morreu. Achei que estava indo para as Trevas.

— Você sabe como é passar o tempo ao lado de um cara quando se gosta dele? Ajudá-lo a encontrar a namorada que não quer ser encontrada? Vê-lo partir o próprio coração e o seu também por causa de uma garota Conjuradora idiota que não está nem aí pra ele?

Um relâmpago cruzou o céu, e a chuva caía sobre nós com a força de granizo. Lena partiu para cima de Liv. Entrei na frente dela e a segurei.

— Liv. Já chega. Você está enganada. — Eu não fazia ideia do que Liv estava fazendo, mas queria que ela calasse a boca.

— Gostar dele? Pelo menos, você finalmente admite! — Lena estava gritando.

— Não admito nada além do fato de que você é uma vagabundazinha maldita que acha que o mundo gira em torno de seus belos cachos.

Foi a gota d'água. Lena soltou os braços e bateu com as mãos nos ombros de Liv. Liv caiu para trás, batendo no chão com força. Lena não ia deixar que ela tivesse a última palavra. Nem o último golpe.

— Muito bem, Srta. Não-Estou-Aqui-Para-Roubar-Seu-Namorado. — Lena imitou a voz de Liv. — É verdade, somos apenas amigos, apesar de eu ser mais inteligente e mais loura do que o resto de vocês todos juntos. E já mencionei meu sotaque britânico fofo?

Liv chutou lama em cima dela, mas Lena saiu do caminho bem a tempo. E não parou por aí.

— E, se isso não for o bastante, vou me martirizar para que você possa passar o resto da sua vida se sentindo culpada. Ou talvez eu possa passar meu tempo todo com seu tio para que ele possa me ver como a filha que nunca teve. Ah, espere... ele já tem uma! Mas quem se importa. Porque se Lena tem uma coisa vou tentar tirar dela!

Liv ficou de pé e tentou passar por mim. Eu a segurei.

— Parem! Estão agindo como idiotas. É um Conjuro! Vocês nem percebem de quem deveriam estar com raiva!

— E você percebe? — gritou Lena, tentando esticar a mão para agarrar o cabelo de Liv.

— É claro que percebo. Mas a única pessoa de quem estou com raiva não está aqui. — Eu me inclinei e peguei o cinto de escorpião de Ridley na grama enlameada. Entreguei para Lena. — É Ridley. E ela foi embora. Então, não tenho com quem gritar.

Ouvi o motor do Lata-Velha sendo ligado. Apontei para o portão, e vimos o carro se afastar do meio-fio.

— Na verdade, acho que tem alguém com mais raiva dela do que eu. E parece que ele saiu pra procurá-la.

— Acha mesmo que isso é alguma espécie de Conjuro? — Lena olhou para Liv.

— Não. Acho que sempre brigamos como cachorros de rua quando tentamos nos enturmar em festas. — Liv revirou os olhos.

— Está vendo? Você tem de bancar a espertinha o tempo todo. — Lena tentou se soltar, mas segurei os dois braços dela com mais força.

— É um *Furor*, sua idiota — respondeu Liv.

— Eu sou uma idiota? Eu disse *Furor* antes de tudo isso começar.

Empurrei as duas pelo portão à minha frente.

— Vocês duas estão agindo como idiotas. E agora vamos entrar no carro e ir para Ravenwood. E, se não conseguem dizer nada legal uma para a outra, não digam nada.

Mas eu não precisava me preocupar, porque se havia uma coisa que tinha entendido sobre essas garotas era que logo elas parariam de implicar uma com a outra. Estariam ocupadas demais implicando comigo.

— Isso é porque ele tem medo de tomar uma decisão — disse Liv.

— Não, é porque ele não quer aborrecer ninguém — respondeu Lena.

— Como você pode saber? Ele nunca diz o que está pensando.

— Não é isso; Ele nunca pensa o que está dizendo — retrucou Lena.

— Já chega! — Entrei pelos portões contorcidos de Ravenwood, furioso com as duas.

Furioso com Ridley. Furioso com a forma como o ano estava se desenrolando. *Furor*, esse era o nome certo, fosse o que fosse. Eu odiava me sentir assim e odiava mais ainda porque sabia que os sentimentos eram reais, mesmo que fosse preciso um feitiço para expô-los.

Lena e Liv ainda estavam brigando quando saímos do carro. Embora soubessem que estávamos sob influência de um Conjuro, não conseguiam evitar. Ou talvez não quisessem. Nós três andamos em direção à porta da frente, e fiquei entre elas. Só por garantia.

— Por que você não nos dá um pouco de espaço? — Lena se colocou na frente de Liv. — Já ouviu falar de segurar vela?

Liv a fez dar um passo para trás.

— E você acha que eu queria estar aqui? Pra, mais uma vez, limpar sua sujeira? Pra você se esquecer de mim até a próxima vez...

Eu não estava mais ouvindo. Estava olhando para a janela de Ridley. Vi uma sombra passar na frente dela, por trás da cortina. Só conseguia ver uma silhueta, mas pude perceber que não era Ridley.

Link deve ter chegado primeiro, só que eu não estava vendo o Lata-Velha.

— Acho que Link está lá.

— Não quero saber. Ridley tem muita coisa a explicar.

Lena estava na metade da escada quando cruzei a soleira da porta. Senti a mudança imediatamente. O próprio ar parecia diferente. Mais leve, de alguma forma. Olhei para Liv.

A expressão dela estava do jeito como eu me sentia. Confusa. Desorientada.

— Ethan, alguma coisa parece estranha pra você?

— Sim...

— É o *Furor* — disse Liv. — Foi rompido. A magia não consegue passar pelos Feitiços.

— Ridley! Onde você está? — Lena estava a alguns passos da porta da prima. Quando a alcançou, abriu sem bater. Não ligava se Link estava lá ou não. Mas não tinha importância.

O sujeito no quarto de Ridley não era Link.

✥ 18 DE OUTUBRO ✥
Refém

— Mas que diabos? — Ouvi a voz, antes mesmo de vê-lo. Porque ele não devia estar esperando me ver no quarto de Ridley tanto quanto eu não estava esperando encontrá-lo lá.

John Breed estava deitado no tapete rosa peludo de Ridley com um controle de videogame em uma das mãos e um saco de Doritos na outra.

— John? — Lena ficou tão surpresa quanto eu. — Você devia estar morto.

— John Breed? Aqui? Não é possível. — Liv estava chocada.

John soltou o pacote e ficou de pé em um pulo.

— Desculpem decepcionar vocês.

Fiquei parado na frente de Lena e Liv de maneira protetora.

— Sei que eu estou decepcionado.

Lena não precisava de proteção. Ela me empurrou e passou na minha frente.

— Como você ousa entrar na minha casa depois de tudo que fez? Fingiu ser meu amigo quando tudo que queria era me levar até Abraham. — Um trovão soou lá fora. — Cada palavra que você me disse era mentira!

— Não é verdade. Eu não sabia o que iam fazer. Me traga a Bíblia. *O Livro das Luas*, o que você quiser. Posso jurar por ele.

— Não podemos fazer isso. Porque Abraham está com ele. — Eu estava furioso e não queria ouvir John bancar o bobo. Era uma nova tática, e eu ainda estava tentando me ajustar ao fato de que ele estava no quarto de Ridley comendo Doritos.

Lena não tinha terminado.

— Se isso já não fosse ruim o bastante, você transformou Link em... você. — O cabelo de Lena estava se encaracolando, e eu esperava que o quarto não estivesse prestes a pegar fogo.

— Não pude evitar. Abraham consegue me obrigar a fazer coisas. — John estava andando de um lado para o outro. — Eu... Eu não consigo nem me lembrar da maior parte das coisas que aconteceu naquela noite.

Cruzei o quarto até estar bem na frente dele. Não me importava se ele fosse me matar.

— Você se lembra de levar Lena até aquele altar e de amarrá-la? Você se lembra dessa parte?

John parou de andar e olhou para mim, os olhos verdes examinando os meus. Quando falou, mal consegui ouvi-lo.

— Não.

Eu o odiava. A lembrança das mãos dele em Lena, de quase perdê-la naquela noite. Mas ele parecia estar dizendo a verdade.

John se sentou na cama.

— Esqueço coisas às vezes. É assim desde que eu era criança. Abraham diz que é porque sou diferente, mas não acredito nele.

— Você está dizendo que acha que ele tem alguma coisa a ver com isso? — Liv pegou o caderninho vermelho.

John deu de ombros.

— Não sei.

Lena olhou para mim.

E se ele estiver dizendo a verdade?

E se não estiver?

— Nada disso explica por que você está no quarto de Ridley — disse Lena. — Nem como entrou em Ravenwood.

John ficou de pé e andou até a janela.

— Por que vocês não perguntam àquela sua prima manipuladora? — Ele parecia furioso para um cara que havia acabado de ser pego invadindo uma propriedade privada.

A expressão de Lena ficou sombria.

— O que Ridley tem a ver com isso?

John balançou a cabeça e chutou uma pilha de roupas sujas.

— Não sei. Que tal tudo? Foi ela quem me prendeu aqui.

Não sei se foi o modo como ele falou ou por estarmos falando sobre Ridley, mas parte de mim acreditava nele.

— Espere aí. Como assim, ela prendeu você?

Ele balançou a cabeça.

— Tecnicamente, ela me prendeu duas vezes. Primeiro, no Arco Voltaico, e depois, aqui, quando me soltou.

— Te soltou? — Lena estava estupefata. — Mas nós enterramos o Arco Voltaico...

— E sua prima desenterrou e trouxe pra cá. Ela me soltou, e estou preso nesta casa desde então. Este lugar é tão Enfeitiçado que não consigo passar da cozinha.

Os Feitiços. Eles não estavam impedindo que uma coisa entrasse em Ravenwood; estavam mantendo alguém preso lá dentro. Como eu pensei.

— Quando ela soltou você?

— Em agosto, acho.

Eu me lembrava do dia em que Lena e eu fomos até ali para entrarmos nos túneis e do som de algo se rasgando que pensei ter ouvido.

— Agosto? Você está aqui há dois meses? — Lena estava se descontrolando. — É você quem tem ajudado Ridley. É assim que ela está conseguindo Conjurar!

John riu, mas pareceu mais de amargura do que qualquer outra coisa.

— Ajudando? Graças à biblioteca do seu tio, ela tem me usado como gênio particular. Considere este buraco a garrafa.

— Mas como ela impediu que Macon encontrasse você? — Liv estava anotando cada palavra.

— Com um *Occultatio*, um Conjuro de Esconderijo. Obviamente ela me obrigou a fazê-lo. — Ele bateu com o punho na parede, deixando à mostra a tatuagem preta que serpenteava pelo braço. Outro lembrete de que era das Trevas, independentemente da cor dos olhos. — O tio de Lena tem livros sobre praticamente tudo, menos como sair daqui.

Eu não queria ouvi-lo reclamar sobre o modo como foi tratado. Odiei John desde a primeira vez em que o vi, na primavera, e agora ele tinha aparecido para estragar nossas vidas de novo. Olhei para Lena, cujo rosto estava indecifrável, com os pensamentos fechados.

Era assim que ela se sentia em relação a Liv?

Mas Liv não tinha tentado sequestrar minha namorada e nem levar a maior parte dos meus amigos à morte.

— Engraçado, porque tenho algumas garrafas penduradas em uma árvore no meu jardim e adoraria enfiar você em uma delas — falei.

John apelou para Lena.

— Estou preso. Não consigo sair daqui, e sua prima louca prometeu me ajudar. Mas ela precisava que eu fizesse umas coisinhas primeiro.

Ele passou a mão pelo cabelo, e reparei que não estava com a aparência tão legal quanto eu me lembrava. Com a camiseta preta amassada e a barba por fazer, parecia ter passado muito tempo vendo novelas e comendo Doritos.

— Ridley não é Sirena. Ela é uma chantagista.

— Mas como você a vem ajudando se não consegue sair de Ravenwood? — perguntou Liv. Era uma boa pergunta. — Tem a ensinado a Conjurar?

John riu.

— Está brincando? Transformei líderes de torcida em zumbis e uma festa em uma confusão. Você acha que Ridley conseguiria produzir um *Furor*? Ela mal consegue amarrar os sapatos como Mortal. Quem você acha que tem feito o dever de matemática dela?

— Eu, não. — Lena estava amolecendo, percebi, e isso estava me matando. Ele era como uma infecção dolorosa e terrível que não sarava. — Então como ela está Conjurando se você não a ensinou?

John apontou para o cinto ao redor da cintura de Lena.

— Essa coisa. — Ele puxou um passador de cinto vazio na própria calça jeans. — Ele funciona como condutor. Ridley usa o cinto, e eu faço o Conjuro.

O horrendo cinto de escorpião. Por isso ela nunca o tirava. Era o que a ligava ao mundo Conjurador e a John Breed, o único jeito de ela ter poder.

Liv balançou a cabeça.

— Odeio dizer isso, mas tudo faz sentido agora.

Fazia sentido, mas não mudava nada para mim. As pessoas mentiam. E John Breed era um mentiroso, até onde eu sabia. Eu me virei para Lena.

— Não acredita nessas coisas, né? Não podemos confiar nele.

Lena olhou para Liv e depois para mim.

— E se ele estiver dizendo a verdade? Ele sabia sobre as líderes de torcida. E sobre a festa. Acho que concordo com Liv. Tudo faz sentido.

Vocês duas vão começar a concordar agora?

Ethan. Foi um Conjuro. Um Conjuro de Furor *faz as pessoas ficarem com raiva e descontroladas.*

Pareceu bem real pra mim.

Olhei para John, cético.

— Não tem como ter certeza.

John suspirou.

— Ainda estou no quarto, sabe.

Lena olhou para a porta.

— Bem, tem um jeito.
Liv olhou para ela, assentindo.
— Você está pensando o que estou pensando?
— Alô? — John olhou para mim. — Elas são sempre assim?
— Sim. Não. Cale a boca.

Reece estava de pé no meio do quarto de Ridley, com os braços cruzados em uma pose de reprovação. De suéter e colar de pérolas, parecia ter sido tirada de outra família sulista, mais tradicional. Não estava feliz em ser usada como detector de mentiras humano e pareceu ainda mais irritada ao ver John Breed no quarto da irmã. Talvez Reece tivesse alguma fantasia enganosa de que Ridley fosse virar escoteira como ela, agora que era Mortal. No entanto, mais uma vez, a irmã a estava humilhando. Pensando bem, era uma pena a FRA ter aquela exigência de linhagem familiar. Reece poderia ter fundado uma unidade.

— Se acham que vou guardar segredo, vocês dois são mais malucos do que minha irmã. Isso passou *muito* dos limites.

Nenhum de nós queria um sermão de Reece, mas Lena não cedeu.

— Não estamos pedindo que guarde segredo. Queremos saber se ele está falando a verdade, antes de contarmos a tio Macon o que está acontecendo. — Lena provavelmente estava torcendo para John estar mentindo, para Ridley não ter escondido um Incubus perigoso roubado do túmulo e não ter canalizado os poderes dele.

Não estava claro o que era pior.

— Porque você está prestes a ficar de castigo pelo resto da vida? — perguntou Reece.

— Alguma coisa por aí.

Reece bateu com o pé no chão, impaciente.

— Desde que fique claro que você *vai* contar pro tio Macon. Senão eu conto. — É claro que contaria. Ela não conseguia perder a oportunidade de um bom castigo.

Eu estava preocupado com mais do que ela nos delatar.

— Você tem certeza de que isso vai funcionar, pois...

— Pois o quê? — cortou Reece. — Pois meus poderes andam falhando um pouco? É o que está tentando dizer? — *Que ótimo*. Reece zangada nunca era uma coisa boa.

— Eu... eu só queria saber se você tem certeza de que vai saber se ele estiver mentindo? — Era tarde demais para recuar agora.

Reece parecia querer arrancar minha cabeça fora.

— Não que seja da sua conta, mas ainda sou uma Sibila. O que eu vir no rosto dele, é verdade. Se meus poderes estiverem *falhando*, não vou ver nada.

Lena se meteu entre nós.

Está ficando complicado. Deixe comigo.

Obrigado.

Eu convivo com Reece, a Cruel, há bem mais tempo que você. É uma habilidade adquirida com o tempo.

— Reece. — Lena pegou a mão de Reece, e pude ver o cabelo dela começar a encaracolar. Fiz uma careta. Conjurar uma Conjuradora quase nunca era boa ideia. — Você é a Sibila mais poderosa que conheço.

— Não venha com essa pra cima de mim. — Reece afastou a mão. — Sou a única Sibila que conhece.

— Mas sabe que confio em você, aconteça o que acontecer. — Lena sorriu de forma encorajadora para a prima. Reece franziu a testa para nós dois.

Olhei para o outro lado. Com poderes falhando ou não, eu não ia olhar nos olhos de uma Sibila se pudesse evitar. Reparei que Liv também não falou nada e nem olhou na direção de Reece.

— Uma tentativa. E depois você vai contar pro tio Macon, aconteça o que acontecer. Porque isso tudo mostra, mais uma vez, por que *não* deveria ser permitido Conjurar quando se é menor de idade. — Ela cruzou os braços de novo. Levei um tempo para entender que foi um sim.

John desceu da cama e andou até onde Reece estava.

— Vamos acabar logo com isso. O que preciso fazer?

Reece olhou nos olhos verdes de John e observou o rosto dele como se ali estivessem todas as respostas que estávamos procurando.

— Já está fazendo.

John não se mexeu. Olhou para Reece e deixou que ela absorvesse seus pensamentos e lembranças. Reece se afastou antes dele, balançando a cabeça como se não tivesse gostado do que viu.

— É verdade. Ele não sabia o que Abraham e Sarafine estavam planejando e não se lembra do que aconteceu naquela noite. Ridley o tirou do Arco Voltaico, e ele está aqui desde então, fazendo o trabalho sujo para minha irmã.

John olhou para mim.

— Satisfeito?

— Espere. Como isso é possível?

Reece deu de ombros.

— Lamento por decepcioná-los. Ele não é do mal. É apenas um idiota. Às vezes, o limite é tênue.

— Ei. — John parecia menos presunçoso agora. — Pensei que você fosse a irmã legal. Onde está a famosa hospitalidade de Ravenwood?

Reece o ignorou.

Eu devia ter ficado aliviado, mas Reece estava certa. Estava decepcionado. Não queria que John fosse manipulado por Sarafine e Abraham. Queria que ele fosse um dos bandidos. Era assim que eu o via, que sempre o veria.

Mais do que tudo, queria que Lena o visse assim.

Lena não estava pensando em John.

— Temos de falar com meu tio. Temos de encontrar Ridley, antes que ela faça alguma besteira.

Certo. Se eu conhecia Ridley, provavelmente estava pedindo carona lá pelas alturas de Summerville. Depois do que fez hoje, sabia que Lena iria direto falar com Macon. E Ridley não gostava de encarar as consequências.

Lena se inclinou e puxou a ponta do tapete peludo rosa.

— Vamos.

— Tem certeza? Não quero que você o acorde nem nada. — Eu também não queria ver o olhar no rosto dele quando contássemos que Ridley tinha transformado a casa de Savannah Snow em uma luta de boxe gigantesca, usando o cinto Enfeitiçado de um Incubus que todos nós estávamos procurando e que, por acaso, estava morando no quarto de Ridley.

Lena abriu o alçapão.

— Duvido que esteja dormindo.

Liv balançou a cabeça.

— Lena está certa. Precisamos contar pra Macon. Imediatamente. Você não entende, estamos... — Ela hesitou e olhou para Lena. — Seu tio vem tentando encontrar John Breed há meses.

Lena assentiu. Não era um sorriso, mas era alguma coisa.

— Vamos.

John abriu outro pacote de Doritos.

— Quando chegarem lá, podem pedir pra ele me deixar sair daqui?

— Peça você — disse Lena. — Você vem conosco.

John olhou para a escuridão que levava aos túneis abaixo de nós e depois para mim.

— Nunca pensei que você ia me resgatar, Mortal.

Eu queria matá-lo ou dar um soco na cara dele. Queria fazê-lo pagar por tudo que fez a Lena e Link, por toda a confusão que Abraham provocou por causa dele. Mas deixaria isso tudo para Macon.

— Acredite, não estou fazendo isso.

Ele sorriu, e eu pisei no ar, procurando a solidez de degraus que eu jamais veria.

⇥ 19 DE OUTUBRO ⇤
A *arma suprema*

Bati na porta do escritório de Macon, e ela se abriu. Eu não precisava ter medo de acordá-lo. Um Link de aparência infeliz já estava sentado à mesa.

Macon acenou para eu entrar.

— Link já me contou tudo. Felizmente, veio direto pra cá, antes de machucar alguém. — Eu não tinha pensado no dano que um Incubus furioso poderia causar.

— Que parte de *tudo* o senhor sabe? — Entrei no escritório.

— Que minha sobrinha fugiu de casa. — Ele olhou direto para mim. — Não foi uma decisão sábia.

— Não, senhor. — Macon já estava furioso, e eu não queria contar para ele uma coisa que iria deixá-lo ainda mais furioso.

Ele cruzou os braços.

— E que Ridley conseguiu, de alguma forma, Conjurar um *Furor*?

Bem mais furioso.

— Sei que o senhor está aborrecido, mas tem uma coisa mais importante que preciso contar. — Olhei para a porta. — Ou talvez o senhor devesse ver por si mesmo.

— John Breed. — Macon se aproximou dele. — É uma virada de eventos bastante inesperada. Considerando tudo.

John estava parado ao lado da porta do escritório, como se fosse sair correndo de um jeito Mortal. Na presença de Macon, a atitude espertinha dele sumia.

Link estava olhando para John como se quisesse arrebentá-lo.

— Que diabos ele está fazendo aqui?

Eu me senti mal por Link, por estar preso no mesmo aposento que John. Ele devia odiar John bem mais do que eu, se isso fosse possível.

Lena não conseguia olhar nem para o tio e nem para Link. Estava com vergonha de Ridley e de si mesma por não ter percebido antes. Porém, mais do que tudo, eu sabia que estava preocupada com a prima, independentemente do que Ridley fez.

— Ridley roubou o Arco Voltaico do túmulo de tio Macon depois que o enterramos. Libertou John e vem usando o cinto dele como condutor para canalizar seus poderes. Até agora.

— Cinto?

Liv pegou o caderninho vermelho.

— O que Lena está usando. O cinto nojento com o escorpião dentro.

Macon esticou a mão. Lena abriu o cinto e entregou a ele.

Link se virou para John.

— O que você fez com ela?

— Nada. Ridley vem me dando ordens desde que me tirou do Arco Voltaico.

— Por que você aceitaria? — Nem Macon parecia acreditar. — Você não me parece particularmente altruísta.

— Não tive escolha. Estou preso nessa casa há meses, tentando sair. — John se encostou na parede. — Ridley disse que não ia me ajudar se eu não encontrasse um jeito de ela Conjurar. Então, foi o que fiz.

— Você espera que acreditemos que um Incubus híbrido poderoso permitiu que uma garota Mortal o prendesse no quarto dela?

John balançou a cabeça frustrado.

— Estamos falando de Ridley. Acho que vocês têm o mau hábito de subestimá-la. Quando ela quer uma coisa, dá um jeito de conseguir. — Todos sabíamos que ele estava certo.

— Ele está falando a verdade, tio Macon — falou Reece, parada perto da lareira.

— Tem certeza absoluta?

Reece não pareceu querer arrancar a cabeça de Macon como fez comigo.

— Tenho certeza.

John pareceu aliviado.

Liv deu um passo à frente com o caderno na mão. Ela não tinha interesse no motivo de Ridley ter ou não ter feito alguma coisa. Queria os fatos.

— Sabe, andamos procurando você — disse para John.

— É? Aposto que não são os únicos.

* * *

Liv e Macon convenceram John a se sentar à mesa com o restante de nós, o que significou que Link se recusou a fazer o mesmo. Ele se recostou na parede ao lado da lareira emburrado. Deixando toda aquela história de Linkubus de lado, John tinha mudado Link de maneiras que eu jamais compreenderia de verdade. E eu sabia de outra coisa que John não sabia.

Por mais que Link adorasse deixar todas as garotas enlouquecidas, isso não importava de verdade. Só havia uma garota que Link queria, e nenhum de nós sabia onde encontrá-la.

— Abraham tem tido muito trabalho para descobrir seu paradeiro e, literalmente, botou esta cidade abaixo. O que preciso saber é por quê. Abraham não faz nada sem motivo. — Macon estava fazendo as perguntas enquanto Liv escrevia as respostas. Reece estava sentada à frente de John, observando-o em busca de mentiras.

John deu de ombros.

— Não sei direito. Ele me encontrou quando eu era criança, mas não é exatamente uma figura paterna, se é que você me entende.

Macon assentiu.

— Você disse que ele encontrou você. O que aconteceu com seus pais?

John se mexeu na cadeira com desconforto.

— Não sei. Eles desapareceram. Tenho quase certeza de que me largaram porque eu era… você sabe, diferente.

Liv parou de escrever.

— Todos os Conjuradores são diferentes.

John riu.

— Não sou um Conjurador normal. Meus poderes não se manifestaram quando eu era adolescente. — Liv ficou olhando para ele. Ele apontou para o caderno dela. — Você vai querer escrever esta parte.

Ela ergueu uma sobrancelha. *Apresenta atitude hostil.* Eu podia imaginar isso escrito na página.

— Nasci assim, e meus poderes só ficaram mais fortes. Vocês sabem como é conseguir fazer coisas que mais ninguém da sua idade consegue?

— Sei. — Havia um traço de alguma coisa na voz de Liv, uma mistura de tristeza e solidariedade. Ela sempre tinha sido mais inteligente do que todo mundo da convivência dela e projetava dispositivos para medir a atração da lua ou alguma outra coisa para a qual ninguém ligava e que ninguém entendia.

Macon estava observando John, e dava para ver o ex-Incubus nele avaliando esse novo e estranho semelhante.

— E exatamente que tipo de poderes você tem, além de ser imune aos efeitos da luz do sol?

— Coisa comum de Incubus: força, audição e olfato amplificados. Consigo Viajar. E as garotas me adoram. — John parou e fitou Lena como se eles compartilhassem um segredo. Ela desviou o olhar.

— Não tanto quanto você pensa — falei.

Ele sorriu para mim, apreciando a custódia protetora de Macon.

— Também posso fazer outras coisas.

Liv observou o rosto dele.

— Como o quê?

Link estava de braços cruzados e olhava para a porta, fingindo não estar ouvindo. Mas eu sabia que estava. Gostando ou não, ele e John sempre estariam ligados agora. Quanto mais Link soubesse sobre John, mais conseguiria entender sobre si mesmo.

John olhou para Reece, depois para Lena. Fosse o que fosse, ele não queria dizer.

— Coisas aleatórias.

Os olhos de Macon brilharam.

— Que *coisas aleatórias?* Talvez você possa elaborar.

John desistiu.

— Parece mais grandioso do que é. Mas consigo absorver os poderes de outros Conjuradores.

Liv parou de escrever.

— Como um Empático? — A avó de Lena conseguia pegar temporariamente emprestados os poderes de outros Conjuradores, mas nunca descreveu como "absorver" nada.

John balançou a cabeça.

— Não. Eu fico com eles.

Liv arregalou os olhos.

— Você está dizendo que consegue roubar os poderes de outros Conjuradores?

— Não. Eles continuam com seus poderes, mas eu também. É meio como uma coleção.

— Como isso é possível? — perguntou Liv.

Macon se reclinou na cadeira.

— Eu estaria muito interessado em ouvir a resposta a essa pergunta, Sr. Breed.

John olhou com intensidade para Lena de novo. Eu queria pular por cima da mesa.

— Só preciso tocar neles.

— O quê?

Lena pareceu ter levado um tapa na cara. Era isso que ele estava fazendo quando a estava abraçando na pista de dança do Exílio? E quando ela subiu na garupa da moto idiota dele naquele dia no lago? Absorvendo seu poder como um parasita?

— Não faço de propósito. Apenas acontece. Nem sei como usar a maior parte dos poderes que tenho.

— Mas tenho certeza de que Abraham sabe. — Macon se serviu de uma bebida escura disposta em um decantador que apareceu sobre a mesa. Nunca era um sinal de que as coisas estavam indo bem.

Liv e Macon olharam um para o outro em uma troca de olhares silenciosa.

Eu conseguia ver as engrenagens na cabeça de Liv girando.

— O que Abraham poderia estar planejando?

— Com um Incubus híbrido que consegue coletar os poderes de outros Conjuradores? — respondeu Macon. — Não tenho certeza, mas com esse talento ao seu lado Abraham teria a arma suprema. E os Mortais não teriam nenhuma chance contra esse tipo de poder.

John virou a cabeça para olhar para Macon.

— O que você disse?

— Você quer que eu repita...

— Espere. — John interrompeu Macon antes que ele pudesse terminar. Ele fechou os olhos como se estivesse tentando se lembrar de alguma coisa. — "Os Conjuradores são uma raça imperfeita. Contaminam nossa linhagem e usam os poderes para nos oprimir. Mas chegará o dia em que vamos utilizar a arma suprema e erradicá-los da Terra."

— Que merda é essa? — John conseguiu chamar a atenção de Link.

— Abraham e Silas diziam isso o tempo todo quando eu era criança. Às vezes, quando eu arrumava confusão, Silas me fazia escrever isso repetidamente durante horas.

— Silas? — Macon ficou tenso ao ouvir o nome do pai.

Eu me lembrei de coisas que minha mãe tinha dito sobre Silas nas visões do Arco Voltaico. Ele parecia um monstro, violento e racista, que tentava transmitir seu ódio para os filhos e, pelo visto, para John.

Macon olhou para John, com os olhos escurecendo até um tom de verde tão profundo que era quase negro.

— Como você conheceu meu pai?

John ergueu os vazios olhos verdes para Macon. A voz dele estava diferente quando respondeu; nem poderosa, nem arrogante, nem um pouco parecendo ser de John Breed.

— Ele me criou.

⊰ 24 DE OUTUBRO ⊱
Aquele que é dois

Depois disso, Macon e Liv passaram a maior parte do tempo fazendo perguntas a John sobre Abraham e Silas, e quem sabe o que mais, enquanto Lena e eu olhávamos todos os livros do escritório de Macon. Também havia velhas cartas de Silas, encorajando Macon a se juntar ao pai e ao irmão na batalha contra os Conjuradores. Mas, fora isso, não havia pistas do passado de John, nenhuma menção a Conjuradores ou Incubus capazes de fazer qualquer coisa parecida com as habilidades de John.

Nas poucas vezes em que nos permitiam participar do interrogatório, Macon observava com atenção as interações de Lena e John. Acho que ele estava com medo de que a estranha atração que John tinha exercido sobre Lena no passado pudesse voltar. Mas Lena estava mais forte agora, e John a irritava tanto quanto ao restante de nós. Eu estava mais preocupado com Liv. Eu tinha testemunhado a reação de garotas Mortais em Gatlin na primeira vez que John entrou no Dar-ee Keen. Mas Liv parecia imune.

Eu estava acostumado aos altos e baixos de morar em um lugar entre os mundos Conjurador e Mortal, mas esses dias foram todos de baixos. Na mesma semana em que encontramos John Breed em Ravenwood, as roupas de Ridley desapareceram do quarto dela, como se ela tivesse ido embora para sempre. E, alguns dias depois, tia Prue piorou.

Não pedi a Lena para ir comigo na vez seguinte em que fui ao County Care. Estava com vontade de ficar sozinho com tia Prue. Não sei por quê, assim como não sabia de nada que estava acontecendo comigo ultimamente. Talvez estivesse enlouquecendo. Talvez sempre tivesse sido louco e não soubesse.

O ar estava gelado, como se tivessem descoberto um jeito de sugar o fréon e a capacidade de todos os aparelhos de ar-condicionado do Condado de Gatlin para dentro do County Care. Eu queria que estivesse assim em qualquer lugar, menos aqui, onde o frio envolvia os pacientes como cadáveres na geladeira.

Esse tipo de frio nunca era bom, e certamente nunca tinha cheiro bom. Pelo menos, suar fazia você se sentir meio vivo, e o cheiro era a coisa mais humana que existia. Talvez eu tivesse passado tempo demais pensando nas implicações metafísicas do calor.

Como falei, louco.

Bobby Murphy não falou nada quando andei até a recepção, nem me encarou. Só me entregou a prancheta e um crachá. Não tinha certeza se o Conjuro Cala-a-Boca de Lena ainda o afetava o tempo todo ou se era só quando eu estava perto. De qualquer um dos dois jeitos estava bom para mim. Não estava com vontade de falar.

Não olhei para o quarto do outro John nem para o quarto do Bordado Invisível e passei direto pelo quarto da Festa de Aniversário Triste. Prendi a respiração quando passei pela salinha da Comida que Não Era Comida antes de o cheiro de Ensure chegar a mim.

Em seguida, senti cheiro de lavanda e soube que minha tia Prue estava ali.

Leah estava sentada em uma cadeira ao lado da cama dela, lendo um livro em alguma espécie de língua Conjuradora ou Demoníaca. Não estava usando o uniforme pêssego padrão do County Care. Suas botas estavam apoiadas em uma lata de lixo hospitalar. Tinha desistido de se fazer passar por enfermeira.

— Oi.

Ela olhou para cima, surpresa por me ver.

— Oi, você. Estava na hora. Fiquei me perguntando por onde você andava.

— Não sei. Ocupado. Com coisas idiotas.

Surtando e procurando Incubus híbridos e Ridley, minha mãe e a Sra. English, e uma coisa doida sobre uma Roda doida...

Ela sorriu.

— Bem, estou feliz em te ver.

— Eu também. — Foi tudo que consegui dizer. Apontei para as botas dela. — Eles não pegam no seu pé por causa disso?

— Não. Não sou o tipo de garota de quem se pega no pé.

Eu não conseguia mais falar trivialidades. Conversar estava ficando cada vez mais difícil, mesmo com as pessoas de quem gostava.

— Você se importa se eu ficar um tempo com tia Prue? Quero dizer, sozinho?

— É claro que não. Vou dar uma saída para ver como Bade está. Se não treiná-la para fazer as necessidades no lugar certo logo, vai ter de dormir do lado de fora, mas, na verdade, é um gato de casa. — Leah jogou o livro na cadeira e desapareceu do quarto.

Eu estava sozinho com tia Prue.

Ela havia ficado ainda menor, desde a última vez em que a visitei. Agora, exibia tubos que não estavam lá antes, como se ela estivesse se transformando em máquina um centímetro de cada vez. Ela parecia uma maçã assando sob o sol, enrugando-se de formas que pareciam impossíveis. Por um tempo, ouvi o pulsar rítmico dos aros de plástico no tornozelo dela se expandindo e contraindo, expandindo e contraindo.

Como se pudessem compensar por não andar, não ser, não assistir *Jeopardy!* com as irmãs, não reclamar de tudo que adora.

Segurei sua mão. O tubo que entrava pela boca borbulhava a cada respiração. O som era úmido e áspero, como um umidificador com água dentro. Como se ela estivesse se engasgando com o próprio ar.

Pneumonia. Ouvi Amma conversando com o médico na cozinha. Estatisticamente falando, quando pacientes de coma morriam, a pneumonia era o Anjo da Morte. Eu me perguntei se o som do tubo na garganta de tia Prue significava que ela estava se aproximando de um fim estatisticamente previsível.

A ideia de minha tia como mais uma estatística me fez querer jogar a lata de lixo hospitalar pela janela. Mas o que fiz foi segurar a pequena mão de tia Prue, com dedos tão pequenos como galhos no inverno. Fechei os olhos e peguei a outra mão, entrelaçando meus dedos fortes com seus frágeis.

Apoiei a testa em nossas mãos e fechei os olhos. Eu me imaginei levantando a cabeça e a vendo sorrir, sem os esparadrapos e os tubos. Eu me perguntei se desejar era o mesmo que rezar. Se torcer muito por uma coisa podia fazer com que acontecesse.

Ainda estava pensando nisso quando abri os olhos, esperando ver o quarto de tia Prue, a triste cama de hospital e as deprimentes paredes cor de pêssego. Mas me vi sob a luz do sol, em frente a uma casa à qual eu já tinha ido cem vezes antes...

A casa das Irmãs estava exatamente como eu lembrava antes de os Tormentos a destruírem. As paredes, o telhado, a parte onde era o quarto de tia Prue, tudo estava lá, sem nem uma tábua de pinho pintada de branco e nem uma telha fora do lugar.

O caminho que levava à varanda era ladeado por hortênsias, como tia Prue gostava. O varal de Lucille ainda estava esticado no gramado. Havia um cachor-

ro sentado na varanda, um yorkshire terrier muito parecido com Harlon James, mas que não era ele. Esse cachorro tinha mais pelos dourados, mas eu o reconheci e me abaixei para fazer-lhe carinho. A coleira dizia HARLON JAMES III.

— Tia Prue?

As três cadeiras de balanço brancas estavam na varanda, com pequenas mesas de vime entre elas. Havia uma bandeja em cada uma, com dois copos de limonada. Eu me sentei na segunda cadeira de balanço e deixei a primeira vazia. Tia Prue gostava de se sentar na que ficava mais perto da entrada, e achei que iria preferir aquela cadeira caso estivesse chegando.

Parecia que ela estava chegando.

Tinha me trazido aqui, não tinha?

Fiz um carinho em Harlon James III, o que era estranho, pois ele estava sentado em nossa sala, empalhado. Olhei para a mesa de novo.

— Tia Prue!

Ela me deu um susto, embora estivesse esperando por ela. A aparência não estava nada melhor do que a da cama de hospital, na vida real. Ela tossiu, e ouvi o ruído familiar das compressões rítmicas. Ainda tinha os aros de plástico nos tornozelos, expandindo e contraindo, como se ainda estivesse na cama no County Care.

Ela sorriu. O rosto estava transparente, com a pele tão pálida e fina que dava para ver as veias azuladas por baixo.

— Senti saudades. E tia Grace, tia Mercy e Thelma estão enlouquecendo sem a senhora. E Amma também.

— Vejo Amma quase todos os dias, e seu pai nos finais de semana. Eles vêm conversar com muito mais regularidade do que algumas pessoas. — Ela fungou.

— Me desculpe. As coisas andam todas erradas.

Ela balançou a mão para mim.

— Não vou a lugar algum. Ainda não. Eles me botaram em prisão domiciliar como fazem com os criminosos na TV. — Ela tossiu e balançou a cabeça.

— Onde estamos, tia Prue?

— Não pense que sei. Mas não tenho muito tempo. Eles deixam a gente bem ocupada aqui. — Ela abriu o colar e tirou uma coisa dele. Eu não a tinha visto usando o colar no hospital, mas reconheci. — Do meu pai, do pai do pai dele, bem antes de você ser até mesmo um pensamento na mente do Senhor.

Era uma rosa, feita de ouro.

— É pra sua namorada. Pra me ajudar a ficar de olho nela por você. Diga para ela usar sempre.

— Por que a senhora está preocupada com Lena?

— Não comece a se preocupar com isso. Faça o que mandei. — Ela fungou de novo.

— Mas Lena está bem. Sempre cuido dela. A senhora sabe. — A ideia de que tia Prue estava preocupada com Lena me assustou mais do que qualquer outra coisa que tenha acontecido nos últimos meses.

— Mesmo assim, dê para ela.

— Darei.

Mas tia Prue tinha sumido, deixando só meio copo de limonada e uma cadeira de balanço vazia ainda balançando.

Abri os olhos ligeiramente, por causa da claridade do quarto da minha tia, e percebi que o sol estava entrando de lado, bem mais baixo do que quando eu tinha chegado. Olhei o celular. Três horas tinham se passado.

O que estava acontecendo comigo? Por que era mais fácil entrar no mundo de tia Prue do que ter uma simples conversa no meu? Na primeira vez que falei com ela, não pareceu que o tempo tinha passado, e eu não conseguiria ter feito isso sem uma poderosa Natural ao meu lado.

Ouvi a porta se abrindo atrás de mim.

— Você está bem, garoto? — Leah estava de pé na porta.

Olhei para minha mão e abri os dedos ao redor da pequena rosa de ouro. É pra sua *namorada*. Eu não estava bem. Tinha certeza de que nada estava.

Assenti.

— Estou bem. Só cansado. Nos vemos por aí, Leah. — Ela acenou para mim, e eu saí do quarto com o peso de uma mochila cheia de pedras nas costas.

Quando cheguei no carro e o rádio começou a tocar, não fiquei surpreso ao ouvir a melodia familiar. Depois de ver tia Prue, fiquei aliviado. Porque ali estava, tão certa quanto a chuva que não caía havia meses. Minha música sinalizadora.

Dezoito Luas, dezoito está próximo,
A Roda do Destino aparece,
Aquele que É Dois
Vai recuperar a Ordem novamente...

Aquele que É Dois, fosse lá o que isso significasse, estava tentando consertar a Ordem.

E o que isso tinha a ver com a Roda da Fortuna, a Roda que era feminina? Quem poderia ser poderosa o bastante para controlar a Ordem das Coisas e assumir forma humana?

Havia Conjuradores da Luz e das Trevas, Succubus e Sirenas, Sibilas e Adivinhadoras. Eu me lembrei do verso anterior da música, o que falava da Rainha Demônio. Possivelmente ela podia tomar forma humana, talvez entrando em um corpo Mortal. Só havia uma Rainha Demônio que eu sabia que era capaz de fazer isso. Sarafine.

Por fim, uma informação sobre a qual eu podia refletir. Apesar de Liv e Macon terem passado todos os dias da semana anterior com John, tratando-o como Frankenstein, visita real ou prisioneiro de guerra, dependendo do dia, ele não havia dito nada que explicasse seu papel nisso tudo.

Eu ainda não tinha contado a ninguém além de Lena sobre minhas visitas a tia Prue. Mas estava começando a sentir como se tudo se encaixasse, do mesmo modo como todos os ingredientes na tigela acabam virando pão, como diria Amma.

A Roda do Destino. Aquele que É Dois. Amma e o *bokor*. John Breed. A Décima Oitava Lua. Tia Prue. A música sinalizadora.

Se ao menos eu conseguisse entender, antes que fosse tarde demais.

─────────⊱

Quando cheguei a Ravenwood, Lena estava sentada na varanda da frente. Podia vê-la me observando enquanto passava com o carro pelo portão de ferro.

Eu me lembrei do que tia Prue dissera quando me deu a rosa de ouro. É pra sua *namorada. Pra me ajudar a ficar de olho nela.*

Não queria pensar sobre isso.

Eu me sentei ao lado de Lena no degrau de cima. Ela esticou a mão, pegou o pingente na minha e colocou no cordão sem dizer nada.

É pra você. Da tia Prue.

Eu sei. Ela me contou.

— Adormeci no sofá, e, de repente, ela estava lá — disse Lena. — Foi exatamente como você descreveu, um sonho que não pareceu um sonho. — Eu assenti, e ela apoiou a cabeça no meu ombro. — Sinto muito, Ethan.

Olhei para o jardim, ainda verde, apesar do calor e dos gafanhotos e de tudo que tínhamos passado.

— Ela falou mais alguma coisa?

Lena assentiu e encostou na minha bochecha com a mão. Quando se virou para mim, percebi que tinha chorado.

Acho que ela não tem muito tempo.

Por quê?

Ela disse que tinha vindo se despedir.

Não voltei para casa naquela noite. Em vez disso, fui me sentar na entrada da casa de Marian. Apesar de ela estar lá dentro, e eu estar do lado de fora, a sensação ainda era melhor na casa dela do que na minha.

Por enquanto. Eu não sabia por quanto tempo mais ela ficaria lá dentro e não queria pensar sobre como eu ficaria sem ela.

Adormeci na varanda cuidadosamente varrida. E, se sonhei naquela noite, não lembro.

⚜ 1 DE NOVEMBRO ⚜

Salem

— Sabe, os bebês nascem sem rótula. — Tia Grace se acomodou no meio das almofadas do sofá, antes que a irmã conseguisse chegar lá.

— Grace Ann, como você pode dizer uma coisa dessas? É perturbador.

— Mercy, é a verdade verdadeira. Li no *Reader's Digestive*. Aqueles leitores são cheios de informação.

— Por que motivo você está falando de joelhos de bebê mesmo?

— Não posso dizer que eu saiba o motivo. Mas me fez pensar no modo como as coisas mudam. Se os bebês podem desenvolver rótulas, por que não posso aprender a voar? Por que não constroem uma escada até a lua? Por que Thelma não se casa com aquele rapaz lindo, o Jim Clooney?

— Você não pode aprender a voar porque não tem asas. Não faria sentido nenhum construir uma escada até a lua porque lá não tem ar pra respirar. E o nome daquele rapaz é George Clooney, e Thelma não pode se casar com ele porque ele mora lá em Hollywood e nem é metodista.

Ouvi a conversa das duas na sala ao lado enquanto comia cereal. Às vezes, eu entendia o que as Irmãs estavam dizendo, mesmo quando parecia conversa de malucos. Elas estavam preocupadas com tia Prue. Estavam se preparando para a possibilidade de ela morrer. Os bebês desenvolviam rótulas, acho. As coisas mudavam. Não era bom nem ruim, da mesma forma que as rótulas não eram boas nem ruins. Pelo menos, foi o que disse para mim mesmo.

Uma outra coisa tinha mudado.

Amma não estava na cozinha esta manhã. Não conseguia me lembrar da última vez em que saí para a escola sem vê-la. Mesmo quando estava furiosa e se recusava a preparar o café da manhã, ficava mexendo em coisas na cozinha, murmurando sozinha e olhando para mim de cara feia.

A Ameaça de Um Olho estava limpinha no porta-talheres.

Não pareceu certo sair sem dizer tchau. Abri a gaveta onde Amma guardava os lápis nº. 2 apontados. Peguei um e arranquei uma folha de papel do bloco de recados. Ia deixar um bilhete avisando que saí para a escola. Nada de mais.

Eu me inclinei sobre a bancada e comecei a escrever.

— Ethan Lawson Wate! — Não ouvi Amma entrar e quase dei um pulo no teto de susto.

— Nossa, Amma. Você quase me fez ter um infarto. — Quando me virei, ela estava com cara de que ia ter um. O rosto estava cinza, e ela estava sacudindo a cabeça como uma louca.

— Amma, qual é o problema? — Comecei a atravessar a cozinha, mas ela esticou a mão.

— Pare! — A mão dela estava tremendo. — O que você estava fazendo?

— Estava escrevendo um bilhete pra senhora. — Levantei a folha de papel.

Ela apontou o dedo magro para minha mão, a que ainda estava segurando o lápis.

— Você estava escrevendo com a mão errada.

Olhei para o lápis na minha mão esquerda e o deixei cair no chão, onde ele saiu rolando.

Eu estava escrevendo com a mão esquerda.

Mas sou destro.

Amma saiu andando de costas da cozinha, com os olhos brilhando, e saiu correndo pelo corredor.

— Amma! — gritei, mas ela bateu a porta com força. Bati nela. — Amma! A senhora tem de me dizer qual é o problema.

Qual é o problema comigo.

— Que confusão é essa aí? — gritou tia Grace da sala. — Estou tentando ver minhas histórias.

Deslizei até o chão, com as costas contra a porta de Amma, e esperei. Mas ela não saiu. Não ia me dizer o que estava acontecendo. Eu ia ter de descobrir sozinho.

Era hora de desenvolver um par de rótulas.

Eu não me sentia do mesmo jeito mais tarde, quando encontrei meu pai de novo com a Sra. English. Desta vez, não estavam na biblioteca. Estavam almoçando na minha escola. Na minha sala de aula. Onde qualquer pessoa podia vê-los, inclusive eu. Não estava tão preparado para uma mudança.

Cometi o erro de levar o rascunho do trabalho sobre *As bruxas de Salem* durante o almoço, porque me esqueci de entregar durante a aula de inglês. Empurrei a porta sem me dar ao trabalho de olhar pela escotilha, e ali estavam eles. Compartilhando uma cesta com as sobras de frango frito de Amma. Pelo menos, eu sabia que estavam borrachudos.

— Pai?

Meu pai sorriu antes de se virar, e foi como eu soube que ele estava esperando isso acontecer. Estava com o sorriso pronto.

— Ethan? Me desculpe por pegar você assim de surpresa. Queria conversar sobre umas coisas com Lilian. Ela tem ótimas ideias sobre o projeto Décima Oitava Lua.

— Aposto que tem. — Sorri para a Sra. English, com o trabalho na mão. — Meu rascunho. Eu ia colocar no seu escaninho. Podem me ignorar. — *Como vou ignorar vocês.*

Mas não me livrei assim tão fácil.

— Está pronto para amanhã? — A Sra. English olhou para mim com expectativa. Eu me preparei. A resposta automática para essa pergunta sempre era não, mas não fazia ideia de para que eu não estava pronto.

— Senhora?

— Para a encenação dos julgamentos de Salem. Vamos julgar os mesmos casos nos quais se baseia *As bruxas de Salem.* Você está preparando seu estudo de caso?

— Sim, senhora. — Isso explicava o envelope pardo com a palavra INGLÊS na minha mochila. Eu não andava prestando muita atenção na aula ultimamente.

— Que ideia incrível, Lilian. Adoraria assistir, se você não se importar — disse meu pai.

— Nem um pouco. Você pode filmar os julgamentos para nós. Podemos todos ver juntos na turma depois.

— Ótimo. — Meu pai sorriu.

Senti o frio olho de vidro em cima de mim quando saí da sala.

L, você sabia que vamos encenar os julgamentos das bruxas de Salem na aula de inglês amanhã?

Você não está decorando o arquivo do seu caso? Por acaso, você ainda se lembra de olhar na mochila de vez em quando?

Você sabia que meu pai vai filmar? Eu sabia. Porque invadi o almoço dele com a Sra. English.

Eca.

O que devemos fazer?

Houve uma longa pausa.

Acho que devemos começar a chamá-la de Sra. Wate?

Não é engraçado, L.

Talvez você deva terminar de ler As bruxas de Salem *antes da aula de amanhã.*

O problema de ter um mal verdadeiro na vida é que o mal comum, de todos os dias (administradores da escola o mandando para a detenção, o mal dos livros-texto, que compreende a maior parte da existência na escola), começa a parecer menos apavorante. A não ser que seja seu pai namorando a professora de inglês de olho de vidro.

Não importava como você encarasse a situação, Lilian English era do mal, do tipo real ou da variedade comum. Fosse como fosse, ela estava comendo frango borrachudo com meu pai, e eu estava ferrado.

Acontece que *As bruxas de Salem* é mais sobre mulheres malignas do que sobre bruxas, como Lena seria a primeira a dizer. Fiquei satisfeito por ter esperado até o final da unidade para terminar de ler a peça. Ela me fez odiar metade da Jackson High e a equipe toda de líderes de torcida, ainda mais do que o normal.

Quando a aula começou, estava orgulhoso de ter lido e de saber algumas coisas sobre John Proctor, o cara que é completamente injustiçado. O que eu não tinha previsto foram os figurinos: garotas de vestidos cinza e aventais brancos, e garotos de camisa branca e a calça enfiada dentro da meia. Não recebi o comunicado ou talvez ainda estivesse na minha mochila. Lena também não estava caracterizada.

A Sra. English nos lançou olhares com apenas um olho e nos tirou cinco pontos, e tentei ignorar o fato de que meu pai estava no fundo da sala com a câmera de 15 anos da escola.

A sala foi rearrumada para parecer um tribunal. As garotas atormentadas estavam de um lado, lideradas por Emily Asher. Aparentemente, a função delas era agir com falsidade e fingir que estavam possuídas. Emily era um talento natural. Todas eram. Os magistrados estavam de um lado delas e o banco da testemunha do outro.

A Sra. English virou o Lado do Olho Bom para mim.

— Sr. Wate. Por que você não começa como John Proctor, e depois vamos trocar, mais pra frente? — Eu era o cara que estava prestes a ter a vida destruída por um bando de Emily Ashers. — Lena, você pode ser Abigail. Vamos começar com a peça e passar o resto da semana com os casos verdadeiros nos quais a peça se baseou.

Fui até minha cadeira em um canto, e Lena foi para a outra.

A Sra. English acenou para meu pai.

— Vamos começar a filmar, Mitchell.

— Estou pronto, Lilian.

Todas as pessoas da turma se viraram para olhar para mim.

A encenação transcorreu sem problemas, o que significava que se desenrolou com todos os problemas de sempre. A bateria da câmera acabou nos primeiros cinco minutos. O magistrado principal precisou ir ao banheiro. As garotas atormentadas foram vistas mandando mensagens de texto, e o confisco dos seus celulares foi um tormento maior do que os que, em teoria, o Demônio as estava fazendo sentir.

Meu pai não falou nada, mas eu sabia que ele estava lá. Sua presença me impedia de falar, me mexer e respirar, se eu conseguisse evitar. Por que ele estava aqui? O que ele estava fazendo com a Sra. English? Não havia explicação racional.

Ethan! Você precisa apresentar sua defesa.

O quê?

Olhei para a câmera. Todo mundo na sala estava olhando para mim.

Comece a falar, ou vou ter de fingir um ataque de asma, como Link fez na prova final de biologia.

— Meu nome é John Proctor.

Parei. Meu nome era John.

Assim como o John do County Care. E o John sentado no tapete peludo de Ridley. Mais uma vez, havia eu e havia John.

O que o universo estava tentando me dizer agora?

— Ethan? — A Sra. English pareceu irritada.

Olhei para meu papel.

— Meu nome é John Proctor, e essas alegações são falsas. — Eu não sabia se era a fala certa. Olhei para a câmera, mas não vi meu pai atrás dela.

Vi outra coisa. Meu reflexo na lente começou a mudar, como uma ondulação na água parada do lago. Em seguida, lentamente entrou em foco. Por um segundo, estava olhando para mim mesmo de novo.

Vi minha imagem quando os cantos da boca subiram em um sorriso torto.

Senti como se alguém tivesse me dado um soco.

Não consegui respirar.

Porque eu não estava sorrindo.

— Mas que diabos? — Minha voz estava tremendo. As garotas atormentadas começaram a rir.

Ethan, você está bem?

— O senhor tem alguma coisa a acrescentar a essa defesa comovente, Sr. Proctor?
— A Sra. English estava mais do que irritada. Pensou que eu estivesse fazendo de propósito.

Mexi nas minhas anotações com mãos trêmulas e encontrei uma citação.

— "Como posso viver sem meu nome? Dei a vocês minha alma, deixem meu nome."

Eu sentia o olho de vidro em mim.

Ethan! Diga alguma coisa!

— Deixem minha alma. Deixem meu nome. — Era a fala errada, mas alguma coisa nela pareceu certa.

Alguma coisa estava me seguindo. Eu não sabia o que era e nem o que queria.

Mas eu sabia quem eu era.

Ethan Wate, filho de Lila Jane Evers Wate e Mitchell Wate. Filho de uma Guardiã e um Mortal, discípulo de basquete e achocolatado, de quadrinhos e livros que eu escondia debaixo da cama. Criado por meus pais, Amma e Marian, por essa cidade e por todas as pessoas nela, boas e ruins.

E eu amava uma garota. O nome dela era Lena.

A pergunta é, quem é você? E o que quer de mim?

Não esperei resposta. Tinha de sair daquela sala. Saí da sala, empurrando as cadeiras. Não consegui chegar à porta tão rápido quanto gostaria. Bati nela com o máximo de força que consegui e saí correndo pelo corredor sem olhar para trás.

Porque eu já sabia quais eram as palavras. Eu as tinha ouvido uma dezena de vezes, e cada vez elas faziam menos sentido.

E toda vez faziam meu estômago revirar.

ESTOU ESPERANDO.

⊰ 1 DE NOVEMBRO ⊱
Rainha Demônio

Um dos problemas de morar em uma cidade pequena é que não dá para se safar de matar aula no meio de uma encenação histórica que sua professora de inglês passou semanas organizando. Não sem consequências. Na maior parte dos lugares, isso significaria suspensão ou pelo menos detenção. Em Gatlin, significava que Amma ia forçar você a ir à casa da professora com um prato de biscoitos de pasta de amendoim.

E era exatamente onde eu estava.

Bati na porta, torcendo para a Sra. English não estar em casa. Olhei para a porta vermelha me mexendo com desconforto. Lena gostava de portas vermelhas. Ela dizia que vermelho é uma cor feliz e que Conjuradores não tinham portas vermelhas. Para Conjuradores, portas eram perigosas. Todas as soleiras eram. Só Mortais tinham portas vermelhas.

Minha mãe odiava portas vermelhas. Ela também não gostava de pessoas que tinham portas vermelhas. Dizia que ter uma porta vermelha em Gatlin significava que você era o tipo de pessoa que não tinha medo de ser diferente. Mas, se você achava que ter uma porta vermelha faria isso por você, então era como o resto das pessoas.

Não tive tempo para chegar à minha própria teoria sobre portas vermelhas porque nesse momento esta porta vermelha se abriu. A Sra. English estava ali com um vestido florido e chinelos de pelúcia.

— Ethan? O que você está fazendo aqui?

— Vim pedir desculpas, senhora. — Estiquei o prato. — Trouxe biscoitos.

— Então eu acho que você devia entrar. — Ela deu um passo para trás e abriu mais a porta.

Não era a resposta que eu estava esperando. Achei que pediria desculpas e daria os famosos biscoitos de pasta de amendoim de Amma para ela, ela aceitaria, e eu iria embora. Não que a seguiria para dentro de casa. Com ou sem porta vermelha, eu não estava nada feliz.

— Por que não nos sentamos na sala?

Eu a segui até um pequeno aposento que não se parecia com nenhuma sala de estar que já tivesse visto. Era a menor casa na qual já entrei. As paredes estavam cobertas de fotos de família em preto e branco. Eram tão antigas e os rostos tão pequenos que eu teria de parar para observar cada uma para conseguir vê-las, o que as tornava estranhamente íntimas. Pelo menos, estranho para Gatlin, onde nossas famílias estavam à mostra o tempo todo, os mortos e os vivos.

A Sra. English era mesmo bizarra.

— Sente-se, por favor. Vou pegar um copo de água pra você. — Não era uma pergunta; parecia uma ordem. Ela entrou na cozinha, que era do tamanho de dois armários. Ouvi a água correndo.

— Obrigado, senhora.

Havia uma coleção de bibelôs de cerâmica sobre a lareira: um globo, um livro, um gato, um cachorro, uma Lua, uma estrela. A versão Lilian English do lixo que as Irmãs juntavam e não deixavam ninguém tocar, até tudo ser destruído no jardim da frente. No meio da lareira havia uma pequena televisão, com antenas internas que não deviam funcionar havia uns 20 anos. Uma espécie de planta com aparência de aranha estava em cima dela, fazendo a coisa toda parecer um grande vaso. Só que a planta parecia estar morrendo, o que fazia o vaso que não era um vaso, em cima da TV que não era TV, em cima da lareira que não era lareira, parecer sem sentido.

Havia uma pequena estante ao lado da lareira. Realmente parecia ser o que era, pois havia livros nela. Eu me inclinei para ler os títulos: *O sol é para todos. O homem invisível. Frankenstein. O médico e o monstro. Grandes esperanças.*

A porta da frente bateu, e ouvi uma voz que jamais teria esperado ouvir na casa da minha professora de inglês.

— *Grandes esperanças.* Um dos meus favoritos. É tão… trágico. — Sarafine estava na frente da porta, os olhos amarelos em mim.

Abraham tinha se materializado em uma cadeira florida e velha no canto da sala. Parecia à vontade, como se fosse mais um convidado. *O Livro das Luas* estava no colo dele.

— Ethan? Você abriu a porta da frente…? — Só levou um minuto para a Sra. English voltar da cozinha. Não sei se foram os estranhos na sala ou os olhos amarelos de Sarafine, mas ela soltou o copo com água e vidro quebrado se espalhou no tapete florido. — Quem são vocês?

Olhei para Abraham.

— Eles vieram atrás de mim.

Ele riu.

— Não desta vez, garoto. Viemos atrás de outra coisa.

A Sra. English estava tremendo.

— Não tenho nada de valor. Sou professora.

Sarafine sorriu, o que a fez parecer ainda mais maluca.

— Na verdade, você tem uma coisa que tem muito valor pra nós, *Lilian*.

A Sra. English deu um passo para trás.

— Não sei quem vocês são, mas têm de ir embora. Meus vizinhos já devem ter chamado a polícia. É uma rua muito tranquila. — A voz dela estava aumentando de volume. Eu tinha certeza de que a Sra. English estava a um minuto de um surto.

— Deixem-na em paz! — Comecei a andar em direção a Sarafine, e ela abriu os dedos.

Senti a força, dez vezes mais forte do que qualquer mão, bater contra meu peito. Fui de encontro à estante, e livros poeirentos caíram ao meu redor.

— Sente-se, Ethan. Acho adequado você assistir ao fim do mundo que conhece.

Eu não conseguia levantar. Ainda sentia o peso do poder de Sarafine no meu peito.

— Vocês são loucos — sussurrou a Sra. English com olhos arregalados.

Sarafine fixou os olhos terríveis na Sra. English.

— Você não sabe de nada.

Abraham apagou o charuto na mesa de canto da Sra. English e se levantou da cadeira. Abriu *O Livro das Luas* como se tivesse marcado uma página específica.

— O que está fazendo? Chamando mais Tormentos? — gritei.

Desta vez, os dois riram.

— O que estou chamando vai fazer um Tormento parecer um gato doméstico. — Ele começou a ler em uma língua que não reconheci. Devia ser uma língua Conjuradora, niádico, talvez. As palavras eram quase melódicas, até que ele as repetiu em inglês e percebi o que queriam dizer.

— "Do sangue, cinzas e dor. Para os Demônios aprisionados abaixo…"

— Pare! — gritei. Abraham nem olhou para mim.

Sarafine girou o pulso de leve, e senti meu peito apertar.

— Você está testemunhando a história, Ethan, tanto para Conjuradores quanto para Mortais. Tenha um pouco mais de respeito.

Abraham ainda estava lendo.

— "Chamo quem os Criou."

Assim que Abraham falou a última palavra, a Sra. English ofegou, e todo o corpo dela se arqueou violentamente. Os olhos se reviraram para trás, e ela caiu no chão como uma boneca de pano. O pescoço da Sra. English estava apoiado em uma posição desconfortável sobre o peito, e eu só conseguia pensar no quanto ela parecia sem vida.

Como se estivesse morta.

Abraham começou a ler de novo, mas me sentia como se estivesse debaixo d'água, pois tudo estava lento e abafado. Quantas pessoas mais iam morrer por causa deles?

— "... para vingá-los. E para servir!" — A voz de Abraham ecoou pela pequena sala, e as paredes começaram a tremer. Ele fechou o Livro e chegou mais perto do corpo da Sra. English.

A planta que parecia uma aranha caiu de cima da TV, e o vaso se quebrou na pedra da lareira. Os pequenos bibelôs estavam balançando para a frente e para trás, os pedaços da vida da Sra. English se partindo.

— Ela está vindo! — gritou Sarafine para Abraham, e me dei conta de que os dois estavam olhando para o corpo da Sra. English. Tentei me levantar, mas ainda sentia o peso sobre meu peito. Fosse lá o que estivesse acontecendo, não podia impedir.

Já era tarde demais.

O pescoço da Sra. English se ergueu primeiro, e o corpo lentamente o acompanhou, elevando-se do chão como se uma corda invisível a estivesse puxando. Foi horrível o jeito como se movia, como uma marionete. Quando o corpo dela se ajeitou, as pálpebras se abriram.

Mas os olhos dela tinham sumido. No lugar deles, só havia sombras escuras.

O tremor parou, e a sala toda ficou em silêncio.

— Quem me chama? — A Sra. English estava falando, mas a voz não era dela. Não era humana. Não havia variação no tom, não havia inflexão. Era apavorante e sinistra.

Abraham sorriu. Estava orgulhoso do que tinha feito.

— Eu chamo. A Ordem foi rompida, e eu a chamo para trazer os sem alma, os que vagam pelo abismo do Subterrâneo, para se juntarem a nós aqui.

Os olhos vazios da Sra. English fitavam atrás dele, mas a voz respondeu:

— Não pode ser feito.

Sarafine olhou para Abraham em pânico.

— O que ela...?

Ele silenciou Sarafine com um olhar e se virou para a criatura que habitava a casca que era o corpo da Sra. English.

— Não fui claro. Temos corpos para eles. Traga os sem alma e ofereça a eles os corpos dos Conjuradores da Luz. Essa vai ser a Nova Ordem. Você vai sacramentá-la.

Houve um som de estrondo dentro do corpo da Sra. English, quase como se a criatura estivesse rindo de uma maneira doentia.

— Sou a Lilum. Tempo. Verdade. Destino. O Rio Infinito. A Roda do Destino. Você não me dá ordens.

Lilum. Lilian English. Parecia uma piada cósmica doentia. Menos pela parte de que não era piada, a parte que eu não conseguia parar de repetir na cabeça.

A Roda do Destino esmaga a todos.

Abraham pareceu surpreso, e Sarafine cambaleou para trás. Fosse lá o que essa Lilum fosse, os dois claramente acreditaram que conseguiriam controlá-la.

Abraham segurou *O Livro das Luas* com mais força e mudou de tática.

— Então, apelo a você como Rainha Demônio. Ajude-nos a elaborar a Nova Ordem. Uma Ordem na qual a Luz vai finalmente ser eclipsada pelas Trevas para sempre.

Fiquei paralisado. Tudo estava se encaixando. A música sinalizadora estava certa. Mesmo eu nunca tendo ouvido nada sobre esse negócio de Lilum, a música tinha me avisado sobre a Rainha Demônio e a Roda do Destino mais de uma vez.

Tentei não entrar em pânico.

A Lilum respondeu, com a voz irritantemente constante.

— Luz e Trevas não têm significado nenhum para mim. Só existe poder, nascido do Fogo Negro, onde todo poder foi criado.

Do que ela estava falando? Ela era a Rainha Demônio. Isso não a tornava das Trevas?

— Não. — A voz de Sarafine era um sussurro. — Não é possível. A Rainha Demônio representa as verdadeiras Trevas.

— Minha verdade é o Fogo Negro, a origem dos poderes tanto da Luz quanto das Trevas.

Sarafine pareceu confusa, o que era uma coisa que eu nunca tinha testemunhado fora das visões.

Foi quando me dei conta de que ela e Abraham não entendiam a Lilum, nem um pouco. Eu não podia fingir que entendia, mas soube que ela não era das Trevas como eles acreditavam. Era uma coisa única, dela mesma. Talvez a Lilum fosse cinza, um novo tom no espectro. Ou talvez fosse o oposto, e não tivesse nada de Trevas e nem da Luz, e fosse a ausência dos dois.

Fosse como fosse, ela não era uma deles.

— Mas você pode elaborar a Nova Ordem — disse Sarafine.

A cabeça da Sra. English se virou em direção ao som da voz de Sarafine.

— Posso. Mas um preço deve ser pago.

— Qual é o preço? — falei sem pensar.

A cabeça dela se virou para mim.

— Um trabalho.

A Rainha Demônio, a Roda do Destino... fosse lá quem fosse, ela não estava falando do meu trabalho de casa de inglês.

— Não entendi.

— Cale a boca, garoto! — disse Abraham.

Mas a Lilum ainda estava olhando vagamente em minha direção.

— Esta Mortal tem as palavras de que preciso. — A Lilum fez uma pausa. Estava falando da Sra. English. — Trabalho. Não, não exatamente. — Será que ela estava procurando a palavra certa na mente da Sra. English? — Um teste rigoroso. — Ela parou. — Sim. Um teste. Na Décima Oitava Lua.

— Que teste?

— Na Décima Oitava Lua — repetiu ela. — Para Aquele que vai recuperar a Ordem novamente.

Era a mensagem da minha música sinalizadora. A maior parte dela, pelo menos. Aquele que É Dois.

— Quem? — perguntou Abraham, exigindo saber. — Diga para mim agora! Quem vai recuperar a Ordem?

O pescoço da Sra. English se virou de forma nada natural para Abraham, com os olhos pretos ensombreados o encarando. Um som trovejante sacudiu a casa.

— Você não me dá ordens.

Antes que ele pudesse responder, uma luz cegante saiu dos buracos pretos onde os olhos da Sra. English deveriam estar e foi diretamente para Abraham e Sarafine. Abraham nem teve tempo de desmaterializar. A luz os atingiu e explodiu ao redor deles, tomando conta da sala. O poder invisível de Sarafine sobre mim desapareceu, e coloquei o braço por cima dos olhos para protegê-los da luz. Mas ainda conseguia senti-la como se estivesse olhando para o sol.

Dentro de segundos, o brilho impossível diminuiu, e afastei o braço do rosto. Olhei para o lugar onde Abraham e Sarafine estavam antes. Manchas negras enevoavam minha visão.

Abraham e Sarafine tinham sumido.

— Eles estão mortos? — Eu me vi cheio de esperanças. Talvez Abraham tenha passado dos limites com *O Livro das Luas*. O Livro sempre levava alguma coisa em troca.

— Mortos. — A Lilum fez uma pausa. — Não. Não é a hora deles de serem julgados.

Eu discordava, mas não ia discutir com uma criatura poderosa o bastante para fazer Abraham e Sarafine desaparecerem.

— O que aconteceu com eles?

— Mandei-os para longe. Não quero ouvir as vozes deles. — Ela não respondera à minha pergunta.

Mas eu tinha outra e precisava encontrar coragem para fazê-la.

— Aquele que tem de encarar o teste na Décima Oitava Lua... Você está falando d'Aquele Que É Dois?

Os olhos vazios se viraram para mim, e a voz começou a falar.

— Aquele Que É Dois, em Quem o Equilíbrio se paga. O Fogo Negro, do qual todos os poderes vêm, vai recuperar a Ordem novamente.

— Então podemos consertá-la? A Ordem?

— Se o Equilíbrio for pago, haverá uma Nova Ordem. — A voz dela era completamente sem inflexão, como se aquilo pelo qual espero não tivesse importância.

— O que você quer dizer com o Equilíbrio?

— Equilíbrio. Pagamento. Sacrifício.

Sacrifício.

Feito por Aquele que É Dois.

— Não Lena — sussurrei. Não podia perdê-la de novo. — Ela não pode ser o sacrifício. Ela não pretendia romper a Ordem.

— Tanto Trevas quanto Luz. Equilíbrio perfeito. Verdadeira magia. — A Lilum ficou em silêncio. Será que estava pensando, procurando palavras na cabeça da Sra. English, ou apenas cansada de ouvir minha voz também? — Ela não é o Teste. O filho das Trevas e da Luz vai trazer a Nova Ordem.

Não era Lena.

Respirei fundo.

— Espere. Então, quem é?

— Existe outro.

Talvez ela não tenha entendido o que perguntei.

— Quem?

— Você vai encontrar Aquele que É Dois. — As sombras negras e vazias olhavam para mim do rosto da Sra. English.

— Por que eu?

— Porque você é o Obstinado. O que marca o caminho entre nossos mundos. O mundo Demônio e o mundo Mortal.

— Talvez eu não queira ser o Obstinado. — Falei sem pensar, mas era verdade. Não sabia como encontrar essa pessoa. E não queria que o destino dos mundos Mortal e Conjurador estivesse nas minhas mãos.

As paredes começaram a tremer de novo, e os bibelôs de cerâmica bateram uns nos outros. Observei a pequena lua chegar perigosamente perto da beirada da parte de cima da lareira.

— Eu entendo. Não podemos escolher o que somos na Ordem. Sou a Rainha Demônio. — Será que ela queria dizer que também não queria ser o que era? — A Ordem das Coisas vai muito além. O Rio corre. A Roda gira. Este momento muda o próximo. Você mudou tudo.

As paredes pararam de tremer, e a lua parou logo antes de cair da beirada.

— Esse é o jeito. Não existe outro.

Isso eu entendi.

Foi a última coisa que a Lilum disse antes que o corpo possuído da Sra. English caísse no chão.

⊰ 1 DE NOVEMBRO ⊱

O Lado do Olho Ruim

Com os óculos derrubados, o olho de vidro fechado e o cabelo solto do coque apertado, Lilian English quase parecia uma pessoa.

Uma pessoa legal.

Liguei para a emergência. Em seguida, fiquei sentado na antiga cadeira florida, olhando para o corpo da Sra. English, esperando a ambulância. Eu não sabia se ela estava morta. Mais uma morte nesta guerra que eu não sabia se conseguiríamos vencer.

Mais uma coisa que era minha culpa.

A ambulância chegou pouco depois. Quando Woody Porter e Bud Sweet encontraram a pulsação, consegui respirar de novo. Observei-os colocando a maca na parte de trás do "ônibus", como Woody dizia.

— Tem alguém pra quem você possa ligar em nome dela? — perguntou Bud ao bater as portas da ambulância.

Havia uma pessoa.

— Tem. Vou ligar pra uma pessoa. — Voltei para a pequena casa da Sra. English, passei pelo saguão e fui até a cozinha com o papel de parede de beija-flores. Não queria ligar para meu pai, mas estava em débito com a Sra. English depois do que ela passou. Levantei o fone cor-de-rosa e olhei para as teclas dos números.

Minha mão começou a tremer.

Eu não conseguia me lembrar do meu número de telefone.

Talvez estivesse em estado de choque. Foi o que disse a mim mesmo, mas sabia que era mais do que isso. Tinha alguma coisa acontecendo comigo. Só que eu não sabia por quê.

Fechei os olhos e mandei meus dedos encontrarem os números certos.

Combinações de números surgiram na minha mente. O de Lena e o de Link, e o da Biblioteca do Condado de Gatlin. Só tinha um que eu não conseguia lembrar.

O meu.

Lilian English faltou pela primeira vez em cerca de 150 anos. O diagnóstico final foi exaustão severa. Acho que fazia sentido. Abraham e Sarafine conseguiam fazer isso com qualquer um, mesmo sem a ajuda de uma Rainha Demônio.

E isso deixou Lena e eu sozinhos na sala de aula alguns dias depois. A aula tinha terminado, e o diretor Harper havia recolhido a pilha de trabalhos que ele jamais avaliaria, mas ainda estávamos em nossas carteiras.

Acho que nós dois queríamos ficar um pouco mais no lugar onde a Sra. English nunca tinha sido uma marionete, onde tinha sido uma Rainha Demônio à sua maneira. A verdadeira Sra. English era a mão da justiça, mesmo não sendo a Roda do Destino. Nunca havia uma curva na aula dela. Considerando isso e a questão do teste, eu conseguia ver por que a Lilum tinha se manifestado no corpo da Sra. English.

— Eu devia saber. Ela estava agindo de um jeito estranho desde o começo das aulas. — Suspirei. — E eu sabia que o olho de vidro estava do lado errado pelo menos uma vez.

— Você acha que a Lilum estava dando aula de inglês pra gente? Você disse que a Lilum falava de um jeito estranho. Nós teríamos notado. — Lena estava certa.

— A Lilum devia estar dentro da Sra. English em parte do tempo, porque Abraham e Sarafine apareceram na casa dela. E, acredite, eles sabiam o que estavam procurando.

Estávamos sentados em silêncio em lados opostos da sala. Hoje, eu estava do Lado do Olho Ruim. Era esse tipo de dia. Tinha recontado cada detalhe daquela noite três vezes para Lena, exceto a parte de esquecer o número do meu telefone. Não queria que ela também se preocupasse. Mas ela ainda estava tendo dificuldade em entender tudo. Não podia culpá-la. Já tinha estado no lugar dela e não estava me saindo muito melhor.

Lena acabou dizendo uma coisa, sentada no Lado do Olho Bom.

— Por que você acha que temos de encontrar esse Aquele que É Dois? — Ela estava mais abalada do que eu, talvez porque tinha acabado de descobrir sobre isso. Ou talvez porque envolvesse a mãe dela.

— Você não ouviu todo o discurso sobre o teste? — Eu contara a ela tudo de que conseguia me lembrar.

— Não. Quero dizer, o que essa pessoa vai fazer que não podemos fazer? Para estabelecer a Nova Ordem, sei lá. — Ela saiu da cadeira e se sentou na beirada da mesa da Sra. English, balançando as pernas. A Nova Ordem. Não era surpresa estar pensando sobre isso. Lena sabia que a Lilum tinha dito que ela seria a pessoa a sacramentá-la.

— E como se sacramenta uma Nova Ordem? — perguntei a ela.

Ela deu de ombros.

— Não faço ideia.

Tinha de haver um jeito de descobrir.

— Talvez haja alguma coisa na *Lunae Libri* sobre isso.

Lena parecia frustrada.

— Claro. Procure na letra N, de *Nova Ordem*. Ou S, de *Sacramentar*. Ou M, de *Maluca*, que é como estou começando a me sentir.

— Nem me fale.

Ela suspirou e balançou ainda mais as pernas.

— Mesmo se soubesse como fazer, a pergunta mais importante é por que eu? Eu rompi a última. — Ela parecia cansada, com a camiseta preta úmida de suor e o colar com os pingentes preso no cabelo longo.

— Talvez ela precisasse ser rompida. Às vezes, as coisas precisam ser quebradas para que se possa consertá-las.

— Ou talvez não precisasse de conserto.

— Quer sair daqui? Cansei desse papo de teste por hoje.

Ela assentiu, agradecida.

— Eu também.

Andamos pelo corredor de mãos dadas, e observei o cabelo de Lena começar a se encaracolar. A Brisa Conjuradora. Assim, não fiquei surpreso quando a Srta. Hester nem ergueu os olhos das unhas longas e roxas que estava pintando quando passamos, deixando os mundos Demônio e Mortal atrás de nós.

O lago Moultrie realmente estava quente e marrom como Link tinha dito. Não havia uma gota de água à vista. Não tinha ninguém lá, mas havia alguns souvenires da Sra. Lincoln e das amigas presos na lama rachada da beirada.

LINHA DO PLANTÃO DA COMUNIDADE

COMUNIQUE TODOS OS COMPORTAMENTOS APOCALÍPTICOS

Ela tinha até colocado o número do telefone de casa embaixo.

— O que exatamente constitui comportamento apocalíptico? — Lena tentou não sorrir.

— Não sei, mas tenho certeza de que, se pedíssemos para a Sra. Lincoln divulgar um esclarecimento, ela o colocaria aqui amanhã. — Pensei no assunto. — É proibido pescar. É proibido jogar lixo. É proibido chamar o Diabo. São proibidos pragas de calor e gafanhotos, e também Tormentos.

Lena chutou a terra seca.

— São proibidos rios de sangue. — Eu tinha contado a ela meu sonho. Ao menos, aquele. — E são proibidos sacrifícios humanos.

— Não dê ideias a Abraham.

Lena colocou a cabeça no meu ombro.

— Você se lembra da última vez em que viemos aqui? — Eu a cutuquei com um pedaço de grama seca. — Você fugiu na garupa da Harley de John.

— Não quero me lembrar dessa parte. Quero me lembrar da parte boa — sussurrou ela.

— Há muitas partes boas.

Ela sorriu, e eu soube que sempre me lembraria desse dia. Como o dia em que a encontrei chorando no jardim de Greenbrier. Tinha vezes em que eu olhava para ela e tudo parava. Quando o mundo sumia e eu sabia que nada podia ficar entre nós.

Puxei-a para perto de mim e a beijei com mais força, em um lago morto onde ninguém podia nos ver e ninguém se importava. A cada segundo que passava, a dor crescia no meu corpo, a pressão do meu coração disparado, mas não parei. Nada mais importava além disso. Queria sentir as mãos na minha pele, os lábios puxando o meu lábio inferior. Queria sentir o corpo dela contra o meu até não conseguir sentir mais nada.

Porque, a não ser que descobríssemos quem era e convencêssemos Aquele que É Dois a fazer o que precisava ser feito na Décima Oitava Lua, eu tinha a sensação terrível de que não importava o que acontecia a nós.

Ela fechou os olhos, e eu fechei os meus, e embora não estivéssemos de mãos dadas parecia que estávamos.

Porque o que nós tínhamos, nós sabíamos.

⊰ 20 DE NOVEMBRO ⊱
A próxima geração

— Pra trás, escoteiro. Já contei tudo que sei. Por que eu esconderia alguma coisa agora? — John sorriu e olhou para Liv. — Aqui, eu só uso a calça. Mas quem usa o cinto é ela.

Era verdade. O cinto de escorpião estava ao redor da cintura de Liv. Lena o tinha dado, pois ela parecia ser a babá de John quando Macon não estava com ele. Eles nunca o deixavam sozinho. À noite, Macon até enfeitiçava o escritório com Conjuros de Disfarce e Confinamento.

Mas se John estava contando a verdade sobre suas capacidades, ele só teria que tocar em Macon para adquirir alguns dos poderes dele. A pergunta era por que não fazia isso? Eu estava começando a pensar que ele não queria ir embora, mas não fazia sentido.

Ultimamente, nada fazia.

Desde minha conversa com a Lilum (a Roda do Destino, a Rainha Demônio, a Sra. English que Não Era a Sra. English), tinha mais perguntas do que respostas. Eu não fazia ideia de como encontrar Aquele que É Dois e não sabia quanto tempo tínhamos.

Precisava descobrir quando seria a Décima Oitava Lua. Tinha certeza de que tinha alguma coisa a ver com John Breed, desde que o John do County Care escreveu aquela mensagem.

Esse John não parecia se importar. Estava deitado em um colchão contra a parede, alternando entre dormir e me irritar.

Lena estava frustrada. O charme de John não facilitava as coisas com ela.

— Abraham deve ter dito alguma coisa pra você sobre a Décima Oitava Lua.

Ele deu de ombros com cara de entediado.

— É seu namorado que não consegue parar de falar nisso.

— É? Quer tirar a bunda do colchão e vir calar minha boca?

Ethan, calma. Não deixe que ele o irrite.

Liv interferiu.

— Ethan, acho que podemos manter as coisas um pouco mais civilizadas aqui. Até onde sabemos, John é tão vítima do reinado de terror de Abraham quanto o restante de nós. — Ela parecia solidária, solidária demais.

— Ele mordeu algum dos seus *melhores amigos* ultimamente? — falei.

Liv pareceu constrangida.

— Então não quero ouvir sobre ser civilizado.

John se levantou do colchão.

— Você não precisa falar com ela assim. Está zangado comigo. Não desconte em Olivia. Ela está se arrebentando pra te ajudar.

Olhei para Liv. Ela estava ruborizando enquanto observava os ponteiros do selenômetro. Eu me perguntei se o magnetismo de Incubus de John estava tendo efeito sobre ela.

— Não se ofenda, mas cale a boca.

— Ethan! — Lena me lançou uma versão do Olhar. Agora eu estava sendo bombardeado por todos os lados.

John estava se divertindo.

— Você quer que eu fale, você quer que eu cale a boca. Me avise quando decidir.

Eu não queria falar com ele. Queria que desaparecesse.

— Liv, qual é o motivo de mantê-lo aqui? Ele não nos contou nada. Aposto que usou a habilidade de sugar poderes Conjuradores para mandar uma mensagem pra Abraham e Sarafine, e eles estão vindo pra cá agora mesmo.

Liv cruzou os braços em reprovação.

— John não anda sugando os poderes de ninguém. A maior parte do tempo, ele fica sozinho comigo. Ou com Macon e comigo. — Ela começou a ficar vermelha. — E gritar com ele não vai ajudar em nada. John é basicamente vítima de tortura. Você não pode imaginar o modo como Silas e Abraham o trataram quando ele era pequeno. Nada que você possa dizer chega perto do que ele passou.

Eu me virei para John.

— Então é isso que você vem fazendo aqui? Contando pra Liv histórias tristes pra que ela sinta pena de você? Cara, você é mesmo um babaca manipulador.

John ficou de pé e andou até onde eu estava.

— Engraçado, eu estava pensando no quanto você era um babaca encantador.

262

— É mesmo? — Fechei a mão.

— Não. — Ele fez a mesma coisa.

— Já chega. — Lena se meteu entre nós dois. — Isso não está ajudando.

— E não é científico, nem educado e nem remotamente divertido — acrescentou Liv.

John andou de volta até o colchão.

— Não sei por que todo mundo está tão convencido de que isso tem a ver comigo.

Eu não ia contar para ele sobre a mensagem de um garoto que tinha sofrido um ferimento na cabeça e não falava.

— Isso tem alguma coisa a ver com a Décima Oitava Lua. A de Lena é só em fevereiro, a não ser que Sarafine e Abraham estejam atraindo luas fora de hora de novo.

— Lena cruzou os braços e observou John.

Ele deu de ombros, o que deixou à mostra a tatuagem preta no braço.

— Então vocês têm alguns meses. É melhor correrem.

— Já falei, ela não disse que era a Décima Oitava Lua de Lena. Podemos não ter tanto tempo.

Liv se virou de repente para olhar para mim.

— Quem não disse?

Merda. Eu não queria ainda contar para ela sobre a Lilum, principalmente não na frente de John. Lena não era a única garota que eu conhecia que era duas coisas. Liv não era mais Guardiã, mas ainda agia como uma.

— Ninguém. Não é importante.

Liv estava me observando com atenção.

— Você disse que um cara chamado John no County Care sabia sobre a Décima Oitava Lua, o do quarto apavorante do aniversário. Achei que esse era o motivo pra você pegar no pé de John.

— No pé de John? É isso que você acha que estou fazendo? — Não conseguia acreditar no quanto ele a tinha afetado rapidamente.

— Na verdade, eu chamaria de perturbar. — John estava com ar pretensioso.

Eu o ignorei. Estava ocupado demais tentando cobrir minhas pistas com Liv.

— Foi um cara chamado John, mas ele não estava no quarto...

Parei.

Um sujeito chamado John.

Lena olhou para mim.

O quarto do aniversário.

Estávamos pensando a mesma coisa.

E se estávamos olhando para isso do ângulo errado?

— John, quando é seu aniversário?

Ele estava esticado, jogando uma bola no local acima de onde suas botas estavam apoiadas na parede.

— Por quê, você vai fazer uma festa pra mim, Mortal? Não gosto muito de bolo.

— Apenas responda — disse Lena.

A bola bateu na parede de novo.

— 22 de dezembro. Pelo menos foi o que Abraham me disse. Mas deve ser um dia aleatório que ele escolheu. Ele me encontrou, lembram? Eu não tinha um bilhete preso na camiseta com a data do meu nascimento.

Ele não podia ser tão burro.

— Abraham parece o tipo de cara que ia se importar se você tinha ou não dia de aniversário?

A bola parou de bater na parede.

Liv estava virando as folhas de um almanaque. Ouvi-a prender a respiração;

— Ah, meu Deus.

John andou até a mesa e se inclinou por cima do ombro dela.

— O quê?

— 22 de dezembro é o solstício de inverno, a noite mais longa do ano.

John caiu sentado na cadeira ao lado dela. Tentou fazer cara de entediado, a expressão de sempre, mas eu podia perceber que ele estava curioso.

— Tá, é uma noite comprida. E daí?

Liv fechou o almanaque.

— Os antigos celtas consideravam o solstício de inverno o dia mais sagrado do ano. Eles acreditavam que a Roda do Ano parava de girar por um breve tempo, no momento do solstício. Era uma época de renovação e renascimento...

Liv ainda estava falando, mas eu não conseguia ouvir nada além dos meus próprios pensamentos.

A Roda do Ano.

A Roda do Destino.

Renovação e renascimento.

Um sacrifício.

Era o que a Lilum estava tentando me dizer na casa da Sra. English. Na Décima Oitava Lua, a noite do solstício de inverno, o sacrifício teria de ser feito para pôr em vigor a Nova Ordem.

— Ethan? — Lena estava olhando para mim, preocupada. — Você está bem?

— Não. Nenhum de nós está. — Olhei para John. — Se você estiver dizendo a verdade e não estiver esperando que Abraham e Sarafine venham resgatar você, preciso que me conte tudo que sabe sobre ele.

John se inclinou sobre a mesa em minha direção.

— Se você acha que não consigo fugir desse escritoriozinho pelos túneis, você é um idiota maior do que eu pensava. Você não faz ideia do que sou capaz. Estou aqui porque... — Ele olhou para Liv. — Não tenho pra onde ir.

Eu não sabia se ele estava mentindo. Mas todos os sinais, as músicas, os recados, até mesmo tia Prue e a Lilum, apontavam para ele.

John entregou um lápis para Liv.

— Pegue aquele caderninho vermelho e vou contar a você tudo que quer saber.

Depois de ouvir John falar sobre a infância com Silas Ravenwood (que parecia um sargento de treinamento do exército, que passava a maior parte do tempo batendo em John ou o obrigando a decorar sua doutrina contra Conjuradores), até eu comecei a sentir um pouco de pena dele. Não que fosse admitir.

Liv estava escrevendo cada palavra.

— Então, basicamente, Silas odeia Conjuradores. Interessante, considerando que ele se casou com duas. — Ela olhou para John. — E criou um.

John riu, e não havia como não perceber o amargor na voz dele.

— Eu não iria querer estar por perto se ele ouvisse você me chamando disso. Silas e Abraham nunca me consideraram um Conjurador. De acordo com Abraham, sou "a próxima geração": mais forte, mais rápido, resistente à luz do sol e todas as coisas boas. Abraham é bastante apocalíptico para um Demônio. Acredita que o fim está próximo, mesmo que seja ele quem vá fazer isso, e que a raça inferior vai ser finalmente exterminada.

Esfreguei as mãos no rosto. Não sabia bem quanto mais conseguiria suportar.

— Pelo visto, é uma notícia ruim pra nós, Mortais.

John me lançou um olhar estranho.

— Os Mortais não são a raça inferior. Vocês são apenas o fim da cadeia alimentar. Ele está falando sobre Conjuradores.

Liv prendeu o lápis atrás da orelha.

— Eu não sabia o quanto ele odiava Conjuradores da Luz.

John balançou a cabeça.

— Você não entende. Não estou falando de Conjuradores da Luz. Abraham quer acabar com todos os Conjuradores.

Lena olhou para a frente, surpresa.

— Mas Sarafine... — Liv começou a dizer.

— Ele não liga pra ela. Só diz pra ela o que ela quer ouvir. — A voz de John estava séria. — Abraham Ravenwood não liga pra ninguém.

Havia muitas noites em que eu não conseguia dormir, mas esta noite eu não queria. Queria esquecer sobre Abraham Ravenwood planejando destruir o mundo e a Lilum prometendo que ele se destruiria sozinho. A não ser, é claro, que alguém quisesse se sacrificar. Alguém que eu tinha de encontrar.

Se adormecesse, esses pensamentos virariam rios de sangue tão reais quanto a lama nos meus lençóis quando conheci Lena. Eu queria encontrar um lugar para me esconder de tudo, onde os pesadelos, os rios e a realidade não pudessem me encontrar. Para mim, esse lugar seria sempre em um livro.

E eu sabia qual. Não estava debaixo da minha cama; estava em uma daquelas caixas de sapato empilhadas contra a parede. Aquelas caixas guardavam tudo que era importante para mim, e eu sabia o que havia dentro de todas.

Pelo menos, achava que sabia.

Por um segundo, não consegui me mexer. Olhei para as caixas de papelão colorido, procurando um mapa mental que me levaria à certa. Mas ele não estava lá. Minhas mãos começaram a tremer. Minha mão direita, a que eu antes usava para escrever, e minha mão esquerda, a que eu usava agora.

Eu não sabia onde estava.

Tinha alguma coisa errada comigo, e não tinha nada a ver com Conjuradores, Guardiões e nem a Ordem das Coisas. Eu estava mudando, perdendo mais e mais de mim a cada dia. E não fazia ideia do motivo.

Lucille pulou da minha cama quando comecei a revirar as caixas, abrir tampas e jogar tudo no chão do quarto, de tampas de garrafa e cards de basquete a fotos apagadas da minha mãe. Não parei até encontrá-lo em uma caixa preta da Adidas. Abri a tampa, e lá estava ele: meu exemplar do livro de John Steinbeck *Ratos e homens*.

Não era uma história feliz, do tipo que você esperaria que uma pessoa procurasse quando estivesse tentando afastar o que a assombrava. Mas eu a escolhi por um motivo. Era sobre sacrifício; se era sacrifício próprio ou sacrifício de outra pessoa para salvar a própria pele, era uma questão para debate.

Concluí que poderia decidir hoje enquanto virava as páginas.

Era tarde quando me dei conta de que outra pessoa devia estar procurando resposta nas páginas de um livro.

Lena!

Ela também estava virando páginas...

Quando Sarafine fez 19 anos, deu à luz uma bela menininha. O bebê foi uma surpresa, e, embora Sarafine passasse horas olhando para o rosto delicado da filha, a criança era uma bênção indesejada. Sarafine nunca quis ter um bebê. Não queria que uma criança vivesse a vida de incertezas que acompanhava o sobrenome Duchannes. Não queria que a filha tivesse de lutar contra as Trevas que Sarafine sabia existirem dentro dela. Até que recebesse o verdadeiro nome, aos 16 anos, Sarafine a chamou de Lena, porque significava "a iluminada", com esperança vã de mantê-la longe da maldição. John rira. Pareceu coisa de Mortal se agarrar à esperança de um nome.

Sarafine tinha de depositar suas esperanças em alguma coisa.

Lena não foi a única pessoa inesperada a aparecer na vida dela.

Sarafine estava andando sozinha quando viu Abraham Ravenwood parado na mesma esquina em que o vira pela primeira vez, quase um ano antes. Parecia estar esperando, como se soubesse que ela estava chegando. Como se pudesse de alguma forma ver a guerra que acontecia no campo de batalha da mente dela. Uma guerra que ela nunca sabia se estava vencendo.

Ele acenou como se fossem velhos amigos.

— Parece perturbada, Srta. Duchannes. Tem alguma coisa a incomodando? Posso fazer alguma coisa para ajudar?

Com a barba branca e a bengala, Abraham lembrava Sarafine de seu avô. Ela sentia falta da família, embora eles se recusassem a vê-la.

— Acho que não.

— Ainda lutando contra sua natureza? As vozes ficaram mais fortes?

Ficaram, mas como ele podia saber? Incubus não viravam das Trevas. Eles nasciam nelas.

Ele tentou de novo.

— Você vem iniciando incêndios sem querer? Chama-se Despertar do Fogo.

Sarafine parou. Tinha inadvertidamente iniciado diversos incêndios. Quando as emoções dela se intensificavam, era como se elas se manifestassem nas chamas. Só dois pensamentos a consumiam agora: fogo e Lena.

— Eu não sabia que tinha nome — sussurrou.

— Há muitas coisas que você não sabe. Gostaria de convidar você para estudar comigo. Posso ensinar tudo que precisa saber.

Sarafine olhou para o lado. Ele era das Trevas, um Demônio. Os olhos negros dele diziam tudo que ela precisava saber. Não podia confiar em Abraham Ravenwood.

— Você tem uma filha agora, não é? — Não era exatamente uma pergunta. — Quer que ela ande pelo mundo carregando nas costas uma maldição que data de antes do seu nascimento? Ou quer que ela possa se Invocar?

Sarafine não contou para John que ia se encontrar com Abraham Ravenwood nos túneis. Ele não entenderia. Para John, o mundo era preto ou branco, de Luz ou de Trevas. Ele não sabia que as duas coisas podiam existir juntas, dentro da mesma pessoa, como acontecia com ela. Ela odiava mentir, mas estava fazendo isso por Lena.

Abraham mostrou a ela uma coisa que ninguém da família tinha mencionado: uma profecia relacionada à maldição. Uma profecia que salvaria Lena.

— Tenho certeza de que os Conjuradores na sua família nunca contaram a você sobre isso. — Ele segurou o papel apagado nas mãos enquanto lia as palavras que prometiam mudar tudo. — "A Primeira será Negra/Mas a Segunda pode escolher voltar."

Sarafine sentiu falta de ar.

— Você entende o que quer dizer? — Abraham sabia que as palavras significavam tudo para ela, e ela se agarrou a isso como se fosse parte da profecia. — A primeira Natural a nascer na família Duchannes seria das Trevas, seria Cataclista. — Ele estava falando sobre ela. — Mas a segunda vai poder escolher. Ela pode se Invocar.

Sarafine encontrou coragem para fazer a pergunta que a consumia.

— Por que você está me ajudando?

Abraham sorriu.

— Tenho um filho não muito mais velho do que Lena. Seu pai o está criando. Os pais o abandonaram porque ele tem poderes incomuns. E tem um destino também.

— Mas não quero que minha filha vá para as Trevas.

— Acho que você não entende as verdadeiras Trevas. Sua mente foi envenenada por Conjuradores da Luz. Luz e Trevas são dois lados da mesma moeda.

Parte de Sarafine se perguntou se ele estava certo. Ela rezava para que sim.

* * *

Abraham também a estava ensinando a controlar os impulsos e as vozes. Só havia um jeito de exorcizá-las. Sarafine ateou fogo e incendiou enormes plantações de milho e pedaços de floresta. Foi um alívio dar liberdade aos seus poderes. E ninguém se feriu.

Mas as vozes ainda surgiam para ela, sussurrando a mesma palavra sem parar.

Queime.

Quando as vozes não a estavam assombrando, ela conseguia ouvir Abraham na cabeça, trechos da conversa deles se repetindo sem parar: "Conjuradores da Luz são piores do que Mortais. São cheios de inveja porque seus poderes são inferiores e querem diluir nossa linhagem de sangue com sangue Mortal. Mas a Ordem das Coisas não vai permitir." *Tarde da noite, algumas das palavras faziam sentido.* "Os Conjuradores da Luz rejeitam o Fogo Negro, do qual todos os poderes vêm." *Outras ela tentou esconder nas sombras profundas da mente.* "Se fossem fortes o bastante, eles matariam todos nós."

Eu estava deitado no chão do meu quarto bagunçado, olhando para o teto azul celeste. Lucille estava sentada no meu peito, lambendo as patas.

A voz de Lena penetrou na minha mente tão baixinho que quase não ouvi.

Ela fez por mim. Ela me amava.

Eu não sabia o que dizer. Era verdade, mas não era tão simples. A cada visão, Sarafine estava afundando cada vez mais nas trevas.

Eu sei que ela amava você, L. Só acho que não tinha como lutar contra o que estava acontecendo com ela. Eu não conseguia acreditar que estava defendendo a mulher que matou minha mãe. Mas Izabel não era Sarafine, pelo menos não imediatamente. Sarafine matou Izabel, assim como matou minha mãe.

Abraham foi o que aconteceu com ela.

Lena estava procurando alguém para botar a culpa. Todos nós estávamos.

Ouvi páginas virando.

Lena, não toque nisso!

Não se preocupe. Nem sempre desencadeia visões.

Pensei no Arco Voltaico, no modo como me tirava deste mundo e me levava aleatoriamente para outro. O que não queria pensar era na última coisa que Lena disse: nem sempre. Quantas vezes ela tinha aberto o livro de Sarafine? Lena estava se comunicando comigo por Kelt antes de eu conseguir decidir se deveria perguntar.

Essa é minha favorita. Ela escreveu várias vezes dentro da capa. "O sofrimento é mais forte do que todos os outros ensinamentos, e me ensinou a entender o que seu coração era."

Eu me perguntei de quem era o coração de que Sarafine estava falando.

Talvez fosse o dela mesma.

⊰ 24 DE NOVEMBRO ⊱

Mais errado do que certo

Era Dia de Ação de Graças, o que significava duas coisas.

Visita da minha tia Caroline.

E a disputa anual de tortas entre a torta de nozes-pecã de Amma, a torta de maçã de Amma e a torta de abóbora de Amma. Amma sempre ganhava, mas a competição era acirrada, e a avaliação era questão para muito barulho ao redor da mesa.

Estava mais ansioso para isso do que de costume. Era a primeira vez que Amma fazia uma torta no período de vários meses, e parte de mim desconfiava que o único motivo de ela ter feito hoje era para que ninguém reparasse. Mas não me importava. Entre meu pai vestido de jaqueta em vez de pijama como ano passado, tia Caroline e Marian jogando Scrabble com as Irmãs e o cheiro de tortas no forno, quase esqueci os gafanhotos e o calor, e minha tia-avó que não estava à mesa. A parte difícil é que isso me fazia lembrar de todas as outras coisas que eu vinha esquecendo ultimamente, as coisas que não pretendia esquecer. Eu me perguntei por quanto tempo mais conseguiria me lembrar.

Só havia uma pessoa em quem eu conseguia pensar que poderia saber a resposta para essa pergunta.

Fiquei parado em frente à porta do quarto de Amma por um minuto inteiro antes de bater. Tirar respostas de Amma era como arrancar um dente, se fosse o dente de um crocodilo. Ela sempre tivera seus segredos. Era tão parte dela quanto as balas de canela Red Hot e as palavras cruzadas, o avental com bolsos e as superstições. Talvez fosse parte de ser Vidente. Mas isso era diferente.

Eu nunca tinha visto Amma se afastar do fogão no Dia de Ação de Graças quando as tortas ainda estavam assando, nem deixar de fazer merengue de limão para tio Abner. Estava na hora de desenvolver minhas rótulas.

Estiquei a mão para bater.

— Você vai entrar ou vai esperar abrir um buraco no tapete? — gritou Amma de dentro do quarto.

Abri a porta, preparado para ver fileiras de prateleiras alinhadas com jarros de vidro, cheios de tudo, de sal grosso a terra de cemitério. Estantes cheias de livros passados de geração em geração e cadernos com as receitas de Amma. Não muito tempo atrás, me dei conta de que essas receitas podiam não ter nada a ver com cozinha. O quarto de Amma sempre me lembrou uma farmácia antiga, repleto de mistério e da cura de qualquer coisa que afligisse você, como a própria Amma.

Não hoje. O quarto dela estava uma confusão, assim como o meu ficou depois que virei o conteúdo de vinte caixas de sapato no chão. Como se ela estivesse procurando uma coisa que não conseguia encontrar.

As garrafas que costumavam ficar alinhadas nas prateleiras, com os rótulos virados para fora, estavam todas juntas em cima da cômoda. Havia livros empilhados no chão, em cima da cama, em todos os lugares, menos nas prateleiras. Alguns estavam abertos, velhos diários escritos à mão em gullah, a língua dos ancestrais dela. Havia outras coisas que eu nunca tinha visto lá: penas pretas, galhos e um balde com pedras.

Amma estava sentada no meio da bagunça.

Eu entrei.

— O que aconteceu aqui?

Ela esticou a mão, e eu a puxei.

— Não aconteceu nada. Estou arrumando. Seria bom você tentar fazer o mesmo naquela bagunça que chama de quarto. — Amma tentou me expulsar, mas não me mexi. — Vá logo. As tortas estão quase prontas.

Ela me empurrou e passou por mim. Em um segundo, estaria no corredor e a caminho da cozinha.

— O que tem de errado comigo? — falei de impulso, e Amma parou no mesmo momento. Por um segundo, não disse nada.

— Você tem 17 anos. Imagino que haja mais coisa errada com você do que certa. — Ela não se virou.

— Você quer dizer coisas como escrever com a mão errada e odiar achocolatado e seus ovos mexidos de uma hora pra outra? Esquecer os nomes de pessoas que conheço desde sempre? É desse tipo de coisa que você está falando?

Amma se virou devagar, com os olhos castanhos brilhando. As mãos dela estavam tremendo, e ela as colocou nos bolsos do avental para que eu não reparasse.

Fosse lá o que estivesse acontecendo comigo, Amma sabia o que era.

Ela respirou fundo. Talvez fosse finalmente me contar.

— Não sei nada sobre isso. Mas... estou pesquisando. Pode ter a ver com todo esse calor e esses malditos insetos, com os problemas que os Conjuradores estão tendo.

Estava mentindo. Era a primeira vez que Amma tinha me dado o que parecia ser uma resposta direta na vida. O que tornava tudo ainda mais distorcido.

— Amma, o que a senhora não está me contando? O que a senhora sabe?

— "Sei que meu Redentor vive." — Ela olhou para mim com uma expressão de desafio. Era um verso de um hino que cresci ouvindo na igreja enquanto fazia bolinhas de cuspe e tentava não dormir.

— Amma.

— "Que consolo essa doce frase dá." — Colocou a mão nas minhas costas.

— Por favor.

Agora ela estava cantando, o que parecia meio estranho. Do modo como alguém canta quando acha que uma coisa terrível está prestes a acontecer, mas está tentando se convencer de que não. O terror aparece na voz, mesmo que tente esconder.

Não consegue.

— "Ele vive, ele vive, ele que já esteve morto." — Ela me empurrou para perto da porta. — "Ele vive, meu eterno Líder."

A porta bateu atrás de mim.

— Agora. — Ela já estava na metade do corredor, ainda cantarolando o resto do hino. — Vamos comer antes que suas tias entrem na cozinha e botem fogo na casa.

Eu a observei andando rapidamente pelo corredor e gritando antes de chegar à cozinha.

— Todos para a sala de jantar, antes que minha comida esfrie.

Estava começando a pensar que teria mais sorte se perguntasse ao meu eterno Líder.

Quando passei pelo umbral e entrei na sala de jantar, todo mundo já estava se sentando. Lena e Macon deviam ter acabado de chegar; estavam de pé na extremidade da sala de jantar enquanto Marian estava envolvida em uma conversa com tia Caroline na outra. Amma ainda estava gritando ordens da cozinha, onde a ave estava "descansando". Tia Grace andou em direção à mesa balançando o lenço.

— Não façam essa bela ave esperar mais. Ela teve uma morte nobre, e isso é desrespeito!

Thelma e tia Mercy estavam logo atrás dela.

— Se chamar de morte nobre um tiro no traseiro, então acho que você está certa.

— Tia Mercy passou pela irmã para poder se sentar na frente dos pãezinhos.

— Não comece, Mercy Lynne. Você sabe que o vegetabilismo é um passo em direção a um mundo sem calcinhas e sem pastores. Que há fatos documentados.

Lena se sentou ao lado de Marian, tentando não rir. Até Macon estava tendo dificuldade em ficar sério. Meu pai estava de pé atrás da cadeira de Amma, esperando para a puxar para ela quando finalmente viesse da cozinha. Ouvir tia Mercy e tia Grace implicando uma com a outra me fez sentir ainda mais falta de tia Prue. Mas, quando me sentei na cadeira, percebi que outra pessoa não estava lá.

— Onde está Liv?

Marian olhou para Macon antes de responder.

— Ela decidiu ficar em casa hoje.

Tia Grace ouviu o bastante para meter o bedelho.

— Bem, isso não é nada americano. Você a convidou, Ethan?

— Liv não é americana. E, sim. Quero dizer, sim, senhora. Eu a convidei.

Era quase verdade. Eu tinha pedido para Marian trazê-la. Isso era um convite, não era? Marian abriu o guardanapo e o colocou no colo.

— Acho que ela não se sentiu muito à vontade para vir.

Lena mordeu o lábio, parecendo sentir-se mal.

É por minha causa.

Ou minha, L. Eu não a convidei.

Me sinto uma idiota.

Eu também.

Mas não havia mais nada a dizer, porque naquela hora Amma entrou, trazendo a caçarola de vagem.

— Muito bem. Está na hora de agradecer ao Senhor e comer.

Ela se sentou, e meu pai empurrou a cadeira e voltou para o lugar dele. Todos demos as mãos ao redor da mesa, e tia Caroline baixou a cabeça para dizer a oração de Ação de Graças, como sempre fazia.

Eu conseguia sentir o poder da minha família. Senti do mesmo jeito que sentia quando entrava em um Círculo Conjurador. Embora Lena e Macon fossem os únicos verdadeiros Conjuradores aqui, eu ainda sentia. O zumbido do nosso próprio tipo de poder, em vez de gafanhotos consumindo a cidade ou Incubus rasgando o céu.

E, então, eu ouvi também. Em vez de ouvir a oração, só conseguia prestar atenção na música, trovejando na minha mente com tanta força que pensei que minha cabeça fosse explodir.

Dezoito Luas, dezoito mortos
Dezoito virados de cabeça para baixo,
A Terra acima, o céu abaixo
O Fim dos Dias, a Fila do Ceifeiro...

Dezoito mortos? Fila do Ceifeiro?
Quando tia Caroline acabou a oração, estava pronto para começar.

* * *

Seis tortas depois, a de noz-pecã (e, como sempre, Amma) tinha sido declarada a vencedora. Meu pai caiu em seu costumeiro cochilo pós-peru no sofá, entre as duas Irmãs. O jantar terminou de repente quando estávamos todos cheios demais para nos sentarmos direito nas cadeiras de madeira.

Não comi tanto quanto costumava. Eu me sentia culpado demais. Só conseguia pensar em Liv, sentada sozinha nos túneis no Dia de Ação de Graças. Independentemente de ser ou não feriado para ela.

Eu sei.

Lena estava de pé na porta da cozinha olhando para mim.

L. Não é o que você está pensando.

Lena andou até a bancada, onde estavam as sobras.

— O que acho é que você deve embalar um pedaço de torta de Amma e levar para os túneis.

— Por que você iria querer que eu fizesse isso?

Lena pareceu constrangida.

— Eu não entendia como ela se sentia até a noite em que Ridley Conjurou o *Furor*. Sei como é não ter amigos. Deve ser pior ter e perder.

— Você está dizendo que quer que eu seja amigo de Liv? — Não acreditei.

Ela balançou a cabeça. Eu conseguia ver como era difícil para ela.

— Não. O que estou dizendo é que confio em você.

— Esse é um daqueles testes que os caras não entendem e nos quais nunca são aprovados?

Ela sorriu e cobriu o resto de torta de noz-pecã com papel alumínio.

— Hoje, não.

Lena e eu nem tínhamos aberto a porta da frente quando Amma nos alcançou.

— Onde vocês pensam que vão?

— Vamos para Ravenwood. Vou levar um pedaço de torta pra Liv.

Amma tentou me lançar o Olhar, mas por algum motivo não passou de um olhar para mim.

— O que você quer dizer é que vai entrar naqueles túneis.

— Só pra ver Liv, prometo.

Amma esfregou o amuleto de ouro.

— Vá e volte direto. Não quero ouvir sobre Conjuros nem incêndios, Tormentos e nenhum outro Demônio. Nenhum. Ouviu?

Eu sempre ouvia, mesmo quando ela não estava falando.

Lena levantou a porta externa no piso do quarto de Ridley. Eu ainda não conseguia acreditar que ela ia me deixar descer sozinho. Mas, por outro lado, se você conseguia sentir quando seu namorado estava pensando em beijar outra garota, não era grande coisa.

Lena me entregou a torta.

— Estarei aqui quando você terminar. Andei mesmo querendo dar uma olhada.

— Eu me perguntei se ela tinha entrado aqui desde a noite em que encontramos John. Sabia que Lena estava preocupada com Ridley, principalmente agora que ela não tinha poderes.

— Não vou demorar. — Eu a beijei e desci pela escada que não conseguia ver.

Ouvi as vozes deles antes de ver os rostos.

— Não sei bem se é um Dia de Ação de Graças apropriado para o sul, pois nunca participei de um jantar de Ação de Graças. Mas está bastante caprichado, com comida congelada e tudo. — Liv. Ela parecia estranhamente feliz.

Eu nem precisava ouvir a outra voz para saber de quem era.

— Você tem sorte. Eu também nunca participei de um. Abraham e Silas não gostavam de comemorações. E tem toda a coisa de não precisar comer. Portanto, não tenho com que comparar.

John.

— O quê, nada de Halloween? Nem Natal? Nem liquidação de Natal? — Liv estava rindo, mas percebi que era uma pergunta genuína.

— Nenhum dos mencionados.

— Isso é meio triste. Sinto muito.

— Não é nada de mais.

— Então esse é nosso primeiro Dia de Ação de Graças. — Ouvi a risada dela.

— Juntos — acrescentou ele. O modo como falou me deixou enjoado, como se eu tivesse comido torta demais e depois um sanduíche de peru com recheio.

Espiei pelo canto. John e Liv estavam mesmo sentados à mesa no escritório que Macon tinha montado para ela. Havia duas velas e o jantar congelado na bandeja de alumínio. Peru. Eu me senti péssimo, principalmente depois do jantar que Amma fez.

Liv estava segurando o que devia ser o isqueiro de John, tentando acender as velas na mesa entre eles.

— Sua mão está tremendo.

— Não está, não. — Ela olhou para a mão. — Bem. Está um pouco frio aqui.

— Eu deixo você nervosa? — John sorriu. — Tudo bem. Não vou usar isso contra você.

— Nervosa? Por favor. — As bochechas de Liv ficaram em um tom familiar de rosa. — Não tenho medo de você, se é o que pensa. — Eles olharam um para o outro por um segundo.

— Ai! — Liv deixou o isqueiro cair e balançou a mão. Deve ter queimado o dedo.

— Você está bem? Me deixa ver. — John segurou a mão dela e a abriu para poder ver os dedos. Ele colocou a mão em cima da de Liv, com sua enorme palma cobrindo a dela, tão pequena.

Liv mordeu o lábio.

— Acho que preciso botar na água fria.

— Espere.

— O que...? — Liv olhou para as mãos. John moveu a dele, e Liv ergueu a dela e balançou os dedos. — Não dói mais. Nem está vermelho. Como você fez isso?

John pareceu constrangido.

— Como falei, se encosto em um Conjurador, recebo um pouco do poder dele. Não roubo nem nada. Apenas acontece.

— Você é um Taumaturgo. Um curandeiro. Como a prima de Lena, Ryan. Você não...

— Não se preocupe, não foi ela. Peguei de uma garota em quem esbarrei por aí. — Não consegui perceber se ele estava sendo sarcástico ou não.

O rosto de Liv foi tomado de alívio.

— É incrível. Você sabe disso, não sabe? — Ela examinou de novo o dedo.

— Não sei de nada. A não ser que sou uma aberração da natureza.

— Não acho que a natureza tenha tido algum envolvimento nisso, pois não existe ninguém como você no universo inteiro, até onde sei. Mas você é especial. — Ela disse de forma tão segura que eu quase acreditaria. Se não estivesse falando com John Breed.

— Sou tão especial que ninguém me quer por perto. — Ele riu, mas o som foi amargo. — Tão especial que faço coisas das quais nem me lembro.

— Onde eu moro chamamos isso de noitada no pub.

— Esqueci semanas, Olivia. — Eu odiava o modo como ele falava o nome dela. *O-li-vi-a*. Como se quisesse esticar cada sílaba e demorar o tempo que quisesse.

— Acontece o tempo todo? — Agora Liv soou curiosa, mas pareceu mais do que as engrenagens da mente científica dela girando. Porque ela também tinha a voz triste.

Ele assentiu.

— Menos quando eu estava no Arco Voltaico. Não tem nada para me lembrar de lá.

Limpei a garganta e entrei no aposento.

— É? Então talvez devêssemos enfiar você de novo naquele troço. — Eles levaram um susto. Percebi porque o rosto de John foi tomado de sombras e o cara que estava conversando com Liv desapareceu.

— Ethan. O que você está fazendo aqui? — Liv parecia aturdida.

— Vim trazer pra você um pedaço da famosa torta de noz-pecã de Amma. Sentimos sua falta no jantar. Não queria interromper. — Só que queria.

Liv jogou o guardanapo sobre a mesa.

— Não seja ridículo. Você não está interrompendo nada. Estávamos apenas começando um jantar de partes questionáveis de um frango.

— Ei. Você está falando do nosso primeiro jantar de Ação de Graças, querida. — John sorriu para ela e me encarou.

Eu o ignorei.

— Liv, você acha que pode me dar uma ajudinha um minuto?

Ela afastou a cadeira da mesa.

— Vá na frente, Obstinado.

Senti os olhos de John em mim quando saímos do aposento.

Querida.

Segurei Liv pelo braço assim que saímos do alcance dos ouvidos do Incubus.

— O que você está fazendo?

— Tentando comer meu jantar de Ação de Graças. — As bochechas dela ficaram vermelhas, mas ela não parou de andar.

— Quero dizer, o que você está fazendo *com ele*?

Ela soltou o braço.

— Você está procurando alguma coisa em particular? Havia algum motivo pra precisar de mim? — Tínhamos chegado no *Lunae Libri* e desaparecido em meio aos livros, e observei as luzes das tochas na parede marcando o caminho que percorremos. Ela tirou uma de lá.

— A última coisa que soube é que ele não come nada além de Doritos.

— Não come. Estava me fazendo companhia. Sendo... amigo.

Estagnei na frente dela, e ela parou de andar.

— Liv. Ele não é seu amigo.

Ela estava irritada.

— Então, o que é? Já que você é o especialista?

— Não sei o que ele é e nem o que está fazendo, mas sei que não é seu amigo.

— Que importância tem pra você?

— Liv, você podia ter ido hoje. Foi convidada. Macon e Marian estavam lá. Eles queriam que você fosse.

— Que tremendo convite. Não consigo imaginar como pude perder.

Eu sabia que ela estava com os sentimentos feridos, mas não sabia como consertar. Devia tê-la convidado pessoalmente.

— Quero dizer, todos nós queríamos que você fosse.

— Tenho certeza disso. Assim como tenho certeza de que ainda tenho os hematomas da última vez em que vi Lena.

— O *Furor* era um feitiço. E, acredite, você deu tanto quanto recebeu.

Ela relaxou.

— Sei que podia ter ido pra sua casa hoje. Mas não era meu lugar. Não faço parte de nada. E acho que John também não. Talvez Mortais e Incubus não sejam tão diferentes, afinal.

— Você faz parte, Liv. E não precisa ficar aqui com ele. Você não é um monstro. Como ele.

Ethan? Está tudo bem?

Lena estava me procurando.

Está, L. Estarei aí em um minuto.

Não precisa ter pressa.

Era o jeito de Lena dizer que não se importava de eu conversar com Liv, independentemente de eu fazer Liv acreditar ou não nisso. Eu não sabia se eu acreditava.

Liv estava olhando para mim.

— O que você está fazendo aqui, de verdade? Porque tenho certeza de que não está preocupado com minha vida social.

— Você está enganada. — Eu ainda estava segurando a torta embrulhada.

Ela pegou, abriu o alumínio e tirou um pedacinho da torta.

— Deliciosa. Então não tem nada de novo que eu deva saber? — Tirou outro pedacinho. A torta de Amma era uma boa distração.

— O que você sabe sobre a Roda do Destino?

Uma expressão de surpresa surgiu em seu rosto.

— Engraçado você perguntar. — E assim, o assunto da vida pessoal de Liv foi encerrado, e voltamos ao assunto favorito dela: qualquer outra coisa.

— Por quê?

— Andei pensando nisso desde que encontramos a *Temporis Porta*. — Liv pegou o caderninho e o abriu em uma página do meio. Havia um desenho de três círculos perfeitos, cada um dividido por raios em padrões variados. — Isso foi tudo que consegui me lembrar da porta.

— Me parece certo. Você disse que era uma espécie de código?

Ela assentiu.

— Não tenho certeza, porque você abriu a porta sem usá-los. Mas andei pesquisando o símbolo na biblioteca de Macon.

— E?

Ela apontou para o desenho.

— O círculo repetido. Acho que tem alguma coisa a ver com o que você chama de Roda do Destino.

— E a *Temporis Porta*?

— Acho que sim. Mas tem uma coisa que não consigo entender.

— O quê? — Uma coisa que Liv não conseguia entender era um mau sinal.

— A porta abriu sozinha. Você não encostou em nenhum dos círculos. Eu não acreditaria se não tivesse visto com meus próprios olhos.

Eu me lembrei da sensação áspera da madeira encostada na minha testa.

— E eu não consegui passar.

— Mas você disse que não entendia por quê. — Eu não sabia onde ela queria chegar com isso.

— Seja lá o que for a Roda do Destino, acho que tem alguma coisa a ver com você, não comigo.

Deixei que ela acreditasse nisso, mas eu sabia. Ainda conseguia ouvir a voz de Amma ecoando na minha cabeça.

A Roda do Destino esmaga a todos.

⊰ 6 DE DEZEMBRO ⊱
Alma fraturada

— E~than!~

Lena estava gritando, e eu não conseguia encontrá-la. Tentei correr, mas voltava a cair porque o chão estava se mexendo debaixo dos meus pés. O asfalto da rua Main estava tremendo tanto que terra e pedras voavam nos meus olhos. A rua balançava, e parecia que eu estava na extremidade de duas placas tectônicas em guerra.

Fiquei ali parado, com um pé em cada placa, enquanto o mundo sacudia e o abismo entre as placas aumentava. A rachadura estava tão grande que eu sabia que ia cair. E estava ficando maior.

Era apenas uma questão de tempo.

— Ethan! — Ouvi a voz de Lena, mas não consegui vê-la.

Olhei pela rachadura e a vi, bem abaixo de mim.

E, em seguida, eu estava caindo...

O piso do meu quarto estava mais duro do que o habitual.

Lena!

Ouvi a voz dela, grogue e meio sonolenta.

Estou aqui. Foi só um sonho.

Eu me deitei de costas e tentei recuperar o fôlego. Enrolei o lençol e o joguei do outro lado do quarto.

Está tudo bem.

Sabia que não fui muito convincente.

É sério, Ethan. Sua cabeça está bem?

Assenti, embora ela não pudesse me ver.

Minha cabeça está ótima. São as placas tectônicas da Terra que me preocupam.

Ela não respondeu por um momento.

E você está preocupado comigo.

É, L. E com você.

Ela sabia que, quando eu acordava gritando o nome dela, ela tinha sofrido outro final violento e apavorante em um dos meus sonhos que não compartilhávamos desde a Décima Sétima Lua. E os sonhos estavam ficando piores, e não melhores.

É por causa de tudo que passamos no verão passado, Ethan. Ainda estou revivendo tudo também.

Mas não contei para ela que acontecia comigo todas as noites, nem que não era ela em perigo desta vez. Achava que ela não queria saber o quanto eu estava revivendo. Não queria que ela achasse que estava atrapalhando minha vida.

Tinha outra coisa atrapalhando minha vida, pelo menos, para mim. A resposta que Amma não queria me dar, e que eu não conseguia descobrir. Mas tinha quase certeza de que outra pessoa sabia e finalmente reuni coragem para ir vê-lo.

A única pergunta que restava era se eu ia conseguir fazer com que ele me contasse.

Estava um breu do lado de fora quando fechei a porta da frente atrás de mim. Quando me virei, Lucille estava sentada na varanda me esperando.

— Você já não ficou demais nos túneis na última vez? — Lucille inclinou a cabeça de lado, a resposta padrão dela. — Vamos logo.

Ouvi um som de coisa rasgando. Na verdade, foi o som de um rasgão desajeitado. Eu me virei. Não estava pronto para outra visita de Abraham. Mas desta vez não era ele, longe disso.

Link estava deitado de costas, preso nos arbustos.

— Cara, esse negócio de Viajar exige bastante prática. — Ele saiu da folhagem e se limpou. — Para onde vamos?

— Como você soube que eu estava de saída? Andou xeretando minha cabeça?

— Se ele dissesse que sim, estava morto.

— Já falei, não quero me meter nesse Templo da Morte. — Ele limpou a camiseta do Iron Maiden. — Eu não durmo, lembra? Estava andando por aí e ouvi você descendo a escada sorrateiramente. É um dos meus superpoderes. E, então, para onde vamos?

Não sabia se devia contar para ele. Mas a verdade era que não queria ir sozinho.
— Nova Orleans.
— Você não conhece ninguém em... — Link balançou a cabeça. — Cara, por que sempre tem de ser cemitérios e criptas com você? Não podemos ir a um lugar que não seja cheio de cadáveres?

Outra pergunta que eu não sabia responder.

A tumba da rainha vodu Marie Laveau estava exatamente do mesmo jeito. Olhei para os xis entalhados na porta e me perguntei se devíamos deixar um nosso, caso nunca saíssemos de lá. Mas não havia tempo para pensar nisso, porque Link abriu a porta segundos depois, e entramos.

A escada podre e torta ainda estava lá, levando à escuridão. Também estavam a fumaça e o cheiro pútrido que grudava na pele, mesmo depois de você tomar um banho.

Link tossiu.
— Alcaçuz e gasolina. Horrível.
— Shh. Silêncio.

Chegamos à base da escada, e consegui ver a loja, ou fosse lá como se chamasse esse lugar horrendo. Havia uma luz suave emanando de dentro, iluminando os vidros e garrafas. Minha pele se arrepiou com a visão de répteis e pequenos ratos tentando escapar freneticamente.

Lucille se escondeu atrás das minhas pernas, como se estivesse com medo de acabar em um desses vidros.

— Como sabemos se ele está? — sussurrou Link.

Antes que eu pudesse responder, uma voz surgiu atrás de nós.

— Estou sempre aqui, em uma forma ou outra.

Reconheci a voz grave do *bokor* e o sotaque pesado. Ele parecia ainda mais perigoso de perto. A pele não tinha rugas, mas cicatrizes marcavam seu rosto. Pareciam arranhões e ferimentos de perfurações, como se ele tivesse sido atacado por uma criatura que não estava em um daqueles vidros. As longas tranças estavam emaranhadas, e consegui ver pequenos objetos presos nelas. Símbolos de metal e amuletos, pedaços de osso e contas tão bem amarrados que se tornaram parte do próprio cabelo. Ele estava segurando o cajado de pele de cobra.

— Pedimos... desculpas por aparecermos assim — gaguejei.

— Foi uma aposta que valeu a pena? — A mão dele apertou o cajado com mais força. — Invasão de privacidade é contra a lei. A sua e a minha.

— Não viemos aqui por causa de uma aposta. — Minha voz ainda estava tremendo. — Viemos procurar você. Tenho perguntas, e acho que é a única pessoa que pode me dar respostas.

O *bokor* apertou os olhos e coçou o cavanhaque, intrigado. Ou talvez estivesse contemplando como faria para se livrar de nossos corpos depois de nos matar.

— O que faz você pensar que tenho as respostas?

— Amma. Quero dizer, Amarie Treadeau. Ela veio aqui. Preciso saber por quê. — Eu tinha a atenção dele agora. — Acho que foi por minha causa.

Ele me observou com atenção.

— Então é você. Interessante você vir aqui em vez de procurar sua Vidente.

— Ela não quer me contar nada.

Surgiu alguma coisa na expressão dele que não reconheci.

— Por aqui.

Nós o seguimos até o aposento com a fumaça, odores e resíduos de morte. Link estava ao meu lado sussurrando:

— Tem certeza de que é boa ideia?

— Tenho um Incubus comigo, né? — Era uma piada ruim. Mas eu estava com tanto medo que mal conseguia pensar.

— Um quarto. — Link respirou fundo. — Espero que seja o bastante.

O *bokor* ficou parado atrás da mesa de madeira, e Link e eu do outro lado, de frente para ele.

— O que você sabe sobre meus negócios com a Vidente?

— Sei que ela veio ver você sobre um jogo de que não gostou. — Eu não queria revelar tudo que sabia. Tinha medo de ele perceber que não era nossa primeira vez ali. — Quero saber o que as cartas diziam. Por que ela precisava de sua ajuda.

Ele me observou com atenção, como se conseguisse ver através de mim. Era o modo como tia Del olhava para um aposento quando estava observando as camadas.

— São duas perguntas, e só uma importa.

— Qual delas?

Os olhos dele brilharam no escuro.

— Sua Vidente precisa da minha ajuda pra fazer uma coisa que ela não é capaz de fazer. Se juntar ao *ti-bon-age* para consertar a costura que ela mesma rasgou.

Eu não fazia ideia do que ele estava falando. Que costura Amma tinha rasgado? Link também não entendeu.

— Ti o quê? Do que estamos falando?

Os olhos do *bokor* se fixaram em mim.

— Você realmente não sabe o que aguarda você? Está nos observando agora.

Não consegui falar.

Está nos observando agora.

— O que... o que é? — Mal consegui pronunciar as palavras. — Como me livro disso?

O *bokor* andou até o viveiro cheio de cobras se contorcendo e levantou a tampa.

— São duas perguntas de novo. Só posso responder uma.

— O que está me observando? — Minha voz estava tremendo, assim como minhas mãos e todo o restante do corpo.

O *bokor* levantou uma cobra com o corpo cheio de anéis pretos, vermelhos e brancos. A cobra se enrolou no braço dele, mas o *bokor* segurou a cabeça dela como se soubesse que ela poderia dar o bote.

— Vou mostrar a você.

Ele nos levou até o centro do aposento, perto da fonte da fumaça enjoativa, uma enorme coluna que se assemelhava a uma vela. Parecia ter sido feita à mão. Lucille se encolheu debaixo de uma mesa ali perto, tentando fugir da fumaça, ou talvez da cobra ou do cara louco levando o que pareciam cascas de ovo até uma tigela aos nossos pés. Ele esmagou as cascas com uma das mãos, tomando o cuidado de manter a outra mão na cabeça da cobra.

— O *ti-bon-age* precisa permanecer um. Nunca separado. — Fechou os olhos. — Vou chamar Kalfu. Precisamos da ajuda de um espírito poderoso.

Link me deu uma cotovelada.

— Não sei se gosto disso.

O *bokor* fechou os olhos e começou a falar. Reconheci traços do francês creole de Twyla, mas estava misturado com uma língua que nunca tinha ouvido. As palavras eram abafadas, como se o *bokor* estivesse falando com alguém tão próximo que bastasse sussurrar.

Não tinha certeza do que deveríamos ver, mas não podia ser mais estranho do que tia Prue fora do corpo ou da Lilum no corpo da Sra. English.

286

A fumaça começou a rodopiar lentamente e a ficar mais densa. Eu a observei se curvar e começar a tomar forma.

O bokor *estava* cantarolando mais alto agora.

A fumaça começou a mudar de preto para cinza, e a cobra sibilou. Alguma coisa estava se formando na fumaça. Eu já tinha visto isso antes, no cemitério Bonaventure, quando Twyla chamou o Espectro da minha mãe.

Não conseguia tirar os olhos da fumaça. O corpo se formou de baixo para cima, como o da minha mãe. Os pés e as pernas.

— Mas que diabos? — Link tentou dar um passo para trás, mas tropeçou.

O torso e os braços.

O rosto foi o elemento final a surgir.

Ele olhou para mim.

Um rosto que eu reconheceria em qualquer lugar.

O meu.

Dei um pulo para trás.

— Puta merda! — gritou Link, mas a voz dele pareceu distante.

O pânico me envolveu como duas mãos ao redor do meu pescoço. A figura começou a desaparecer.

Mas, antes de sumir, o Espectro falou.

— Estou esperando.

Em seguida, sumiu.

O *bokor* parou de cantarolar, a vela enjoativa se apagou, e tudo acabou.

— O que foi isso? — Estava olhando para o *bokor*. — Por que existe um Espectro igual a mim?

Ele andou até o viveiro e colocou a cobra junto das outras.

— Não é igual a você. É seu *ti-bon-age*. A outra metade da sua alma.

— O que você disse?

O *bokor* pegou um fósforo e reacendeu a vela.

— Metade da sua alma está com os vivos, e metade está com os mortos. Você a deixou pra trás.

— Deixei pra trás onde?

— No Outro Mundo. Quando morreu. — Ele parecia quase entediado.

Quando morri.

Ele estava falando da noite em que Lena e Amma me trouxeram de volta, na Décima Sexta Lua.

— Como?

O *bokor* mexeu o pulso e o fósforo se apagou.

— Se você volta rápido demais, a alma pode ficar fraturada. Dividida. Uma parte da alma volta para os vivos, e a outra metade fica com os mortos. Presa entre este mundo e o Outro, presa à metade que falta, até serem reunidas.

Dividida.

Ele não podia estar explicando direito. Isso significaria que eu só tinha metade da alma. Não parecia ser possível.

Como uma pessoa podia ter só metade da alma? O que acontecia com o resto? Onde ela...?

Presa à metade que falta.

Eu sabia o que estava me seguindo esse tempo todo, escondido nas sombras.

Eu. O outro eu.

Era a razão de eu estar mudando, perdendo mais e mais de mim a cada dia.

O motivo de eu não gostar mais de achocolatado e nem dos ovos mexidos de Amma. O motivo de eu não conseguir lembrar o que havia nas caixas de sapato no meu quarto, e nem do número do meu telefone. O motivo de eu ter virado canhoto de repente.

Meus joelhos falharam e me senti cair para a frente. Vi o chão se aproximando. A mão de alguém segurou meu braço e me puxou de volta. Link.

— Então como se reúne as duas metades? Existe um feitiço, alguma coisa? — Link parecia impaciente, como se estivesse pronto para me jogar por cima do ombro e correr para casa.

O *bokor* inclinou a cabeça para trás e riu. Quando falou, pareceu que estava olhando através de mim.

— É preciso mais do que um feitiço. Foi por isso que sua Vidente veio me ver. Mas não se preocupe, temos um acordo.

Senti como se alguém tivesse jogado um balde de água fria em mim.

— Que tipo de acordo?

Eu me lembrei do que ele tinha dito para Amma na noite em que a seguimos até ali. *Só existe um preço.*

— Qual é o preço? — Eu estava gritando, e a voz ecoava nos meus ouvidos.

O *bokor* ergueu o cajado coberto de pele e o apontou para mim.

— Contei mais do que você precisa saber. — Ele sorriu, e toda a escuridão e todo o mal dentro dele se retorceram em um rosto humano.

— Por que não precisamos pagar? — perguntou Link.

— Sua Vidente vai pagar o bastante por todos vocês.

Eu teria perguntado de novo, mas sabia que ele não contaria. E, se havia segredos mais profundos do que esse, eu não queria saber.

7 DE DEZEMBRO
Cartas da providência

Quando cheguei em casa, já passava da meia-noite. Todo mundo estava dormindo, menos uma pessoa. A luz de Amma estava acesa, e o quarto dela brilhava entre duas janelas fechadas. Eu me perguntei se ela sabia que saí e para onde fui. Quase desejei que sim. Tornaria o que eu estava prestes a fazer cem vezes mais fácil.

Amma não era o tipo de pessoa com quem você se confrontava. Era um confronto próprio. Ela vivia pelas regras dela, pela lei dela: as coisas em que acreditava, que para ela eram tão certas quanto o nascer do sol. Ela também era a única mãe que eu tinha. E, na maior parte dos dias, a única responsável. A ideia de brigar com ela me fazia sentir vazio e doente por dentro.

Mas não tão vazio quanto me deixou o conhecimento de que eu era apenas metade de mim. Metade da pessoa que sempre fui. Amma sabia e nunca tinha dito nada.

E as palavras que ela dizia eram mentiras.

Bati na porta do quarto dela antes de ter tempo para mudar de ideia. Ela a abriu imediatamente, como se estivesse me esperando. Estava usando o roupão branco com as rosas cor-de-rosa, o que dei presente de aniversário ano passado.

Amma não olhou para mim. Olhou através de mim, como se conseguisse ver alguma coisa além da parede atrás de mim. Talvez conseguisse. Talvez houvesse pedaços de mim espalhados para todo lado, como uma garrafa quebrada.

— Estava esperando você. — A voz dela soou baixa e cansada, e ela saiu da frente da porta para que eu pudesse entrar.

O quarto ainda estava bagunçado, mas uma coisa estava diferente. Havia cartas espalhadas na pequena mesa redonda abaixo da janela. Andei até a mesa e peguei uma. A Lâmina Sangrenta. Não eram cartas de tarô.

— Lendo cartas de novo? O que elas dizem hoje, Amma?

Ela cruzou o quarto e começou a recolher as cartas.

— Não têm muito a dizer. Acho que já vi tudo que há pra ver.

Outra carta chamou minha atenção. Eu a ergui na frente dela.

— E essa? A Alma Fraturada. O que essa tem a dizer?

As mãos dela estavam tremendo tanto que tentou três vezes até conseguir pegar a carta de mim.

— Você acha que sabe uma coisa, mas um pedaço de uma coisa é o mesmo que nada. Nenhuma das duas coisas leva você a algum lugar.

— Você está falando de um pedaço da minha alma? É o mesmo que nada? — Falei para magoá-la, para maltratar a alma dela, para que pudesse sentir como era.

— Onde você ouviu isso? — A voz dela estava trêmula. Segurou a corrente ao redor do pescoço e esfregou o amuleto de ouro pendurado nela.

— Do seu amigo em Nova Orleans.

Amma arregalou os olhos e segurou as costas da cadeira para se apoiar. Soube pela reação dela que, fosse lá o que ela viu hoje, não era eu e o *bokor* despertando almas.

— Você está me contando a verdade, Ethan Wate? Você foi ver aquele demônio?

— Fui porque você mentiu pra mim. Não tive escolha.

Mas Amma não estava me ouvindo. Estava virando as cartas como louca, empurrando de um lado para outro nas pequenas palmas das mãos.

— Tia Ivy, me mostre alguma coisa. Me diga o que isso significa.

— Amma!

Ela estava murmurando sozinha, rearrumando as cartas sem parar.

— Não consigo ver nada. Precisa haver um jeito. Sempre há um jeito. Só preciso continuar a olhar.

Segurei os ombros dela com delicadeza.

— Amma. Ponha as cartas na mesa. Fale comigo.

Ela ergueu uma carta. Na frente, havia a imagem de um pardal com uma asa quebrada.

— O Futuro Esquecido. Sabe como se chamam essas cartas? Cartas da Providência, porque elas me contam mais do que seu futuro. Elas me contam seu destino. Sabe a diferença? — Balancei a cabeça. Estava com medo de falar. Ela estava parecendo louca. — Seu futuro pode mudar.

Olhei nos olhos escuros dela, que estavam se enchendo de lágrimas.

— Talvez você também possa mudar o destino.

As lágrimas começaram a cair, e ela estava balançando a cabeça para a frente e para trás histericamente.

— A Roda do Destino esmaga a todos.

Não aguentava mais ouvi-la. Amma não estava apenas escurecendo. Estava enlouquecendo, e eu vendo isso acontecer.

Ela se afastou, apertou o roupão e caiu de joelhos. Os olhos estavam fechados com força, mas o queixo estava virado para o teto azul.

— Tio Abner, tia Ivy, vovó Sulla, preciso da intercessão de vocês. Me perdoem os limites que ultrapassei, assim como o Senhor nos perdoa a todos.

Observei enquanto ela esperava, murmurando as palavras sem parar. Demorou uma hora para que ela desistisse, exausta e derrotada.

Os Grandes não apareceram.

Quando eu era pequeno, minha mãe dizia que tudo que você precisa saber sobre o sul pode ser encontrado em Savannah ou em Nova Orleans. Aparentemente, o mesmo era verdade sobre minha vida.

Lena não concordava. Na manhã seguinte, estávamos discutindo sobre isso nos fundos da sala na aula de história. E eu não estava vencendo.

— Uma Alma Fraturada não é duas coisas, L. É uma dividida em duas.

Quando falei "duas almas", Lena só ouviu a palavra "duas" e supôs que eu estava me oferecendo como Aquele que É Dois.

— Pode ser qualquer um de nós. Eu sou Aquele que É Dois. Dê uma olhada nos meus olhos! — Eu conseguia sentir o pânico dela aumentando.

— Não estou dizendo que sou Aquele que É Dois, L. Sou apenas um Mortal. Se foi preciso uma Conjuradora para romper a Ordem, vai ser preciso mais do que um Mortal para restaurá-la, você não acha? — Ela não pareceu convencida, mas, lá no fundo, sabia que eu estava certo.

Para o bem ou para o mal, era isso que eu era, um Mortal. Era a fonte do problema entre nós. A razão de mal podermos nos tocar e de não podermos ficar juntos de verdade. Como eu poderia salvar o mundo Conjurador quando mal conseguia viver nele?

Lena baixou a voz.

— Link. Ele é duas coisas, Incubus e Mortal.

— Shh. — Olhei para Link, mas ele não estava prestando atenção. Estava tentando entalhar LINKUBUS na mesa com a caneta. — Tenho quase certeza de que ele mal se qualifica como uma das duas coisas.

— John é duas coisas, Conjurador e Incubus.

— L.

— Ridley. Ainda pode ter algum traço de Sirena nela, mesmo como Mortal. Dois. — Agora ela estava exagerando. — Amma é Vidente e Mortal. Duas coisas.

— Não é Amma! — Devo ter gritado, porque a turma inteira se virou. Lena pareceu magoada.

— Não é, Sr. Wate? Porque o resto de nós achava que era. — O Sr. Evans parecia pronto a pegar o bloquinho rosa da detenção.

— Me desculpe, senhor.

Eu me encolhi atrás do livro e baixei a voz.

— Sei que parece estranho, mas é uma coisa boa. Agora sei por que todas essas coisas doidas têm acontecido, como os sonhos estranhos e ver a outra metade de mim em todos os lugares. Agora, tudo faz sentido.

Não era completamente verdade, e Lena não estava convencida, mas não disse mais nada, e nem eu. Entre o calor e os gafanhotos, Abraham e os Tormentos, John Breed e a Lilum possuindo o corpo da nossa professora de inglês, concluí que tínhamos muito com que nos preocuparmos.

Pelo menos, foi o que disse a mim mesmo.

QUE VENHA A NEVE! ESTÁ NA HORA DE UMA MUDANÇA NO TEMPO!
COMPRE SEU INGRESSO AGORA!

Os pôsteres estavam em todo lado, como se o fato precisasse ser anunciado. O baile de inverno estava chegando, e este ano o Comitê do Baile, composto por Savannah Snow e seu fã-clube, decidiu chamar de Baile de Neve. Savannah insistiu que não tinha nada a ver com o fato de o sobrenome dela significar neve e tudo a ver com a onda de calor, e era por isso que todo mundo estava chamando de Baile de Lama. Lena e eu decidimos ir.

Ela não queria ir, principalmente depois do que aconteceu no baile de inverno do ano passado. Quando dei os ingressos a ela, parecia querer atear fogo neles.

— É uma piada, né?

— Não é piada. — Eu estava sentado na frente dela à mesa do almoço, enfiando o canudo no gelo do meu refrigerante. Isso não ia transcorrer bem.

— Por que você acharia que quero ir a esse baile?

— Pra dançar comigo. — Lancei um olhar patético.

— Posso dançar com você no meu quarto. — Ela esticou a mão. — Na verdade, vem cá. Vou dançar com você agora, no refeitório.

— Não é a mesma coisa.

— Eu não vou. — Lena estava batendo o pé.

— Então vou com outra pessoa — disse.

Ela apertou os olhos.

— Com Amma.

Balançou a cabeça.

— Por que você quer tanto ir? E não diga que é pra dançar comigo.

— Pode ser nossa última chance. — Seria um alívio me preocupar com uma coisa inofensiva como um desastre no baile em vez de a destruição do mundo. Eu estava quase desapontado por Ridley não estar ali para estragar o baile com estilo.

No final, Lena cedeu, embora ainda estivesse furiosa com a situação. Não me importava. Eu a convencera a ir. Com tudo que estava acontecendo, não sabia se haveria outro baile na Jackson.

Estávamos sentados nas arquibancadas quentes de metal na lateral do campo, almoçando no que deveria ter sido um dia frio de dezembro. Lena e eu não queríamos encontrar a Sra. English, e Link não queria encontrar Savannah. Então as arquibancadas tinham virado nosso esconderijo.

— Você vai mesmo dirigir amanhã, certo? — Joguei a casca do meu sanduíche em Link. A noite seguinte era a do Baile de Inverno, e entre Link e Lena havia apenas uma chance de 50% de chegarmos lá.

— Claro. Estou só tentando decidir se prendo o cabelo ou deixo solto. Mal posso esperar pra você me ver em meu lindo vestido novo. — Link jogou a casca em mim.

— Espere até vocês verem o meu. — Lena tirou o elástico do pulso e prendeu o cabelo em um rabo de cavalo. — Acho que vou de capa de chuva e botas, e vou levar um guarda-chuva, caso alguém leve a história de Baile de Lama ao pé da letra. — Ela não tentou esconder o sarcasmo na voz.

Era assim desde que os convenci a ir.

— Vocês não precisam ir comigo. Mas esse pode ser o último baile em Gatlin, talvez, em qualquer lugar. E eu vou.

— Pare de dizer isso. Não vai ser o último baile. — Lena estava frustrada.

— Não precisa tirar a calça pela cabeça. — Link deu um soco no meu ombro com um pouco de força demais. — Vai ser incrível. Lena vai consertar tudo.

— Vou? — Ela deu um meio sorriso. — Acho que John te mordeu com mais força do que a gente pensava.

— Claro. Você não tem nenhum Conjuro de Não-Deixar-o-Baile-Ser-uma-Droga? — Link estava depressivo desde que Ridley foi embora. — Ah, espere. Não tem. Porque vai ser uma droga independentemente de qualquer Conjuro seu.

— Por que você não experimenta um Conjuro de Fique-em-Casa-e-Cale-a-Boca? Já que é você quem vai levar Savannah Snow ao baile. — Amassei o embrulho do meu sanduíche.

— Ela *me* convidou.

— Ela convidou *você* pra festa dela depois do baile, e veja como aquilo terminou bem.

Não fale nisso, Ethan.

Ah, é verdade.

Lena ergueu uma sobrancelha.

Você só vai fazê-lo se sentir pior.

Acredite em mim, Savannah dá conta disso.

Link suspirou.

— Onde vocês acham que ela está agora?

— Quem? — perguntei, embora nós dois soubéssemos exatamente de quem ele estava falando.

Ele me ignorou.

— Provavelmente arrumando confusão por aí.

Lena dobrou o saco de papel do almoço em quadrados cada vez menores.

— Certamente arrumando confusão por aí.

O sinal tocou.

— Deve ser melhor assim. — Link ficou de pé.

— É melhor assim — concordei.

— Podia ter sido pior, acho. Eu nem estava obcecado por ela. Nem apaixonado, nem nada. — Eu não sabia quem ele estava tentando convencer, mas enfiou as mãos nos bolsos e saiu andando pelo campo antes que eu pudesse dizer alguma coisa.

— É. Isso teria sido horrível. — Apertei a mão de Lena, mas a soltei antes de ficar tonto.

— Me sinto tão mal por ele. — Ela parou de andar e passou as mãos ao redor da minha cintura. Eu a puxei para perto, e ela apoiou a cabeça no meu peito. — Você sabe que eu faria qualquer coisa por você, certo?

Sorri.

— Sei que você iria a um baile idiota por mim.

— Eu iria. E vou.

Beijei a testa dela e deixei os lábios sobre a pele dela pelo tempo que consegui.

Ela olhou para mim.

— Talvez possamos fazer amanhã ser bem divertido. E ajudar Link a esquecer minha prima por um tempinho.

— É isso aí.

— Tive uma ideia. Uma coisa para consertar o coração partido de um Linkubus.

A ponta do rabo de cavalo dela começou a se encaracolar, e andei pelo campo desejando que houvesse um Conjuro para isso.

⊰ 12 DE DEZEMBRO ⊱

Baile de Lama

Quando Link parou na porta da minha casa, Savannah já estava no banco da frente do Lata-Velha. Ele saiu e me encontrou na calçada, como se tivesse uma coisa para me contar. Estava usando uma camisa brega de babados com o smoking que o fazia parecer que participava de uma banda de mariachis e tênis embaixo da calça social.

— Visual legal.

— Achei que Savannah ia odiar. Achei que não ia querer entrar no carro. Juro, tentei de tudo. — Normalmente, ele estaria exultante. Hoje, parecia infeliz.

Rid realmente capturou o coração dele, L.

Apenas o traga até minha casa. Tenho um plano.

— Achei que você ia se encontrar com Savannah no baile. Ela não deveria estar com Emily e o resto do Comitê? — Baixei a voz, mas não precisava. Eu conseguia ouvir uma música demo dos Holy Rollers tocando no rádio, como se Link estivesse tentando abafar Savannah.

— Tentei isso. Ela queria tirar fotos. — Ele tremeu. — A mãe dela e minha mãe. Foi um pesadelo. — Ele começou a imitação tradicional da mãe. — Sorriam! Wesley, seu cabelo está em pé. Fique direito. Tire a foto!

Eu podia imaginar. A Sra. Link era cruel com uma câmera, e não havia meio de ela ver o filho levar Savannah Snow ao baile de inverno sem documentar para as gerações futuras. A Sra. Lincoln e a Sra. Snow eram coisa demais para se engolir quando estavam juntas. Principalmente quando estavam juntas na sala da casa de Link, onde não havia lugar para sentar nem apoiar a mão que não estivesse coberto com plástico.

— Aposto cinco dólares que Savannah não coloca um pé em Ravenwood.

Link abriu um sorriso.

— É o que espero.

—&co

Do banco de trás do Lata-Velha, Savannah parecia estar sentada em um grande morro de chantilly cor-de-rosa. Tentou falar comigo algumas vezes, mas era impossível ouvir alguma coisa com a música. Quando chegamos à bifurcação que levava a Ravenwood, ela começou a se mexer no banco.

Link desligou o rádio.

— Tem certeza de que não se importa, Savannah? Você sabe que dizem que Ravenwood é assombrada desde a guerra. — Ele falou como se estivesse contando uma história de fantasmas.

Savannah ergueu o queixo.

— Não tenho medo. As pessoas dizem muitas coisas. Não significa que sejam verdade.

— Ah, é?

— Você devia ouvir o que dizem sobre você e seus amigos. — Ela se virou para me olhar. — Sem ofensa.

Link aumentou o rádio, tentando abafar a voz dela, quando os portões de Ravenwood se abriram. *"Esse piquenique de igreja não é piquenique./Você é meu frango frito./De lamber os dedos..."*

Savannah gritou por cima da música.

— Você está me chamando de pedaço de frango frito?

— Não. Não você, Rainha da Lama. Nunca. — Ele fechou os olhos e batucou no painel do Lata-Velha.

Enquanto eu saía do carro, senti mais pena dele do que em qualquer outra ocasião.

Link começou a abrir a porta, mas Savannah nem se mexeu. A ideia de colocar o pé em Ravenwood não deve ter parecido tão boa, afinal.

A porta se abriu antes de eu bater. Vi um rodopio de tecido, verde com um brilho dourado, como se fossem duas cores ao mesmo tempo. Lena abriu bem a porta, e o tecido descia pelos ombros dela, pendendo até a cintura, quase como pequenas asas.

Você lembra?

Lembro. Você está linda.

Eu lembrava mesmo. Lena era a borboleta hoje, como a lua na noite da Décima Sétima Lua dela. O que parecera magia naquele dia ainda parecia magia agora.

Os olhos dela brilharam.

Um verde, outro dourado. Um que Era Dois.

Um tremor percorreu meu corpo, impróprio para uma noite quente de dezembro. Lena não reparou, e eu me forcei a ignorar.

— Você está... uau.

Ela rodopiou, sorrindo.

— Gostou? Queria usar uma coisa diferente. Sair um pouco do meu casulo.

Você nunca esteve em um casulo, L.

O sorriso dela se alargou, e falei de novo em voz alta.

— Você está parecida... com você. Perfeita.

Ela colocou um cacho atrás da orelha e me mostrou o lóbulo, com uma pequena borboleta de ouro, com uma asa dourada e uma verde.

— Tio Macon mandou fazer. E isso. — Apontou para uma pequena borboleta no pescoço, ao redor de uma corrente de ouro delicada.

Eu gostaria que ela também estivesse usando o cordão com os pingentes. As únicas vezes em que a vi sem ele, as coisas não terminaram bem. E eu nunca queria que nada em Lena mudasse.

Ela sorriu.

Eu sei. Vou colocar no meu cordão com pingentes depois desta noite.

Eu me inclinei e a beijei. Em seguida, mostrei a pequena caixa branca que estava segurando. Amma tinha feito um *corsage* para ela à mão, como no ano passado.

Lena abriu a caixa.

— É perfeito. Não consigo acreditar que ainda haja uma flor por aqui. — Mas havia uma única flor dourada em meio a folhas verdes. Se você olhasse com atenção, veria que são como asas, quase como se Amma soubesse.

Talvez ainda houvesse coisas que ela conseguisse prever.

Coloquei o *corsage* no pulso de Lena, mas ele prendeu em alguma coisa. Quando o puxei, reparei que ela estava usando a pulseira fina da caixa de Sarafine. Mas não falei nada. Não queria estragar a noite antes que começasse.

Link buzinou e aumentou ainda mais a música.

— É melhor a gente ir. Link está sofrendo lá dentro.

Lena respirou fundo.

— Espere. — Colocou a mão no meu braço. — Tem mais uma coisa.

— O quê?

— Não fique zangado. — Não havia um cara no mundo que não soubesse o que essas palavras significam. Ela estava prestes a me dar motivo para fica zangado.

— Não vou ficar. — Meu estômago se apertou.

— Você tem de prometer. — Pior ainda.

— Prometo. — Meu estômago se contraiu, e o aperto se tornou um nó.

— Falei que eles podiam vir. — Ela falou rapidamente, como se houvesse menos chance de eu ouvi-la.

— Você falou o que pra quem? — Não sabia se queria saber. Existiam tantas repostas erradas para essa pergunta.

Lena abriu a porta do velho escritório de Macon. Pela abertura, vi John e Liv parados em frente à lareira.

— Eles passam o tempo todo juntos agora. — A voz dela baixou para um sussurro. — Eu tinha certeza de que alguma coisa estava acontecendo entre eles. Aí Reece os viu consertando o grande relógio de Macon e viu a expressão de cada um.

Um relógio. Como um selenômetro ou uma moto. Coisas que funcionavam do mesmo jeito que a mente de Liv. Afastei a ideia. Não John Breed, não com Liv.

— Consertando um relógio? — Olhei para Lena. — Foi isso que vocês acham que os entregou?

— Já falei, Reece os viu. E olhou para eles. Você não precisa ser uma Sibila pra perceber.

Liv estava usando um vestido com aparência de antigo, como se ela o tivesse encontrado no sótão de Marian. Tinha decote canoa e descia de uma maneira complicada, cheio de rendas, que só o cinto gasto de couro com o escorpião interrompia. Parecia uma garota saída de um filme que você veria na aula de inglês, depois de ler o livro. O cabelo louro estava solto em vez de preso em tranças. Estava diferente. Parecia… feliz. Eu não queria pensar nisso.

L? O que está acontecendo?

Observe.

John estava parado atrás dela, usando o que devia ser um dos ternos de Macon. A aparência dele era como a de Macon costumava ser, sombria e perigosa. Estava prendendo um *corsage* a uma tira de renda no ombro de Liv. Ela o estava provocando, e eu reconheci o tom.

E Lena estava certa. Qualquer um que os visse juntos perceberia que tinha alguma coisa acontecendo.

Liv segurou a mão dele no meio da tentativa.

— Eu agradeceria se você não arrancasse sangue.

Ele tentou de novo.

— Então fique parada.

— Estou parada. O alfinete é que não está. — A mão dele estava tremendo.

Limpei a garganta, e eles olharam para a frente. Liv ficou ainda mais vermelha quando me viu. John empertigou a coluna.

— Oi. — Liv ainda estava vermelha.

— Oi. — Não conseguia pensar no que dizer.

— Isso é estranho. — John sorriu como se fôssemos amigos. Eu me virei para Lena sem responder, porque não éramos.

— Mesmo se essa não fosse a ideia mais bizarra que você já teve, e não estou dizendo que não é, como você acha que vamos fazer isso? Nenhum dos dois estuda na Jackson.

Lena mostrou dois ingressos para o Baile de Lama.

— Você comprou dois, eu comprei dois. — Ela apontou para John. — Apresento meu par.

Como é?

Ela olhou para Liv.

— E o seu.

Por que você está fazendo isso?

— Podemos levar quem quisermos como par. É só até entrarmos.

Você está maluca, L?

Não. É um favor, por amizade.

Olhei para John e Liv.

Qual dos dois virou seu amigo de repente?

Ela colocou as mãos nos meus ombros e deu um beijo na minha bochecha.

— Você.

— Não entendi.

Estamos seguindo em frente. Que as coisas sejam como são.

Olhei para John e Liv.

Essa é sua ideia de seguir em frente?

Lena assentiu.

— Olá? Se vocês dois quiserem falar em voz alta, podemos esperar em outro aposento. — John estava nos observando com impaciência.

— Desculpe. Está tudo bem agora. — Lena me lançou um olhar significativo. — Certo?

Talvez estivesse, mas eu sabia de alguém que não acharia tudo bem.

— Você faz ideia do que Link vai dizer sobre isso? Ele está esperando no carro com Savannah agora mesmo.

Lena assentiu para John, e ouvi o som de coisa rasgando vindo de fora. A música alta vinda do Lata-Velha parou de repente.

— Link já está no baile. Então, acho que vamos agora, né? — John segurou a mão de Liv.

— Você *Transportou* Link? — Senti meus ombros ficarem tensos. — Você nem tocou nele.

John deu de ombros.

— Já falei, não sou o tipo de cara que segue regras. Consigo fazer muitas coisas. A maior parte do tempo, nem sei como.

— Isso me faz sentir muito melhor.

— Relaxe. Foi ideia da sua namorada.

— O que Savannah vai pensar? — Podia imaginá-la contando a história para a mãe.

— Ela não vai se lembrar de nada. — Lena segurou minha mão. — Vamos. Podemos ir de rabecão. — Ela pegou a chave.

Balancei a cabeça.

— Ir ao baile sozinho com Savannah é a última coisa que Link queria.

— Confie em mim. — Duas outras palavras que nenhum cara quer ouvir da namorada.

O que você está tramando? Me ajude a entender.

— A banda tinha de chegar cedo. — Ela me arrastou atrás de si.

— A banda? Você está falando dos Holy Rollers? — Agora, eu estava realmente confuso. O diretor Harper não deixaria os Holy Rollers tocarem no baile tanto quanto não deixaria... Na verdade, não havia comparação. Jamais aconteceria.

O cabelo de Lena se encaracolou com uma brisa inexistente, e ela jogou a chave para mim.

⊰ 12 DE DEZEMBRO ⊱

Uma Luz nas Trevas

Eu conseguia ver as luzes piscando pelas janelas de cima do ginásio desde o estacionamento. A festa já estava a toda.

Lena me puxou pelo braço.

— Vamos! Não podemos perder isso!

Ouvi o inconfundível rosnado dos vocais de Link e parei. Os Holy Rollers estavam tocando, como Lena disse que estariam.

Senti um momento de pânico. A Décima Oitava Lua estava quase chegando, e estávamos prestes a entrar em um baile na Jackson. Parecia burrice, mas ficar em casa me preocupando com o fim do mundo quando não podíamos fazer nada para evitá-lo também. Talvez a parte mais burra fosse achar que eu podia impedir de acontecer.

Assim, fiz a única coisa lógica, que foi manter a boca calada e abraçar com força a garota mais bonita do estacionamento.

— Tudo bem, L. Abra o jogo. O que você fez?

— Queria que ele tivesse uma noite legal sem Ridley. — Lena passou o braço pelo meu. — E queria isso pra você. — Ela olhou por cima do ombro para o local onde a voz baixa de John e a risada de Liv podiam ser ouvidas atrás de nós. — Pra todo mundo, eu acho.

A parte mais estranha era que eu entendia por que ela tinha feito isso. Todos estávamos presos no último verão, como se ele nunca tivesse terminado. Amma não conseguia ler as cartas e nem falar com os Grandes. Marian não tinha permissão de fazer seu trabalho. Liv não estava sendo treinada para ser Guardiã. Macon mal saía dos túneis. Link ainda estava tentando entender como podia ser um Incubus e esquecer Ridley. E John tinha ficado preso de verdade dentro do Arco Voltaico. Até o calor permanecia, como se fosse o verão eterno dos infernos.

Tudo em Gatlin estava preso.

O que Lena fez não ia mudar nada disso, mas talvez pudéssemos deixar o verão para trás. Talvez terminasse um dia desses, levando o calor, os insetos e as lembranças ruins junto.

Talvez pudéssemos nos sentir normais de novo. Nossa versão de normal, pelo menos. Mesmo com o relógio ainda batendo e a Décima Oitava Lua se aproximando.

Podemos fazer mais do que nos sentirmos normais, Ethan. Podemos ser normais.

Lena sorriu para mim, e eu a apertei ainda mais, conforme andávamos para o ginásio.

A parte de dentro do ginásio tinha sido transformada, e o tema parecia ser... Link. Os Holy Rollers estavam no palco, iluminados por holofotes que o Comitê do Baile jamais teria dinheiro para alugar. E Link estava no centro de tudo, com a camisa com babados desabotoada e molhado de suor. Estava revezando entre tocar bateria e cantar, deslizando no palco com o suporte do microfone na mão. Cada vez que chegava perto da beirada, um grupo de calouras gritava.

E, pela segunda vez na minha vida, os Holy Rollers pareciam uma banda de verdade, sem haver nenhum pirulito de cereja por perto.

— O que você fez? — gritei para Lena acima da música.

— Considere isso um Conjuro de Não-Deixar-o-Baile-Ser-uma-Droga.

— Então quer dizer que a coisa toda foi ideia de Link desde o começo. — Sorri, e ela assentiu para mim.

— Exatamente.

A caminho da pista de dança, passamos por um cenário de papelão. Havia um banco, mas o fotógrafo não estava em lugar algum. A coisa toda parecia meio suspeita.

— Onde está o fotógrafo, L?

— A esposa dele entrou em trabalho de parto. — Lena não olhou para mim.

— Lena.

— É verdade. Pode perguntar pra qualquer pessoa. Bem, não pergunte pra ela. Ela está meio ocupada agora.

Passamos por Liv e John, que estavam sentados a uma mesa perto da pista de dança.

— Só vi isso na TV — disse Liv, olhando para todos os lados.

— Um baile americano de escola? — John sorriu. — É meu primeiro também.
— Esticou a mão e puxou uma mecha do cabelo louro. — Vamos dançar, Olivia.

Uma hora depois, tive de admitir que Lena tinha razão. Nós estávamos todos nos divertindo, e não parecia mais verão. Parecia um baile comum de escola, onde você espera pelas músicas lentas para ficar mais perto da namorada. Savannah estava sendo bajulada em seu vestido bufante de algodão-doce e até dançou com Earl Petty, uma vez. A única exceção foi a volta de Link como deus do rock. Mas esta noite isso não pareceu tão impossível.

Fatty estava chamando atenção do resto dos Holy Rollers por fumarem do lado de fora do ginásio enquanto a lista de músicas pré-aprovadas pelo Comitê do Baile tocava nos alto-falantes. Mas não havia muito que Fatty pudesse fazer, pois todos tinham cerca de 25 anos e eram rebeldes assumidos. Isso ficou óbvio quando o guitarrista principal sussurrou alguma coisa no ouvido de Emily Asher que a deixou sem fala pela primeira vez na vida.

Fui procurar Link, que estava no corredor perto dos armários. O corredor estava escuro, exceto por um painel fluorescente piscante no teto, o que tornava o local um bom esconderijo anti-Savannah. Pensei em dizer a ele que tinha estado ótimo no palco, porque não havia nada que você pudesse dizer a Link que o deixaria mais feliz do que isso. Mas não cheguei a falar para ele.

Ele estava limpando o suor do rosto quando a vi entrar no corredor.

Ridley.

Era o fim da felicidade de Link.

Entrei pela porta do laboratório de biologia antes que me vissem. Talvez Ridley fosse contar para ele onde esteve esse tempo todo. Ela certamente mentiria para mim e para Lena quando perguntássemos a ela.

— Oi, gostosão. — Estava chupando um pirulito de cereja, usando várias peças pretas e mostrando muitas partes do corpo. Tinha alguma coisa estranha, mas não consegui identificar o quê.

— Onde diabos você andou? — Link jogou a camisa suada no chão.

— Por aí.

— Todo mundo está preocupado com você. Mesmo depois daquela confusão que você armou. — *Todo mundo* era *ele*.

Ridley deu uma risada.

— Ah, aposto que sim.

— Então, onde... — Por um segundo, ele não disse nada. — Por que você está de óculos escuros, Rid?

Eu me encostei mais na parede e olhei pelo cantinho. Ridley estava de óculos de sol pretos, do tipo que costumava usar o tempo todo.

— Tire os óculos. — Ele estava quase gritando. Se a música não estivesse alta, alguém teria ouvido.

Ridley se encostou no armário ao lado de Link.

— Não fique zangado, Shrinky Dink. Não fui feita pra ser Mortal. Nós dois sabíamos disso.

Link puxou os óculos dela, e pude ver os olhos amarelos de onde eu estava. Os olhos de uma Conjuradora das Trevas.

— O que você fez? — Link pareceu derrotado.

Ela deu de ombros.

— Você sabe, implorei por perdão, essas coisas. Acho que todo mundo sabia que fui punida o bastante. Ser Mortal era uma *tortura*.

Link estava fitando o piso. Eu conhecia aquele olhar. Era o mesmo que ele fazia quando a mãe começava uma das falações dela, ameaçando danação moral se ele não melhorasse as notas ou parasse de ler os livros que ela queria banir. Era o olhar que dizia: *Nada que eu faça vai fazer diferença.*

— Quem é "todo mundo", Rid? Sarafine? Abraham? — Ele estava balançando a cabeça. — Você foi procurá-los depois de tudo que fizeram com você? Depois de tentarem nos matar? Do mesmo jeito que você soltou John Breed do Arco Voltaico depois do que ele fez comigo?

Ela ficou parada na frente de Link e apoiou as mãos no peito dele.

— Eu tinha de soltá-lo. Ele me deu poder. — A voz dela estava subindo de tom, e o sarcasmo tinha sumido. — Você não entende? Era a única forma de eu voltar a me sentir como eu mesma.

Link agarrou os pulsos dela e a empurrou para longe.

— Fico feliz de você estar se sentindo como você mesma. Acho que nunca soube quem você era. Eu sou o idiota. — Começou a andar em direção às portas duplas que levavam ao ginásio.

— Fiz isso por nós! — Ridley realmente parecia magoada. — Se você não consegue ver isso, então é mesmo um idiota.

Link se virou.

— Por nós? Por que você faria isso com você mesma por nós?

— Você não entende? Podemos ficar juntos agora. Somos iguais. Não sou uma garota Mortal idiota da qual você vai se cansar em seis meses.

— Você acha que eu ligava pra isso?

Ela riu.

— Você ia acabar ligando, acredite. Eu não era nada.

— Você era importante pra mim. — Ele olhou para o teto, como se a resposta para essa confusão estivesse escrita nos lugares errados.

Ridley diminuiu a distância entre eles.

— Venha comigo. Hoje. Não posso ficar aqui, mas voltei pra buscar você.

Enquanto eu a observava, vi Sarafine, a das visões. A que estava tentando lutar contra sua natureza, contra as Trevas que tomavam conta dela. Talvez a família de Lena estivesse errada.

Talvez ainda houvesse Luz nas Trevas.

Link abaixou a cabeça em direção à dela, e suas testas se encostaram por um segundo.

— Não posso. Não depois do que eles fizeram com meus amigos e com você. Não posso ser um deles, Rid. Não sou como você e nem quero ser.

Ela estava perplexa. Dava para ver nos olhos dela, mesmo sendo amarelos.

— Rid?

— Dê uma boa olhada, gostosão. É a última vez que você vai me ver. — Ela estava andando de costas, ainda o encarando.

Em seguida, virou-se e saiu correndo.

Um pirulito de cereja rolou pelo chão.

A voz de Link estava tão baixa que mal consegui escutar quando a mão dele se fechou ao redor do pirulito:

— Má ou não, você sempre será minha garota.

Depois de ver Ridley, Link não curtiu mais ser um deus do rock. Estava mal, e não era o único. Lena quase não falou depois que contei a ela sobre Ridley. O baile tinha acabado para nós.

O estacionamento estava deserto. Ninguém saía de um baile da Jackson tão cedo. O rabecão estava parado na extremidade do estacionamento, debaixo de um poste de luz quebrado. Link estava atrás de nós, e Liv e John estavam andando na frente, de mãos dadas. Ouvi nossos passos no asfalto enquanto caminhávamos. Foi assim que soube que John tinha parado de andar.

— Não. Não agora — sussurrou ele.

Segui o olhar dele, mas estava muito escuro e não consegui ver nada.

— O que foi?

— O que houve, cara? — Link andou até meu lado, com os olhos no rabecão. Eu sabia que ele conseguia ver no escuro, como John. — Por favor, me diga que não é quem acho que é.

John não se mexeu.

— É Hunting e a gangue do Sangue.

Liv tentou encontrá-los na escuridão, mas foi impossível até Hunting entrar no brilho pálido de outro poste de luz.

Ela empurrou John.

— Vá! Volte pros túneis. — Liv queria que ele se desmaterializasse, que sumisse antes que Hunting tivesse a chance de fazer o mesmo.

Ele balançou a cabeça.

— Não posso deixar você. Não quero.

— Você pode nos levar daqui. — Liv esticou a mão para segurar a dele.

— Não consigo levar todos de uma vez.

— Então vá!

Não importava o que Liv dissesse. Não havia tempo.

Hunting se recostou no poste, com um cigarro queimando entre os dedos. Mais dois Incubus apareceram.

— Então é aqui que você anda se escondendo. Na escola. Jamais teria imaginado. Você nunca foi tão inteligente.

John empurrou Liv para trás de si.

— Como vocês me encontraram?

Hunting deu uma risada.

— Sempre conseguimos encontrar você, garoto. Você tem um rastreador de GPS particular. E isso me deixa curioso pra saber como conseguiu se esconder tanto tempo. Fosse lá onde você estivesse, devia ter ficado lá.

Hunting começou a andar em nossa direção com os capangas atrás.

Lena apertou minha mão.

Ah, meu Deus. Ele estava em segurança nos túneis. É culpa minha.

É culpa de Abraham.

John se manteve firme.

— Não vou a lugar nenhum com você, Hunting.

Hunting jogou o cigarro na escuridão.

— É quase uma pena eu ter de levar você de volta. Você tem muito mais disposição quando Abraham não mexe com sua cabeça. A sensação de pensar por si próprio é diferente?

Tive uma visão de John andando como um zumbi pela caverna na Grande Barreira. Ele jurava não se lembrar do que aconteceu naquela noite. Seria possível que Abraham o estivesse controlando?

John ficou paralisado.

— Do que você está falando?

— Pelo visto, você não andou pensando muito. Ah, bem. Então você não vai sentir falta. — Hunting baixou a voz. — Sabe de que não vou sentir falta? De ver você se debater o tempo todo, como se alguém estivesse cutucando você com uma vara pra gado.

As mãos de John começaram a tremer.

— Cale a boca!

Eu me lembrei do modo como o corpo de John se debatia o tempo todo. Como os músculos pareciam se contrair involuntariamente, e como tinha piorado quando ele estava com Abraham na noite da Décima Sétima Lua de Lena. Não vi acontecer nem uma vez desde que o encontramos no quarto de Ridley.

Hunting riu.

— Venha até aqui e me faça calar. Ou podemos pular a parte em que te dou uma surra antes de te levar de volta.

Link andou até o lado de John.

— Me conta como funciona. Vai ser uma briga comum ou preciso usar algum tipo de truque Jedi da mente que não conheço?

Fiquei estupefato. Link estava tentando equilibrar a briga. John pareceu tão surpreso quanto todos nós.

— Eu cuido dessa. Mas obrigado.

— O que você...? — Link nem teve chance de terminar.

John colocou as mãos à frente do corpo, como Lena fazia quando estava usando os poderes para abrir o chão ou provocar chuva torrencial.

Ou ventos com força de furacão.

John estava usando os poderes de Lena, os que absorveu na última vez que encostou nela.

O vento aumentou tão rápido que derrubou Hunting no chão. Os outros dois Incubus foram lançados para trás e saíram deslizando pelo estacionamento em uma velocidade que resultaria em um ferimento feio por ralar no asfalto. Mas Hunting se desmaterializou antes que a força total do vento o alcançasse.

Ele começou a se materializar a alguns metros de distância, mas o vento o afastou de novo.

— Ele ainda está vindo! — gritou Liv. Ela estava certa.

Lena passou por mim.

Tenho de ajudar John. Ele não vai conseguir sozinho.

Ela esticou as mãos para a frente, com as palmas viradas para Hunting. Os poderes de Lena estavam mais fortes do que nunca. E imprevisíveis.

Uma chuva caiu com força quando as nuvens se abriram.

Não! Agora, não!

A chuva caiu sobre nós, e o vento começou a diminuir rapidamente.

Hunting estava seco, com a chuva escorrendo pela jaqueta em cascata.

— Belo truque, garoto. É uma pena que a filha de Sarafine tenha destruído a Ordem. Se os poderes dela não estivessem tão instáveis, talvez você tivesse conseguido se safar.

Ouvi um cachorro latindo, e vi Boo Radley correndo na lateral de um dos carros. Macon estava atrás dele, com a chuva escorrendo pelo rosto.

— Por mera questão de sorte, os meus parecem estar se desenvolvendo de uma maneira bem *interessante*.

Hunting ficou tão chocado em ver Macon quanto o resto de nós, mas conseguiu disfarçar bem. Ele acendeu outro cigarro, apesar da chuva.

— Você está falando de depois que eu matei você? Vai ser um prazer fazer isso de novo.

Os integrantes da gangue de Hunting tinham se reunido e cruzaram o estacionamento da maneira tradicional. Agora, estavam de pé atrás de Hunting.

Macon fechou os olhos.

Tudo ficou silencioso e parado. Parado demais. Do jeito que as coisas ficam logo antes de uma coisa terrível acontecer. Não fui o único que sentiu.

Hunting desapareceu pelo céu preto e brilhante…

Quando se materializou, a centímetros de Macon, uma luz verde pulsante nos envolveu. A luz pulsava de poder.

Ela vinha de Macon.

Hunting ficou imóvel no estranho brilho verde, com a mão esticada e os caninos à mostra.

— O que é isso? — Link estava protegendo os olhos.

— É a luz — disse Liv, atônita.

— Como ele consegue criar luz? — perguntei.

Liv balançou a cabeça.

— Não faço ideia.

A luz ficou mais intensa, e Hunting caiu no chão, debatendo-se no concreto reluzente. Um som agonizante saía dele, como se suas cordas vocais estivessem se rompendo. Os outros dois Incubus também estavam se contorcendo no chão, mas eu não conseguia tirar os olhos de Hunting.

Ele começou a perder cor, iniciando pelo topo da cabeça e descendo pelo rosto. Era como ver um lençol ser puxado lentamente de cima de alguém. Mas esse lençol era uma névoa preta, e, conforme descia, o pescoço dele, o cabelo, a pele e os olhos pretos vazios ficaram quase transparentes. Também estava acontecendo com outros da gangue do Sangue.

— O que está acontecendo com eles? — Não sei se eu estava esperando uma resposta, mas foi John quem deu uma.

— Estão perdendo seus poderes. Suas Trevas. — Eu conseguia perceber pelo olhar de pânico no rosto de John que ele nunca tinha testemunhado isso. — É o que acontece com os Incubus quando são expostos à luz do dia. — Olhei para John. Não o estava afetando.

— Ele está mesmo criando luz — sussurrou Liv.

John disse outra coisa, mas eu não estava mais prestando atenção. Estava olhando para os outros dois Incubus, que estavam transparentes agora. As Trevas tinham desaparecido deles bem mais rápido. Vi os corpos deles endurecerem, como estátuas, com os olhos fixos e sem vida. Mas essa não era a parte mais perturbadora.

A névoa preta, o poder das Trevas que tinha sido tirado do corpo deles, estava penetrando no chão.

— Para onde está indo? — perguntou Lena.

— Para o Subterrâneo. — John deu um passo para trás, como se não quisesse chegar perto demais do que podia ter sido ele. — Energia não pode ser destruída. Apenas muda de forma.

Fiquei imóvel. As palavras se repetiram na minha cabeça.

Apenas muda de forma.

Pensei em Twyla e nos Grandes e em tia Prue. Na minha mãe e em Macon.

E me lembrei do brilho verde do Arco Voltaico.

A mesma luz que estava brilhando sobre nós agora. Será que alguma coisa tinha acontecido com Macon dentro dele? Será que minha mãe o tinha mudado de alguma maneira? Refeito o homem que amou e perdeu?

— O que vai virar? — Liv parecia assustada. John estava contando a ela uma coisa que ela não sabia.

A cor tinha sumido do corpo de Hunting até as mãos. Macon não se moveu, e seus olhos estavam bem fechados, como se estivesse no meio de um pesadelo terrível.

John não respondeu por um segundo. Quando falou, desejei que não tivesse respondido.

— Tormentos.

— Macon jamais iria querer fazer isso. — Liv estava tão chocada quanto eu.

John segurou a mão dela.

— Eu sei. Mas ele não pode escolher o modo como o universo opera, Liv. Nenhum de nós pode.

— Ah, meu Deus. — Lena estava apontando para os dois Incubus, agora completamente sem cor.

O ar ao redor deles parecia se mover, mas então me dei conta do que estava acontecendo. Eles estavam se desintegrando. Mas não viraram cinzas, como os zumbis e vampiros dos filmes. Os pequenos pedaços deles desapareceram, como se nunca tivessem estado ali.

Ouvi Macon inspirar profundamente. Isso o estava exaurindo também. Observei-o lutar para continuar tempo bastante para acabar com Hunting, mas a luz começou a ficar fraca, até que a noite negra engoliu o estacionamento de novo.

O corpo de Hunting caiu no chão. Ele estava gemendo e se arrastando pelo asfalto. O rosto e o torso dele ainda estavam rígidos e completamente transparentes.

Macon ficou de joelhos, e Lena se abaixou ao lado dele.

— Como você fez isso?

Macon não respondeu imediatamente. Quando sua respiração pareceu estar regularizada de novo, ele falou:

— Não estou totalmente certo. Mas parece que consigo canalizar minha energia da Luz. Criar luz, por falta de uma explicação melhor.

John andou até ele, balançando a cabeça.

— E eu achei que era diferente. Você dá um novo significado à expressão Conjurador da Luz, Sr. Ravenwood.

Macon olhou para John, o híbrido que conseguia andar sob a luz do sol.

— Na Luz existem Trevas, e nas Trevas existe a Luz.

Ouvi o som de rasgo quando Hunting desapareceu, com o corpo marcado pela Luz.

⊰ 13 DE DEZEMBRO ⊱
Lágrimas e chuva

Depois do que aconteceu no estacionamento, Macon e Liv levaram John de volta para os túneis, onde ele estaria seguro com os Conjuros e Feitiços de Disfarce. Nós esperávamos, ao menos. Não havia dúvida de que Hunting ia contar tudo para Abraham, mas Liv não tinha certeza se ele estava forte o bastante. Não perguntei se ela quis dizer forte o bastante para voltar para Abraham ou para sobreviver.

Mais tarde, na mesma noite, Lena e eu ficamos sentados nos degraus da sua varanda, com meu corpo encostado ao dela. Tentei memorizar a forma como ele se encaixava perfeitamente no meu. Afundei o rosto no seu cabelo. Ainda tinha cheiro de limão e alecrim. Uma coisa não tinha mudado.

Levantei seu queixo e apertei os lábios contra os dela. Eu não estava exatamente a beijando, mas sentindo os lábios dela contra os meus. Eu podia tê-la perdido hoje.

Ela encostou a cabeça no meu peito.

Mas não perdeu.

Eu sei.

Deixei minha mente vagar, mas só conseguia pensar em como tinha sido sem ela no verão passado quando pensei tê-la perdido. Na dor intensa que não passava. No vazio. Era como Link devia ter se sentido quando Ridley foi embora. Jamais esqueceria a expressão no rosto dele. Estava tão arrasado. E Ridley, com aqueles olhos amarelos apavorantes.

Senti a mente de Lena trabalhando ainda mais do que a minha.

Pare, L.

Pare o quê?

De pensar em Ridley.

Não consigo. Ela me faz lembrar de Sara... de minha mãe. E veja como ela terminou.

Ridley não é Sarafine.

Ainda não.

Tirei o *corsage* do pulso fino dela. Ali estava. A pulseira da mãe. Minha mão encostou no metal, e, na mesma hora, soube que tudo que pertenceu a Sarafine estava maculado. A varanda começou a rodar...

Estava ficando cada vez mais difícil acompanhar a passagem dos dias. Sarafine sentia como se estivesse em meio a uma névoa constante, confusa e afastada da rotina diária. As emoções pareciam fora de alcance, flutuando na periferia da mente como se pertencessem a outra pessoa. O único lugar onde ela se sentia com os pés no chão era nos túneis. Lá, havia uma ligação ao mundo Conjurador e aos elementos que tinham criado o poder que corria nas veias dela. Dava conforto a ela e permitia que respirasse.

Às vezes, ela passava horas lá embaixo, sentada no pequeno escritório que Abraham tinha montado para ela. Costumava ser tranquilo, até Hunting chegar. O meio-irmão acreditava que Abraham estava perdendo tempo com ela e não tentava esconder.

— Aqui, de novo? — Sarafine conseguiu ouvir o desprezo na voz de Hunting.

— Só estou lendo. — Ela tentava evitar confrontos com Hunting. Era malicioso e cruel, mas sempre havia uma ponta de verdade na voz dele. Uma verdade que ela tentava desesperadamente ignorar.

Hunting se recostou na porta com um cigarro pendurado nos lábios.

— Nunca vou entender por que vovô Abraham perde tempo com você. Faz alguma ideia de quantos Conjuradores matariam para tê-lo como professor? — Hunting balançou a cabeça.

Ela estava cansada de ser intimidada.

— Por que eu sou perda de tempo?

— Você é uma Conjuradora das Trevas que finge ser da Luz. Uma Cataclista. Se isso não é desperdício, não sei o que é.

As palavras feriram, mas Sarafine tentou disfarçar.

— Não estou fingindo.

Hunting riu, deixando os caninos à mostra.

— É mesmo? Você contou para seu marido Conjurador da Luz sobre seus encontros secretos aqui embaixo? Queria saber quanto tempo demoraria para ele se virar contra você.

— Isso não é da sua conta.

Hunting jogou o cigarro em uma lata vazia de refrigerante que estava sobre a mesa.

— Vou interpretar isso como um não.

Sarafine sentiu o peito apertar, e por um segundo tudo ficou preto.

A mesa pegou fogo assim que Hunting afastou a mão.

Não houve aviso. Em um minuto ela estava com raiva de Hunting; no outro, a mesa estava soltando fumaça.

Hunting tossiu.

— Ah, agora sim.

Sarafine correu para apagar o fogo com um cobertor velho. Previsivelmente, Hunting não ajudou. Foi para o escritório particular de Abraham no final do corredor. Sarafine olhou para as mãos, cobertas de cinzas pretas. O rosto dela também devia estar imundo. Não podia ir se encontrar com John assim.

Andou pelo corredor em direção ao pequeno banheiro. Mas assim que chegou a poucos metros da porta de Abraham ouviu vozes.

— Não sei por que você é tão obcecado por essa criança. — A voz de Hunting soou amarga. — Quem se importa se ele pode andar à luz do dia? Ele mal tem idade de andar, e Silas provavelmente vai matá-lo antes de poder ser útil. — Ele estava falando sobre o garoto que Abraham mencionara quando ela o conheceu. O que era um pouco mais velho do que Lena.

— Silas vai se controlar e fazer o que eu mandar — respondeu Abraham. — Tenha visão, garoto. Aquele menino é a próxima geração. Um Incubus com todas as nossas forças e nenhuma das nossas fraquezas.

— Como você pode ter certeza?

— Você acha que escolhi os pais dele por acaso? — Abraham não gostava de ser questionado. — Eu sabia exatamente o que estava fazendo.

Por um momento, houve silêncio. Em seguida, Abraham voltou a falar:

— Não vai demorar até os Conjuradores estarem fora do caminho. Vou ver isso ainda durante minha vida. Prometo a você.

Sarafine tremeu. Uma parte dela queria correr para a porta e nunca olhar para trás. Mas ela não podia. Tinha de ficar, por Lena.

Tinha de acabar com as vozes.

Quando Sarafine chegou em casa, John estava na sala de estar.

— Shh. O bebê está dormindo. — Ele a beijou na bochecha quando ela se sentou ao lado dele no sofá. — Onde você estava?

Por um segundo, ela pensou em mentir, em dizer para ele que estava na biblioteca ou andando no parque. Mas as palavras de Hunting debochavam dela. "Queria saber quanto tempo demoraria para ele se virar contra você." Ele estava errado sobre John.

— Eu estava nos túneis.

— O quê? — John pareceu não ter entendido o que ela disse.

— Conheci um dos meus parentes, e ele me contou coisas sobre a maldição. Coisas que eu não sabia. A segunda Natural nascida na família Duchannes pode se Invocar. Lena pode escolher. — As palavras saíram em avalanche, tantas coisas que ela queria compartilhar com ele.

John estava balançando a cabeça.

— Espere um minuto. Que parente?

Não dava para parar agora.

— Abraham Ravenwood.

John ficou de pé, erguendo-se acima dela.

— Abraham Ravenwood, o Incubus de Sangue? Ele está morto.

Sarafine deu um salto e ficou de pé também.

— Não. Ele está vivo e pode nos ajudar a salvar Lena.

John estava observando o rosto dela como se não o reconhecesse.

— Nos ajudar? Ele é um Demônio que bebe sangue! Como você sabe que as coisas que disse são verdade?

— Por que ele mentiria? Ele não tem nada a ganhar por me contar que Lena tem escolha.

John a agarrou pelos ombros.

— Por que ele mentiria? Que tal por ser um Incubus de Sangue? Ele é pior do que um Conjurador das Trevas. — Sarafine ficou tensa sob os dedos dele. Não importava se John a chamava de Izabel; os olhos dela ainda eram amarelo-dourados, e a pele dela era fria como gelo. Ela era um deles.

— Ele pode ajudar Lena. — Está me ajudando também. Era isso que ela queria poder contar a ele.

John estava tão zangado que não reparou que a expressão dela tinha mudado.

— Você não sabe. Ele poderia estar mentindo. Nem sabemos se Lena é uma Natural.

Sarafine sentiu uma coisa crescendo dentro dela, como a crista de uma onda. Não reconheceu o que era. Fúria. Mas as vozes, sim. Ele não confia em você. Acha que você é um deles.

Ela tentou afastar os pensamentos e se concentrar em John.

— Quando ela chora, chove. Não é prova suficiente pra você?

John soltou os ombros dela e passou as mãos pelo cabelo.

— Izabel, esse cara é um monstro. Não sei o que ele quer, mas está manipulando você por meio dos seus medos. Não pode voltar a falar com ele.

O pânico cresceu dentro dela. Ela sabia que Abraham estava falando a verdade sobre Lena. John não tinha visto a profecia. Mas havia outra coisa. Se ela não pudesse ver Abraham, não poderia controlar as vozes.

John estava olhando para ela.

— Izabel! Me prometa.

Ela tinha de fazer com que ele entendesse.

— Mas John...

Ele a interrompeu.

— Não sei se está perdendo seu senso critico ou seu controle, mas se você chegar perto de Abraham Ravenwood vou embora. E vou levar Lena comigo.

— O que você disse? — Ele não podia estar falando sério.

— Se o que ele diz é verdade, e Lena tem escolha, ela vai escolher a Luz. Nunca vou deixar nenhum Conjurador das Trevas entrar na vida dela. Sei que você tem lutado. Você desaparece o dia todo e, quando volta, está distraída e confusa.

Era verdade? Será que ele conseguia ver no rosto dela?

John ainda estava falando.

— Mas é meu dever proteger Lena. Mesmo que seja de você.

Ele amava Lena mais do que a ela.

Estava pronto para ir embora e levar a filha dela.

E, um dia, Lena iria se Invocar. John iria fazer de tudo para que ela virasse as costas a Sarafine.

Uma coisa estalou dentro dela, como dois mecanismos se encaixando. A fúria não estava mais crescendo. Estava despencando sobre ela, afogando-a. E ela conseguia ouvir a voz.

Queime.

As cortinas se acenderam, enviando fogo pelas paredes atrás de John. A fumaça começou a encher o quarto, preta e densa, uma sombra viva e respirando. O som das chamas consumindo a parede e se espalhando pelo chão era muito alto. O fogo criou um círculo perfeito ao redor de John, seguindo um caminho invisível que só ela conseguia ver.

— Izabel! Pare! — gritou John, com a voz distorcida pelas chamas.

O que ela tinha feito?

— Como você pode fazer isso comigo? Fiquei ao seu lado, mesmo depois que você Virou!

Depois que você Virou.

Ele acreditava que ela era das Trevas.

Sempre acreditou.

Ela olhou para ele através da nuvem de fumaça que rapidamente enchia o aposento. Sarafine observou as chamas com distanciamento. Não estava em sua casa, prestes a ver o marido morrer queimado. Ele não se parecia com o homem que ela amava. Nem com um homem que pudesse amar.

Ele é um traidor. A voz estava perfeitamente clara agora, e só havia uma. Sarafine a reconheceu imediatamente.

Porque era dela mesma.

Antes de ela se afastar da casa e da fumaça, da vida e das lembranças que já se apagavam, se lembrou de uma coisa que John costumava dizer para ela. Fitou-o com os olhos dourados.

— Vou amar você até o dia depois do sempre.

Lena caiu de joelhos no degrau abaixo de mim, soluçando.

Passei os braços ao redor dela, mas não falei nada. Ela tinha acabado de ver a mãe matar o pai e deixá-la para trás para morrer.

Não havia nada a ser dito.

⇥ 13 DE DEZEMBRO ⇤

O veredito

Algumas horas depois, Lena estava me sacudindo.

Acorde. Você precisa acordar, Ethan...

Eu me sentei de repente.

— Estou acordado! — Só que olhei ao redor, confuso, porque não era Lena me sacudindo, era Liv. Mesmo eu ainda conseguindo ouvir o eco da voz de Lena na minha cabeça.

— Ethan. Sou eu. Por favor... você precisa acordar.

Olhei para ela com olhos semiabertos.

— Estou sonhando?

Liv franziu a testa.

— Infelizmente, não. Isso é real.

Passei a mão pelo cabelo, confuso. Ainda estava escuro como breu lá fora, e eu não conseguia me lembrar de ter sonhado. Só me lembrava da voz de Lena e da sensação urgente de que tinha alguma coisa errada.

— O que está acontecendo?

— É Marian. Ela sumiu. Venha.

As coisas começavam a se encaixar. Eu estava no meu quarto. Liv estava no meu quarto. Eu não estava sonhando. O que significava...

— Espere. Como você entrou aqui?

Liv pareceu constrangida.

— Peguei uma carona. — Ela apontou para o cinto de escorpião ao redor da cintura e olhou para trás.

Um Incubus estava sentado no canto do meu quarto.

Que ótimo.

John pegou meu jeans no chão e o jogou para mim.

— Ande logo, escoteiro. — Para um cara que não precisava dormir, ele ficava tão mal-humorado no meio da noite quanto eu.

Liv ficou vermelha e se virou, e alguns segundos depois ouvi o familiar som de rasgo. Só que, pela primeira vez, foi para mim.

— Onde estamos?

Ninguém respondeu. Em seguida, ouvi a voz de John na escuridão.

— Não faço ideia.

— Você não precisa saber para onde vai para poder se transportar? Não é assim que funciona? — perguntei.

— Esse é o jeito Mortal de falar sobre Viajar? Esperto, hein. — Ele parecia irritado, mas eu já estava acostumado. — Mais ou menos. Normalmente.

As sombras estavam se mexendo, e esfreguei os olhos, tentando ver no escuro. Estiquei as mãos, mas não consegui sentir nada.

— Normalmente?

— Eu estava seguindo o sinal.

— Que sinal?

Meus olhos se ajustaram da escuridão de Viajar à escuridão do lugar para onde tínhamos ido. Quando as sombras manchadas passaram de pretas para cinza, me dei conta de que estávamos espremidos em um espaço pequeno.

Liv olhou para John.

— Um *Ad Auxilium Concitatio*. É um antigo Conjuro Guia, como um SOS Conjurador. Mas só um Cifra consegue detectar.

John deu de ombros.

— Conheci uma no exílio com Rid e... — Ele não terminou, mas todos sabíamos de quem ele estava falando. — Captei algumas habilidades de Cifra.

Balancei a cabeça. Cifras? Havia tanta coisa sobre o mundo de Lena que eu jamais entenderia, por mais que tentasse.

— Você é um cara útil — disse irritado.

— Quem enviou? — perguntou Liv.

— Eu. — Lena estava parada atrás de nós na escuridão. Mal conseguia ver o rosto dela, mas os olhos, um verde e outro dourado, estavam brilhando. Ela olhou para John. — Estava torcendo pra que você captasse.

— Fico feliz em servir pra alguma coisa.

— O Registro Distante está julgando Marian por traição. Está acontecendo agora.

— Lena pareceu desanimada. — Tio Macon foi atrás dela, mas não me deixou ir. Disse que era perigoso demais.

Marian estava em julgamento. Estava realmente acontecendo, do modo que temia, desde o dia em que Liv e eu encontramos a *Temporis Porta*.

Tudo que tinha sentido, a dor, o pânico, a sensação de algo errado, caiu sobre mim em uma onda que quase me derrubou no chão. Como se eu estivesse me afogando. Ou caindo.

— Não se preocupe. — Liv tentou parecer segura. — Tenho certeza de que ela está bem. Essa coisa toda é culpa minha, não dela. O Conselho vai ter de admitir isso, mais cedo ou mais tarde.

John elevou as mãos.

— *Ignis*. — Uma chama amarela quente brilhou no centro da palma da sua mão.

— Novo truque de festa? — perguntei.

Ele deu de ombros.

— Fogo nunca foi meu forte. Acho que absorvi depois de passar um tempo com Lena. — Normalmente, teria dado um soco nele. Pelo menos, teria vontade.

Lena segurou minha mão.

— Atualmente, não consigo nem acender uma vela sem botar fogo na casa.

A luz banhou o aposento, e eu não tive tempo de bater nele, porque agora sabia exatamente onde estávamos. De novo.

Eu estava do outro lado da porta da despensa. Três metros abaixo da minha cozinha, na minha própria casa.

Peguei o velho lampião e saí andando pelo túnel, em direção à porta no teto que ninguém abria nunca, para o lugar onde as portas antigas estariam me esperando.

— Espere! Você não sabe onde esse túnel vai dar — gritou John atrás de mim.

— Está tudo bem. — Ouvi Liv falar. — Ele sabe para onde está indo.

Ouvi os passos deles atrás de mim, mas apenas corri mais rápido.

Comecei a bater na *Temporis Porta* assim que a alcancei. Desta vez, ela não abriu. Farpas entraram na minha pele, mas não parei de bater na porta grossa.

Nada que eu fizesse tinha efeito

Apoiei o rosto na madeira.

— Tia Marian! Estou aqui! Estou indo!

Lena apareceu atrás de mim.

Ethan, ela não consegue te ouvir.

Eu sei.

John me empurrou para o lado e encostou na superfície da porta com as mãos. Em seguida, retirou-as como se a madeira queimasse.

— Isso é feitiçaria séria.

Liv segurou as mãos dele, mas não havia nenhuma marca nelas.

— Acho que não tem nada que possamos fazer para abrir essas portas, a não ser que elas queiram ser abertas. — Ela estava falando da última vez em que se abriram, para mim. Mas não estavam abrindo desta vez.

Liv examinou as laterais das portas, onde os entalhes eram mais claros.

— Tem de haver um jeito. — Eu me joguei contra as tábuas grossas e entalhadas. Nada. — Temos de pensar em alguma coisa. Quem sabe o que podem fazer com Marian.

Liv olhou para o outro lado.

— Posso imaginar. Mas não podemos ajudá-la se não conseguirmos entrar. Me dê um minuto. — Ela tirou o caderninho vermelho da mochila de couro surrada. — Andei tentando entender esses símbolos desde a primeira vez em que os vi.

Lena me lançou um olhar.

— Primeira vez?

Liv não ergueu o olhar.

— Ethan não te contou? Ele encontrou essas portas algumas semanas atrás. Elas o deixaram passar, mas me deixaram para trás. E ele não me contou direito o que viu do outro lado. Mas venho estudando essas portas desde então.

— Semanas atrás?

— Não sei a data exata — respondeu Liv.

Ethan?

Posso explicar. Eu ia contar a você naquela noite no Cineplex, mas você já estava com raiva porque eu tinha convidado Liv pra festa.

Portas secretas? Com sua amiga secreta? E você encontrou uma coisa secreta atrás delas? Por que isso me deixaria com raiva?

Devia ter contado. Não é como se você estivesse preocupada com Liv.

Eu não ia me livrar disso com tanta facilidade. Tentei não olhar para Lena e me concentrei na página de desenhos no caderno vermelho de Liv.

— É isso. — Reconheci os símbolos no caderno.

Liv ergueu o papel contra os símbolos entalhados na porta, indo de um painel de madeira para o outro enquanto os comparava.

— Estão vendo o padrão recorrente nesses três círculos?

— A Roda — disse automaticamente. — Você disse que eram a Roda do Destino.

— Sim, mas talvez não *apenas* a Roda do Destino. Acho que cada círculo pode representar um dos Três Guardiões. O Conselho do Registro Distante.

— Os que apareceram no arquivo? — perguntou Lena.

Ela assentiu.

— Li tudo que consegui encontrar sobre eles, o que não foi muito. Pelo que posso determinar, os Três Guardiões devem ser os que nos visitaram.

Pensei no que ela disse.

— Faz sentido. Quando passei por essa porta, fui parar no Registro Distante.

— Então você acha que esses sinais representam os três? — John olhou para mim. — Aquelas aberrações que queriam levar Liv?

Assenti.

— E Marian. — Ele pareceu mais preocupado com Liv do que com Marian, o que não me surpreendeu, mas ainda assim me irritou. Assim como tudo que ele dizia.

Liv nos ignorou e apontou para o primeiro círculo, o que tinha menos raios.

— Acho que este representa o que está acontecendo agora, o presente. E este — ela apontou para o segundo, o que tinha mais raios — simboliza o que já foi. O passado.

— Então o que é aquele? — John apontou para o último, o que não tinha raios.

— O que nunca será ou o que sempre será. — Liv passou o dedo pelo contorno do desenho. — Em outras palavras, o futuro.

— Se cada um desses símbolos representa um dos Guardiões, então qual é qual? — perguntei.

Lena observou o círculo com mais raios.

— Acho que o cara enorme é o passado. Ele estava carregando aquela ampulheta vazia quando o vimos no arquivo.

Liv assentiu.

— Concordo.

Estiquei a mão e toquei nos círculos. Eles eram duros e frios, diferentes da textura do resto da porta de madeira. Desloquei a mão até o círculo vazio, sem raios.

— A mulher do Conselho, a que parecia albina. Ela é o que ainda não aconteceu, certo? O futuro? Porque ela não é nada. Quero dizer, era praticamente invisível.

Liv levou a mão ao círculo com menos raios.

— O que faz com que o cara alto seja o presente.

A luz no ambiente piscou, e John parecia frustrado.

— Isso me parece um monte de besteira. O que será? O que nunca vai acontecer? De que vocês estão falando?

— O que será e o que não será são igualmente possíveis e impossíveis — explicou Liv. — Acho que você pode dizer que são a ausência de história, o lugar que *As Crônicas Conjuradoras* não conseguem alcançar. Você não pode contar uma história e nem manter um registro do que não aconteceu ainda. É lição básica para Guardiões. — Liv falou em tom sonhador, e me perguntei o que ela sabia sobre *As Crônicas Conjuradoras*.

— Conjuradoras o quê? — John mudou a luz de uma das mãos para a outra.

— É um livro — disse Lena, sem tirar os olhos das portas. — Os Guardiões estavam com ele quando foram ver Marian.

— Ah, tá. — John parecia entediado. — Se vocês estão falando do futuro, que tal chamá-lo assim?

Liv assentiu.

— Mas você precisa lembrar que não estamos falando apenas do futuro Mortal. Estamos falando de tudo desconhecido, para Conjuradores e Mortais. Incluindo o reino desconhecido, o local onde o mundo Demônio toca o nosso.

— Mundo Demônio? — Senti uma pontada de reconhecimento. Eu tinha de contar para Liv. — Sei qual é o lugar onde o mundo Demônio toca no nosso. Quero dizer, não sei, mas a conheço. A Lilum. A Rainha Demônio.

Liv ficou pálida, mas foi John quem ficou mais nervoso.

— Do que você está falando?

— Essa coisa de Lilum...

— Não tem Lilum aqui. — Liv estava balançando a cabeça. — A própria presença da Lilum em nosso mundo significaria a destruição total da existência em si.

— O que isso tem a ver com ela? — perguntei.

— Ela? Era disso que você estava falando? A *ela* que contou a você sobre a Décima Oitava Lua era a Lilum? A Rainha Demônio? — Liv soube pela minha expressão que estava certa.

— Que ótimo — murmurou John.

Liv ficou imóvel.

— Onde fica esse lugar, Ethan? — Ela fechou os olhos, o que me fez pensar que sabia o que eu ia dizer.

— Não tenho certeza. Mas posso encontrar. Sou o Obstinado. A Lilum mesma disse. — Toquei de novo no círculo com as mãos, várias vezes, sentindo a madeira áspera sob os dedos.

O passado. O presente. O futuro que será e o futuro que não será.

O caminho.

A madeira começou a pulsar debaixo das minhas mãos. Toquei de novo nos círculos entalhados.

A cor sumiu do rosto de Liv.

— A Lilum disse isso pra você?

Abri os olhos, e tudo ficou claro.

— Quando você olha pra porta, você vê uma porta, certo?

Liv assentiu.

Olhei para ela.

— Eu vejo um caminho.

Era verdade. Porque a *Temporis Porta* estava se abrindo para mim.

A madeira virou névoa, e passei a mão por ela. Atrás dela, conseguia ver um caminho que seguia ao longe.

— Vamos.

— Pra onde vamos? — Liv segurou meu braço.

— Procurar Marian e Macon. — Desta vez, segurei Liv e Lena antes de passar pela porta. Liv segurou a mão de John.

— Segurem. — Respirei fundo e entrei na névoa...

⊰ 13 DE DEZEMBRO ⊱
Perfidia

De repente, estávamos quase esmagados no meio de uma multidão. Reconheci as capas. Só eu era alto o bastante para ver por cima das pessoas, mas não importava. Eu sabia onde estávamos.

Parecia o meio de um julgamento ou uma coisa bem parecida. O lápis de Liv se movia sobre o caderno vermelho tão rapidamente quanto ela conseguia, tentando acompanhar as palavras que voavam ao nosso redor.

— *Perfidia*. É o latim para "traição". Estão dizendo que ela vai ser julgada por traição. — Liv estava pálida, e eu mal conseguia ouvir a voz dela acima do clamor da multidão ao nosso redor.

— Conheço este lugar. — Reconheci as janelas altas com as cortinas pesadas e douradas, e os bancos de madeira. Tudo estava igual: o barulho da multidão, as paredes de pedra, o teto iluminado que era tão alto que parecia ser infindável. Fiquei segurando a mão de Lena e empurrei a multidão para chegar à frente do salão, diretamente abaixo da sacada de madeira vazia. Liv e John andaram atrás de mim.

— Onde está Marian? — Lena estava entrando em pânico. — E tio Macon? Não consigo ver no meio de tanta gente.

— Não estou gostando disso — disse Liv baixinho. — Alguma coisa não parece certa.

Eu também estava sentindo.

Estávamos parados no meio do mesmo salão lotado aonde fui na primeira vez em que cruzei a *Temporis Porta*. Mas, na última vez, pareceu que eu estava em algum lugar da Europa medieval, em um lugar tirado de uma ilustração do livro de história mundial que nunca abríamos na Jackson. O salão era tão grande que achei que podia ser um navio ou uma catedral. Um lugar que transportava você para outro, fosse pelo mar ou para o paraíso do qual as Irmãs sempre estavam falando.

Agora, parecia diferente. Eu não sabia onde era este lugar, mas, mesmo com capas pretas, as pessoas (os Conjuradores, os Mortais, os Guardiões ou fossem lá o que fossem) pareciam pessoas antigas comuns. Do tipo sobre o qual eu sabia alguma coisa. Porque, embora estivessem amontoadas nos bancos de madeira que cercavam o salão, elas poderiam estar sentadas no ginásio da Jackson, esperando que a reunião do Comitê Disciplinar começasse. Nos bancos ou nas arquibancadas, essas pessoas estavam procurando a mesma coisa. Um show.

Pior ainda, estavam procurando sangue. Alguém para botar a culpa e punir.

Parecia o julgamento do século, ou um bando de repórteres esperando do lado de fora da cadeia Broad River da Carolina do Sul quando alguém do corredor da morte ia receber a injeção letal. As execuções eram cobertas por todas as estações de TV e todos os jornais. Algumas pessoas apareciam para protestar, mas pareciam ter sido contratadas para fazer aquilo. Todas as outras pessoas ficavam esperando para ver o espetáculo. Não era muito diferente de queimar as bruxas em *As bruxas de Salem*.

A multidão se moveu para a frente, como eu sabia que faria, e ouvi um martelo batendo.

— *Silentium.*

Tem alguma coisa acontecendo.

Lena segurou meu braço.

Liv apontou para o outro lado do salão.

— Vi Macon. Ele está lá.

John olhou ao redor.

— Não vejo Marian.

Talvez ela não esteja aqui, Ethan.

Ela está.

Tinha de estar, porque eu sabia o que ia acontecer. Eu me forcei a olhar para a sacada.

Olhe...

Apontei para Marian, mais uma vez encapuzada e vestindo uma capa, mais uma vez com os pulsos presos por uma corda dourada. Ela estava de pé na sacada, bem acima do salão, assim como da última vez. O Guardião alto que tinha ido ao arquivo estava ao lado dela.

As pessoas ao nosso redor ainda estavam sussurrando. Olhei para Liv, que interpretou.

— Ele é o Guardião do Conselho. Ele vai... — Os olhos de Liv se encheram de lágrimas. — Não é um julgamento, Ethan. É o veredito.

Ouvi o latim, mas desta vez não tentei entender. Sabia o que significava antes mesmo de o Guardião do Conselho repetir as palavras em inglês.

Marian seria declarada culpada de traição.

Escutei sem escutar, com os olhos grudados no rosto de Marian.

— O Conselho do Registro Distante, que responde apenas à Ordem das Coisas, e a nenhum homem, criatura nem poder, das Trevas ou da Luz, declara Marian do Registro Ocidental culpada de Traição.

Eu me lembrei da primeira vez em que ouvi essas palavras.

— Essas são Consequências da falta de ação dela. As Consequências têm de ser sofridas. A Guardiã, apesar de Mortal, voltará para o Fogo Negro, de onde todo o poder provém.

Era o mesmo que se eu tivesse sido sentenciado à morte. A dor percorreu meu corpo todo. Observei o capuz de Marian ser puxado pela cabeça raspada. Olhei nos olhos dela, cercados de círculos negros como se ela tivesse sido ferida. Eu não conseguia identificar se era dor física ou mental, ou mesmo Mortal. Imaginei que fosse alguma coisa pior.

Eu era o único preparado para aquilo. Liv começou a soluçar. Lena cambaleou para cima de mim, e eu a segurei pelo braço. Só John permaneceu ali parado, inabalável, com as mãos enfiadas nos bolsos.

A voz do Guardião do Conselho ecoou pelo salão de novo:

— A Ordem está rompida. Até que a Nova Ordem se manifeste, a Lei Antiga precisa ser mantida, e as Consequências, cumpridas.

— Tanto drama. Se não conhecesse você, Angelus, acharia que está querendo um papel na TV a cabo. — A voz de Macon se espalhou pela multidão, mas eu não conseguia vê-lo.

— Sua leviandade Mortal polui esse local sagrado, Macon Ravenwood.

— Minha leviandade Mortal, Angelus, é uma coisa que você não é capaz de entender. E eu avisei, Angelus, que não toleraria isso.

O Guardião do Conselho gritou acima da multidão:

— Você não tem poder aqui.

— Você não tem nada que declarar uma Mortal culpada de traição contra a Ordem.

— A Guardiã é dos dois mundos. A Guardiã sabia o preço. A Guardiã escolheu permitir a destruição da Ordem — respondeu ele.

— A Guardiã é Mortal. O nome dela é Marian Ashcroft. Ela já foi sentenciada à morte, como todos os Mortais. Em cinquenta ou sessenta anos, vai ter de encarar essa sentença. É o jeito Mortal.

— Esse assunto não é da sua alçada. — A voz do Guardião do Conselho ficava mais alta, e os espectadores estavam ficando agitados.

— Angelus, ela é fraca. Não tem poderes e nenhum modo de se proteger. Você não pode punir uma criança molhada pela chuva.

— Não entendi.

— "A única coisa que não segue a regra da maioria é a consciência de uma pessoa." — Macon estava citando Harper Lee. Eu nunca sabia nenhuma das citações de Marian, mas eu me lembrava daquela de *O sol é para todos* da aula de inglês, no ano passado. E por causa de minha mãe.

A cabeça de John estava inclinada na direção da de Liv, e eles estavam cochichando sobre alguma coisa. Quando ele reparou que eu os estava observando, parou.

— É muita baboseira — disse ele.

Pela primeira vez, eu concordava com ele.

— Mas não podemos impedir.

— Por que não?

Não havia como ele entender.

— Sei como termina. Eles a declararam culpada de traição. Ela vai ser enviada para o Fogo Negro ou sei lá o que vem depois. Não tem nada que possamos fazer — falei com tristeza. — Já estive aqui antes.

— É? Eu não. — John deu um passo à frente e bateu palmas dramaticamente. O salão inteiro ficou silencioso. Ele apertou o ombro de Lena quando passou.

— E, então, não é uma merda? — John foi empurrando as pessoas até chegar à frente do salão, onde Macon estava. Eu finalmente conseguia vê-lo. John levantou a mão, como se estivesse esperando que Macon batesse nela. — Boa tentativa, coroa.

Macon ficou surpreso, mas ergueu a mão. O punho da camisa estava muito puxado para cima da mão, como se a camisa dele fosse comprida demais.

O que está acontecendo, L?

Não faço ideia.

O cabelo de Lena começou a se encaracolar. Senti um leve cheiro de fumaça no ar.

L, o que você está fazendo?

Acho que você quer dizer o que ele está fazendo.

John andou lentamente até o Guardião do Conselho, que estava segurando Marian na sacada.

— Estou começando a achar que você não está escutando de verdade esse ex-Incubus que é meu irmão. — Ele pulou no banco e empurrou um homem de capa para o lado.

— Você está passando dos limites, cria de Abraham. E não pense que *As Crônicas Conjuradoras* foram gentis com você, Cria.

— Ah, não devem ter sido gentis. Desde quando as pessoas são gentis comigo? Sou um idiota. Por outro lado, você também é um tanto idiota. — John pulou acima do banco e por pouco conseguiu alcançar a parte de baixo da sacada de madeira. As botas pretas balançaram para a frente e para trás.

As enormes cortinas douradas atrás de nós explodiram em chamas.

John chutou um homem careca e tatuado na cabeça. Reconheci a tatuagem. Era a marca de um Conjurador das Trevas.

Ele subiu na sacada de madeira, acima de todos nós. Passou um braço ao redor de Marian e o outro ao redor do Guardião do Conselho.

— Angelus, é seu nome, certo? Cara, quem teve essa ideia? O negócio é o seguinte. Minha amiga Lena ali é uma Natural. — Houve um murmúrio ao nosso redor, e vi a multidão se abrir perto de Lena e se afastar alguns metros.

— Por que você não mostra pra eles? — Lena sorriu para ele, e as cortinas perto do altar pegaram fogo. O aposento todo estava começando a se encher de fumaça.

— E Macon Ravenwood, ele é… esquisito. Tudo bem, não sei direito o que ele é. É uma longa história. Existem uma bola, um fogo, uns Conjuradores bem malvados… mas você já deve ter lido sobre isso, não é? — disse John. — Em seu livro espião Conjurador.

Entre Marian e Angelus, eu não sabia quem parecia mais surpreso.

— Seja como for, voltemos para Macon. Cara poderoso. Ele gosta de fazer um truque… Vamos lá, não tenha vergonha. — Macon fechou os olhos, e um brilho verde surgiu acima dele. A multidão tentou correr em direção às paredes, mas havia fumaça demais.

— E agora é minha vez. Não sou um Natural. — John assentiu na direção de Macon. — Também não sou o que ele é. — Sorriu. — Mas a questão é que eu já encostei nos dois. Então, agora sou capaz de fazer tudo que eles fazem. É o que eu faço. Aposto que você não tem um Conjurador assim no seu livrinho, tem? — Quando o Guardião tentou se afastar, John o puxou para mais perto. — Então, Angelus. Vamos dar uma volta e ver o que um cara estranho como você consegue fazer.

O Guardião estava furioso e se afastou, erguendo a mão, com os dedos apontados para John. John o imitou exatamente.

Houve um brilho de luz, como relâmpago...

Estávamos todos parados do outro lado da *Temporis Porta*.

Até Marian.

⚜ 13 DE DEZEMBRO ⚜

O dia depois do sempre

— Aquilo foi real? — sussurrou Lena. Apontei para as portas, onde havia fumaça saindo de debaixo da madeira.

Segurei Marian e a abracei, na mesma hora em que Liv. Eu me afastei constrangido, e Lena tomou meu lugar.

— Obrigada — sussurrou Marian.

Macon colocou a mão no braço de John.

— Não consigo decidir se foi um ato brilhante de puro altruísmo lá dentro ou se foi simplesmente uma tentativa de conseguir todos os poderes para você.

John deu de ombros.

— Reparei que você não encostou em mim. — Eu me lembrei do punho da camisa de Macon puxado por cima da mão.

— Você não está pronto para compartilhar meu poder. Seja como for, estou em grande débito com você. Mostrou muita coragem lá. Não vou esquecer tão cedo.

— Ah, pare com isso. Aqueles caras eram uns babacas. Não foi nada. — Foi se afastando de Macon, mas vi o orgulho no rosto dele. E vi no rosto de Liv ainda mais claramente.

Marian segurou o braço de Macon, e ele começou a andar com ela pelo túnel. Na velocidade em que estavam caminhando, mesmo a pequena distância do túnel de terra seria uma longa jornada.

— Isso é ridículo — disse John, e todos sumimos no ar.

Em segundos, estávamos no escritório de Macon.

— Quais são os poderes de Angelus exatamente? — Eu ainda estava tentando entender o que tínhamos testemunhado.

— Não sei, mas ele não parecia querer que descobríssemos. — Macon estava pensativo.

— É. Ele nos tirou de lá bem rápido. Não cheguei a tocar nele — disse John.

— Me sinto péssima. Vocês acham que incendiei aquele salão antigo e lindo? — Lena estava perdida em um pensamento completamente diferente.

John riu.

— Não, fui eu.

— É um salão mau — disse Macon. — Só podemos torcer para que sim.

— Por que aquele cara, Angelus, se envolveria tanto com esse caso? O que isso poderia ser, uma página de *As Crônicas Conjuradoras*? — perguntou John.

Macon ajudou Marian a se sentar em uma cadeira.

— Ele odeia Mortais.

Ela ainda estava tremendo. Macon pegou um cobertor do pé da cama e o enrolou no corpo dela. Eu me lembrei de Marian fazendo a mesma coisa com as Irmãs, na noite do ataque de Tormentos. Os mundos, eles não eram mais dois universos separados, Conjurador e Mortal. Tudo estava desmoronando e se unindo agora.

As coisas não podiam ficar assim, não por muito tempo.

Liv puxou a cadeira para o lado de Marian e passou os braços ao redor dela. Lena mexeu o dedo na direção da lareira de Macon. Chamas surgiram na lenha, chegando a 3 metros. Pelo menos, não era chuva.

— Talvez não seja só ele. Talvez seja Abraham. — John suspirou. — Ele não desiste com facilidade.

Macon franziu a testa.

— Interessante. Angelus e Abraham. Um objetivo comum, talvez?

Liv falou.

— Você está sugerindo que os Guardiões estão de conluio com Abraham? Porque isso é muito errado, em vários níveis. Não pode ser verdade.

John esquentou as mãos na frente do fogo.

— Alguém reparou em quantos Conjuradores das Trevas havia naquele salão?

— Reparei no que você chutou na cabeça. — Sorri.

— Aquilo foi sem querer. — John deu de ombros.

Macon balançou a cabeça.

— Seja como for, o veredito foi dado. Temos uma semana pra achar um jeito, antes... — Todos olhamos para Marian. Ela estava em choque, isso era claro. Com os olhos fechados, ela apertou o cobertor em volta dos ombros e se balançou. Acho que estava revivendo tudo.

Macon balançou a cabeça.

— Hipócritas.

— Por quê? — perguntei.

— Tenho minhas próprias desconfianças sobre o que o Registro Distante está tramando e não posso dizer que tenha a ver com manter a paz. O poder muda as pessoas. Acho que talvez não sejam mais os líderes com princípios que eram antes.

— Macon teve dificuldade em esconder a decepção no rosto.

E a exaustão. Estava disfarçando bem, mas parecia não dormir havia dias. E agora que dormia, sempre ficava surpreso de ver que ele precisava de tanto sono quanto todos nós.

— Mas Marian voltou conosco, sã e salva. — Ele colocou a mão no ombro dela. Ela não olhou para cima.

— Por enquanto. — Eu queria voltar, derrubar a *Temporis Porta* e dar uma surra em todo mundo naquele salão. Não suportava ver Marian daquele jeito.

Macon se sentou na cadeira ao lado dela.

— Por enquanto. E isso é tudo que posso dizer de qualquer um de nós atualmente. Temos uma semana até a sentença, já que ela foi declarada culpada de traição. Deveria demorar mais para uma Declaração de *Perfidia* ter efeito. Não vou deixar mais nada acontecer a ela, Ethan. Isso é mais do que uma promessa.

Liv desmoronou à mesa do escritório, inconsolavelmente infeliz.

— Se alguém vai se certificar de que nada aconteça a Marian, sou eu. Se eu não tivesse ido com vocês... se tivesse ficado na biblioteca, como deveria...

— Agora quem é a garota Conjuradora emo? — Lena cutucou Liv no braço. — Isso é privilégio meu. Você tem de ser a loura inteligente e alegre, lembra?

— Que grosseria minha. Peço desculpas. — Liv sorriu, e Lena retribuiu o sorriso, passando o braço ao redor de Liv, como se as duas fossem amigas. Acho que, de certa forma, eram. Atualmente, estávamos unidos pela ameaça comum ao nosso destino. Porque a Décima Oitava Lua estava quase chegando, e nenhum de nós tinha respostas.

John se sentou ao lado de Liv com atitude protetora.

— Não é sua culpa. — Ele me lançou um olhar de reprovação. — É dele.

Amizade, que nada.

Fiquei de pé.

— Precisamos levar tia Marian pra casa.

Pela primeira vez, ela olhou para mim.

— Eu... não consigo.

Entendi. Ela não iria querer dormir sozinha tão cedo. Era a primeira noite que Liv e Marian estavam sob o mesmo teto novamente, só que desta vez era no quarto de

Liv, e o teto era o dos túneis. Eu me perguntei se Conjuros de Disfarce funcionavam contra Guardiões também. Esperava que sim.

Só havia um lugar aonde podíamos ir, por mais que nossos mundos estivessem fugindo do controle. O lugar onde tudo tinha começado para mim e Lena. O lugar que era nosso.

Na manhã seguinte ao julgamento de Marian, fomos procurá-lo de novo.

O jardim decadente de Greenbrier ainda estava preto e queimado, mas dava para ver onde a grama estava começando a crescer. Mas os pequenos caules não eram verdes. Eram marrons, como tudo mais no Condado de Gatlin. As paredes invisíveis que protegiam Ravenwood de ser consumida não chegavam até ali.

Ainda assim, era nosso lugar. Caminhei com Lena pelo jardim até a pedra onde encontramos o medalhão de Genevieve. Tudo parecia ter acontecido anos atrás, e não no ano passado.

Lena se sentou na pedra e me puxou para o lado dela.

— Você lembra como era bonito aqui?

Olhei para ela, a garota mais bonita que já vi.

— Ainda é.

— Você pensa em como seria, se tudo isso sumisse? Se não conseguirmos resolver a situação, e não houver Nova Ordem?

Eu quase não pensava em mais nada, além do calor, de insetos e lagos secos. O que viria depois? Uma inundação?

— Não sei se faria diferença. Talvez nós também sumíssemos e nem percebêssemos nada.

— Acho que nós dois já vimos bastante do Outro Mundo para saber que isso não é verdade. — Ela sabia que eu estava tentando fazê-la se sentir melhor. — Quantas vezes você viu sua mãe? Ela sabe o que está acontecendo, talvez melhor do que ninguém.

Não havia nada que eu pudesse dizer. Lena estava certa, mas não podia deixá-la carregar o peso de tudo isso sozinha.

— Você não fez isso de propósito, L.

— Não sei se isso me faz sentir melhor por destruir o mundo.

Puxei-a contra meu peito e senti o ritmo suave dos batimentos dela.

— O mundo não foi destruído. Ainda não.

Ela puxou a grama seca.

— Mas a vida de alguém vai ser. Aquele que É Dois tem de ser sacrificado para criar a Nova Ordem. — Nenhum de nós conseguia esquecer, apesar de não termos chegado nem perto de descobrir quem era.

E se a Décima Oitava Lua realmente fosse no aniversário de John, então teríamos cinco dias para encontrar essa pessoa. A vida de Marian, e de todos nós, estava em risco.

Ele.

Ela.

Podia ser qualquer pessoa.

Fosse quem fosse, eu me perguntei o que estava fazendo agora, se fazia ideia. Talvez não estivesse preocupado. Talvez fosse pego de surpresa.

— Não se preocupe. John conseguiu um tempo pra nós. Vamos pensar em alguma coisa. — Ela sorriu. — Foi legal vê-lo fazer uma coisa por nós em vez de contra nós.

— É. Se é que foi isso que ele fez. — Não sei por quê, mas ainda não conseguia parar de implicar com ele. Mesmo com Lena disposta a dar uma segunda chance a Liv.

— O que isso quer dizer? — Lena pareceu irritada.

— Você ouviu Macon. E se ele estava usando a oportunidade pra sugar todos os poderes dele?

— Não sei. Talvez tenhamos de ter fé.

Eu não queria fazer isso.

— Por que deveríamos?

— Porque as pessoas mudam. As coisas mudam. Tudo e todo mundo que conhecemos mudarem.

— E se eu não quiser? — Eu não queria.

— Não importa. A gente muda independentemente de querer.

— Algumas coisas não — falei. — Não decidimos como o mundo funciona. A chuva cai pra baixo, não pra cima. O sol nasce no leste e se põe no oeste. É assim que as coisas são. Por que esse conceito é tão difícil pra vocês Conjuradores entenderem?

— Acho que somos meio desesperados por controle.

— Você acha?

O cabelo de Lena se encaracolou.

— É difícil não fazer as coisas quando você pode fazê-las. E, na minha família, não há muito que não possamos fazer.

— É mesmo? — Eu a beijei.

Ela sorriu sob meus lábios.

— Cale a boca.

— É difícil não fazer isso? — Beijei o pescoço dela. A orelha. Os lábios.

— E isso? — Ela abriu a boca para reclamar, mas não saiu nada.

Nós nos beijamos até meu coração estar saltando. Mesmo então, não tenho certeza se teríamos parado, mas paramos.

Porque ouvi um barulho de coisa rasgando.

O tempo e o espaço se abriram. Vi a ponta da bengala quando Abraham Ravenwood saiu de um buraco no céu, com o ar se fechando depois que passou.

Estava usando um terno escuro e a cartola, o que o fazia parecer pai de Abraham Lincoln.

— Ouvi alguma coisa sobre a Nova Ordem? — Tirou o chapéu e bateu na ponta, limpando uma poeira inexistente. — Acontece que ela rompida é perfeita para mim. E tenho certeza de que meu garoto John vai pensar do mesmo jeito quando voltar para o lugar dele.

Antes de eu ter chance de responder, ouvi o som de passos na terra. Um segundo depois, vi as botas dela.

— Eu preciso concordar. — Sarafine estava do lado de fora do arco de pedra, com o cabelo preto tão encaracolado e selvagem quanto o de Lena. Embora estivesse fazendo 37 °C, ela estava usando um vestido preto longo com tiras cruzando o corpo. Parecia uma camisa de força.

Lena...

Ela não respondeu, mas eu conseguia sentir seu coração batendo.

Os olhos dourados de Sarafine se fixaram em mim.

— O mundo Mortal está em um estado de belo caos e destruição, que vai acabar levando a um final requintado. Nós não conseguiríamos ter planejado isso melhor. — Era fácil para ela falar, pois o plano original tinha falhado.

Havia alguma coisa de arrepiante em ver Sarafine aqui depois de observá-la incendiar o lar da infância de Lena com ela e o pai ainda dentro. Mas também era impossível afastar as imagens da garota, não muito mais velha do que Lena, lutando contra as Trevas dentro dela e perdendo.

Puxei Lena para que se levantasse, e a mão dela queimou a minha no momento em que a pele dela tocou na minha palma.

Lena, estou bem aqui com você.

Eu sei.

A voz dela soou vazia.

Sarafine sorriu para Lena.

— Minha filha estragada e parcialmente nas sombras. Eu adoraria dizer que é ótimo ver você de novo, mas seria mentira. E posso não ser nada, mas sou honesta.

A cor tinha sumido do rosto de Lena, e ela estava tão parada que eu quase não tinha certeza se estava respirando.

— Então acho que você não é nada, mãe. Porque nós duas sabemos que você é uma mentirosa.

Sarafine flexionou os dedos.

— Você sabe o que dizem sobre telhados de vidro e pedras. Eu não jogaria nenhuma se fosse você, querida. Você *está* olhando pra mim com um olho dourado.

Lena fez uma careta, e o vento começou a soprar.

— Não é a mesma coisa — falei. — Lena tem Luz *e* Trevas dentro dela.

Sarafine balançou a mão como se eu fosse um inseto irritante, um gafanhoto tentando sair da luz do sol.

— Existe Luz e Trevas dentro de todos nós, Ethan. Você ainda não aprendeu isso?

Um arrepio subiu pela minha espinha.

Abraham se apoiou na bengala.

— Fale por você, querida. O coração desse velho Incubus é tão negro quanto o piche do inferno.

Lena não estava interessada no coração de Abraham e nem na ausência de um em Sarafine.

— Não sei o que vocês querem e não ligo. Deviam ir embora antes que tio Macon pressinta que estão aqui.

— Infelizmente, não podemos fazer isso. — Os olhos vazios e pretos de Abraham estavam fixos em Lena. — Temos negócios a resolver.

Cada vez que eu ouvia a voz dele, a fúria crescia dentro de mim. Eu o odiava pelo que tinha feito a tia Prue.

— Que tipo de negócios? Destruir a cidade toda?

— Não se preocupe, logo chego a essa parte. — Abraham tirou um relógio de bolso de ouro polido do casaco e olhou para ele. — Mas primeiro temos de matar Aquele que É Dois.

Como ele sabe quem é, L?

Não use Kelt. Ela consegue ouvir você.

Segurei a mão de Lena com força e senti minha pele formar uma bolha.

— Não sabemos do que você está falando.

— Não minta para mim, garoto! — Ele ergueu a bengala em uma das mãos e apontou para mim. — Você achou que não descobriríamos?

Sarafine estava olhando nos olhos de Lena. Ela não os tinha visto na noite em que chamou a Décima Sétima Lua. Estava trancada em uma espécie de estado de sonhos de Conjuradora das Trevas.

— Temos *O Livro das Luas,* afinal.

Um trovão ribombou no ar, mas mesmo com a raiva que sentia Lena não conseguiu fazer chover.

— Podem ficar com o Livro. Não precisamos dele para estabelecer a Nova Ordem.

Abraham não gostava de ser desafiado, principalmente por uma Conjuradora que era metade da Luz.

— Não. Você está certa, garotinha. Você precisa d'Aquele que É Dois. Mas não vamos deixar você se sacrificar. Vamos matar você primeiro.

Forcei meus pensamentos para a parte da minha mente que conseguia esconder de Lena, porque, se ela soubesse o que eu estava pensando, Sarafine também saberia. Mesmo naquela parte particular da minha mente, o mesmo pensamento ficava lutando para sair.

Eles achavam que Aquele que É Dois era Lena.

E iam matá-la.

Tentei colocá-la atrás de mim. Mas, assim que me mexi, Abraham esticou a mão e a elevou no ar. Meus pés se afastaram do chão, e fui jogado para trás, sentindo uma pressão forte ao redor do meu pescoço. Abraham começou a fechar a mão, e a luva invisível se apertou ainda mais.

— Você me deu problemas suficientes para duas vidas. Isso acaba aqui.

— Ethan! — gritou Lena. — Deixe-o em paz!

Mas a mão só apertou mais. Eu a sentia começando a esmagar minha traqueia. Meu corpo estava se debatendo e tremendo, e me lembrei de John quando ele estava nos túneis com Lena. Das estranhas contorções e tremores que ele parecia incapaz de controlar.

Era assim estar sob o controle de Abraham Ravenwood?

Lena começou a correr em minha direção, mas Sarafine mexeu os dedos, e um círculo perfeito de fogo surgiu ao redor de Lena. Isso me fez lembrar do pai dela, parado em meio às chamas enquanto Sarafine o via queimar até a morte.

Lena abriu a mão e esticou a palma para a frente, e Sarafine voou para trás. Bateu no chão com força e escorregou pela terra com mais rapidez do que era humanamente possível.

Ela ficou de pé e limpou o vestido sujo com as mãos sangrentas.

— Alguém andou praticando. — Sarafine sorriu. — Eu também.

Ela girou a mão em círculo à frente do corpo, e um segundo anel de fogo cercou o primeiro.

Lena! Saia daí!

Não consegui dizer as palavras. Não tinha ar suficiente.

Sarafine avançou.

— Não vai haver Nova Ordem. O universo já trouxe as Trevas para o mundo Mortal. Mas as coisas vão piorar. — Um relâmpago partiu o céu azul da Carolina e caiu no velho arco de pedra, reduzindo-o a escombros.

Os olhos amarelo-dourados de Sarafine estavam brilhando, e os olhos dourado e verde de Lena começaram a brilhar também. As chamas do círculo externo ao redor de Lena estavam se espalhando, chegando ao círculo interno.

— Sarafine! — gritou Abraham. — Chega dessas brincadeiras. Mate-a, senão eu mato.

Sarafine andou na direção de Lena, com o vestido voando ao redor dos tornozelos. Os Quatro Cavaleiros não perdiam em nada para ela. Ela era fúria e vingança, ira e malícia, em uma forma humana lindamente distorcida.

— Você me envergonhou pela última vez.

O céu começou a escurecer acima de nós, formando uma nuvem preta densa.

Tentei me afastar do toque sobrenatural, mas cada vez que eu me mexia, Abraham apertava mais a mão, e a força ao redor do meu pescoço aumentava. Era difícil forçar meus olhos a ficarem abertos. Eu ficava piscando, tentando não desmaiar.

Lena abriu as mãos em cima do fogo, e o círculo se afastou dela. As chamas não diminuíram, mas se afastaram sob o comando de Lena.

A nuvem preta seguiu Sarafine e se revirou acima dela. Pisquei com mais força e tentei me concentrar. Percebi que não era uma nuvem de tempestade atrás dela.

Era um enxame de Tormentos.

Sarafine gritou acima do som do fogo:

— No primeiro dia, havia Matéria Negra. No segundo, o Abismo do qual, no terceiro dia, o Fogo Negro surgiu. No quarto dia, da fumaça e das chamas, todo o Poder nasceu. — Ela parou bem do lado de fora do círculo ardente. — No quinto, a Lilum, a Rainha Demônio, emergiu das cinzas. E no sexto, veio a Ordem para equilibrar a energia que não conhecia limites.

O cabelo de Sarafine começou a queimar no fogo.

— No sétimo, havia um livro.

O Livro das Luas apareceu no chão na frente dela, com as páginas virando sozinhas. Elas pararam abruptamente, e o livro ficou aberto aos pés de Sarafine, imune às chamas.

Sarafine começou a recitar de memória.

> "DAS VOZES DAS TREVAS EU VENHO.
>
> DOS FERIMENTOS DOS MORTOS EU NASCI.
>
> DO DESESPERO QUE EU TRAGO, SOU INVOCADA.
>
> DO CORAÇÃO DO LIVRO, OUÇO O CHAMADO.
>
> QUANDO EU PROCURAR A VINGANÇA DELE,
>
> ELA SERÁ ATENDIDA."

Assim que ela falou a última palavra, o fogo se abriu e criou um caminho pelo centro das chamas.

Vi Sarafine levantar as mãos à frente do corpo e fechar os olhos. Mexeu os dedos abertos das duas mãos, e o fogo brilhou nas pontas. Mas o rosto dela se contorceu em confusão. Alguma coisa não estava certa.

Os poderes dela não estavam funcionando.

As chamas nunca saíram dos dedos dela, e as fagulhas caíram e lhe queimaram o vestido.

Lutei com o resto de força que tinha em mim. Eu ia perder a consciência. Ouvi uma voz em um canto remoto da mente. Não era Lena nem a Lilum, nem mesmo Sarafine. Era um sussurro repetido e tão baixo que não conseguia ouvir.

O toque da morte ao redor do meu pescoço afrouxou, mas, quando olhei para Abraham, a posição da mão dele não tinha mudado. Ofeguei e inspirei tão rápido que engasguei. As palavras na minha cabeça estavam ficando mais altas.

Duas palavras.

ESTOU ESPERANDO.

Vi o rosto dele, meu rosto, por uma fração de segundo. Era minha outra metade, minha Alma Fraturada. Estava tentando me ajudar.

A mão invisível foi arrancada do meu pescoço, e o ar invadiu meus pulmões. A expressão de Abraham era uma mistura de choque, confusão e fúria.

Cambaleei quando saí correndo em direção a Lena, ainda tentando recuperar o fôlego. Quando cheguei perto do círculo em chamas, Sarafine estava presa dentro de outro, segurando a barra do vestido queimado.

Parei a alguns metros de distância. O calor estava tão intenso que não consegui chegar mais perto. Lena estava de pé na frente de Sarafine, do outro lado do círculo de chamas. O cabelo dela estava queimado do calor, e o rosto, preto de fuligem.

A nuvem de Tormentos estava se afastando dela e indo em direção a Abraham. Ele observava, mas não estava ajudando Sarafine.

— Lena! Me ajude! — gritou Sarafine, ficando de joelhos. Ela parecia tanto com Izabel na noite em que foi Invocada, aos pés da mãe. — Eu nunca quis machucar você. Nunca quis nada disso.

O rosto preto de Lena estava cheio de ira.

— Não. Você me queria morta.

Os olhos de Sarafine estavam lacrimejando por causa da fumaça, o que quase fez parecer que ela estava chorando.

— Minha vida nunca aconteceu de acordo com o que eu queria. Minhas escolhas foram feitas por mim. Tentei muito lutar contra as Trevas, mas não fui forte o bastante. — Ela tossiu, tentando afastar a fumaça. Com o rosto manchado e os olhos inchados e vermelhos, o dourado deles era difícil de ver. — Você sempre foi a forte, mesmo quando bebê. Foi assim que sobreviveu.

Reconheci a confusão nos olhos de Lena. Sarafine era vítima da maldição que Lena temeu a vida toda, a maldição que a tinha poupado. Era essa pessoa quem a mãe dela podia ter sido?

— O que você quer dizer, como sobrevivi?

Sarafine tossiu, e a fumaça negra rodopiou ao redor dela.

— Houve uma tempestade terrível, e a chuva apagou o fogo. Você se salvou. — Ela pareceu aliviada, como se não tivesse deixado Lena para morrer.

Lena olhou para a mãe.

— E hoje você ia terminar o que começou.

Uma brasa caiu no vestido de Sarafine, e ele pegou fogo de novo. Ela bateu no tecido queimado com a mão nua até apagar. Ergueu os olhos para se concentrar nos de Lena.

— Por favor. — A voz dela estava tão rouca que foi difícil ouvir. Ela esticou a mão na direção de Lena. — Eu não ia machucar você. Só precisava fazer com que ele acreditasse que iria.

Ela estava falando de Abraham, aquele que atraíra a mãe de Lena para as Trevas, e que estava ali de pé a vendo queimar.

Lena estava balançando a cabeça com lágrimas descendo pelo rosto.

— Como posso confiar em você? — Mas quando falou, as chamas começaram a morrer no espaço entre elas.

Lena começou a esticar a mão.

As pontas dos dedos dela estavam a alguns centímetros.

Pude ver as queimaduras no braço de Sarafine quando ela esticou a mão para Lena.

— Sempre amei você, Lena. Você é minha garotinha.

Lena fechou os olhos. Era difícil olhar para Sarafine, com o cabelo queimado e a pele com bolhas. Devia ser ainda mais difícil se ela era sua mãe.

— Eu queria poder acreditar em você...

— Lena, olhe pra mim. — Sarafine pareceu estar desmoronando. — Vou amar você até o dia depois do sempre.

Eu me lembrei das palavras da visão. A última coisa que Sarafine disse para o pai de Lena antes de abandoná-lo à morte. *"Vou amar você até o dia depois do sempre."*

Lena também lembrou.

Vi o rosto dela se contorcer de agonia quando puxou a mão.

— Você não me ama. Você não é capaz de amar.

O fogo aumentou onde tinha baixado um minuto antes, prendendo Sarafine. Ela estava sendo consumida pelas chamas que havia controlado, com os poderes imprevisíveis como os de qualquer Conjurador.

— Não! — gritou Sarafine.

— Sinto muito, Izabel — sussurrou Lena.

Sarafine deu um pulo para a frente e encostou a manga do vestido no fogo.

— Sua putinha! Eu queria que você tivesse morrido queimada como seu pai infeliz! Vou encontrar você na próxima vida...

Mas os gritos foram aumentando quando as chamas tomaram o corpo de Sarafine em questão de segundos. Foi pior do que os berros apavorantes dos Tormentos. Era o som de dor, morte e infelicidade.

O corpo dela caiu, e as chamas se deslocaram para cima dele como um bando de gafanhotos, não deixando nada além de um fogo furioso. No mesmo momento, Lena ficou de joelhos e olhou para o local onde a mão da mãe estivera um minuto antes.

Lena!

Diminuí a distância entre nós e a arrastei para longe do fogo. Ela estava tossindo, tentando recuperar o fôlego.

Abraham chegou mais perto com a nuvem negra de espíritos demoníacos acima. Puxei Lena para perto de mim enquanto víamos Greenbrier queimar pela segunda vez.

Ele estava de pé à nossa frente, com a ponta da bengala praticamente tocando na ponta derretida do meu tênis.

— Bem, você sabe o que dizem. Se quer que uma coisa seja feita direito, faça você mesmo.

— Você não a ajudou. — Não sei por que falei isso. Eu não me importava de Sarafine estar morta. Mas por que ele não ajudou?

Abraham riu.

— Me poupou o trabalho de matá-la eu mesmo. Ela não valia mais o próprio peso em sal.

Eu me perguntei se Sarafine tinha percebido o quanto era dispensável. O quanto era inútil aos olhos do mestre que servia.

— Mas ela era uma das suas.

— Conjuradores das Trevas não têm nada a ver com a minha espécie, garoto. São como ratos. Tem muitos outros no lugar de onde Sarafine veio. — Ele olhou para Lena, e seu rosto escureceu para acompanhar os olhos vazios. — Quando sua namoradinha estiver morta, me livrar deles vai ser minha próxima tarefa.

Não escute o que ele diz, L.

Mas ela não estava prestando atenção em Abraham. Não estava prestando atenção em ninguém. Soube porque consegui ouvi-la repetindo as mesmas palavras na mente sem parar.

Deixei minha mãe morrer.

Deixei minha mãe morrer.

Deixei minha mãe morrer.

Empurrei Lena para trás de mim, embora ela tivesse uma chance melhor de lutar contra Abraham do que eu.

— Minha tia estava certa. Você é o Diabo.

— Ela é muito gentil. Mas eu queria ser. — Ele pegou o relógio de ouro e olhou a hora. — Mas conheço alguns demônios. E eles estão esperando para fazer uma visita a este mundo há muito tempo. — Abraham colocou o relógio de volta no paletó. — Parece que o tempo de vocês acabou.

⊰ 14 DE DEZEMBRO ⊱
Porta Demoníaca

Abraham ergueu *O Livro das Luas*, e as páginas começaram a virar de novo, tão rápido que tive certeza de que iam rasgar. Quando pararam, ele passou os dedos por elas com reverência. Essa era a bíblia dele. Cercado pela fumaça preta, Abraham começou a ler:

> "NOS DIAS MAIS SOMBRIOS, QUANDO SANGUE
>   FOR DERRAMADO,
> UMA LEGIÃO DE DEMÔNIOS VAI VINGAR OS MORTOS.
> SE UMA PORTA MARCADA NÃO PUDER SER ENCONTRADA,
> A TERRA VAI SE ABRIR PARA OFERECER UMA DO CHÃO.
>
> SANGUINE EFFUSO, ATRIS DIEBUS,
> ORIETUR DAEMONUM LEGIO UT INTERFECTOS
>   ULCISCATUR.
> SI IANUA NOTATA INVENIRI NON POTUERIT,
> TELLUS HISCAT UT DE TERRA IPSA IANUAM
>   OFFERAT."

Eu não queria ficar por perto para ver a legião de Demônios que Abraham estava chamando para acabar conosco. Os Tormentos eram o bastante para mim. Segurei a mão de Lena e a puxei, e saí correndo para longe do fogo e da mãe morta, de Abraham e d'*O Livro das Luas*, e de qualquer mal que ele estivesse convocando.

— Ethan! Estamos indo pro lado errado.

Lena estava certa. Devíamos ter saído correndo em direção a Ravenwood, em vez de pelos campos de algodão que eram parte de Blackwell, a fazenda que ficava do outro lado de Greenbrier. Mas não havia para onde ir. Abraham estava entre Ravenwood e nós, com o sorriso sádico revelando a verdade. Isso era um jogo, e ele estava adorando.

— Não temos escolha. Temos de...

Lena me interrompeu antes que eu conseguisse terminar.

— Tem alguma coisa errada. Consigo sentir.

O céu escureceu acima de nós, e ouvi um estrondo baixo. Mas não era um trovão nem os inconfundíveis gritos dos Tormentos.

— O que é isso? — Eu estava arrastando Lena pela colina que costumava levar à fazenda Blackwell.

Antes que ela pudesse responder, o chão começou a se mexer debaixo de nós. Parecia que estava rolando sob meus pés, e lutei para manter o equilíbrio. O som estava ficando mais alto, e havia outros barulhos: árvores rachando e caindo, a sinfonia estrangulada de milhares de gafanhotos e um leve estalar vindo de trás de nós.

Ou de debaixo de nós.

Lena viu primeiro.

— Ah, meu Deus.

O chão estava se partindo no meio da estrada de terra, e a rachadura estava à nossa frente. Quando aumentou, o chão se abriu e a terra caiu na fissura como areia movediça sendo sugada para dentro de um buraco.

Era um terremoto.

Parecia impossível, porque não aconteciam terremotos no sul. Eles aconteciam em lugares no oeste, como na Califórnia. Mas eu tinha visto filmes suficientes para reconhecer.

O som era tão apavorante quanto a visão do chão se consumindo. A fileira negra de Tormentos acima de nós saltou e veio em nossa direção.

O chão atrás de nós estava se dividindo mais rapidamente, como uma costura se abrindo.

— Não vamos conseguir ir mais rápido do que isso! Nem do que eles! — A voz de Lena estava rouca. — Estamos presos!

— Talvez, não. — Olhei para o outro lado da colina e vi o Lata-Velha na estrada abaixo de nós. Link estava dirigindo como se a mãe dele tivesse acabado de pegá-lo bebendo na igreja. Tinha uma coisa na frente do Lata-Velha se deslocando mais rápido até do que o carro.

Era Boo. Não aquele cachorro preto preguiçoso que dormia no pé da cama de Lena. Esse era um cachorro Conjurador que parecia um lobo e corria mais rápido do que um.

Lena olhou para trás.

— Nunca vamos conseguir!

Abraham ainda estava de pé ao longe, intocado pelos ventos que sopravam ao redor dele. Ele se virou para olhar para a lateral da colina, onde o Lata-Velha corria pela estrada.

Também olhei para baixo. Link estava pendurado na janela gritando para mim. Não consegui ouvi-lo, mas fosse lá o que ele estivesse nos mandando fazer, pular, correr, eu não sabia, não havia tempo.

Balancei a cabeça em silêncio e olhei para Abraham uma última vez. Os olhos de Link acompanharam os meus.

E então ele sumiu.

O Lata-Velha ainda estava em movimento, mas o banco do motorista estava vazio. Boo pulou para sair da frente quando o carro passou correndo por ele, ignorando a curva na estrada. O Lata-Velha capotou e continuou virando pela estrada.

Vi o teto afundar na mesma hora em que ouvi o som de rasgo...

A mão de alguém procurou meu braço. Fui lançado no vazio negro que transportava os Incubus de um lugar ao outro, mas não precisei olhar para saber que era a mão de Link afundando na minha pele.

Eu ainda estava rodopiando pelo vazio quando senti os dedos dele escorregarem. Em seguida, comecei a cair, e o mundo voltou a aparecer. Pedaços de céu escuro e lampejos de marrom...

Minhas costas bateram em uma coisa dura, e mais de uma vez.

Vi o céu se afastar mais e mais, conforme me aproximei do chão. Mas meu corpo caiu contra uma coisa sólida, e de repente eu não estava mais caindo.

Ethan!

Meu braço prendeu, e uma dor explodiu no ombro. Pisquei. Eu estava preso em um mar longo e marrom de... galhos?

— Cara, você está bem? — Eu me virei devagar em direção ao som da voz dele. Link estava de pé na base da árvore, olhando para mim. Lena estava ao lado dele, completamente em pânico.

— Estou preso em uma árvore. O que você acha?

O alívio se espalhou no rosto de Lena.

— Acho que acabei de salvar você com meus superpoderes. — Link estava sorrindo.

— Ethan, você consegue descer? — perguntou Lena.

— Consigo. Acho que não quebrei nada. — Desprendi minhas pernas dos galhos com cuidado.

— Posso fazer você Viajar até aqui embaixo — ofereceu Link.

— Não, obrigado. Pode deixar. — Eu estava com medo de onde poderia acabar se ele tentasse de novo.

Doía cada vez que eu me mexia, então demorei alguns minutos para descer. Assim que cheguei ao chão, Lena lançou os braços ao meu redor.

— Você está bem!

Não quis dizer que, se ela me apertasse com mais força, eu não ficaria bem. Eu já conseguia sentir a pouca energia que estava se esvaindo.

— Acho que sim.

— Ei, vocês dois são mais pesados do que parecem. E foi minha primeira vez. Me deem um desconto. — Link ainda estava sorrindo. — Eu salvei as vidas de vocês.

Levantei o punho.

— Você conseguiu, cara. Estaríamos mortos, se não fosse por você.

Ele bateu os dedos fechados contra os meus.

— Acho que isso me torna um herói.

— Que ótimo. Agora você vai ficar ainda mais metido, se é que isso é possível. — Ele sabia o que eu estava realmente dizendo: *obrigado por me salvar e salvar a garota que amo.*

Lena o abraçou.

— Você é meu herói.

— Eu sacrifiquei o Lata-Velha. — Link olhou para mim. — Ficou muito ruim?

— Bem ruim.

Ele deu de ombros.

— Nada que um pouco de fita adesiva não conserte.

— Espero que você tenha bastante. Como nos encontrou, afinal?

— Sabe aquela história de que animais conseguem sentir tornados e terremotos, e coisas assim? Acho que com Incubus é igual.

— O terremoto — sussurrou Lena. — Vocês acham que chegou à cidade?

— Já chegou, sim — disse Link. — A rua Main se partiu bem no meio.

— Está todo mundo bem? — Eu queria saber de Amma, meu pai e minhas tias centenárias.

— Não sei. Minha mãe levou um bando de gente pra igreja, e estão todas enfiadas lá dentro. Ela falou alguma coisa sobre a fundação e o aço nas vigas, e um programa que ela viu no Nature Channel. — A Sra. Lincoln adorava a ideia de salvar todo mundo da rua dela com programas educativos e um talento para dar ordens às pessoas. — Quando saí, ela estava gritando sobre o apocalipse e os sete sinais.

— Temos de ir pra minha casa. — Não morávamos tão perto da igreja quanto Link, e eu tinha certeza de que a Propriedade Wate não tinha sido construída para suportar terremotos.

— Não tem como. A estrada se partiu atrás de mim assim que entrei na autoestrada 9. Vamos precisar passar pelo Jardim da Paz Perpétua. — Era difícil acreditar que Link estava se voluntariando para ir ao cemitério à noite, no meio de um terremoto sobrenatural.

Lena colocou a mão no meu ombro.

— Tenho uma sensação ruim quanto a isso.

— É? Bem, estou com uma sensação ruim desde que voltei da Terra do Nunca e virei um Demônio.

Quando passamos pelo portão do Jardim da Paz Perpétua, ele aparentava qualquer coisa, menos paz. Mesmo com as cruzes iluminadas, estava tão escuro que eu mal conseguia enxergar. Os gafanhotos zumbiam enlouquecidos, tão alto que parecia que estávamos no meio de um vespeiro. Um relâmpago cruzou a escuridão, cortando o céu do jeito que o terremoto tinha cortado o chão.

Link foi na frente, pois ele era o único que conseguia enxergar.

— Sabe, minha mãe está certa sobre uma coisa. Na Bíblia está escrito sobre terremotos no final.

Olhei para ele como se estivesse louco.

— Quando foi a última vez em que você leu a Bíblia? Na escola dominical, quando tinha 9 anos?

Ele deu de ombros.

— Eu só estava comentando.

Lena mordeu o lábio inferior.

— Link pode estar certo. E se Abraham não provocou isso e for o resultado da Ordem ter sido rompida? Como o calor e os insetos, e o lago seco?

Eu sabia que ela se sentia responsável, mas isso não tinha sido causado por um Fim dos Dias Mortal. Era um apocalipse sobrenatural.

— E foi coincidência Abraham estar lendo sobre abrir a terra para deixar todos os demônios saírem?

Link olhou para mim.

— O que você quer dizer com deixar todos os demônios saírem? Saírem de onde?

O chão começou a tremer de novo. Link parou para ouvir. Parecia que ele estava tentando determinar de onde o tremor vinha ou para onde iria depois. O barulho mudou para um de rachadura, como se estivéssemos de pé em uma varanda prestes a despencar. Parecia uma tempestade subterrânea.

— Tem outro chegando? — Eu não conseguia decidir se era melhor correr ou ficar parado.

Link olhou ao redor.

— Acho que devíamos...

O chão abaixo de nós mexeu, e ouvi o asfalto rachando. Não tínhamos para onde ir, e nem tempo suficiente para chegar a lugar algum. O asfalto estava desmoronando ao meu redor, mas eu não estava caindo. Pedaços da rua estavam voando para o céu.

Eles se encostaram uns nos outros, formando um triângulo torto de concreto, até pararem. As cruzes iluminadas começaram a piscar e apagar.

— Diga que isso não é o que penso que é. — Link estava se afastando da grama morta, salpicada de flores de plástico e lápides. Parecia que as lápides estavam se mexendo. Talvez outro tremor adicional estivesse chegando ou pior.

— Do que você está falando? — A primeira lápide saiu da terra, antes que ele tivesse tempo de responder. Era outro terremoto, ou, pelo menos, era o que eu pensava.

Mas estava errado.

As lápides não estavam caindo.

Estavam sendo empurradas de dentro para fora.

Pedras e terra estavam voando e caindo como bombas jogadas do céu. Caixões podres saíram do chão. Caixas de pinho de cem anos e caixões pretos laqueados estavam rolando pela colina, abrindo-se e deixando corpos em decomposição no caminho. O cheiro era nojento. Link estava começando a vomitar.

— Ethan! — gritou Lena.

Segurei a mão dela.

— Corra!

Link não precisou ouvir isso duas vezes. Ossos e tábuas estavam voando como projéteis, mas ele estava recebendo o ataque por nós, como um *linebacker* de futebol americano.

— Lena, o que está acontecendo? — Não soltei a mão dela.

— Acho que Abraham abriu alguma espécie de porta para o Subterrâneo. — Ela tropeçou, e eu a puxei de volta.

Chegamos à colina que levava à parte mais antiga do cemitério, por onde eu tinha empurrado a cadeira de rodas de tia Mercy mais vezes do que era capaz de contar. A colina estava escura, e tentei evitar os buracos enormes que mal conseguia ver.

— Por aqui! — Link já estava no alto. Ele parou, e achei que estivesse esperando por nós. Mas quando chegamos ao topo, percebi que estava olhando para o cemitério.

Os mausoléus e túmulos tinham explodido, cobrindo o chão com pedaços de pedra entalhada, ossos e partes de corpos. Havia um fauno de plástico no meio dos escombros. Parecia que alguém tinha cavado todos os túmulos da colina.

Havia um cadáver de pé na extremidade do que era o lado bom da colina. Dava para perceber que tinha ficado enterrado por bastante tempo, por causa do estado de decomposição. O cadáver nos observava, mas não tinha olhos. As órbitas estavam completamente vazias. Tinha alguma coisa dentro dele, animando o que havia sobrado do corpo, do mesmo jeito que a Lilum tinha ocupado o corpo da Sra. English.

Link levantou o braço para que ficássemos atrás dele.

O cadáver inclinou a cabeça para o lado, como se estivesse escutando. Em seguida, uma névoa escura saiu dos olhos, do nariz e da boca dele. O corpo ficou inerte e caiu no chão. A névoa se espiralou como um Tormento e voou para o céu, para fora do cemitério.

— Era um Espectro? — perguntei.

Link respondeu antes de Lena.

— Não. Era algum tipo de Demônio.

— Como você sabe? — sussurrou Lena, como se estivesse com medo de despertar mais mortos.

Link olhou para o outro lado.

— Do mesmo jeito que um cachorro reconhece quando vê outro cachorro.

— Não me pareceu ser um cachorro. — Eu estava tentando fazer com que ele se sentisse melhor, mas estávamos bem além disso.

Link olhou para o corpo caído no chão, onde o Demônio estava momentos atrás.

— Talvez minha mãe esteja certa, e o Fim dos Dias tenha chegado. Talvez ela tenha a chance de usar o moedor de trigo, a máscara de gás e aquele bote inflável, afinal.

— Um bote? É isso que está preso ao teto da sua garagem?

Link assentiu.

— É. Para quando as águas subirem e as partes baixas forem inundadas, e Deus se vingar de nós, pecadores.

Balancei a cabeça.

— Deus, não. Abraham Ravenwood.

O chão finalmente parou de tremer, mas não reparamos.

Nós três estávamos tremendo tanto que era impossível perceber.

⇥ 17 DE DEZEMBRO ⇤
Estranha passagem

Havia 16 corpos no necrotério do condado. De acordo com a música sinalizadora da minha mãe, deviam ter sido 18. Eu não sabia por que os terremotos tinham parado nem por que o exército de Tormentos de Abraham tinha desaparecido. Talvez destruir a cidade tenha perdido a graça por não estarmos lá e porque a cidade estava bem destruída. Mas se eu sabia alguma coisa sobre Abraham era que havia um motivo. Eu só sabia que esse tipo de matemática distorcida, o local onde o racional cruzava com o sobrenatural, era como minha vida estava agora.

E eu sabia, sem sombra de dúvida, que mais dois corpos se juntariam aos 16. Eu realmente acreditava nas músicas. O número 17 e o número 18. Esses eram os números que eu tinha no fundo da mente quando saí de carro para ir ao County Care. O poder também estava lá.

E eu tinha a terrível sensação de que sabia quem seria o número 17.

O gerador de reserva estava acendendo e apagando. Percebi pelo modo como as luzes de segurança estavam piscando. Bobby Murphy não estava na recepção; na verdade, não havia ninguém. Os eventos catastróficos de hoje no Jardim da Paz Perpétua não fariam muitas sobrancelhas serem erguidas no County Care, um local que a maior parte das pessoas não conhecia até uma tragédia acontecer. Dezesseis. Eu me perguntei se havia 16 mesas de autópsia no necrotério. Tinha certeza de que não.

Mas uma ida ao necrotério devia ser um evento comum ali. Havia mais do que uma porta giratória entre os mortos e os vivos, conforme você percorria esses corredores. Quando você passava pelas portas do County Care, seu universo encolhia, ficava cada vez menor, até o mundo todo ser o corredor, a enfermeira e o quarto antisséptico cor de pêssego de 2,5 metros por 3 metros.

Depois de entrar aqui, você parava de se importar com o que acontecia lá fora. Esse lugar era uma espécie de entremundos. Principalmente desde que, todas as vezes que segurava a mão de tia Prue, parecia que eu acabava em outro.

Nada mais parecia real, o que era irônico, porque do lado de fora dessas paredes as coisas estavam mais reais do que nunca. E se eu não descobrisse o que fazer com algumas delas, como uma poderosa Lilum do mundo Demônio, uma dívida de sangue não paga que estava destruindo Gatlin e alguns outros mundos maiores, não ia sobrar nenhum quarto cor de pêssego para chamar de lar.

Andei pelo corredor escuro em direção ao quarto de tia Prue. As luzes de segurança piscaram, e vi um vulto de camisola de hospital parado no final do corredor, segurando um saco de soro intravenoso. Em seguida, as luzes se apagaram, e não consegui ver nada. As luzes se acenderam de novo, e a pessoa tinha sumido.

O problema é que eu podia jurar que tinha sido minha tia.

— Tia Prue?

As luzes se apagaram de novo. Eu me senti muito sozinho, e não de um jeito tranquilo. Pensei ter visto alguma coisa se movendo na escuridão, e as luzes de segurança se acenderam de novo.

— Mas que...? — Dei um salto para trás, assustado.

Tia Prue estava de pé bem na minha frente, com o rosto a centímetros do meu. Eu conseguia ver cada ruga, cada marca de cada lágrima, como um mapa dos túneis Conjuradores. Ela me chamou com um dedo, como se quisesse que eu a seguisse. Em seguida, levou o dedo aos lábios.

— Shh.

As luzes se apagaram, e ela sumiu.

Corri, tateando pela escuridão até encontrar o quarto da minha tia. Empurrei a porta, mas ela não abriu.

— Leah, sou eu!

A porta se abriu, e vi Leah com o dedo na frente dos lábios. Era quase o mesmo gesto que tia Prue tinha feito no corredor. Fiquei confuso.

— Shh. — Leah trancou a porta atrás de mim. — Está na hora.

Amma e a mãe de Macon, Arelia, estavam sentadas ao lado da cama. Ela deve ter vindo para a cidade por causa de tia Prue. Os olhos delas estavam fechados, e estavam de mãos dadas acima do corpo de tia Prue. No pé da cama, eu mal conseguia perceber uma presença cintilante, o movimento de milhares de pequenas tranças e contas.

— Tia Twyla? É a senhora? — Vi um breve sorriso.

Amma me mandou fazer silêncio.

Percebi a mão retorcida de tia Prue agarrando a minha e batendo nela para me tranquilizar.

Shh.

Senti cheiro de queimado e percebi que um punhado de ervas estava soltando fumaça em uma tigela de cerâmica pintada na janela. A cama de tia Prue estava coberta com a colcha familiar, com pequenas bolas bordadas, em vez do lençol do hospital. O travesseiro de flores estava atrás da sua cabeça. Harlon James IV estava encolhido aos pés dela. Havia alguma coisa diferente em tia Prue. Não trazia nenhum tubo, nem monitor, nem mesmo pedaço de esparadrapo preso ao corpo. Ela estava com os chinelos de crochê e o roupão rosa florido, que tinha botões de pérola. Como se fosse dar uma saída para inspecionar os jardins das outras casas na rua e reclamar sobre quem precisava de uma mão de tinta na casa.

Eu estava certo. Ela era o número 17.

Fiquei entre Amma e Arelia e peguei a mão de tia Prue. Amma abriu um dos olhos e me fitou.

— Guarde suas mãos com você, Ethan Wate. Você não precisa ir para onde ela está indo.

Eu me empertiguei.

— Ela é minha tia, Amma. Quero me despedir.

Arelia balançou a cabeça sem abrir os olhos.

— Não temos tempo para isso agora. — A voz dela parecia estar entrando no quarto vinda de longe.

— Tia Prue veio me procurar. Acho que ela tem alguma coisa pra me dizer.

Amma abriu os olhos e ergueu uma sobrancelha.

— Existe o mundo dos vivos e existe o mundo dos que pararam de viver. Ela teve uma boa vida e está pronta. E, agora mesmo, já tenho bastante dificuldade em manter as pessoas que amo aqui entre os vivos. Então, se não se importa... — Ela fungou, como se estivesse tentando botar o jantar na mesa e eu estivesse atrapalhando.

Olhei para Amma de um jeito que nunca tinha olhado antes. Foi um olhar que dizia: *eu me importo.*

Ela suspirou e pegou minha mão com uma das dela e a mão da minha tia com a outra. Fechei os olhos e esperei.

— Tia Prue?

Nada aconteceu.

Tia Prue.

Abri um dos olhos.

— Qual é o problema? — sussurrei.

— Não posso dizer que eu saiba. Aquela confusão toda e aqueles demônios causando tanto problema devem tê-la assustado.

— Todos aqueles corpos — sussurrou Arelia.

Amma assentiu.

— Gente demais se movendo no Outro Mundo esta noite.

— Mas ainda não acabou. Vão ser 18. Era o que a música dizia.

Amma olhou para mim com expressão triste.

— Talvez a música esteja errada. Até as cartas e os Grandes erram às vezes. Talvez nem tudo desça pela colina tão rápido quanto você pensa.

— São as músicas da minha mãe, e ela disse 18. Ela nunca erra, e você sabe.

Eu sei, Ethan Wate. Ela não precisava falar. Podia ver nos olhos dela, no jeito como o maxilar estava tenso e o rosto cheio de linhas.

Estiquei a mão de novo.

— Por favor.

Amma olhou por cima do ombro.

— Leah, Arelia, Twyla, venham nos dar uma mãozinha aqui.

Demos as mãos e criamos um círculo, Mortal e Conjurador. Eu, o Obstinado perdido. Leah, a Succubus da Luz. Amma, a Vidente que estava perdida nas sombras. Arelia, a Adivinhadora que sabia mais do que gostaria. E Twyla, que uma vez chamou os espíritos dos mortos, um Espectro no Outro Mundo. A luz para mostrar o caminho de casa para tia Prue.

Elas eram parte da minha família agora.

Ali estávamos nós, de mãos dadas em um quarto de hospital, dando adeus a uma pessoa que, de muitas maneiras, já tinha ido embora muito tempo antes.

Amma assentiu para Twyla.

— Você se importa de fazer as honras?

Em segundos, o quarto desapareceu nas sombras em vez de luz. Senti o vento soprando, apesar de estarmos em um lugar fechado.

Ou era o que eu pensava.

A escuridão se solidificou, até estarmos de pé em uma sala enorme, de frente para uma porta de cofre. Reconheci imediatamente. Era o cofre nos fundos do Exílio, a boate dos túneis. Desta vez, a sala estava vazia. Eu estava sozinho.

Coloquei as duas mãos na porta e encostei na roda de prata que a abria. Puxei com o máximo de força que tinha, mas não consegui fazer a roda girar.

— Você vai ter de botar mais força nisso, Ethan. — Eu me virei, e tia Prue estava parada atrás de mim, com os chinelos de crochê e o roupão, apoiada no suporte do soro. Não estava nem preso ao corpo dela.

— Tia Prue! — Eu a abracei e senti os ossos por trás da pele fina. — Não vá.

— Chega de bagunça. Você é tão ruim quanto Amma. Ela veio aqui quase todas as noites essa semana para tentar me convencer a ficar. Fica colocando uma coisa que cheira como as fraldas velhas de Harlon James debaixo do meu travesseiro. — Ela torceu o nariz. — Estou cansada desse lugar. Nem passam minhas histórias na TV daqui.

— A senhora não pode ficar? Falta mapear tantas partes dos túneis. E não sei o que tia Mercy e tia Grace vão fazer sem a senhora.

— Era por isso que eu queria falar com você. É importante, então preste atenção, ouviu?

— Estou escutando. — Sabia que tinha uma coisa que ela precisava me contar, uma coisa que nenhuma das outras pessoas podia saber.

Tia Prue se apoiou no suporte do soro e sussurrou:

— Você precisa impedi-los.

— Impedir quem? — Os pelos na minha nuca se eriçaram.

Outro sussurro.

— Sei exatamente o que estão planejando fazer, que é convidar metade da cidade para minha festa.

A "festa" dela. Ela já tinha mencionado isso antes.

— A senhora está falando do seu velório?

Ela assentiu.

— Venho planejando desde que eu tinha 52 anos e quero que seja do jeito que decidi. Com louça e toalhas finas, com a tigela boa de ponche, e com Sissy Honeycutt cantando "Amazin' Grace". Deixei uma lista com os detalhes debaixo da minha penteadeira, se é que ela chegou à mansão.

Eu não podia acreditar que esse era o motivo de ela ter me levado até ali. Mas, por outro lado, era tia Prue.

— Sim, senhora.

— Tudo depende da lista de convidados, Ethan.

— Entendi. Você quer ter certeza de que as pessoas certas estarão lá.

Ela olhou para mim como se eu fosse um idiota.

— Não. Quero que se certifiquem de que as erradas não estejam. Quero ter certeza de que *certas pessoas* fiquem de fora. Não é a escolha do porco ser o mascote dos bombeiros.

Ela estava falando sério, mas vi um brilho no olho dela que fez parecer que ia começar a cantar uma das famosas versões dela imitando ópera de "Leaning on the Everlasting Arms".

— Quero que você bata a porta antes que Eunice Honeycutt bote os pés no local. Não ligo de Sissy estar cantando e de *aquela mulher* levar o Deus, Todo-Poderoso, no braço. Ela não vai tomar meu ponche.

Dei um abraço de urso tão grande nela que ergui os pés protegidos do chão pelo crochê.

— Vou sentir saudades, tia Prue.

— Claro que vai. Mas é minha hora, e tenho coisas a fazer e maridos a ver. Sem mencionar alguns Harlon James. Você se importa de abrir a porta para uma senhora de idade? Não estou me sentindo muito bem hoje.

— Aquela porta? — Encostei no cofre de metal à nossa frente.

— Essa mesma. — Ela soltou o suporte de soro e assentiu para mim.

— Onde vai dar?

Ela deu de ombros.

— Não sei dizer. Só sei que é para onde devo ir.

— E se não for pra eu abrir, sei lá?

— Ethan, você está me dizendo que está com medo de abrir uma portinha boba? Gire a maldita roda.

Coloquei as mãos na roda e puxei com o máximo de força que consegui. Não se mexeu.

— Você vai obrigar uma velha a fazer força? — Tia Prue me empurrou para o lado com a mão fraca e encostou na porta.

Ela se abriu sob a mão dela, espalhando luz, vento e gotas de água na sala. Consegui ver água azul mais além. Ofereci meu braço, e ela aceitou. Quando a ajudei a passar pela porta, ficamos ali parados por um segundo, em lados opostos.

Ela olhou por cima do ombro, para o azul atrás dela.

— Parece que este é meu caminho. Você quer me levar, como prometeu que faria?

Fiquei imóvel.

— Eu prometi levar a senhora até lá?

Ela assentiu.

— Prometeu, sim. Foi você quem me contou sobre a Última Porta. De que outra forma eu poderia saber?

— Não sei nada sobre uma Última Porta, tia Prue. Nunca passei por esta.

— Claro que passou. Você está aqui do outro lado agora mesmo.

Olhei para lá, e lá estava eu, o outro eu. Enevoado e cinzento, trêmulo como uma sombra.

Era o eu das lentes da velha câmera de vídeo.

O eu do sonho.

Minha Alma Fraturada.

Começou a andar em direção à porta do cofre. Tia Prue acenou na direção dele.

— Você vai me levar até o farol?

Assim que falou, consegui ver o caminho de degraus de pedra levando por uma ladeira gramada até um farol branco de pedra. Quadrado e velho, um simples retângulo de pedra em cima de outro, e uma torre branca que ia até o azul intenso do céu. A água além dele era ainda mais azul. A grama que balançava ao vento era verde e estava viva, e me fez desejar uma coisa que eu nunca tinha visto.

Mas acho que tinha visto sim, porque ali estava eu, chegando pelo caminho de pedra.

Uma sensação horrível revirou meu estômago, e, de repente, alguém torceu meu braço atrás de mim, como se Link estivesse treinando movimentos de luta comigo.

A voz, a mais alta do universo, da pessoa mais forte que eu conhecia, trovejou no meu ouvido.

— Vá em frente, Prudence. Você não precisa da ajuda de Ethan. Você tem Twyla agora, e vai ficar bem quando chegar no farol.

Amma assentiu com um sorriso, e, de repente, Twyla estava ao lado de tia Prue. Não uma Twyla feita de luz, mas a verdadeira, com a mesma aparência do dia em que morreu.

Tia Prue olhou nos meus olhos e me jogou um beijo. Em seguida, pegou o braço de Twyla e se virou em direção ao farol.

Tentei ver se a outra metade da minha alma ainda estava lá, mas a porta do cofre bateu com tanta força que ecoou pela boate atrás de mim.

Leah girou a roda com as duas mãos, com o máximo de força que conseguiu. Tentei ajudar, mas ela me afastou. Arelia também estava lá, murmurando alguma coisa que não consegui entender.

Amma ainda me segurava com tanta força que conseguiria vencer o campeonato estadual se estivéssemos em uma partida de luta livre.

Arelia abriu os olhos.

— Agora. Precisa ser agora.

Tudo ficou preto.

Abri os olhos, e estávamos parados ao redor do corpo sem vida de tia Prue. Ela tinha morrido, mas nós já sabíamos disso. Antes que eu pudesse dizer ou fazer alguma coisa, Amma me tirou do quarto e me levou pelo corredor.

— Você.

Ela mal conseguia falar, com o dedo magro apontando para mim. Cinco minutos depois, estávamos no meu carro, e ela só soltou do meu braço para que eu pudesse dirigir para casa. Levei uma eternidade para descobrir um jeito de voltar para lá. Metade das estradas da cidade tinha sido fechada por causa do terremoto que não era um terremoto de verdade.

Olhei para o volante e pensei sobre a roda na porta do cofre.

— O que era aquilo? A Última Porta?

Amma se virou e me deu um tapa na cara. Ela nunca tinha encostado um dedo em mim, em momento nenhum das nossas vidas.

— Nunca mais me assuste assim de novo!

⊰ 19 DE DEZEMBRO ⊱

A fina flor do luto

O papel cor de creme estava dobrado oito vezes, com um laço de cetim roxo amarrado em volta. Encontrei na gaveta de baixo da penteadeira, como tia Prue disse. Li para as Irmãs, que discutiram o assunto com Thelma até Amma se intrometer:

— Se Prudence Jane queria a louça fina, vamos usar a louça fina. Não faz sentido discutir com os mortos. — Amma cruzou os braços. Tia Prue tinha morrido apenas dois dias antes. Pareceu errado chamá-la de morta tão cedo.

— Só falta você me dizer que ela não queria batatas de velório. — Tia Mercy amassou outro lenço.

Eu verifiquei o papel.

— Ela quer. Mas não quer que vocês deixem Jeanine Mayberry fazê-las. Não quer batatas chips velhas esfareladas por cima.

Tia Mercy assentiu como se eu estivesse lendo a Declaração de Independência.

— É verdade. Jeanine Mayberry diz que elas assam melhor assim, mas Prudence Jane sempre falou que era por serem mais baratas. — O queixo dela tremeu.

Tia Mercy estava péssima. Ela não fazia muita coisa, além de amassar lenços de papel, desde que ouviu que tia Prue tinha falecido. Tia Grace, por outro lado, tinha se ocupado escrevendo cartões de condolências para comunicar a todo mundo o quanto ela sentia muito por tia Prue ter morrido, embora Thelma tenha explicado que as outras pessoas é que deveriam enviá-los para ela. Tia Grace tinha olhado para Thelma como se ela fosse louca.

— Por que elas mandariam cartões para mim? São meus cartões. E minhas notícias.

Thelma balançou a cabeça, mas não falou nada depois disso.

Sempre que havia discordância sobre alguma coisa, elas me faziam ler a carta de novo. E a carta de tia Prue era tão excêntrica e específica quanto a própria tia Prue.

"*Queridas Garotas*", dizia a carta. Entre elas, as Irmãs nunca eram as Irmãs. Eram sempre as Garotas. "*Se vocês estiverem lendo isso, fui chamada para minha Grande Recompensa. Apesar de estar ocupada me encontrando com o Criador, ainda ficarei de olho para ter certeza de que a festa seja de acordo com minhas especificações. E não pensem que não vou sair direto do túmulo e entrar pelo corredor da igreja se Eunice Honeycutt colocar um pé lá.*"

Só tia Prue precisaria de um leão de chácara para o próprio velório.

O texto prosseguia do mesmo jeito. Além de estipular que os quatro Harlon James fossem, junto com Lucille Ball, e de escolher um arranjo um tanto escandaloso de "Amazing Grace" e a versão errada de "Abide With Me", a maior surpresa foi o discurso.

Ela queria que Amma o fizesse.

— Isso é besteira. — Amma fungou.

— Era o que tia Prue queria. Olhe. — Estiquei o papel.

Amma não quis olhar.

— Então ela é tão tola quanto vocês todos.

Dei um tapinha nas costas dela.

— Não faz sentido discutir com os mortos, Amma. — Ela olhou para mim com raiva, e eu dei de ombros. — Pelo menos você não precisa alugar um smoking.

Meu pai ficou de pé do degrau de baixo da escada, derrotado.

— Bem, é melhor eu começar a procurar as gaitas de fole.

No final, as gaitas de fole foram um presente de Macon. Quando soube do pedido de tia Prue, insistiu em trazer os gaitistas do Highlands Elks Club, em Colúmbia, a capital do estado. Pelo menos, foi o que disse. Conhecendo-o e conhecendo os túneis, estava convencido de que eles vieram da Escócia naquela manhã mesmo. Tocaram "Amazing Grace" tão lindamente quando as pessoas começaram a chegar que ninguém queria entrar na igreja. Uma multidão se formou ao redor da entrada e na calçada até o reverendo insistir que todos entrassem.

Fiquei na porta, observando a multidão. Um rabecão (um de verdade, não o de Lena e Macon) estava estacionado na frente da igreja. Tia Prue seria enterrada no cemitério de Summerville até o Jardim da Paz Perpétua reabrir. As Irmãs o chamavam de Novo Cemitério, pois tinha sido aberto havia apenas 70 anos.

A visão do rabecão trouxe uma lembrança, da primeira vez em que vi Lena dirigindo por Gatlin, a caminho da escola no ano passado. Eu me lembrei de pensar que era um presságio, talvez até ruim.

E foi?

Ao olhar para trás, para tudo que aconteceu, para tudo que tinha me levado de um rabecão ao outro, ainda não sabia dizer.

Não por causa de Lena. Ela sempre seria a melhor coisa que me aconteceu. Mas porque as coisas tinham mudado.

Nós dois tínhamos mudado. Eu entendia isso.

Mas Gatlin também mudara, e isso era mais difícil de entender.

Assim, fiquei na porta da capela vendo as coisas acontecerem. Deixando acontecerem, porque eu não tinha escolha. A Décima Oitava Lua seria em dois dias. Se Lena e eu não descobríssemos o que a Lilum queria, quem era realmente Aquele que É Dois, não havia como prever quantas coisas mais mudariam. Talvez esse rabecão fosse outro presságio do que estava por vir.

Tínhamos passado horas no arquivo, sem descobrir nada. Mesmo assim, eu sabia que era para lá que Lena e eu iríamos de novo, assim que o velório terminasse. Não havia nada a fazer, a não ser tentar. Mesmo se parecesse inútil.

Você não pode lutar contra o destino.

Era isso que minha mãe tinha dito?

— Não vejo minha carruagem puxada por cavalos. Cavalos brancos, era o que minha carta dizia. — Eu reconheceria aquela voz em qualquer lugar.

Tia Prue estava de pé ao meu lado. Sem brilho, sem cintilar. Apenas a tia Prue, simples como o dia. Se ainda não estivesse usando as roupas com que morreu, eu a teria confundido com um dos convidados do velório.

— Ah, sim. Tivemos um pouco de dificuldade de encontrar. Já que a senhora não é Abraham Lincoln.

Ela me ignorou.

— Achei que eu tivesse deixado claro que queria que Sissy Honeycutt cantasse "Amazin' Grace", como fez no velório de Charlene Watkins. E não a vejo. Mas esse pessoal botou o pulmão para trabalhar, e eu aprecio isso.

— Sissy Honeycutt disse que teríamos de convidar Eunice se quiséssemos que ela cantasse. — Era uma explicação suficiente para tia Prue. Voltamos a falar dos gaitistas. — Acho que é o único hino que eles sabem. Não sei se são sulistas.

Ela sorriu.

— É claro que não são.

A música se espalhou pela multidão e atraiu todo mundo para um pouco mais perto. Pude perceber que tia Prue estava feliz, independentemente do que dissesse.

— Mesmo assim, é um belo grupo. A maior reunião de pessoas que vejo em anos. Maior do que de todos os meus maridos juntos. — Ela olhou para mim. — Você não acha, Ethan?

Sorri.

— Sim, senhora. É um belo grupo. — Puxei o colarinho da camisa do smoking. No calor de inverno de 38 °C, eu estava quase desmaiando. Mas não falei isso para ela.

— Agora coloque seu paletó e mostre um pouco de respeito pelos falecidos.

Amma e meu pai chegaram a um acordo quanto ao discurso. Amma não o faria, mas leria um poema. Quando ela nos contou o que ia ler, ninguém prestou muita atenção. Só que significava que íamos riscar dois itens da lista de tia Prue ao mesmo tempo.

"Fique comigo; o ocaso chega rapidamente,
A escuridão se aprofunda, Senhor, fique comigo.
Quando outros ajudantes falharem e o conforto desaparecer,
Ajuda dos indefesos, ah, fique comigo.
O fim se aproxima rapidamente, o pequeno dia da vida se esvai;
A alegria da Terra escurece; suas glórias morrem;
Mudança e decadência em tudo que vejo ao redor;
Ah, não mude, fique comigo."

As palavras me atingiram como balas. A escuridão estava aumentando, e apesar de eu não saber o que era o ocaso parecia que estava chegando rápido. Não eram apenas os confortos que estavam desaparecendo, e era mais do que a alegria e a glória da Terra que estavam morrendo.

Amma estava certa. E também a pessoa que escreveu o hino. Mudança e decadência eram tudo que eu conseguia ver.

Eu não sabia se havia alguma pessoa ou alguma coisa que não mudasse, mas se houvesse faria bem mais do que pedir que ficasse comigo.

Queria que essa pessoa me resgatasse.

* * *

Quando Amma dobrou o pedaço de papel, dava para ouvir um alfinete caindo. Ela ficou parada no púlpito, tão parecida com Sulla, a Profeta, quanto a original. Foi quando me dei conta do que tinha feito.

Não era um poema, não do jeito que ela tinha lido. Nem era mais um hino.

Era uma profecia.

⊰ 20 DE DEZEMBRO ⊱
Híbrido

Estava parado no alto da torre branca de água de costas para o sol. Minha sombra sem cabeça descia sobre o metal quente e pintado, e desaparecia na beirada, em direção ao céu.

ESTOU ESPERANDO.

Ali estava ele. Minha outra metade. O sonho prosseguiu, como um filme que vi tantas vezes, que comecei a cortar e reeditar eu mesmo enquanto surgia em flashes...

Um golpe com força.

All-Stars chutando.

Peso morto.

Caindo...

~~~&~~~

— Ethan!

Rolei da cama e caí no chão do quarto.

— Não me admira que Incubus fiquem aparecendo no seu quarto. Você dorme como um morto. — John Breed estava ao meu lado. De onde eu estava deitado, ele parecia ter 6 metros de altura. Também parecia capaz de me dar uma surra melhor do que eu mesmo estava fazendo comigo no sonho.

Foi um pensamento estranho. Mas o que veio depois foi ainda mais estranho.

— Preciso da sua ajuda.

~~~&~~~

John estava sentado na cadeira em frente à escrivaninha, que eu estava começando a ver como a cadeira dos Incubus.

— Queria que vocês descobrissem um jeito de dormir. — Puxei minha camisa surrada da Harley Davidson pela cabeça. Irônico, considerando que eu estava sentado de frente para John.

— É. Isso não é uma opção. — Ele olhou para o teto azul.

— Então queria que vocês conseguissem entender que o resto de nós precisa...

John me interrompeu:

— Sou eu.

— O quê?

— Liv me contou tudo. O tal cara Aquele que É Dois. Sou eu.

— Tem certeza? — Eu não sabia se acreditava nele.

— Tenho. Descobri hoje no velório da sua tia.

Olhei para o relógio. Ele devia ter dito ontem, e eu ainda devia estar dormindo.

— Como?

Ele ficou de pé e andou pelo quarto.

— Sempre soube que era eu. Nasci para ser duas coisas. Mas, no velório, soube que era uma coisa que eu tinha de fazer. Senti quando a Vidente estava falando.

— Amma? — Eu sabia que o velório de tia Prue tinha sido emotivo para minha família, para toda a cidade, na verdade, mas não esperava que tivesse afetado John. Ele não fazia parte de nenhuma dessas duas coisas. — O que você quer dizer com sempre soube?

— É meu aniversário amanhã, certo? Minha Décima Oitava Lua. — Ele não pareceu muito feliz, e eu não podia culpá-lo. Considerando que ia trazer o fim do mundo, e tudo.

— Você sabe o que está dizendo? — Ainda não confiava nele.

Ele assentiu.

— Preciso fazer a troca, como a Rainha Demônio disse. Minha vida patética experimental pela Nova Ordem. Quase me sinto mal pelo universo. É uma barganha pra mim. Exceto pelo fato de que não estarei aqui pra ver.

— Mas Liv vai estar — disse.

— Liv vai. — Ele se sentou de novo na cadeira e segurou a cabeça com as mãos.

— Droga.

Olhou para a frente.

— Droga? É o melhor que você consegue dizer? Estou pronto para dar minha vida aqui.

Eu quase não conseguia imaginar o que estava se passando na cabeça dele, o que faria um cara como ele estar disposto a morrer. Quase.

Sabia como era estar disposto a se sacrificar pela garota que você amava. Eu ia fazer a mesma coisa na Grande Barreira quando encaramos Abraham e Hunting. Em Honey Hill quando enfrentamos os fogos e Sarafine. Teria morrido por Lena mil vezes seguidas.

— Liv não vai ficar feliz.

— Não. Não vai — concordou ele. — Mas vai entender.

— Acho que coisas assim são difíceis de entender. E venho tentando faz um tempo, já.

— Sabe qual é seu problema, Mortal?

— O fim do mundo?

John balançou a cabeça.

— Você pensa demais.

— É? — Eu quase ri.

— Acredite em mim. Às vezes, você precisa confiar nos seus instintos.

— E o que seus instintos querem que eu faça? — Falei devagar, sem olhar para ele.

— Eu não sabia até chegar aqui. — Andou até mim e segurou no meu braço. — O lugar sobre o qual você estava sonhando. A grande torre branca. É para onde preciso ir.

Antes que pudesse dizer a ele o que eu achava sobre ele remexer nos meus sonhos no estilo Incubus, ouvi o rasgo e estávamos Viajando...

Eu não conseguia ver John. Não conseguia ver nada além de escuridão e um raio prateado de luz cada vez maior. Quando dei um passo, ouvi o som de rasgo de novo e vi o rosto dela.

Liv estava esperando por nós no alto da torre de água.

Veio correndo para cima de nós, furiosa. Mas não estava olhando para mim.

— Você está completamente louco? Achou que eu não saberia o que você estava tramando? Para onde você viria? — Ela começou a chorar.

John entrou na minha frente.

— Como você soube onde eu estava?

Ela balançou um pedaço de papel no ar.

— Você deixou um bilhete.

— Você deixou um bilhete pra ela? — perguntei.

— Só dizia adeus... e umas outras coisinhas. Não dizia para onde eu ia.

Balancei a cabeça.

— Ela é Liv. Você não sabia que ela descobriria?

Ela ergueu o pulso. Os mostradores estavam praticamente explodindo no selenômetro.

— Aquele que É Dois? Você achou que eu não saberia na mesma hora que era você? Se você não tivesse me visto escrevendo sobre isso, eu nunca contaria.

— Liv.

— Venho tentando descobrir uma saída pra isso há meses. — Ela fechou os olhos. Ele esticou a mão para ela.

— Tenho tentando descobrir uma saída pra você.

— Você não precisa fazer isso. — Liv balançou a cabeça, e John a puxou para perto contra o peito e deu um beijo na testa dela.

— Preciso, sim. Pela primeira vez na minha vida, quero ser o cara que faz a coisa certa.

Os olhos azuis de Liv estavam vermelhos pelo choro.

— Não quero que você vá. Nós acabamos... Eu nunca tive chance. Nós nunca tivemos chance.

Ele colocou o polegar no lábio dela.

— Shh. Nós tivemos. Eu tive. — Fitou a noite, mas ainda estava olhando para ela. — Amo você, Olivia. Essa é minha chance.

Ela não respondeu, exceto pelas lágrimas que corriam pelo rosto.

Ele deu um passo em minha direção e me puxou pelo braço.

— Cuide dela pra mim, tá?

Assenti.

Ele se inclinou para mais perto.

— Se você a machucar. Se você tocar nela. Se você deixar qualquer pessoa partir o coração dela, vou encontrar e matar você. E depois vou continuar machucando você do outro lado. Entendeu?

Entendi melhor do que ele imaginava.

Ele me soltou e tirou a jaqueta. Em seguida, entregou-a para Liv.

— Fique com ela. Para se lembrar de mim. E tem outra coisa. — Enfiou a mão em um bolso. — Não me lembro da minha mãe, mas Abraham disse que pertenceu a ela. Quero que você fique com ela. — Era uma pulseira de ouro com uma inscrição em niádico ou alguma outra língua Conjuradora que só Liv conseguiria ler.

Os joelhos de Liv fraquejaram, e ela começou a soluçar.

John a abraçou com tanta força que as pontas dos pés dela mal tocavam o chão.

— Fico feliz de finalmente ter conhecido alguém para quem eu tive vontade de dar a pulseira.

— Eu também. — Ela mal conseguia falar.

Ele a beijou com delicadeza e se afastou.

Assentiu para mim.

E se jogou da beirada da torre.

Ouvi a voz dela ecoando pela escuridão. Da Lilum.

O Equilíbrio não está pago.

Só o Teste pode fazer o sacrifício.

20 DE DEZEMBRO

A *pessoa errada*

Quando abri os olhos, estava de volta ao meu quarto. Olhei para o teto azul, tentando entender como cheguei lá. Tínhamos Viajado, mas não podia ser por causa de John. Sabia disso porque ele estava deitado no chão do meu quarto, inconsciente.

Devia ter sido outra pessoa. Alguém que era mais poderoso do que um Incubus. Alguém que sabia sobre a Décima Oitava Lua.

Uma pessoa que sabia de tudo o tempo todo, inclusive a coisa que eu estava começando a descobrir sozinho, nesse instante.

Liv estava sacudindo John, ainda soluçando.

— Acorde, John. Por favor, acorde.

Ele abriu os olhos por um segundo, confuso.

— Mas que diabos?

Ela lançou os braços ao redor dele.

— Não diabo. Nem mesmo céu.

— Onde estou? — Ele estava desorientado.

— No meu quarto. — Eu me sentei e me recostei na parede.

— Como cheguei aqui?

— Não pergunte. — Não queria tentar explicar que a Lilum tinha, de alguma forma, nos transportado até ali.

Estava mais preocupado com o que isso queria dizer.

Não era John Breed.

E tinha uma pessoa com quem eu precisava conversar.

⊰ 21 DE DEZEMBRO ⊱
Linguagem clara

Bati na porta e fiquei esperando sob um pálido círculo amarelo de luz da varanda. Olhei para a porta e me mexi com desconforto, com as mãos enfiadas nos bolsos. Desejando não estar ali. Desejando que meu coração se acalmasse.

Ela ia pensar que eu era maluco.

Por que não pensaria? Eu mesmo estava começando a achar isso.

Vi primeiro o roupão, depois os chinelos peludos e o olho de vidro.

— Ethan? O que você está fazendo aí? Você está com Mitchell? — A Sra. English olhou para fora, batendo nos bobes de plástico como se houvesse um jeito de fazê-los ficar mais atraentes.

— Não, senhora.

Pareceu decepcionada e mudou para a voz de sala de aula.

— Você tem alguma ideia de como está tarde?

Eram 21h.

— Posso entrar por um minuto? Preciso muito falar com a senhora.

Bem, não com a senhora. Não exatamente.

— Agora?

— Vai levar só um minuto. É sobre o teste.

Mas não o que a senhora deu pra nós.

Isso finalmente teve efeito, como soube que teria.

Eu a segui até a sala pela segunda vez, mas ela não se lembrava. A coleção de bibelôs de cerâmica sobre a lareira estava arrumada com perfeição de novo, como se nada tivesse acontecido ali. A única pista era a planta. Havia sumido. Acho que algumas coisas tinham ficado quebradas demais para serem consertadas.

— Por favor, sente-se, Ethan.

Automaticamente me sentei na cadeira florida, mas logo me levantei, porque não havia outro assento na pequena sala. Nenhum filho de Gatlin ia se sentar enquanto uma senhora estivesse de pé.

— Estou bem de pé. Pode se sentar, senhora.

A Sra. English ajeitou os óculos ao se sentar.

— Bem, preciso dizer que não esperava vê-lo por aqui.

A qualquer momento agora. Pode vir.

— Ethan? Você queria me contar alguma coisa em particular sobre o teste?

Limpei a garganta.

— Isso pode parecer meio estranho, mas preciso falar com a senhora.

— Estou escutando.

Não pense. Diga as palavras. Ela vai ouvir de alguma forma.

— Ah, sim. Esse é o problema. Eu não preciso falar com a senhora. Eu preciso falar com... a senhora sabe. Só que a senhora não sabe. Com a outra.

— Perdão?

— Com a Lilum. Senhora.

— Primeiro de tudo, a pronúncia é Lilian, mas acho que não é apropriado você me chamar pelo primeiro nome. — Ela hesitou. — Deve ser confuso, minha amizade com seu pai...

Eu não tinha tempo para isso.

— A Rainha Demônio? Ela está aí?

— Como?

Não pare.

— A Roda do Destino? O Rio Infinito? Você consegue me ouvir?

A Sra. English ficou de pé. O rosto dela estava vermelho, e eu nunca a tinha visto tão zangada.

— Você está usando drogas? Isso é algum tipo de brincadeira?

Olhei ao redor da sala, desesperado. Meu olho parou nos bibelôs sobre a lareira, e andei até eles. A lua era uma pedra, pálida e redonda, um círculo completo com uma forma crescente entalhada.

— Precisamos conversar sobre a lua.

— Vou ligar pro seu pai.

Continue tentando.

— A Décima Oitava Lua. Isso significa alguma coisa pra senhora?

Com o canto do olho, eu a vi esticando a mão para pegar o telefone.

Peguei a lua.

A sala se encheu de luz. A Sra. English ficou paralisada na cadeira, segurando o telefone, com a sala desaparecendo ao redor dela...

Eu estava na *Temporis Porta*, mas ela estava escancarada. Havia um túnel do outro lado com as paredes grosseiramente cobertas de piche. Cruzei a porta.

O túnel era pequeno, e o teto tão baixo que precisei me curvar enquanto andava. Havia marcas na parede, linhas finas que pareciam que alguém usava para contar. Segui o túnel por uns 800 metros, até que vi a escada de madeira podre.

Oito degraus.

Havia um alçapão de madeira no alto, com um anel de ferro pendurado em direção à escada. Subi os degraus com cuidado, torcendo para suportarem meu peso. Quando cheguei no alto, tive de bater com o ombro contra o alçapão de madeira para abri-lo.

A luz do sol inundou o túnel quando saí.

Estava no meio de um campo, com uma trilha bem à frente de onde me encontrava. Não era bem uma trilha, mas duas linhas serpenteantes onde a grama alta estava pisoteada até o solo. Os campos dos dois lados pareciam dourados, como o milho e a luz do sol — não eram marrons, como os gafanhotos e a seca. O céu estava azul, da cor que eu tinha passado a chamar de azul de Gatlin. Claro e sem nuvens.

Olá? Você está aí?

Ela não estava, e eu não conseguia acreditar onde eu estava.

Eu teria reconhecido em qualquer lugar; tinha visto fotos suficientes desse lugar: a fazenda do meu tataravô Ellis Wate. Fora ele quem lutou e morreu do outro lado da autoestrada 9 durante a Guerra Civil. Bem ali.

Eu conseguia ver a minha casa (e a dele), a Propriedade Wate, ao longe. Era difícil dizer se estava igual, exceto pelas venezianas pintadas de azul, que pareciam me encarar. Olhei para o alçapão, escondido pela terra e pela grama, e entendi imediatamente. Era o túnel que levava à despensa, no porão da minha casa. Eu tinha saído do outro lado, o lado seguro, onde escravos, usando a ferrovia subterrânea, podiam fugir pelos campos densos.

Por que a *Temporis Porta* me levou até ali? O que a Lilum estava fazendo na fazenda da minha família, mais de 150 anos atrás?

Lilum? Onde está você?

Metade de uma bicicleta enferrujada estava caída na lateral da estrada. Pelo menos, parecia uma parte de bicicleta. Eu conseguia ver onde o metal tinha sido serrado no meio e uma mangueira passada pela estrutura. Tinha sido montada para molhar o campo. Um par de botas de borracha enlameadas estava na terra ao lado da roda da bicicleta. Ao longe, o campo ia até onde eu conseguia ver.

O que preciso fazer?

Olhei para a metade enferrujada da bicicleta e soube.

Uma onda de desânimo tomou conta de mim. Não tinha como conseguir molhar o campo. Era grande demais, e eu era um só. O sol estava ficando mais quente, e as folhas estavam ficando marrons, e logo o campo não estaria mais dourado, mas queimado e morto, como todo o resto. Ouvi o zumbido familiar de um enxame. Os gafanhotos estavam chegando.

Por que você está me mostrando isso?

Eu me sentei na terra e olhei para o céu azul. Vi uma abelha gorda, zumbindo embriagada em meio às flores. Senti o solo abaixo de mim macio e quente, apesar de estar seco. Afundei os dedos na terra, seca como areia.

Eu sabia por que estava ali. Independentemente de conseguir terminar ou não, precisava tentar.

É isso, não é?

Ergui as botas quentes e enlameadas e peguei a roda enferrujada de metal. Segurei o guidão e empurrei a roda à minha frente. Comecei a molhar o campo, uma fileira de cada vez. A roda gemia ao dar voltas, e o calor maltratava meu pescoço enquanto eu me inclinava para fazer o serviço, empurrando com a força que eu conseguia pelos calombos e sulcos do campo.

Ouvi um som como se uma enorme porta de pedra se abrisse pela primeira vez em um século ou uma enorme pedra fosse empurrada na entrada de uma caverna.

Era a água.

Subindo devagar, voltando para o campo pela bomba de água ou poço ao qual a mangueira estava presa.

Empurrei com mais força. A água começou a correr sobre a terra como um riacho. Ao descer pelas valas secas no campo, criava pequenos rios, que formavam rios maiores, que eu sabia que acabariam enchendo completamente a trilha, para formar outros ainda maiores até onde eu conseguia enxergar.

Um rio infinito.

Corri o mais rápido de que fui capaz. Vi os raios da roda girarem mais rápido, bombeando a água com mais força, até a roda estar se movendo tão rápido que parecia uma mancha. A força da água era tanta que a mangueira de irrigação se abriu como as costas de uma cobra estripada. Havia água para todos os lados. A terra estava virando lama debaixo dos meus pés, e eu estava encharcado. Era como se estivesse andando de bicicleta pela primeira vez, como se estivesse voando, fazendo uma coisa que só eu podia fazer.

Parei, sem fôlego.

A Roda do Destino.

Estava olhando para ela, enferrujada, torta e mais velha do que a terra. Minha Roda do Destino, bem ali nas minhas mãos. No velho campo da minha família.

Entendi.

Era um teste. Meu teste. Ela era minha o tempo todo.

Pensei em John deitado no chão do meu quarto. Na voz da Lilum quando disse que o teste não era para ele.

É meu, né?

O teste é meu.

Eu sou Aquele que É Dois.

Sempre fui eu.

Observei o campo quando ele começou a ficar verde e dourado de novo. O calor diminuiu. A abelha gorda voou para o céu, porque o céu era real, não apenas um teto de quarto pintado.

Ouvi um ribombar de trovão, seguido da luz de um relâmpago, e fiquei parado no meio do campo segurando a roda enferrujada quando a chuva começou a cair.

O ar zuniu de magia, como a sensação que tive na primeira vez em que pisei na praia da Grande Barreira, só que cem vezes mais forte. O som era tão alto que meus ouvidos estavam zumbindo.

— Lilum? — gritei com minha voz Mortal, que pareceu pequena no enorme campo. — Sei que você está aqui. Posso sentir.

— Estou. — A voz ecoou vinda de cima, do céu azul cegante. Não conseguia vê-la, mas ela estava lá. Não a Lilum Sra. English, mas a verdadeira Lilum. Em seu estado sem nome e sem forma, ao meu redor.

Respirei fundo.

— Estou pronto.

— E? — Era uma pergunta.

Eu sabia a resposta agora.

— Eu sei quem sou. E o que tenho de fazer agora.

— Quem é você? — A pergunta ficou no ar.

Olhei em direção ao céu e deixei o sol banhar meu rosto. Falei as palavras que temia desde o momento em que surgiram nos recônditos mais profundos da minha mente.

— Sou Aquele que É Dois. — Gritei o mais alto que consegui. — Tenho uma alma no mundo Mortal e uma no Outro Mundo. — Minha voz soou diferente. Segura. — Aquele que É Dois.

Esperei em silêncio. Era um alívio finalmente dizer, como se um peso enorme tivesse sido tirado das minhas costas. Como se eu estivesse sustentando o céu azul ardente.

— Você é. Não existe outro. — Não havia sinal nenhum de emoção na voz dela. — O preço deve ser pago para o estabelecimento da Nova Ordem.

— Eu sei.

— É um teste. Um teste severo. Você precisa estar seguro. No solstício.

Fiquei ali parado por bastante tempo. Senti o ar quente e parado. Senti todas as coisas que não sentia desde que a Ordem tinha mudado.

— Se eu fizer isso, então tudo vai voltar a ser como era. Lena vai ficar bem sem mim. O Conselho do Registro Distante vai deixar Marian e Liv em paz. Gatlin vai parar de secar e se abrir. — Eu não estava perguntando. Estava negociando.

— Nada é certo. Mas... — Fiquei esperando que a Lilum respondesse. — Vai haver ordem de novo. Uma Nova Ordem.

Se eu ia morrer, havia mais uma coisa que eu queria.

— E Amma não vai ter de pagar o preço que deve ao *bokor*.

— Essa barganha foi feita voluntariamente. Não posso alterar.

— Não quero saber! Faça de qualquer jeito! — Mas, enquanto eu falava, sabia que ela não faria.

— Sempre há consequências.

Como eu. O teste.

Fechei os olhos e pensei em Lena, Amma e Link. Marian e meu pai. Minha mãe. Todas as pessoas que eu amava.

Todas as pessoas que perdi.

As pessoas que eu não podia correr o risco de perder.

Não havia muito a decidir. Não tanto quanto achei que haveria. Acho que algumas decisões são tomadas antes de você tomá-las. Dei um passo e encontrei meu caminho de volta à luz.

— Prometa.

— É compulsório. Um juramento. Uma promessa, como você chama.

Não estava bom o bastante.

— Diga.

— Sim, eu prometo. — Em seguida, ela disse uma palavra que não era em nenhuma língua e nenhum tipo de som que eu conseguisse entender. Mas a palavra em si parecia trovão e relâmpago, e entendi a verdade nela.

Era uma promessa.

— Então, tenho certeza.

Um segundo depois, estava na sala de Lilian English de novo, e ela estava caída na cadeira florida. Eu conseguia ouvir a voz do meu pai saindo do telefone na mão dela.

— Alô? Alô...

Meu cérebro mudou para o piloto automático. Peguei o telefone, desliguei na cara do meu pai e liguei para a emergência por causa da Lilian English Mortal. Tive de desligar o telefone sem dizer nada, porque Sissy Honeycutt fazia o atendimento e reconheceria minha voz, com certeza. Eu não podia ser pego na casa da minha professora de inglês inconsciente duas vezes. Mas não importava, agora que eles tinham o endereço. Eles mandariam a ambulância, como fizeram antes.

E a Sra. English Mortal não se lembraria de que eu tinha estado lá.

Dirigi para Ravenwood sem parar, sem pensar, sem ligar o rádio e sem abrir a janela. Não lembrei como tinha chegado lá. Em um minuto, dirigia pela cidade, e no seguinte estava batendo na porta da frente de Lena. Não conseguia respirar. Senti como se estivesse preso na atmosfera errada, em uma espécie de pesadelo terrível.

Eu me lembro de bater com o punho na lua Conjuradora quantas vezes consegui, mas ela não respondeu ao meu toque. Talvez não houvesse como esconder o quanto eu era diferente. O quanto era incompleto.

Eu me lembro de gritar e chamar o nome dela por meio de Kelt, até Lena finalmente abrir a porta com o pijama chinês roxo. Eu me lembrava dele da noite em que ela me contou o segredo dela, que era Conjuradora. Sentada nos degraus da frente da minha casa, no meio da noite.

Agora, sentado nos degraus da casa dela, contei o meu.

O que aconteceu depois foi doloroso demais para lembrar.

Deitamos na velha cama de ferro de Lena, embolados como se nunca pudéssemos ser separados. Não podíamos nos tocar, mas não conseguíamos não nos tocar. Não conseguíamos parar de olhar um para o outro, mas cada vez que nossos olhos se encontravam doía ainda mais. Estávamos exaustos, mas não tinha como dormirmos.

Não havia tempo para sussurrarmos todas as coisas que precisávamos dizer. Mas as palavras em si não importavam. Só estávamos pensando uma coisa.

Eu te amo.

Contamos as horas, os minutos, os segundos.

Estávamos ficando sem todos eles.

⊰ 21 DE DEZEMBRO ⊱
O último jogo

Era o último dia. Não havia nada mais a decidir. Amanhã era o solstício, e eu estava resolvido. Fiquei deitado na cama e olhei para o teto de gesso azul, pintado da cor do céu para afastar as abelhas carpinteiras. Mais uma manhã. Mais um teto pintado de azul.

Cheguei da casa de Lena e voltei a dormir. Deixei a janela aberta, caso alguém quisesse me ver, me assombrar ou me machucar. Ninguém veio.

Podia sentir o cheiro de café e ouvir meu pai andando lá embaixo. Amma estava no fogão. Waffles. Definitivamente, waffles. Ela devia estar esperando que eu acordasse.

Decidi não contar ao meu pai. Depois de tudo que ele passou com minha mãe, achei que ele não seria capaz de entender. Eu não conseguia pensar no que isso podia fazer a ele. O modo como ele enlouqueceu quando minha mãe morreu, agora eu entendia. Estava assustado demais para me permitir sentir essas coisas antes. E agora, quando não importava o que eu sentia, estava sentindo tudo. Às vezes, a vida era estranha assim.

Link e eu tentamos almoçar no Dar-ee Keen, mas acabamos desistindo. Ele não podia comer, e eu não consegui. Sabe quando os prisioneiros podem escolher a última refeição e fazem disso um grande evento? Não funcionou para mim dessa forma. Não queria camarão com canjica nem bolo de açúcar mascavo. Não conseguia manter nada no estômago.

E não podem dar a você a única coisa que você realmente quer.

Tempo.

* * *

Por fim, fomos para a quadra de basquete no pátio da escola fundamental e lançamos algumas bolas. Link me deixou ganhar, o que foi estranho porque era eu quem costumava deixá-lo ganhar. As coisas tinham mudado demais nos últimos seis meses.

Não conversamos muito. Uma vez, ele pegou a bola e a segurou depois que passei para ele. Estava me olhando do mesmo jeito de quando se sentou ao meu lado no velório da minha mãe, apesar de a área estar separada por cordas e só a família poder sentar lá.

— Não sou bom nessas coisas, sabe?

— Sei. Eu também não.

Peguei uma revista em quadrinhos velha que tinha enrolado e enfiado no bolso de trás.

— Uma coisa pra você se lembrar de mim.

Ele desenrolou a revista e riu.

— Aquaman? Tenho de me lembrar de você e de seus poderes patéticos com essa revistinha porcaria?

Dei de ombros.

— Nem todos podemos ser o Magneto.

— Ei, cara. — Ele jogou a bola de uma das mãos para a outra. — Tem certeza de que quer fazer isso?

— Não. Quero dizer, tenho certeza de que não quero fazer. Mas não tenho escolha. — Link entendia sobre não ter escolhas. A vida dele era toda baseada nisso

Ele quicou a bola com força.

— E não tem outro jeito?

— Só se você quiser ficar com sua mãe observando o Fim dos Dias. — Eu estava tentando fazer uma piada. Mas o momento era sempre inapropriado. Talvez minha Alma Fraturada estivesse controlando isso agora.

Link parou de quicar a bola e a prendeu debaixo do braço.

— Ei, Ethan.

— O quê?

— Se lembra do Twinkie no ônibus? O que dei pra você no segundo ano, no dia em que nos conhecemos?

— O que caiu no chão e você me deu sem me dizer? Legal.

Ele sorriu e lançou a bola.

— Não caiu no chão. Eu inventei isso.

A bola de basquete bateu no aro e quicou na rua.
Nós a deixamos quicar.

Encontrei Marian e Liv no arquivo, juntas onde era o lugar delas.
— Tia Marian! — Estava tão aliviado de vê-la que quase a derrubei quando a abracei. Quando a soltei, percebi que ela estava esperando que eu falasse. Alguma coisa, qualquer coisa, sobre o motivo de terem deixado ela ir.
Então comecei a falar, lentamente. Dando pedaços da história que não se encaixavam exatamente. A princípio, as duas ficaram aliviadas em ter boas notícias. Gatlin e o mundo Mortal não iam ser destruídos em um apocalipse sobrenatural. Os Conjuradores não iam perder os poderes e nem tacar fogo em si mesmos acidentalmente, apesar de no caso de Sarafine isso ter salvado nossas vidas. Elas ouviram o que queriam ouvir: tudo ia ficar bem.
Tinha de ficar.
Eu estava trocando minha vida por isso. Foi a parte que deixei de fora.
Mas elas eram inteligentes demais para deixar a história terminar ali. E quanto mais peças eu dava para elas, mais rápido as mentes delas as juntavam e criavam uma verdade distorcida de tudo. Soube exatamente quando a última peça se encaixou no lugar.
Houve um momento terrível em que vi os rostos delas mudarem e os sorrisos sumirem. Liv não olhava para mim. Estava girando o selenômetro compulsivamente e torcendo as tiras que sempre tinha ao redor do pulso.
— Vamos pensar em alguma coisa. Sempre pensamos. Tem de haver outro jeito.
— Não tem. — Eu não precisava dizer; ela já sabia.
Sem uma palavra, Liv desamarrou uma tira e amarrou no meu pulso. As lágrimas corriam pelas suas bochechas, mas ela não olhou para mim. Tentei me imaginar no lugar dela, mas não consegui. Era difícil demais.
Eu me lembrei de perder minha mãe, de olhar para meu terno na cadeira no canto do meu quarto esperando que eu o vestisse e admitisse que ela estava morta. E me lembrei de Lena se ajoelhando na lama soluçando no dia do enterro de Macon. Das Irmãs com olhar vidrado no caixão de tia Prue, com os lenços amassados nas mãos. Quem lhes daria ordens e cuidaria delas agora?
Isso é o que ninguém diz. É mais difícil ser aquele que fica para trás.
Pensei em tia Prue entrando pela Última Porta calmamente. Ela estava em paz. Onde estava a paz para o restante de nós?

* * *

Marian não disse nada. Ela olhou para mim como se estivesse tentando decorar meu rosto e congelar o momento para que nunca pudesse esquecê-lo. Marian sabia a verdade. Acho que ela sabia o que ia acontecer assim que o Conselho do Registro a deixou voltar.

Nada vinha sem um preço.

E, se fosse com ela, teria feito o mesmo para proteger as pessoas que amava.

Eu tinha certeza de que Liv também. Do jeito dela, fora exatamente o que havia feito por Macon. O que John tinha tentado fazer por ela na torre de água. Talvez ela sentisse culpa por ser eu e não ele.

Esperava que ela soubesse da verdade: que não era culpa dela, nem minha, nem mesmo dele. Independentemente de quantas vezes eu quisesse acreditar que era.

Essa era minha vida, e era assim que estava terminando.

Eu era o Obstinado. E esse era meu grande e terrível propósito.

Sempre esteve nas cartas, nas que Amma estava tão desesperada para mudar.

Sempre tinha sido eu.

Mas elas não me fizeram dizer nada disso. Marian me tomou nos braços, e Liv passou os braços ao redor de nós dois. Isso me fez lembrar do jeito como minha mãe sempre me abraçava, como se pudesse nunca soltar. Por fim, Marian sussurrou uma coisa baixinho. Era de Winston Churchill. E eu esperava lembrar, independentemente de para onde eu fosse.

— "Não é o fim. Nem é o começo do fim. Mas talvez seja o fim do começo."

⊰ 21 DE DEZEMBRO ⊱

Resto

Lena não estava no quarto em Ravenwood. Eu me sentei na cama para esperar, olhando para o teto. Pensei em uma coisa e peguei o travesseiro dela e esfreguei no meu rosto. Eu me lembrei de cheirar as fronhas da minha mãe depois que ela morreu. Era magia para mim, um pedaço dela que ainda existia no meu mundo. Queria que Lena ao menos tivesse isso.

Pensei na cama de Lena, na vez em que terminamos, na vez em que o teto caiu sobre ela, na vez em que terminamos, e o gesso caiu em cima de tudo. Olhei para as paredes, pensando nas palavras que nelas se escreviam sozinhas na primeira vez em que Lena me contou o que sentia.

Você não é o único se apaixonando.

As paredes de Lena não eram mais de vidro. O quarto dela estava igual ao que era no dia em que nos conhecemos. Talvez fosse assim que ela estivesse tentando manter as coisas como eram. Do jeito que eram no começo quando tudo ainda estava cheio de possibilidades.

Eu não conseguia pensar nisso.

Havia pedaços de palavras por todo o lado, acho que por ser assim que Lena sentia as coisas.

QUEM PODE JULGAR O JUIZ?

Não funcionava assim. Não dava para voltar o relógio. Para ninguém. Nem mesmo para nós.

NÃO COM UM ESTRONDO, MAS COM UM CHORO.

O que estava feito, estava feito.

Acho que ela devia saber, porque deixou um recado para mim nas paredes do quarto com caneta permanente preta. Como antigamente.

MATEMÁTICA DEMONÍACA
o que está APENAS em um mundo
você partiu em dois
como se pudesse haver
uma metade pra mim
uma metade pra você
o que é JUSTO quando
não há nada
mais a compartilhar
o que é SEU quando
sua dor é minha também
essa matemática triste é minha
esse caminho louco é meu
subtraia, é o que dizem
não chore
volte ao trabalho
tente
esqueça a adição
multiplique
e eu respondo
é por isso que
o resto
odeia
a divisão

Apoiei a cabeça na parede ao lado das palavras.

Lena.

Ela não respondeu.

L. Você não é um resto. É uma sobrevivente.

Os pensamentos dela vieram devagar, em um ritmo irregular.

Não vou conseguir sobreviver a isso. Você não pode me pedir isso.

Eu sabia que ela estava chorando. Imaginei-a deitada na grama seca em Greenbrier. Eu iria procurá-la lá.

Você não devia ficar sozinha. Espere por mim. Estou indo.

Eu tinha tanta coisa a dizer que parei de tentar dizer tudo. Em vez disso, sequei os olhos na manga e abri a mochila. Tirei a caneta permanente extra que Lena guardava ali, do mesmo jeito que as pessoas tinham um estepe na mala do carro.

Pela primeira vez, eu a abri e fiquei de pé na cadeira feminina em frente à velha penteadeira branca. Ela gemeu sob meu peso, mas aguentou. E eu não tinha muito tempo mesmo. Meus olhos estavam ardendo, e era difícil enxergar.

Escrevi no teto dela, onde o gesso tinha rachado, onde tanta vezes outras palavras, palavras melhores, palavras mais cheias de esperança, tinham surgido acima de nossas cabeças.

Eu não era nenhum poeta, mas tinha a verdade, e isso bastava.

Sempre vou te amar.
Ethan.

—⁂

Encontrei Lena deitada na grama queimada de Greenbrier, no mesmo lugar em que a encontrei no dia em que ela quebrou as janelas da sala de inglês. Os braços dela estavam acima da cabeça, do mesmo jeito que naquele dia. Ela estava olhando para uma faixa estreita de azul.

Eu me deitei ao lado dela.

Ela não tentou parar as lágrimas.

— Está diferente, sabia? O céu está diferente agora. — Ela estava falando, não usando Kelt. De repente, falar era uma coisa especial, assim como todas as coisas normais.

— Está?

Ela respirou com irregularidade.

— Quando conheci você, é disso que me lembro. Olhei para o céu e pensei: *Vou amar essa pessoa porque até o céu está diferente.*

Eu não consegui dizer nada. O ar ficou preso na minha garganta.

Mas ela não tinha terminado.

— Eu me lembro do exato momento em que vi você. Eu estava no carro. Você jogava basquete com seus amigos. E a bola saiu da quadra, e você foi pegá-la. E olhou pra mim.

— Eu lembro. Eu não sabia que você tinha me visto.

Ela sorriu.

— Se vi você? Quase bati com o rabecão.

Olhei novamente para o céu.

— Você acredita em amor antes da primeira vista, L?

Você acredita em amor depois da última vista, Ethan?

Depois da morte. Era isso que ela queria dizer.

Não era justo. Deveríamos estar reclamando da hora que nos mandam voltar para casa. Estar procurando um lugar sem ser o Dar-ee Keen onde pudéssemos conseguir um emprego de verão juntos. Estar nos preocupando se íamos ou não conseguir entrar na mesma faculdade. Não com isso.

Ela rolou para longe de mim, soluçando e puxando a grama com as mãos. Passei os braços em torno do seu corpo e a abracei apertado. Afastei o cabelo com cuidado e sussurrei no seu ouvido.

— Sim.

O quê?

Acredito em amor após a morte.

Ela respirou com dificuldade.

Talvez seja assim que eu vá me lembrar, L. Talvez me lembrar de você seja a vida após a morte pra mim.

Ela se virou para me olhar.

— Você está falando sobre o jeito como sua mãe se lembra de você?

Assenti.

— Não sei em que exatamente acredito. Mas por causa de você e da minha mãe sei que acredito.

Eu também acredito. Mas quero você aqui. Não ligo se está fazendo 37 °C e a grama está toda morta. Sem você, nada disso importa pra mim.

Eu sabia o quanto era difícil para ela porque eu só conseguia pensar que não queria deixá-la. Mas não podia dizer isso. Só iria piorar as coisas.

Não estamos falando sobre grama morta. Você sabe disso. O mundo vai se destruir e às pessoas que amamos.

Lena estava balançando a cabeça.

— Não me importo. Não consigo imaginar o mundo sem você.

— Talvez você consiga imaginar o mundo que eu sempre quis ver. — Enfiei a mão no bolso de trás e tirei o mapa surrado e dobrado, o que tinha passado tantos anos na minha parede. — Talvez você possa visitá-lo por mim. Marquei os caminhos em verde. Você não precisa usá-los. Mas queria que alguém fizesse isso. É uma coisa que já planejava faz tempo. Minha vida toda, na verdade. São os lugares dos meus livros favoritos.

— Eu lembro. — A voz dela estava abafada. — Jack Kerouac.

— Ou você pode fazer o seu. — Senti ela prender a respiração. — O engraçado é que, até conhecer você, eu só queria ir pro mais longe possível daqui. Meio irônico, né? Não dá pra ir mais longe do que vou, mas eu daria qualquer coisa pra ficar.

Lena colocou as mãos no meu peito e se afastou de mim. O mapa caiu no chão entre nós.

— Não diga isso! Você não vai fazer!

Eu me inclinei e peguei o mapa que marcava todos os lugares que eu sonhava conhecer antes de descobrir onde era meu lugar.

— Apenas guarde pra mim então.

Lena olhou para o papel dobrado como se fosse a coisa mais perigosa do mundo. Em seguida, ela ergueu as mãos e tirou o cordão com os pingentes do pescoço.

— Se você guardar isso pra mim.

— L, não. — Mas ele estava sendo suspenso no ar entre nós dois, e os olhos dela imploravam para que eu o pegasse. Abri minha mão, e ela colocou o cordão ali, com o botão de prata, o fio vermelho, a estrela da árvore de Natal, todas as lembranças dela na minha mão.

Estiquei a mão e ergui o queixo dela para que olhasse para mim.

— Sei que é difícil, mas não podemos fingir que não está acontecendo. Preciso que você me prometa uma coisa.

— O quê? — Os olhos dela estavam vermelhos e inchados quando olhou nos meus.

— Você tem de ficar aqui para forjar a Nova Ordem, ou seja lá qual for o seu papel nisso. Senão, tudo que estou prestes a fazer será por nada.

— Você não pode me pedir pra fazer isso. Passei pela mesma coisa quando achei que tio Macon estivesse morto, e você viu como lidei bem com aquilo. — A voz dela falhou. — Não vou conseguir sem você.

Prometa que vai tentar.

— Não! — Lena estava balançando a cabeça com um olhar enlouquecido. — Você não pode desistir. Tem de haver outro jeito. Ainda há tempo. — Ela estava histérica. — Por favor, Ethan.

Eu a segurei e a envolvi com os braços, ignorando o modo como a pele dela queimava a minha. Iria sentir falta dessa sensação. Iria sentir falta de tudo nela.

— Shh. Está tudo bem, L.

Não estava.

Jurei para mim mesmo que encontraria uma forma de voltar para ela, como minha mãe conseguiu fazer contato comigo. Foi a promessa que fiz, mesmo que não conseguisse cumpri-la.

Fechei os olhos e afundei o rosto no cabelo dela. Queria me lembrar disso. Da sensação do coração dela batendo contra o meu enquanto eu a abraçava. Do cheiro de limão e alecrim, que me levou a ela, antes mesmo de conhecê-la. Quando chegasse a hora, queria que essa fosse a última coisa de que me lembrasse. Meu último pensamento.

Limão e alecrim. Cabelo preto e olhos verde e dourado.

Ela não disse nada, e desisti de tentar, porque não dava para escutar nenhum de nós dois com o barulho estridente de corações se partindo e da sombra gigantesca da última palavra, a que nos recusávamos a falar.

A que viria de qualquer maneira, quer nós falássemos ou não.

Adeus.

⚜ 21 DE DEZEMBRO ⚜
Garrafas quebradas

Amma estava sentada à mesa da cozinha quando cheguei em casa. Nem as cartas, as palavras cruzadas, as balinhas de canela Red Hots e as Irmãs estavam por perto. Só havia uma garrafa velha e rachada de Coca-Cola sobre a mesa. Era de nossa árvore de garrafas, a que nunca pegou o espírito que Amma queria. O meu.

Eu vinha ensaiando essa conversa na cabeça desde que me dei conta de que Aquele que É Dois era eu, e não John. Pensei em cem maneiras diferentes de dizer para a pessoa que me amava tanto quanto minha mãe que eu ia morrer.

O que dizer?

Ainda não tinha decidido, e agora que estava parado na cozinha de Amma, olhando nos olhos dela, me pareceu impossível. Mas tive a sensação de que ela já sabia.

Eu me sentei na cadeira em frente a ela.

— Amma, preciso conversar com você.

Ela assentiu e rolou a garrafa entre os dedos.

— Acho que fiz tudo errado dessa vez. Achei que era você quem estava abrindo um buraco no universo. Mas na verdade era eu.

— Isso não é sua culpa.

— Quando um furacão chega, não é culpa do meteorologista nem de Deus, independentemente do que a mãe de Wesley diz. Seja como for, não importa para as pessoas que ficaram sem um teto, importa? — Ela olhou para mim, derrotada. — Mas acho que nós dois sabemos que fui eu que fiz isso. E que esse buraco é grande demais para remendar.

Coloquei minhas mãos grandes sobre as mãos pequenas dela.

— Era o que eu precisava dizer. Posso consertar isso.

Amma deu um pulo para trás na cadeira, e as linhas de preocupação na testa dela se aprofundaram.

— Do que você está falando, Ethan Wate?

— Posso impedir tudo. O calor e a seca, os terremotos, e que os Conjuradores percam o controle dos poderes deles. Tudo. Mas a senhora já sabia disso, não sabia? Foi por isso que procurou o *bokor*.

A cor sumiu do rosto dela.

— Não falo sobre aquele demônio nesta casa! Você não sabe...

— Sei que a senhora foi vê-lo, Amma. Eu a segui. — Não havia mais tempo para joguinhos. Eu não podia ir embora sem me despedir dela. Mesmo se ela não quisesse ouvir. — Acho que foi isso que a senhora viu nas cartas, não foi? Sei que estava tentando mudar as coisas, mas a Roda do Destino esmaga a todos, não é?

O aposento ficou tão silencioso que parecia que alguém tinha sugado o ar de dentro dele.

— Foi o que a senhora disse, não foi?

Nenhum de nós se mexeu nem respirou. Por um segundo, Amma pareceu tão apavorada que eu tinha certeza de que ia sair correndo ou encher a casa toda de sal.

Mas o rosto dela se franziu, e ela correu para mim, segurando meus braços como se quisesse me sacudir.

— Você, não! Você é meu garoto. A Roda não tem de se meter com você. A culpa é minha. Vou consertar tudo.

Coloquei as mãos nos ombros magros dela e observei as lágrimas descerem pelas suas bochechas.

— A senhora não pode, Amma. Sou o único que pode. Precisa ser eu. Vou antes que o sol nasça amanhã...

— Não diga isso! Nem mais uma palavra! — gritou ela, enfiando os dedos nos meus braços como se estivesse tentando não se afogar.

— Amma, me escute...

— Não! Me escute você! — implorou ela, com expressão frenética. — Já resolvi tudo. Tem um jeito de mudar as cartas, você vai ver. Fiz meu próprio acordo. Você só precisa esperar. — Ela estava murmurando sozinha como uma louca. — Já resolvi tudo. Você vai ver.

Amma estava errada. Eu não tinha certeza se ela sabia, mas eu sabia.

— Sou eu que tenho de fazer isso. Se eu não fizer, você e papai, esta cidade toda, vão sumir.

— Não ligo pra esta cidade! — Sibilou. — Ela pode pegar fogo completamente! Nada vai acontecer com meu garoto! Está ouvindo? — Amma virou a cabeça de um lado para o outro, como se estivesse procurando alguém escondido nas sombras.

Quando olhou para mim de novo, os joelhos dela fraquejaram e seu corpo balançou perigosamente para um dos lados. Ela ia desmaiar. Segurei os braços de Amma e puxei na mesma hora em que os olhos dela se prenderam aos meus.

— Já perdi sua mãe. Não posso perder você também.

Eu a coloquei em uma das cadeiras e me ajoelhei ao lado, observando-a voltar a si lentamente.

— Respire fundo. — Eu me lembrei de Thelma dizendo isso para tia Mercy quando ficava prestes a desmaiar. Mas já tínhamos passado da fase de respirar fundo.

Amma tentou me afastar.

— Estou bem. Desde que você me prometa não fazer nada idiota. Vou consertar essa confusão. Só estou esperando pela ferramenta certa. — Uma que estivesse tomada do tipo de magia negra do *bokor*, eu podia apostar.

Eu não queria que a última coisa que dissesse para Amma fosse mentira. Mas ela estava fora do âmbito do racional. Não havia como convencê-la de que eu estava fazendo a coisa certa. Ela tinha certeza de que havia algum tipo de brecha, assim como Lena.

— Tudo bem, Amma. Vamos pro seu quarto.

Ela segurou nos meus braços quando ficou de pé.

— Você tem de me prometer, Ethan Wate.

Olhei bem nos olhos dela.

— Não vou fazer nada de idiota. Prometo. — Era apenas uma meia mentira. Porque salvar as pessoas que você ama não é uma coisa idiota. Não era nem uma escolha.

Mas eu ainda queria que a última coisa que disse para Amma fosse tão real quanto o nascer do sol. Assim, depois que a ajudei a se sentar em sua poltrona favorita, eu a abracei com força e sussurrei uma última coisa:

— Eu te amo, Amma.

Não havia nada mais verdadeiro.

A porta da frente bateu quando fechei a porta do quarto de Amma.

— Oi, todo mundo. Estou em casa. — Ouvi a voz do meu pai vinda do corredor. Estava prestes a responder quando ouvi outra porta se abrindo. — Estarei no escritório. Tenho muita coisa pra ler. — Era irônico. Meu pai passava o tempo todo pesquisando a Décima Oitava Lua, e eu sabia mais sobre ela do que gostaria.

Quando voltei para a cozinha, vi a velha garrafa de Coca em cima da mesa, exatamente onde Amma a deixou. Era tarde demais para pegar qualquer coisa na garrafa, mas eu a peguei de qualquer jeito.

Eu me perguntei se havia árvores de garrafa no local para onde ia.

A caminho do meu quarto, passei pelo escritório, onde meu pai estava trabalhando. Ele estava sentado à escrivaninha antiga da minha mãe, com a luz tomando o aposento, o trabalho dele e o café, que não era descafeinado, que ele levou escondido para casa. Abri a boca para dizer alguma coisa. Não sabia o que dizer, mas o vi procurando os fones na gaveta e os colocando no ouvido.

Adeus, pai.

Apoiei a testa na moldura da porta em silêncio. Deixei as coisas ficarem como estavam. Ele saberia do resto em pouco tempo.

Já passava da meia-noite quando Lena finalmente adormeceu chorando. Eu estava sentado na minha cama lendo *Ratos e homens* pela última vez. Nos últimos meses, minhas memórias tinham se apagado tanto que não conseguia me lembrar muito bem dele. Mas ainda me lembrava de uma parte. Do final. Ele me incomodava todas as vezes que eu o lia, o modo como George atirava em Lennie enquanto contava sobre a fazenda que iam comprar um dia. A que Lennie nunca veria.

Quando lemos o livro na aula de inglês, todo mundo concordou que George estava cometendo um enorme sacrifício ao matar seu melhor amigo. Era um tiro de misericórdia, porque ele sabia que Lennie seria enforcado por ter matado acidentalmente a garota no rancho. Mas nunca acreditei. Atirar na cabeça do melhor amigo em vez de ajudá-lo a tentar fugir não me parece sacrifício. Lennie fez o sacrifício, quer soubesse ou não. E essa era a pior parte. Acho que Lennie se sacrificaria voluntariamente por George a qualquer momento. Ele queria que George tivesse a fazenda, que fosse feliz.

Eu sabia que meu sacrifício não ia deixar ninguém feliz, mas ia salvar as vidas das pessoas. Isso bastava. Eu também sabia que nenhuma das pessoas que me amava me deixaria fazer esse tipo de sacrifício por elas, e era por isso que estava vestindo meu jeans à uma da madrugada.

Dei uma última olhada no quarto: nas caixas de sapatos empilhadas contra as paredes, que continham tudo que era importante para mim, na cadeira no canto, onde minha mãe se sentou quando me visitou dois meses atrás, nas pilhas dos livros favoritos, escondidos debaixo da minha cama, e na cadeira giratória que não girou quando Macon Ravenwood se sentou nela. Eu queria me lembrar de tudo. Quando passei a perna pela janela, perguntei-me se lembraria.

A torre de água de Summerville se erguia acima de mim sob a luz da lua. A maior parte das pessoas provavelmente não teria escolhido esse lugar, mas era onde acontecia nos sonhos. Então sabia que era o lugar certo. Estava acreditando em muitas coisas sem ter certeza ultimamente. Saber que você não tem muito tempo muda tudo. Você fica meio filosófico. E descobre coisas, ou melhor, elas se descobrem sozinhas, e tudo fica muito claro.

Seu primeiro beijo não é tão importante quanto o último.

A prova de matemática não tinha importância alguma.

A torta, sim.

As coisas em que você é bom e as coisas em que você é ruim são apenas partes diferentes da mesma coisa.

O mesmo serve para as pessoas que você ama e as pessoas que não ama, e para as pessoas que amam você e as que não amam.

A única coisa que importava era que você gostava de algumas pessoas.

A vida é muito, muito curta.

Peguei o cordão com os pingentes de Lena no bolso de trás e olhei para ele uma última vez. Em seguida, enfiei a mão pela janela aberta do Volvo e o soltei sobre o banco. Não queria que nada acontecesse com ele quando isso tudo estivesse terminado. Fiquei feliz de ela ter dado para mim. Parecia que parte dela estava aqui comigo.

Mas eu estava sozinho. Queria que fosse assim. Nada de amigos, nada de família. Nada de conversas, nada de Kelt. Nem mesmo Lena.

Queria sentir as coisas como realmente eram.

O jeito como eu as sentia era terrível. O jeito como realmente eram era pior.

Eu conseguia sentir agora. Meu destino estava vindo me buscar. Meu destino e uma outra coisa.

O céu se abriu a alguns metros de onde eu estava. Esperava que Link saísse da escuridão com um pacote de Twinkies, mas era John Breed.

— O que está acontecendo? Macon e Liv estão bem? — perguntei.

— Estão. Está todo mundo bem, considerando as circunstâncias.

— Então o que você está fazendo aqui?

Ele deu de ombros e ficou abrindo e fechando o isqueiro.

— Achei que você poderia precisar de um suporte.

— Pra quê? Pra me empurrar? — Estava brincando, mas não completamente. Ele fechou o isqueiro.

— Vamos apenas dizer que é mais difícil do que você pensa quando você está lá no alto. Além do mais, você estava lá comigo, certo? — Era uma lógica deturpada, mas as coisas estavam bem deturpadas mesmo.

Eu não sabia o que dizer. Era difícil acreditar que ele era o mesmo ser desprezível que tinha me dado uma surra na feira e tentado roubar minha namorada. Agora, era um cara um tanto razoável. O amor pode fazer isso com a pessoa.

— Obrigado, cara. Como é? Estou falando da queda.

John balançou a cabeça.

— Acredite, você não quer saber.

Andamos em direção à torre de água. Uma enorme lua branca bloqueava a luz da de verdade. A escada branca de metal estava a poucos metros.

Sabia que ela estava atrás de mim antes mesmo de John pressenti-la e se virar. Amma.

Mais ninguém tinha cheiro de grafite de lápis e balinhas de canela Red Hots.

— Ethan Wate! Eu estava presente no dia em que você nascéu e estarei presente no dia em que você morrer, seja neste lado ou no outro.

Continuei andando.

A voz dela ficou mais alta:

— Seja como for, não vai ser hoje.

John pareceu estar se divertindo.

— Caramba, Wate. Você tem uma família bem apavorante para um Mortal.

Eu me preparei para a visão de Amma cheia de contas e bonecas e talvez da Bíblia também. Mas, quando me virei, meus olhos pousaram nas tranças emaranhadas e no cajado com a pele de cobra enrolada do *bokor*.

O *bokor* sorriu para mim.

— Estou vendo que você não encontrou seu *ti-bon-age*. Ou encontrou? É mais fácil encontrar do que capturar, não é?

— Não fale com ele — interrompeu Amma. Seja lá qual fosse o motivo para a presença do *bokor*, obviamente não era para me convencer a sair dali.

— Amma! — Gritei o nome dela, e ela se virou para me olhar. Pela primeira vez, pude ver o quanto estava perdida. Os olhos intensos e castanhos estavam confusos e nervosos, e a postura orgulhosa, curva e insegura. — Não sei por que a senhora trouxe esse sujeito aqui, mas não devia se misturar com gente como ele.

O *bokor* ergueu a cabeça e gargalhou.

— Temos um acordo, a Vidente e eu. E pretendo cumprir minha parte do negócio.

— Que acordo? — perguntei.

Mas Amma lançou um olhar ao *bokor* que dizia *mantenha a boca calada*. Em seguida, fez sinal para mim, como costumava fazer quando eu era criança.

— Não é da conta de ninguém, além de minha e do meu Criador. Vá pra casa, e ele vai voltar para o lugar dele.

— Acho que ela não está pedindo — disse John. Ele olhou para Amma. — E se Ethan não quiser ir?

Amma apertou os olhos.

— Sabia que você estaria aqui, o demônio no ombro do meu garoto. Ainda consigo ver uma coisa ou outra. E você é tão das Trevas quanto um pedaço de carvão sobre a neve, independentemente da cor dos seus olhos. Foi por isso que trouxe minhas próprias Trevas.

O *bokor* não estava ali por causa da minha Alma Fraturada. Estava ali para se certificar de que John não atrapalharia Amma.

John ergueu as mãos em um gesto debochado de rendição.

— Não estou tentando obrigar Ethan a fazer nada. Vim como amigo.

Ouvi o som de garrafas tilintando. Foi quanto reparei no cordão de garrafas presas ao cinto do *bokor*, como os que se via em árvores de garrafas.

O *bokor* ergueu uma à sua frente com a mão sobre a rolha.

— Eu também trouxe uns amigos. — Ele abriu a garrafa, e uma fina névoa escura surgiu. Ela rodopiou devagar, quase hipnoticamente, até formar o corpo de um homem.

Mas esse Espectro não parecia como os outros que vi. Os membros dele eram deformados e dobrados em posições nada naturais. As feições dele eram grotescas e com pedaços faltando que pareciam ter apodrecido. Ele parecia um zumbi de um filme de terror, quebrado e deformado. Os olhos eram dispersos e vazios.

John deu um passo para trás.

— Vocês Mortais são mais loucos do que os Sobrenaturais.

— Que diabos é isso? — Eu não conseguia parar de olhar.

O *bokor* jogou alguma espécie de pó no chão ao redor dele.

— Uma das almas dos Não Invocados. Quando as famílias não cuidam dos mortos, eu os busco. — Sorrindo, sacudiu a garrafa à sua frente.

Eu me senti enjoado. Achei que prender espíritos do mal em garrafas fosse uma das superstições loucas de Amma. Não sabia que havia praticantes de vodu do mal que andavam por cemitérios com velhas garrafas de Coca-Cola.

O espírito torturado se deslocou em direção a John, com a expressão congelada em um grito apavorante e silencioso. John abriu as mãos à frente do corpo, como Lena sempre fazia.

— Afaste-se, Ethan. Não sei o que essa coisa vai fazer.

Cambaleei para trás quando chamas surgiram das mãos de John. Ele não tinha tanto poder quanto Lena e Sarafine, mas, ainda assim, havia bastante fogo. As chamas atingiram o espírito e o envolveram. Eu conseguia ver o contorno dos membros e do corpo dele no meio do fogo, com o rosto paralisado em um grito eterno. Em seguida, a neblina se dissipou, e a forma desapareceu. Em segundos, a névoa preta rodopiou em frente ao fogo, até o espírito flutuar a poucos metros de distância.

— Acho que não deu certo. — John esfregou as mãos no jeans. — Eu não...

O Não Invocado voou para cima de John, mas não parou quando chegou nele. A névoa preta voou para dentro dele e quase desapareceu completamente quando John se desmaterializou. O espírito foi empurrado para fora com violência, como se estivesse sendo sugado ao contrário para o vácuo.

John se materializou a poucos metros, assustado. Passou as mãos pelo corpo, como se estivesse tentando ver se estava faltando alguma coisa. O espírito estava rodopiando pela névoa, inabalável.

— O que essa coisa fez com você?

John ainda estava tentando se livrar da sensação.

— Ele estava tentando entrar em mim. Espíritos das Trevas precisam de um corpo para poder causar algum estrago.

Ouvi o som de vidro tilintando de novo. O *bokor* estava abrindo as garrafas, e uma névoa ensombreada subia lentamente de cada uma.

— Olhe. Ele trouxe mais.

— Estamos ferrados — disse John.

— Amma, pare com isso! — gritei. Mas não fez diferença. Os braços de Amma estavam cruzados, e ela parecia mais determinada e doida do que eu jamais havia visto.

— Volte pra casa comigo, e ele vai voltar a encher as garrafas mais rápido do que você consegue derrubar um copo de leite. — Dessa vez, Amma tinha escurecido tanto que eu não sabia como encontrá-la e nem como trazê-la de volta.

Olhei para John.

— Você não consegue fazê-los desaparecer nem transformá-los em nada?

John balançou a cabeça.

— Não tenho poderes que funcionem em espíritos Não Invocados zangados.

Círculos de fumaça flutuaram no ar quando alguém saiu das sombras.

— Felizmente, eu tenho alguns. — Macon Ravenwood deu algumas baforadas no charuto que estava segurando. — Amarie, estou decepcionado. Não é seu melhor momento.

Amma passou pelo *bokor*, e as garrafas ainda presas ao cinto dele tilintaram perigosamente. Ela apontou um dedo ossudo para Macon.

— Você faria a mesma coisa por sua sobrinha, tão rapidamente quanto um pecador roubaria dinheiro do ofertório, Melchizedek! Não faça essa pose orgulhosa porque não vou deixar meu garoto ser seu cordeiro de sacrifício!

O *bokor* libertou outro espírito Não Invocado atrás de Amma. Macon o observou erguer-se no ar.

— Com licença, senhor. Vou ter de pedir que recolha seus pertences e vá embora. Minha amiga não estava pensando direito quando procurou seus serviços. O sofrimento atormenta o cérebro, sabe.

O *bokor* riu e apontou o cajado para um dos espíritos e depois na direção de Macon.

— Não sou empregado de ninguém, Conjurador. A troca que ela fez comigo não pode ser desfeita.

O espírito deu uma volta e disparou na direção de Macon, com a boca rasgada e caída.

Macon fechou os olhos, e eu protegi os meus, preparado para a luz verde cegante que quase tinha destruído Hunting. Mas não houve luz. Aconteceu o oposto, uma completa ausência de luz. Trevas.

Um círculo largo de escuridão absoluta se formou no céu acima do espírito Não Invocado. Parecia uma daquelas fotos de satélite de um furacão, só que não eram ventos rodopiantes. Era um verdadeiro buraco no céu.

O Não Invocado se virou quando o buraco negro o puxou pelo céu como um ímã. Quando atingiu a extremidade do buraco, desapareceu aos poucos, conforme foi sugado. Eu me lembrei do modo como minha mão desapareceu na grade do lado de fora do *Lunae Libri*, só que isso não pareceu uma ilusão. Quando os dedos turvos do espírito foram engolidos pelo vácuo, o buraco se fechou e desapareceu.

— Você sabia que ele era capaz de fazer isso? — sussurrou John.

— Nem sei o que ele fez.

O *bokor* arregalou os olhos, mas não desanimou. Ele apontou o cajado para o resto dos espíritos um a um, e as formas quebradas deles saltaram em direção a

Macon. Buracos pretos como tinta se abriram atrás de cada um deles e arrastaram o Não Invocado para dentro. Em seguida, os buracos desapareceram como o estalo de fogos de artifício.

Uma das garrafas vazias escorregou das mãos do *bokor* e caiu no chão. Ouvi-a quebrar ao bater na terra seca. Macon abriu os olhos e encarou o *bokor* calmamente.

— Como falei, seus serviços não são mais necessários. Sugiro que volte para seu buraco na terra antes que eu crie um para você.

O *bokor* abriu uma bolsinha e pegou um punhado do pó branco que tinha jogado no chão ao seu redor. Amma se afastou e puxou a barra do vestido para que não encostasse no pó. O *bokor* ergueu a mão e soprou as partículas para cima de Macon.

Elas voaram pelo ar como cinzas. Mas, antes de chegarem em Macon, outro buraco negro se abriu e as sugou. Macon rolou o charuto entre os dedos.

— Senhor, e uso o termo em sentido bem amplo, a não ser que tenha alguma outra coisa, sugiro que vá pra casa com sua bengalinha.

— Ou o quê, Conjurador?

— Ou o próximo vai ser para você.

Os olhos do *bokor* brilharam na escuridão.

— Isso foi um erro, Ravenwood. A velha tem um débito comigo e vai pagar, nesta vida ou na próxima. Você não devia ter interferido. — Ele jogou alguma coisa no chão, e uma fumaça se elevou do chão. Quando a fumaça sumiu, não estava mais lá.

— Ele consegue Viajar? — Era impossível.

Macon andou em nossa direção.

— Truques de salão de um mágico de terceira classe.

John olhou para Macon impressionado.

— Como você fez o que acabou de fazer? Eu sabia que você era capaz de criar luz, mas o que foi aquilo?

— Manchas de trevas. Buracos no universo, acho — respondeu ele. — Não é um negócio particularmente agradável.

— Mas você é Conjurador da Luz agora. Como pode criar trevas?

— Sou um Conjurador da Luz agora, mas fui um Incubus por muito tempo antes disso. Em alguns de nós, tanto a Luz quanto as Trevas existem. Você devia saber disso melhor do que qualquer pessoa, John.

John estava prestes a dizer outra coisa quando Amma falou do outro lado da faixa de terra que nos separava.

— Melchizedek Ravenwood! É a última vez que peço pra você ficar fora dos meus negócios. Cuide da sua família e eu cuido da minha! Ethan Wate, vamos embora agora mesmo!

Balancei a cabeça.

— Não posso.

Amma apontou para Macon com um olhar venenoso.

— Isso é coisa sua! Nunca vou perdoar você por isso, está ouvindo? Nem hoje nem amanhã, nem quando nos encontrarmos no inferno pelos pecados que cometemos. Pelo que estou prestes a cometer. — Amma jogou alguma coisa ao redor dos pés e criou um círculo. Os cristais brancos brilharam como flocos de neve. Sal.

— Amarie! — Macon gritou para ela, mas a voz dele estava gentil. Ele sabia que ela estava atordoada.

— Tia Delilah, tio Abner, tia Ivy, vovó Sulla. Preciso de sua intervenção. — Amma olhou para o céu negro. — Vocês são o sangue do meu sangue, e peço ajuda para lutar contra aquele que ameaça o que mais amo.

Ela estava chamando os Grandes, tentando virá-los contra Macon. Senti o peso de tudo: do desespero, da loucura, do amor dela. Mas tudo estava muito misturado com as coisas erradas para ser certo. Só ela que não conseguia ver.

— Eles não virão — sussurrei para Macon. — Ela tentou chamá-los antes, mas eles não vieram.

— Bem, talvez eles não tivessem motivação suficiente. — Segui os olhos de Macon para além da torre de água e pude ver as imagens acima de nós sob a luz da lua. Os Grandes, os ancestrais de Amma do Outro Mundo. Eles finalmente a tinham atendido.

Amma apontou para Macon.

— É ele quem está tentando ferir meu garoto e tirá-lo deste mundo. Impeçam! Façam o que é certo!

Os Grandes olharam para Macon, e por um segundo prendi a respiração. Sulla tinha tiras de contas ao redor do pulso, como um rosário de uma religião só dela. Delilah e Ivy estavam ao lado dela, observando Macon.

Mas tio Abner estava olhando diretamente para mim, com os olhos buscando os meus. Eram enormes, castanhos e repletos de perguntas. Eu queria respondê-las, mas não sabia bem o que ele estava perguntando.

De alguma maneira, ele encontrou as respostas, porque se virou para Sulla e falou com ela em gullah.

— Façam o que é certo! — gritou Amma na escuridão.

Os Grandes olharam para Amma e deram as mãos. Em seguida, viraram as costas para ela lentamente. Estavam fazendo o que era certo.

Amma soltou um grito estrangulado e caiu de joelhos.

— Não!

Os Grandes ainda estavam de mãos dadas olhando para a lua quando desapareceram.

Macon colocou a mão no meu ombro.

— Eu cuido de Amarie, Ethan. Quer ela queira, quer não.

Comecei a andar em direção à escada enferrujada de metal.

— Quer que eu vá com você? — perguntou John atrás de mim.

Balancei a cabeça. Era uma coisa que eu tinha de fazer sozinho. O mais sozinho que dá para ficar, quando metade da sua alma está atrás de você em cada lugar que você vai.

— Ethan...

Era Macon. Segurei a lateral da escada. Não podia me virar.

— Adeus, Sr. Wate. — Isso foi tudo, um punhado de palavras sem sentido. Era tudo que havia a ser dito.

— O senhor vai cuidar dela por mim. — Não era uma pergunta.

— Vou, filho.

Apertei as mãos na escada à minha frente.

— Não! Meu garoto! — Ouvi Amma gritando, e o som dos pés dela chutando quando Macon a segurou.

Comecei a subir.

— Ethan Lawson Wate... — A cada grito rouco, eu me erguia mais alto. O mesmo pensamento se repetia sem parar na minha cabeça.

O certo e o fácil nunca são a mesma coisa.

⚜ 22 DE DEZEMBRO ⚜
Finalmente

Estava parado no topo da torre branca de água, encarando a lua. Não tinha sombra, e, se havia alguma estrela, eu não conseguia ver. Summerville se estendia à minha frente, uma série de pequenas luzes espalhadas, seguindo até a escuridão do lago.

Esse tinha sido nosso lugar feliz, meu e de Lena. Um deles, pelo menos. Mas eu estava sozinho agora. E não estava me sentindo feliz. Não estava sentindo nada além de medo e vontade de vomitar.

Ainda conseguia ouvir Amma gritando.

Eu me ajoelhei por um segundo e apoiei as mãos no metal pintado. Olhei para baixo e vi um coração desenhado com caneta permanente preta. Sorri com a lembrança e fiquei de pé.

Está na hora. Não dá pra voltar atrás agora.

Olhei para as pequenas luzes e esperei para reunir coragem de fazer o impensável. O medo se revirou no meu estômago, pesado e errado.

Mas isso estava certo.

Quando fechei os olhos, senti braços se chocarem contra minha cintura, me deixando sem ar e me arrastando pela escada de metal. Tive um vislumbre dele (de mim) quando meu queixo bateu na lateral do corrimão e tropecei.

Ele estava tentando me impedir.

Tentei empurrá-lo. Eu me inclinei para a frente e vi meus All-Star se debatendo. Em seguida, vi os All-Star dele se debatendo. Eram tão velhos e estavam tão surrados que podiam ser meus. Era assim que eu me lembrava do sonho. Era como tinha de ser.

O que você está fazendo?

Desta vez, ele estava me perguntando.

Eu o joguei no chão, e ele caiu de costas. Segurei a gola da camisa dele e ele segurou a minha.

Olhamos nos olhos um do outro e vimos a verdade.

Nós dois íamos morrer. Parecia que deveríamos estar juntos quando acontecesse.

Peguei a velha garrafa de Coca que Amma tinha deixado na mesa de jantar. Se uma árvore de garrafas inteira podia pegar um monte de almas perdidas, talvez uma garrafa de Coca pudesse pegar a minha.

Eu estava esperando.

Vi o rosto dele mudar.

Os olhos se arregalarem.

Ele voou para cima de mim.

Eu não soltei.

Olhamos nos olhos um do outro e agarramos a garganta um do outro.

Quando rolamos pela beirada da torre de água

e caímos

até

lá

embaixo,

eu

só

estava

pensando

em

uma

coisa

.

.

.

L

E

N

A

Agradecimentos

Três Luas e mais de 1.600 páginas depois do dia em que nos sentamos para provar para alguns adolescentes abusados que éramos capazes de escrever um livro, nossa grande família Conjuradora não caberia em uma nem duas páginas, caso tentássemos citar todos.

Somos gratas a todos os nossos editores incrivelmente talentosos nos 38 países que receberam os romances da série Beautiful Creatures em seus mundos. Vocês foram muito gentis com nossos leitores, conosco e com os Conjuradores do Condado de Gatlin. Somos gratas aos nossos amigos escritores e leitores, aos nossos amigos agentes e editores, aos nossos amigos virtuais e de marketing e relações-públicas, aos nossos amigos professores e bibliotecários e aos nossos amigos livreiros. Temos um enorme débito com nossos amigos tradutores, principalmente Sara Lindheim, nossa classicista e Guardiã. Mais do que tudo, somos gratas aos adolescentes (e adolescentes de coração) que leram nossos livros, e principalmente aos nossos leitores beta, Conjuradores Garota & Garoto, que são editores escandalosamente brutais e que, esperamos, venham a fazer um dia outros escritores chorarem mais alto do que nos fizeram. Que o Bom Deus permita e que o riacho não suba.

Por fim, somos gratas às nossas famílias, nossas tribos e nossos círculos próximos — todos vocês que já sabem que estamos falando de vocês porque provavelmente estão aqui enquanto escrevemos isso. Nossos livros falam de união com a família e de encontrar sua tribo, mais do que qualquer coisa. Para nós, isso é magia. Demoramos muito tempo para encontrar vocês, e amamos vocês todos.

Emma, May, Kate & Lewis; Nick, Stella & Alex…
   Amamos vocês, primeiro, mais e pra sempre.

Este livro foi composto na tipologia Minion Pro,
em corpo 10/15, e impresso em papel off-white,
no Sistema Digital Instant Duplex da Divisão Gráfica
da Distribuidora Record.